REGRETS

鍾曉陽

遺恨

後來，當許多年過去了以後，

當種種恩怨到了無可化解亦無從冰釋的地步的時候，

始終無人能說出完整的故事。

那許多的錯是如何造成的。那噩夢般的旅程，自何處起始。

那深淵中的墜落，至何處終止。

那枚因果的種子，又是何時種下的。

第一章

1

一平翻開報紙讀到有關黃老太太去世的訃聞的那天，頭版新聞是戴卓爾夫人[1]訪問北京，因此總也不會不記得那是一九八二年的九月下旬。佔二分之一版面的訃聞，家屬名單只寥寥數行，而「媳」的抬頭下方正是姑姐[2]于珍的名字。他不禁想到這些子孫後代中，有幾個會在喪禮上掉淚。他知道姑姐一定不會。他和母親都沒有去喪禮。

想起來有八年沒看見姑姐了。自父親火化那天一別，此後再沒她的消息。他先是忙於升學，繼而就業，忙碌中淡忘了過去，而姑姐于珍正是這「過去」的一部分。即便那則訃聞勾起了一些前事的回憶，他在轉告過母親之後便又拋開一邊。因此次年春初某個有雨的傍晚，當校工來到教員室通報說有位「黃太太找于老師」，他一點也沒想到電話另一頭的人會是于珍。

「這些年沒聲沒氣，忘了有姑姐這個人了？」于珍的聲音裡有怨嗔。

「姑姐。」一平叫了聲。

「你一點也不想姑姐嗎？姑姐可是很想你。」

「姑姐怎麼知道我在這學校？」

「怎麼？也不問候聲？」

「姑姐好嗎？」

「託賴未死，一口氣吊住命。」

「怎麼了？身體沒事吧？」

「身體一天差過一天，你再不來怕要見不著了……」

談話結束後一平把話筒放回電話座，如夢初醒環顧員工已然下班的校務處辦公室，連那個來叫他聽電話的校工也已不知去向。他越過無人的操場走向校門，雨一絲絲，織成了珠簾拂他身上。

那個雨過天青的週末，他從佐敦乘渡輪過海到統一碼頭再換乘巴士上山。在總站下了車，依約在山頂餐廳門前上了于珍派來接他的銀色丹拿牌汽車。

車廂裡坐定，只覺一股芳香劑氣味撲鼻，不禁腦海閃過兒時的一幕：六七個大人小孩擠在這輛大車上，出發去姑姐和新姑丈的婚禮，他和金鑽並排坐，穿著花童花女禮服，捧著花籃，車廂裡滿是濃濃的花香和脂粉香。車子開過優美的山頂道，貼山壁轉過一個個彎。夾道密樹濃蔭，向車窗潑著一蓬蓬綠，教人益覺是人在山裡。

「好豔的綠！」一平在心底輕歎。

峰迴路轉來到海拔更高處，下午四點鐘的陽光照得萬物皆輝煌。蔚藍海景、山谷峭壁、華屋美舍，輪流打窗外閃過。記得多年前隨父親上山也是個豔陽天，一段車程又一段徒步程，跋涉萬水千山，終於在那些大宅間迷了路。不久車子穿過兩條花崗岩柱，便是樹蔭蓋頂的一條斜坡，翻過坡頂，兩排矛形鐵柵橫在當前，遙見園牆深處，密葉繁枝裡屹立著一幢淡灰色水泥建築，正是童年記憶裡的森嚴城堡。司機操作遙控器開了大柵，車子緩緩駛入屋前空地，一平深吸一口氣，說不上來胸間那股壓迫感因何而來。

已經有個白衫黑褲的梳辮女傭等在門口，口稱「姪少爺」迎他入內。他尾隨女傭穿過前庭中庭、大廳小廳、長廊短廊、洞門拱門，只覺閎閎閬閬地大人稀。

上了一節彎樓梯，估量著來到正樓背面的走廊，女傭推開一扇門輕敲兩下道：「太太，姪少爺來了。」側身讓一平入內。

他佇立門內讓瞳孔調適。只見一個瘦削影子迎來，走到他面前的幽暗裡。

這是她？一平一個晃神，不敢相信眼前的色衰婦人跟當年那個貌美如花的于珍是同一個人。脂粉不施白髮不染，是月宮裡老去的嫦娥，目光帶著八年時光的熱度落在他身上：「看你，是個大人了。」

一平舉了舉手裡的紙袋子：「媽媽問候你，叫我帶盒燕窩給你補身，又特地去買了盒豬油糕，記得姑姐愛吃。」他想放在矮几上，見每寸空間都擺滿東西，便讓它靠在几腳邊。

「難為大嫂還記得，這東西我早都不吃了。」

「姑姐精神好些？那天通電話之後我和媽媽都有點掛心。」

電話裡說得那麼嚴重，此刻看她瘦是瘦些，人倒是精神。

「你姑姐命硬，死不了。」于珍回到臥榻坐下拍拍軟墊：「來，讓姑姐好好看看你。」

一平捺下本能的抗拒過去挨她坐，忍受了好一會帶研究意味的打量。

「媽媽叫我傳個話，說很抱歉這些年少了問候，寫過兩封信沒回音，擔心給姑姐帶來困擾就沒再寫。」

「寫過信？我沒收到。」于珍淡應。「老太婆剛過身，我是等塵埃落定。」猶自端詳著他說：「你越長越像你爸爸，今年幾歲了？」

「二十四。」一平答。

「剛剛你一進門，站在那裡，我真以為是你爸爸。」拉過他的手扳他的指頭看，「你爸這十隻指頭全是白的，粉筆灰。」

趁女傭進來奉茶，他藉著接茶縮回了手。于珍無名指上的戒指卡疼了他。

「姑丈在嗎？我去問個好。」

「幾日沒看見他人了。」于珍說著給象牙濾嘴換上菸，指指几上的火機示意一平給她點，連吸兩口道：「我晚上睡不好，多半我起床他已經上班，有時他忙工作就在書房睡。」

其實一平剛進來看到室內的情形便猜到幾分。窗幔密閉，到處藥瓶藥罐、酒瓶酒杯。菸灰缸都有好幾個，全都菸屍如山。衣物首飾隨處扔，一落落小說報紙亂堆在牆腳。有個小電視機背向牆角放地上。此外靠裡還有扇門，想是通往寢室。這是意味著幽閉與獨寢的房間。看來她平時是讀報讀小說或看電視打發時間，大概也不是每天讓傭人進來打掃。多半她就是從報紙上得知他在哪間學校的，招生廣告或學校活動的宣傳文有時會附列教師名單。

「姑姐身體是甚麼事？有在看醫生？」

「我是給那老太婆施了咒還怎樣，這身骨子老跟我作對，沒斷過喫藥看醫生，一會兒說是精神官能症一會兒又說是廣場恐懼症又說是厭食症，名堂多的是。」于珍機械地彈著灰，雙眼霧鎖煙籠。「去年老太太剛發病，你姑丈硬把我送到英國，療養院裡關了一整年，院長是個甚麼自然療法專家，不就是把人關起來靜養，調節飲食呼吸新鮮空氣，這要個專家來告訴我！還不是那翁玉恆出的鬼主意，怕給我機會向老太太獻殷勤，最好我死在那邊就稱了她的心！狐狸精假扮節婦！」

一平聽得暗暗駭然，沒想到勾心鬥角那麼烈。

「姑姐有在看醫生就好。」

「最近又給我找個英國留學回來的，頭銜一大堆，甚麼容格的信徒，人格原型心理陰影那一套。二十來歲懂個屁！叫我寫日記記下睡覺作的夢，這種事能寫給人看嗎？日本人炸機場、跑警報躲防空洞、活生生的人給炸成幾截，他見過？他能懂？我是為了讓他給我開藥才敷衍他！」

「姑姐都喫的甚麼藥？」

「還不是那些！」于珍含糊道。「嫂嫂好？大嶼山的度假屋還在做？」她第一次問候于太太。

「假期忙些，平日閒得很，倒不累。」

「不知嫂嫂怎麼受得了，那蚊子！」

「她慣了，倒是回城裡覺得不慣。」

「嫂嫂有你這兒子，享晚福了。」

「她現在吃齋唸佛，大概是給我氣的。」一平笑道。

「你不怪姑姐這些年沒去看你們？」

「姑姐一定有不得已的理由。」

閒話談得差不多，一平問：「姑姐今天叫我來有特別的事嗎？」

「你急甚麼！」向几上的空杯指指示意他斟酒。「我們姑姪倆許久沒見多聊一會兒，老太婆不在了，那姓翁的也走了，用不著顧忌甚麼了。」

「翁管家走了？」

于珍鼻子裡一「哼」：「知人口面不知心，枉老太太在日那麼疼她，尾七未過便收拾包袱走人，回家等著分遺產。」

菸酒的雙重作用下她精神稍振，起身到裡面臥室，亮了燈摸索一會，回來時手持一份文件，淺笑遞給他道：「叫你來，是有好事。」

薄薄一疊淺灰公文紙只有幾頁，一平掃一眼全是公式化的法律英語。

只聽于珍道：「我新立了個遺囑，想要你做執行人，我打聽過了，受益人也可以當執行人的。」

一平心頭怦然，立刻那文件成燙手的山芋。他感覺于珍來到他身後，帶菸酒氣的鼻息噴得他耳廓熱呼呼的，手伸到他面前翻文件，指著說：「你看這日期，上個月才立的……」

不等她說完他便掩上文件，隨手放在几上說：「這種事不是委託專業的人比較好？」

「外面的人信不過，有個自已人總是好些。」

「姑姐還年輕，現在講這個不是早了些？」

「今日不知明日事，我一身的病誰知能不能長命？真要有個萬一，阿寶還未成年，她一個小女孩你叫我怎麼放心。」

這麼說，于珍此舉竟是有著託孤意味的。

一平更覺得非拒絕不可。「姑姐還是再考慮吧，這樣實在不合適。」

「有甚麼不合適？你跟阿寶是我最親的人了。你爸一點東西沒留給你，這個姑姐是知道的。你媽那個度假屋物業是她叔叔的，將來也未必能落到你手裡。」

「姑姐的心意我很感激，可是……」

「我的東西我沒權作主？」于珍怫然不悅。「你想讓我死不眼閉嗎？你以為容易得來的？那老虔婆把我看得多緊，這屋裡上下哪個不是她的人，我打個電話她都拿分機偷聽！那個翁玉恆沒事就說三道四搬弄是非，你姑丈又是個沒用的，老太婆咳嗽一聲他就屁都不敢放，好不容易攢下了這些，你倒是一點不領情！」

「姑姐別生氣……」

「這些年你姑姐怎麼過的你知不知？被人踩被人欺，跟那老太婆八字相剋還是怎麼著，打從我進門那天就沒給過我好臉色！就因為我不是千金小姐，我背後沒有一個有來頭的老爸撐腰，她就覺得可以欺負人！多少次我想從這大門走出去再也不回來，但他們不會讓我帶阿寶走，留她一個在這裡還不是給生吞活剝？留得青山在不怕沒柴燒，讀遺囑那天大家像看好戲一樣，連那翁玉恆都分到一筆養老金一層樓，骨董隨她挑！不過是個管家！是個下人！好歹我是行過婚禮擺過酒娶來的老婆，給他們黃家生過孩子，哪點比不上那婊子！死老怪物死得好，死得好！」說得聲淚俱下，抓起臥榻的軟墊摀住了臉哭。

一平看得不忍，送潔面紙過去，也自心裡難過。

好半天于珍收了淚，擤著鼻子說：「以後你常來陪姑姐說說話，姑姐就開心，一天到晚盡是看見些傭人，煩死了！」

她起身到梳妝桌前抓起梳子梳頭，梳了兩下力氣不繼，一平接過梳子幫她梳，梳齒擦過頭皮發出沙沙聲。

「姑姐難看多了是嗎？你看我像幾歲？」

「姑姐一點不顯老。」

「怎麼不老？過幾年就半百人生了。」

「多到外面走走就好，臉色有些蒼白。」

灰絲白絲從他指間滑過。看于珍情緒平伏，只得暫不提遺囑的事。室內窒悶，他走到窗前掀簾外望，立刻被強光刺得睜不開眼，西墜的太陽像個大銅鑼掛在當空。

「你還沒看過這海景吧，來，出去看看。」

于珍摸副墨鏡戴上，起來拉開窗幔，推開落地門走到露台上。

小小的露台十分別緻，寶瓶形欄杆的白石護欄形成個半圓抱住露台上的人。憑欄遠眺，港島南灣的海景盡收眼底，非常美。

「你說這房子值多少錢？」于珍碰碰他手臂。

「猜不著。」一平笑道。

「猜猜看。」

「總要上千萬吧。」

于珍咯咯笑。「這破房子倒不值甚麼錢，是這塊地。五萬平方英呎，三面海景，風水師傅來看過說這方位還有幾十年的好運。何況山頂的地不跌價，你姑丈說的，只有起沒有跌。」

「姑丈想賣？」

「這房子是我的了，你姑丈簽了送贈契給我，簽字那天他說，『我送你的不是房子，是天堂。』」

一平心內悸動，以為聽錯。

「我以為是黃家祖傳的？」

「甚麼祖傳！他們黃家上海淪陷前才來香港，那時候這太平山還沒開放給華人住。老太爺發第一筆大財就走了好運碰上政府改例，跑來跟何東做鄰居，住了沒幾年腦血栓死了。本來你姑丈要用遺囑的方式留給我，可是誰知他會不會私下改遺囑？有了這張契就誰也搶不走，滿三年生效，上個月剛滿三年，我是業權擁有人了。」

看一平沒反應，于珍瞄瞄他。「怎麼？你不替姑姐高興嗎？」

「當然替姑姐高興。」

他沒問于珍是怎麼做到的，怕聽見更多的內幕。

「我有個想法，現在不是流行單棟的複式樓？你看這地勢，正好一排向西一排向南，四面種上花草樹木，中間的空地做園林，有管理員有會所，自成一個別墅村，你說姑姐這構思怎樣？起個十幾二十棟，一棟起碼叫價一千萬不止。」

對一平來說都是天文數字。唯一可用作參照的，是他目前租賃的一廳兩房帶廚廁的四百呎青山道舊唐樓單位，勝在地段好，呎價都要兩千上下。

「這房子挺有特色，拆掉不是可惜？」

「黃家人丁單薄，留著這麼個大房子也沒用，與其讓阿寶繼承個破東西，倒不如給她個新的。」

「還是姑姐的眼光遠。」

「我是心腸好才沒把這件事告訴那老太婆，她要是知道房子落到我手裡要死得更早些。」

于珍今天叫他來是要向他宣示勝利的，一平忽然有此會心。只可惜真正的報復對象已不能到場，也因此這勝利顯得美中不足。

他第一次站在這高度看香港，看到了遼闊的外海，明媚的群山，海岸線上成群的高樓大廈。黃昏的光景裡一切鍍上了金。一輪鹹蛋黃夕陽向海傾側，像給破開了流出一海面的金液。香檳金、錦鯉金、爛銀金、菸絲金，不同黃金比例的金。

太刺目了，視網膜像給針戳般。他將視線移向露台下的花園，草地上一棵高大鳳凰木的濃蔭下有個小女孩跟一隻大白狗在玩。狗懶洋洋賴在地上不願動，小女孩抓住牠的兩條前腿像是要強拉牠起身，旁邊有個青年支著手肘側臥，嘴角銜菸的姿態很悠閒，一下一下揉著狗毛，狗更不願動了。風中傳來小女孩的細碎笑語，紅裙子映著綠草地，暮色中分外奪目。

但這平靜的畫面有點甚麼觸怒了于珍，怒不可遏罵起人來：「這些死人！死到哪裡去了！——昆姐！銀姐！」衝到房裡攫起掛牆的內線通話器，不耐煩搞那一個個鍵又隨手一摜，跑到走廊上扯開喉嚨喊：「昆姐！銀姐！」

等到兩個女傭急沖沖趕來，于珍已來回踱了幾轉鎮定下來，用正常語氣說：「去把二小姐帶進來，起風了，省得著涼。」

回到露台對一平一笑，「阿寶這孩子真教我拿她沒辦法，都是那翁玉恆給慣的，縱著她跟下人混，好的沒學到盡學了一肚子鬼主意。」

不一會花園裡上演一幕小戲劇，兩個女傭提著毛衣要給女孩穿，女孩扭捏拒穿，擲毛衣於地，大白狗以為女孩跟牠玩，勉力支起四條腿去叼毛衣。那青年手插褲袋立在一邊笑，向露台這邊望來。

一平這才認得就是載他上山的司機。只因他脫掉了外套又沒戴帽子，而那躺草地上逗狗玩的姿態不像打工的，使他一時沒聯想到一起。

「這司機新來的？」他問于珍。

「來了半年，老王退休前荐來的，你記得老王？」

一平還有點印象，主要因為從前于珍回娘家都是老王接送。

「老王說是他世侄，毛頭小伙子，車牌才拿了沒兩年，你姑丈就愛做這種沒用的人情！」

只這會兒工夫，草地上的人和狗都不見了，只剩下落日餘暉滿地。

露台上的兩人感覺到山風是涼了，于珍像是覺得冷似的抱住胳臂靠近了他。

「平，以後你有空就來，學校放假就來住，想住幾天就住幾天，順便給阿寶看看功課。我是精神不好，好老師又難請，給她請過兩個都做不長，明年她就升中學，年底她還有個學能測驗……」

「表妹唸私立學校不是嗎？可以直升不成問題的。」

于珍一隻手放他臂上。「你是她表哥她會願意聽你的，從前你半工讀不是也接補習做嗎？」

「這學期我實在忙，姑姐要的話，回去我問一下有哪個學生想賺外快的。」

「得了，求你這麼點事！」語氣含慍，似是怪他打從一開始就不肯順她的意，一味潑冷水講些她聽不進去的話。「這可是你的小表妹啊。我不想她將來像她姊姊，勉強唸到中五畢業，連你姑丈公司裡的一個閒職都保不住！」

于珍越是這樣說，一平越是覺得要遠離，只是保持中立地「嗯嗯」著。

屋深處，一個鐘冷冷清清敲了起來。

噹─噹─噹─

她堅持讓那個叫阿漢的司機送他下山。這回他注意多看了兩眼，只見帽簷下是張白淨後生臉，態度算恭謹，服務周到給他開車門，除問他在哪裡下車外沒再搭話，開著收音機聽廣播，把車開得風馳電掣，在中環的統一碼頭放下他便絕塵而去。走在趕船的人潮裡，被推撞著擁擠著，他有從天上回到人間的感覺，山上發生的一切只是一場亂夢。

渡輪上俯看滾滾潮沫，他想起父親去世那個冬天，在長沙海邊，那些他和于珍吹海風散步的黃昏。于珍會熱心地替他設想未來，天馬行空講各種計畫，說要送他出國讀書栽培他做下一個楊振寧或李政道。其中有天的對話他印象特別深，那天他們赤腳濯足，看海水沖洗著腳印，于珍講起了巴西，問他巴西的事他知道多少。

「聽爸媽說過一些。」他說。

「都說了甚麼？」

「說姑丈怎麼死的。」

「是的，江亨利死得很慘。」連名帶姓，彷彿在講一個報紙上讀到的人。接著于珍問了個奇怪的問題：「黑暗時代，歷史上是不是有這麼個時期？」

「你是說歐洲中世紀的時候嗎？」

「上學讀的歷史，別的都忘了就只記得有這麼個時期。」

「為甚麼？」

「我好像總在等它過去。」

她從皮草口袋取出菸包與火機，也許手凍沒握牢，火機掉到沙上，一平彎腰把火機撿起來，這是他有生以來第一次給于珍點菸。「人要有錢才能保平安。」于珍把玩著手指上的鑽戒。「平你別怕，姑姐一定照顧你，你等著瞧。」

——當時只當是因父親病重、于珍一時動情說的話。他萬萬沒想到她會言而有信。

2

于珍隨丈夫去巴西那年，一平才四歲，因此他對于珍的記憶始於五年後她從巴西回來，九歲的他隨父母去啟德機場接機，在接機大堂看見個一身黑旗袍的蒼白女人，頭髮削很短，涼手伸出來摸他的臉說「你就是一平？」

那是一九六七年春夏交，香港在動亂中。勞資糾紛引起的工人運動演變成反英暴動，英政府出動武力鎮壓。緊急法令、催淚彈、土製炸彈，來到市民的生活中。小城風聲鶴唳，不少人買機票到外地暫避或索性移民，因此于強收到于珍通知回港的電報時急得跳腳：「這阿珍，別人都往外逃，她偏要往火裡跳。」

去過幾次大東電報局打長途電話，不是無人接聽便是線路不通。巴西那邊也正經歷著動盪。軍政府的統治不得民心，幾個大城市都有大學生遊行。等到電話終於接通了又線路不清，嘁嚓雜訊中聽妹妹說：亨利死了，兩個月多前嘉年華……遇搶劫……亨利的朋友，熱心人，陪我回……

于強對妹夫原無好感，可是沒有人該這樣死去，而于珍電話裡雖語焉不詳，他這做哥哥的一聽便知這位陪同人士是位男性。想到期盼已久的兄妹團聚竟成了迎接新寡的妹妹，而妹妹才新寡便和另一個男人扯上關係，與于強一向認可的行為標準有牴觸。

一平記得站在機場的戶外看台，懷著對異邦回來的姑姐的好奇心，伸長脖子看著一架泛美客機出現夜空，像隻銀色大鳥橫張雙翼向地面俯衝，就在機身搖搖欲墜險險要撞向跑道的一刻及時放下輪子輕輕地著陸。

不料在大堂鬧了點風波。于強一見妹妹的病容先自心裡亂了，繼而愕然發現妹妹電話裡提過的「熱心人」是個年紀大上她一截、需拐杖助行的右瘸子。不但握手寒暄時態度極為傲慢，之後也不徵求于強的同意便吩咐司機推行李走，準備把于珍帶到黃家的山頂宅第去。一心將闊別五年的妹妹接回娘家的于強當場炸了，對著于珍吼：「跟我回家！」便要強拉她走。

于珍忙拖住于強，「哥別急，過兩天我回家跟你解釋。」

「你現在就跟我解釋！」于強臉鐵青，手指僵直指著退到一旁的陌生人：「他是你甚麼人？你五年沒回家了，下了飛機家都不回就要跟他走？」

「對不起哥，但我跟他說好了。」于珍面露難色，湊近些又說：「行李裡有亨利給我的東西，放在家裡不方便。」

「甚麼東西不能帶回家？」于強大聲質問。

于太太一聽說行李裡面有東西便緊張起來，而且于強的激動言行已經引起了機場警察的注意目光，在這非常時期不是玩的，連忙插身兄妹間道：「妹妹有主意的，我們回家等她也一樣，走吧走吧！」一手抓丈夫一手抓兒子便往外走。于強甩脫于太太還要說甚麼，卻是于珍含隱痛的目光迎著他：「哥，幫幫我。」

這句話奏了效。于強廢然一歎，隨于太太離去。

兩日後，一輛銀色大房車在雨中開到于家居住的四層高唐樓門前。仍一身寡婦裝束的于珍先下車，然後是西裝革履的黃景嶽，制服筆挺的司機殿後，捧著一盒盒禮品送到樓上，惹來幾個鄰家小孩跑來探頭探腦。于家客廳裡，黃景嶽言詞委婉為那天在機場的冒失道歉，略坐便告辭，由于珍向兄嫂說明原委：是婚後第三年認識。某次黃氏因公事到巴西途經里約，因聽說江有珠寶要脫手，經人介紹到江家看貨，江留飯，自此每到里約市必到江家盤桓。江死後她痛不欲生，不是有黃在旁照料也許活不成。他妻子多年前車禍死去，是過來人，同情她，所有善後包括殮葬及物業交割事宜全賴他出錢出力打點。她看出是個可信託的人，在原來的友誼之上生出好感，難得這感覺是雙方的。為同行方便起見訂了婚約，只等她為亡夫服喪一年便履約。在黃家也見過了婆婆，得到老人家的祝福。未行婚禮不便即遷入夫家，但她一個病人需要照料，住在娘家也擔心添麻煩，黃家在九龍塘有棟別業，環境清幽適宜靜養，守夫喪的過渡期準備在那邊暫住——

于強聽完于珍的敘述久久不發一語。隆隆雨聲中兄妹相對，于強一味吸菸而于珍只是落淚。末了于強只是叮囑于珍要好好考慮，家裡不短她的吃住和醫藥費。

姑姐與父親之間有著深厚特殊的感情，這是一平自小就有體會的，但是要到成年後他才懂得，這感情是在戰亂的年代孕育的。居住於紅磡蕪湖街上的四口之家本是小康安穩，然而日軍進城的那年，任職銀行的于父有天出門上班，被那陣子到處拉伕的日本兵帶走便沒再回家。于母為了一家生計，白天去工廠做女工，下班後去市場擺地攤沽衣。十二歲的于強輟學，身兼父母職照料小他八歲的體弱多病的妹妹，用條大床單把她綁在背上到處跑，去輪米去輪油[3]、去防空洞躲警報、去機場鑿石仔換米糧，形影不離度過了淪陷歲月裡的童年。

至於兄妹之間生裂痕，于太太講起來總要說一次那句「萬般皆是命」。于母因積勞成疾染患肺病，光復後那年便離世。于強半工讀完成學業，供妹妹也去讀書，因于珍天生有幾分姿色追求者眾，唸商專時交上一票阿飛[4]開始又菸又酒，漸漸不服兄長的管束。畢業出來跑去出入口公司做秘書，不只一個客戶看上坐在經理旁邊打字的小姐，當中有個馬來西亞珠寶商名叫江亨利，台山人，年輕時走船的，東南亞都跑過打滾過，行年四十卻尚未成家，一開始便對于珍銀彈攻勢，每約會必是郊外扒房[5]或高級夜總會舞廳，送的禮物一次比一次名貴。注定不可免的兄妹決裂發生在于珍未徵得兄長同意即答允江亨利的求婚並隨他移民巴西，若非于太太相勸，于強甚至不去送船。

于珍在巴西過怎樣的生活，香港這邊的親人只能憑想像。剛去的那年還比較常寫信，極力描繪婚姻生活的美滿、正積極學葡語學做葡菜、江亨利在華人圈子怎樣吃得開、哪位華僑首富跟哪位馬來西亞拿督都跟他有交情云云。第二年有封信說江亨利不做珠寶了跟人合伙開了間餐館，生意過得去，想試試看生小孩。後來果真十月懷胎了，于強夫婦數著日子等待小孩的出生，卻在預產期過後兩個月收到信說小孩生下來活了幾天便夭折了，是個男孩。似乎在這之後于珍身體情緒都變差，一度表示悔意不該嫁華僑，又說江亨利露出原形，王老五時期的習性一樣樣抬頭——嫖賭酗酒夜歸，餐館也無心經營關掉了，她在家做些糕餅拿到市場賣。第四年起便音信稀了，三四封長信才換來一封短短幾行的。于強後悔他沒有即刻去巴西，行使兄長的權力把妹妹帶回家，終於在第五年的香港仲夏收到了那封急電。

家庭裡的一個成員死了，而且是以伏屍異國街頭的方式，在年幼一平的心裡留下了難以抹滅的印痕。那種恐怖就像一個人走在黑暗的野地裡踩到了蛇。長大後他懷疑是受到那時期家裡實施話題禁忌的影響，而第一次接觸死亡的經驗又那麼鮮烈，使他既想忘記又想知道更多。然而對於素未謀面的姑丈，他只在小時候看過幾張照片，當時覺得有幾分像電視明星，頭髮蠟高衣著花梢，于太太形容那是「油頭粉面」。碼頭送行時拍的照片壓在于強的書桌玻璃底下多年，于珍小鳥依人挽著江亨利，從脖子到手指珠光寶氣，戴頂飾有緞帶的大沿帽，江亨利穿著白西裝花恤衫，頭頂斜扣著頂窄沿草帽，笑嘻嘻摟住于珍的腰，另一隻手拎著個提包，手腕上有隻金錶。得知姑丈的死訊後，他每走過父親的書桌便彷彿受到那照片的感召般要去看一眼，也許因為知道男子慘死，而于珍在不久的未來將改嫁，使他想從照片裡偵測出某種暗示，預示這種結局的暗示，他認為一定有只是他暫時還勘不透罷了。後來這張照片連同其他照片都不知去向，不知是收起來了還是還給了于珍，他再也沒有看見過。

那個動亂的夏季，籠罩這個城市的低氣壓也籠罩著這個家。一平做著暑期課業眼角老是掃到父親的身影停不下來地來回踱步，不拘甚麼時候手指夾著根菸。多少個夜晚當防暴警察的喿喿靴聲都靜止了之後，可以聽見父親母親的竊竊私語透過板壁傳來。房小牆薄，不管他們怎樣低聲量還是有一兩句飄到耳裡。「是我錯，我不該讓她去巴西。」他聽見父親發出這樣的喟歎。

每隔兩三週，于強帶同家人去到九龍塘那條幽靜小街上的小洋房探望于珍，看到她在兩名看護的悉心照料下兩頰有了血色而放了心，儘管她堅持不換下黑旗袍，卻是眉梢眼角難掩待嫁新娘的喜氣。有兩回「碰巧」遇見黃景嶽也在那裡，熱情招待于家三口在九龍塘會所進餐，席間發揮口才與魅力說些上海租界故事為座上客助興，一口鄉音未改的廣東話侃侃而談家族史發跡史，從山東黃姓先民於咸豐朝入內務府供職，到民國後在上海創業做玉石古玩生意致富，黃父怎樣在貨幣大動盪時期跟一個在滬西賭場結拜的白俄人合伙走私白銀偷運軍火發了大財，及至中日打仗全家逃難，黃父買了幾條漁船將珠寶古玩埋在魚鮮裡運到香港，戰後便是靠這批財物東山再起。

「沒出過俠客也沒出過強盜，爛賭爛飲抽鴉片的二世祖倒是出過好幾個！」黃氏哈哈大笑附個自嘲的註腳。

然而黃氏愈是親民，他說的故事愈精彩，于強越是認定于黃兩家之間存在著先天性的鴻溝。也許是他的書呆子自尊心作祟，對有錢人天生有種疑忌。不管他怎樣努力想相信，黃氏對于珍是出自真心，他就是無法樂觀看待這樁婚姻，想不通這位身負傳宗接代使命的富商為何選中于珍做他的續弦妻——一個跟他門不當戶不對、學歷出身都遠遠不如他的前妻的女人。

在他剛一知道那個在機場遭他呼喝的瘸子便是本地擁有多家分店的黃氏珠寶公司大老闆，便隱約想起數年前那宗發生在台灣的嚴重車禍，於是去圖書館提出舊報紙花了好幾天詳閱相關報導。事發在台灣蘇花公路宜蘭路段，除黃景嶽僥倖生還外全車人罹難，包括司機、黃氏夫人、黃氏當時的合作伙伴原清浩夫婦。因雨濕路滑車子失控墜崖，黃景嶽被拋出車外受重傷，多次手術未能還原重創的右腿致殘。由於黃氏是城中名人，黃夫人又是本地富商力士集團總裁林力士的獨生女兒，所有後續發展都有詳盡報導，包括黃氏與原清浩之間為人樂道的伯樂識千里馬的結識經過、黃氏收養原氏夫婦的五歲遺孤原靜堯引起的爭議、有關黃氏的續弦人選的種種揣測等等。對黃家的背景了解愈多，于強愈戚戚，不只一次向于太太歎息：「這姓黃的，背景太複雜了些。」

然而在一片辦喜事的喜洋洋氣氛中，無人去注意于強的深鎖愁眉。于珍已在高高興興試嫁衣，于太太也提出部分積蓄給全家都做了新衣，且開始在丈夫面前替未來妹夫說好話。于強知道他又失敗了，而這次更徹底一些。

在魚木樹花盛開的小洋房院子裡，一平與金鑽相遇。那年她七歲，娃娃臉掛麵頭，瘦得小麻雀似的。于太太憐她是個沒娘的孩子，看見她總要摟著疼一疼，幫她理衣服整髮夾，手推兒子說「帶你妹妹玩，去！」

大人們在涼亭裡聊天，兩小便在院子裡打羽毛球、射彈珠、玩比劍。

次年秋，于珍披上嫁衣，嫁作黃家婦。

3

一九七一年，于家經歷另一次變故。從不曾涉足任何形式政治的于強投身於一場政治運動中，舉起標語牌加入遊行行列，抗議美日簽署釣魚台協議。

這年升中學的一平悶悶不樂，將發生在家裡和自己身上的所有不如意全算在這場運動的頭上。有史以來最差的期末考成績、有史以來最常吵嘴的父母、最不顧家的父親和脾氣最壞的母親。一部分的他相信父親在做偉大的事，是即使忍受以上的所有不快都值得的，但是一部分的他對那個忙著去開會去演講去上街吶喊唱口號的父親感到陌生。他決定不了他喜歡哪個父親多些，那個熱情愛國的，還是那個溫情愛家的。

于太太不曾忽略兒子眼裡有了心事，開始會花時間跟他講些舊事，講她與于強的相遇，于強與張蕙芳，學校裡最年輕的兩位教師，他教文史她教美術，怕師生們知道了講閒話，很長時間只是暗中交往。也許同病相憐吧，因為都在戰爭中失去了親人，于太太說。這在戰時不是稀奇的事，多少家庭在戰火中被毀了！她因為家住大嶼山，薄田兩畝種米種番薯，總算沒捱餓，但父親卻沒逃過死在搶糧人斧下的厄運。打完仗她出香港讀書，每條街壅塞著來自內地的難民，住帳篷或木屋或鐵皮屋，餓肚子是常事，但是不管哪個鄉下哪個縣的，大家不分彼此分享所得，有衣捐衣有糧捐糧。其實大家都窮啊，于太太感歎。男的做苦力女的去工廠做女工，能溫飽已經很好啦，不是每個人都有機會受教育，有條件到學堂讀書的人是幸運的，像她可以上學是拜有個頭腦開明的母親所賜，對她來說太陽是一直照在那些日子上面的。也許是她的主觀可她就是覺得，這年頭雖然物質方面比從前優勝，人與人之間的隔閡反而深了，在保護自身利益的前提下有的東西被犧牲了。

「你爸爸會說，那東西叫『理想』。」于太太這樣告訴兒子。

維多利亞公園的千人大示威，揭開了那個暑假的序幕。警察動用武力，造成流血。于太太接到通電話便跑了出去，第二天收拾個箱子，將一平送到大嶼山她叔叔嬸嬸處又離去。

那個夏天一平就在長沙的海邊度過，在叔公叔婆的雜貨店幫忙。不用看店的時候便一個人亂逛，揀球場沒人的時候去踢球、去鄉事局讀報紙看有沒有釣魚台運動的消息、到梅窩碼頭看船來船往、效法碼頭上的其他小孩看到有行李多的乘客或觀光客便上前幫提行李賺零用、或沙灘上看海發呆直到風吹來了叔婆叫他回家吃飯的淒零叫聲。

終於有天他在梅窩看見父母下船，兩人卻在冷戰中，于太太一到家把自己關在房間不出來，晚飯也不出來吃。鳩叔鳩嬸一個勸于強一個勸于太太，他聽見母親的低泣聲。夜深全屋熄了燈，他來到父母的睡房門外聽動靜，果然日間的爭執繼續著：

「他是個校長，你去道個歉有甚麼難？」

「我沒做錯事道甚麼歉……」

「你的炮仗頸脾氣當我不知！」

「這樣的人不配當校長……」

「校董會面前告你一狀你就完了，光是一條煽動學生罪你就吃不消……」

「欲加之罪……」

「當初怎樣都想支持你，以為你至少還記得有個家……」

「你要我做縮頭烏龜嗎？」

「有安樂的日子你不過……」

一平聽得一顆心牆頭草似的兩邊擺，非常渴望聽見父親接下來會怎樣自辯，然而父親甚麼都沒再說。他一夜沒睡穩，母親的數落和父親的自辯他都覺得有道理，誰對誰錯該怎樣判斷？次日一早他被父親叫醒去大排檔吃早餐。父子倆很久沒有這樣獨處，一平胸口悶脹，卻是這段日子儲起來想對父親說的話一句都說不出來，而于強只是埋頭吃著菠蘿包奶茶，之後散步穿過一片菜田，于強才開腔說很抱歉你期末考的時候我有事在忙，又說新學年你是中學生了，不是小孩了，要長進，爸爸不在的時候要照顧媽媽。一平仰頭看見父親的臉映著天光是個黑色的影，覺得父親離他遠了。他心目中的父親從來是堅定、可信賴的，只要有父親在，他心裡就踏實了，可是最近這種心情有了改變。想起母親昨晚說的「有安樂的日子你不過」的話，不由得帶著罪惡感地同意著。

暑期結束，一家三口離開大嶼山回到九龍，開始一段不安定的歲月。可幸有個支持保釣的律師為于強義務奔走，非法集會罪與身體傷害罪的控告皆獲撤消，教職卻沒能保住。夫妻倆本來積蓄有限，對於理財之道向無用心，為于珍辦嫁妝花掉一筆，保釣的活動經費又花掉一筆，偏偏那年工廠開工不足有多位親戚朋友來商借一千幾百的，于強又向例問無不借，明知有借無還也不計較。背負「煽動學生、組織對抗」的惡名，使于強接連幾次求職都碰壁，之後便意志消沉索性待在家裡看書寫文章。于太太不得不復出工作幫補，但是學期當中只找到不定期代一兩課的散工，連續幾個月入不敷出，家庭經濟便陷入了窘境。多年後一平仍然記得有天放學回家經過家附近的當鋪，看見母親站在那高過人頭的櫃台前面高舉雙臂將一個藍布包裹交給高踞櫃台後面的掌櫃。掌櫃打開包裹，將一件件首飾舉到一盞大燈下檢視，他認得都是姑姐婚後陸續送給母親的。燈光打在那些金器玉器上滿室生輝，同時映著掌櫃的驚疑不定的表情。極猛烈一股酸楚使他掉頭便溜，沒讓母親知道他目睹了那一幕。

勉強捱了大半年，陰曆年前到年後，業主幾次三番來追討欠租，于太太便與丈夫商議不如找于珍想辦法，有能力施援手的人只有她一個。

于強支吾不願：「她有身孕，我不想她為我們的事操心。」

于太太發了急，「你想孩子睡街嗎？你不去我去！」

於是那個星期天早上，于強口袋裡帶了十元路費帶著兒子從家裡出發，一程車一程船又一程車，花了一個多小時終於在山頂的巴士站下車，為了省車費最後一段路徒步，頂著大太陽走山路。一平記憶裡像是走了很久很久，山路無休無止向上盤繞，房子都是一間一間隔很遠，藏在林深處，從馬路上只瞥到突出樹頂的一角簷或一角牆。人是走在極狹的人行道上，一邊是疾馳的車輛一邊是護欄外的深谷，有時越過條小橋，底下是深冬乾涸雜草叢生的山溝。父親的瘦竹桿背影在他前面，兩手提著蜜柑糕餅悶著頭走。發現迷路之後向一個修籬人問了路又再走，等到終於看到他們要找的門牌號，父子倆都汗流浹背衣服透濕，但是寧可忍耐著不脫外套。還要再走段極陡的私家路才來到大宅前，人一站定頓覺涼風颯颯，夾雜松濤鳥語吹來，只見矛形鐵柵圈起的禁地內，密葉濃蔭簇擁著一幢既是西洋風格又帶中國色彩的灰牆建築，花園亭台層樓疊舍，高低錯落向內延伸，教人猜不透地有多廣屋有多深。一平感覺是來到童話故事裡的皇宮堡壘，隱隱有點明白為何父母從不來這裡探望姑姐，而姑姐也很少來看他們。通常是逢年過節，于珍一身雍容華貴突然造訪，司機跟在後面拎著百貨公司的大袋小袋，給父親的衣服鞋襪、給母親的綢緞布匹、給他的糖果餅乾。姑丈即便同來也只略坐寒暄即告辭，推說「忙」、「有約」，來過兩次乾脆不來了，由于珍腼顏代夫請罪說：

「叫我請哥哥嫂嫂飲茶。」也許非她的本願，但是婚後她與娘家日漸疏遠卻是事實，每次見面都不知甚麼時候是下一次。

一名白衫黑褲女傭領父子倆向裡走，穿過植滿花卉的院子，便聽見從屋內傳來淙淙琴音，輕快悠揚調子抒情，在這深宅大院裡聽去，使人幾疑此身是夢。

進了客廳，一平看見是個銀髮老婆婆在彈琴詫異極了，龐然的黑色蝴蝶琴前面坐著一老一少，老人家十指飛動神采飛揚，坐她身邊的十四五歲的少年負責掀琴譜。一平認得是兒時一道玩過的玩伴，幾年不見對方已是翩翩少年。見少年向他望來，他微笑擺擺手，但那少年面無表情又面向琴譜，淡然的樣子像是不認得他又或是根本沒看見。一平頓覺一腔熱情被冷水澆熄，知道以前是以前。神仙界中人和凡夫俗子，本是兩個世界裡的人。

老太太彈到曲終方起身相迎，不冷不熱對于強說：「于先生好久不見，方才傭人通報說親家來了，我直叫不巧，阿珍不在，我先代表她招呼你。」

「她出去了？但我們約好的。」

「她幫我去辦個事。我訂的兩支長白人蔘，藥鋪今早通知來了貨，我叫阿珍去幫我看看，好的話給我帶回來。這種事叫傭人去拿不了主意，阿珍這孩子又沒跟我說約了你，我要是知道的話就不叫她去了。」廣東話帶濃重口音卻句句清晰。

于強不免納悶，電話裡明明說好上午十一點來的，人蔘的事又不是十分緊急，為甚麼于珍不向老太太說明約了他？

女傭來接過水果點心他才想起還提在手裡。「給老夫人拜個遲年，不成敬意。」

「我是今早起來覺得身子不爽，本來有個做頭髮的預約都取消了，不然你來了我們一個都不在，多怠慢。」

「老夫人既是身體不舒服，我改天再來拜候。」

「沒事，說說話就精神了。」

「我不過來看看阿珍，聽說預產期是下個月？」

「你放一百個心，有看護貼身照顧，又有司機接送，不會讓她有事的。」

「老夫人別誤會，我不是這意思。」于強忙道。

「你看我！讓你站著說話，快請坐。」

「不坐了，不阻老夫人休息。」

「于先生不嫌棄的話，在這裡吃頓便飯？反正要開飯了。」

「我們出來前吃過了，老夫人請便，不用招呼我們。」

「你難得來，咱們親家倆好好聊聊，就當是陪我。」

一味堅拒似乎太不禮貌。黃老夫人逕自往裡帶路，于強只得帶著兒子尾隨，通過有月洞窗的過道，只見前面的身影挺得筆直，暗青閃金線長旗袍外罩紫灰緞襖，一路上暗花流動。經過廚房，不知是有意無意，黃老太太在門口略停留吩咐裡面的傭人道：「別讓牠吃撐了，吃飽帶牠到花園走走。」

一平從她身後看見冰箱旁邊綁著一隻鬈毛小狗，溜圓雪白十分可愛，正享受著盤裡的午餐。他很想過去摸摸牠，黃老太太回過頭來笑笑向他道：「吃過狗肉沒有？補身的，雄狗尤其好，越小的狗肉越嫩，用蔥蒜燜，唔，講起來口水都流了。」

一平呆住了。

飯廳裡，棗紅酸枝桌上已擺好三副碗筷，一雙銀頭玉筷標示著主人位，另有兩雙象牙筷打對面比齊了放置。每個位子有一個大碟一個小醬油碟，都是鑲金邊的，白瓷上繪有花葉圖案。黃老太太在玉筷前坐定，那高背椅似是訂製的，她的矮個子坐上去顯得比站立時高，儘管鞋不沾地，腰板直直的坐相凜然有威。

兩名女傭伺候張羅，奉上擦手的熱毛巾，接著捧來一大盤熱氣騰騰的蛋炒飯擺在客人中間，給兩位客人各盛一碗。此外捧來一隻景泰藍瓷盅、一盤捲式點心。瓷盅置於黃老太太面前，盅蓋一拿開，立刻一股雞湯香四溢。

「請用，」黃老太太敦促著客人。「我們家中午沒幾個人吃飯，隨便吃點湯水涼盤就當午飯，這炒飯是特為你們做的，趁熱吃。」說著用調羹撥開浮在湯面的黃油，嚐一口。

一平實在是餓了，端起碗來扒了幾口飯，吃到裡面有午餐肉粒蛋粒，香香的很好吃，眼睛卻忍不住瞟向那盤點心，形狀像春卷但兩頭開口，看得見裡面各色的餡，切成厚片規整斜列，用黑底金花的魚形瓷碟盛著，碟邊綴以香菜，美觀得不像能吃的。

黃老太太用自己的筷子夾了一塊放在他面前的碟上。「你有口福了，這是一位日本朋友家裡的廚子做的，就算在日本也不容易吃到，這位朋友送了我兩份，嚐一塊。」

一平忙咽下滿嘴飯粒，夾起點心咬一口，但覺入口即化，說不出來的一種腥羶鹹甜、難分難解的味道。

黃老太太饒有興味盯住一平問：「味道怎樣？喜歡嗎？猜猜看是甚麼材料做的？外面這一層白的，能吃出來是甚麼嗎？」

「魚肉，」一平道。

黃老太太略顯訝異看看他，「是的，是鱈魚漿做的魚板。」用指甲留很長的尾指一層層指著，「這層淺黃的是芝士，這層紅紅的是煙三文魚做成的魚醬，是極名貴的東西，這層深黃的是熟雞蛋，擱了糖，所以吃起來甜甜的。魚肉的鮮、三文魚的鹹、芝士的香、雞蛋的甜，加在一起好幾個層次的味道，清淡又和諧，要慢慢咀嚼體會，再來一塊？」

但他一點都不餓了。面前那碗吃了一半的炒飯已經涼透，他端起來又扒了兩口。方才聽過的琴聲又響起，想是那少年在練琴，聽著只覺一股清泉淌過心田。

黃老太太皺眉放下筷子，「練了幾個月都還沒長進。」問一平：「這曲子聽過沒有？」

一平搖頭。

「莫扎特的《渴望春天》，這作曲家聽說過嗎？」

一平又搖頭。

「挺好的曲子給糟蹋成這樣，胃口都給倒了。」轉頭問于強：「于先生怎麼不動筷？不合口味？要不要給你另做個菜？」

「我不餓，老夫人別客氣。」于強強笑。

待女傭撤下碗筷杯盤、沏上熱茶退下，黃老太太從小襖的口袋取出一個對折信封，貼桌面送到于強面前道：「你的遭遇阿珍都跟我說了，這裡是我的一點心意，希望你不嫌我這樣做太過失禮。」

于強錯愕盯著桌上亮澄澄的白信封，訥訥地不知是接好還是不接好，黃老太太按住信封又一送，「收起來吧，我也不怕你知道，這是我的私房錢，換了別人我是不拿出來的。」

「謝謝老夫人，」于強赧顏道。「只要手頭方便些，一定儘快還。」

「于先生太見外了，別說我們是親家，就是普通朋友也該幫忙的。我一向敬重有學問的人，這年頭像于先生這樣熱血的人是越來越少了，我年紀大了湊不上這份熱鬧，就當這是我對你的愛國事業的一點點捐獻。」

「老夫人言重，其實我甚麼都沒做，連累老夫人為我操心，實在慚愧。」

「啊？你慚愧嗎？我以為你自豪呢。我在電視上看見你，昂首闊步像個烈士。不是多大代價都在所不惜嗎？哪怕老婆孩子跟著吃苦，哪怕工作都弄丟了，這樣才顯得偉大不是嗎？就是因為社會上有你這樣的愛國志士，不時地打鑼打鼓吵吵鬧鬧，我們這些平民百姓才知道甚麼是國家主權民族尊嚴啊！要不是真的有捨己為人的精神，怎麼做得到呢？」

一番話聽得于強脊樑如灌了冰水般，這才恍然先前的讚譽之辭其實來意不善。正待分辯，黃老太太已「登」的放下茶杯，為了更能達意棄用廣東話說國語，四平八穩接了下去：「老實說你找阿珍想辦法是找錯門了，許多情況我想你這個做哥哥的也未必知道。想她當初來我們黃家，一身病一屁股的債，是誰幫她還的債？幫她治的病？誰把她從那個鬼地方帶回來？大會堂行婚禮，海天大酒樓擺酒，不是風風光光把她娶了進門？我們景嶽忍受了多少的閒言閒語，說他甚麼鰥居無聊老嫩不拘，又說他急著續弦揀個剋夫的寡婦。周圍那些三姑六婆，平日沒事都興風作浪的，何況有了這話題？幸虧那年景嶽運氣好談成了幾張合同，賺了大錢，那些人又倒過來說董事長的新太太腳頭好把吉星帶了進門，才沒有把景嶽當成色迷心竅神志不清。我們這些人家不過表面風光，外面要撐裡面要省，有苦和淚吞。有身孕的這年，哪頓不是花膠燕窩燉給她吃，還比誰都嘴刁，東西煮了出來這不對那不對的。稍為有點頭暈身熱就車她去看醫生，睡覺作夢又說要做心理治療。月月有零用，吃住都跟我一樣，兩個看護貼身服侍，哪樣少了她的，還有甚麼不滿意？女孩子家喜歡打扮入時些，花兩個錢買件新衣服，我也從來沒有不准過。就有甚麼不滿意儘可來跟我說，動不動淌眼抹淚跟底下人訴苦，不知道的人還以為我刻薄她。本來我不該在你這做哥哥的面前數你妹妹的不是，但是恕我說句冒犯的話，今天這件事你也做得欠考慮。我不知道阿珍跟你說過甚麼，搞到你們兄妹倆見面要背著我，我有說過不歡迎你嗎？你當我們黃家一點人情禮數都不懂？于先生我是心直口快的人，說錯了或者說得不中聽，請你不要見怪才好。」

一平目定口呆看著父親的臉色由紅轉青，帶著奇異的肅穆表情推桌起身，與此同時卻有一隻耳朵分神留意到鋼琴聲停了，就彷彿彈琴的人透過某種第六感應感知這裡發生了劇變。

于強對黃老太太說：「老夫人說的，我都聽見了。有件事我必須說明白，我這個時間來是因為跟阿珍約好了這個時間，並不是有心瞞著老夫人。如果阿珍做了甚麼激得老夫人生氣，我替她道歉，至於其他情況，我會向她了解，實在沒有辦法解決的話，我會回來帶阿珍走。還有這個……」將先前收下的白信封取出放桌上，「請老夫人收回，免得老夫人那位日本朋友知道了不高興。」回頭對兒子說：「平，向老夫人告辭。」逕自離開了飯廳。

一平正要尾隨父親，卻聽見黃老太太的聲音在後面說：「孩子，過來。」

他站定，回頭看見黃老太太起身向他走來，和氣笑問：「你叫甚麼名字？」

「于一平。」他答。

黃老太太撿起桌上的白信封，復又對折將它塞入他的外套口袋說：「一平，這東西你收好了，回去交給你媽媽。」

一平低頭看信封，想起早晨離家時，母親追上來在他耳邊說：「姑姐要是給你東西，不管是甚麼你要給媽媽帶回來知道嗎？」儘管信封不是姑姐給的，但說不定是母親要的東西便沒有作聲。

到了外面已不見父親身影，認著來時路向外走，到了那條他們來時經過的小徑，遠遠看見父親在一棵樹側跟一個人說話，低垂的花枝遮住那人的臉和白底藍花衫裙，他認得是那個姓翁的管家，在那幢九龍塘洋房和姑姐的婚宴上見過。她是個讓人願意親近的人，微笑時就像陰天裡出了太陽般讓人覺得溫暖。

他趨前幾步，聽見她正向父親說：「……老人家最近多病，心情不好，于先生不要放在心上。」

「阿珍真的出去了嗎？」于強問。

「說起來也是不巧，平常這種事是我去辦，剛巧我有個事要忙出了門，等少奶回來我叫她給你個電話？」

「不必了，我不想給她添麻煩。」

「我想等孩子生下來，一切會好的，老夫人喜歡小孩。」

于強毫不掩飾他對此的懷疑。「看生男生女吧。」

玉恆莞爾，「別看老夫人是老一輩人，思想挺開明的，她贊成男女平等。」

「黃先生不常在家？」

「做生意是這樣，應酬多。」又說：「以後你來看少奶，直接來找我就好。」

「謝謝好意，除非來接阿珍走，我不會再來。」

玉恆便不再說。于強微覺不過意，苦笑笑，「我不是怪誰，是阿珍自己的選擇。」

「情況不是你想的那麼壞，老夫人雖然脾氣古怪些，心腸是好的。我剛來香港人生地不熟，要不是老夫人發慈悲認我做乾女兒，不知落到甚麼田地。」

「你哪年來的？」

「五九年。鄉下鬧飢荒，有個在香港打工的同鄉回來說在香港能掙錢便跟他下來，後來國內變動，我先生出不來，得老太太幫忙才夫妻團聚。」

「你哪裡人？」

「安徽懷遠。」

「我是廣東揭陽。」

風過處，有木葉的清香揚起。于強希望走近些，囑託她一些話，可是想到她畢竟是黃老太太的人又不願開口相求，立定那裡只是沉吟。

玉恆卻把他的心裡話說了出來：「你放心，我會照顧少奶，只要能力做得到。」

于強堅拒讓司機送下山，也不肯搭預付的計程車，玉恆拗不過他只送到大門口。

到了外面，午時的炎陽照得街道反白。一平半跑跟隨邁大步走的父親，來到一個路口于強才停步牽兒子的手，一低頭看到他的外套口袋突出個信封尖便手一伸取出，「怎麼在你這兒？」

「那個婆婆叫我給媽媽的。」

于強三兩下撕成碎片扔進街角的垃圾桶。

「回去別跟你媽講，就說你姑姐有事出了門沒見著。」

一平把一直悶在心裡的問題問了出來：「她真要吃了那隻小狗嗎？」

于強哈哈笑。「她逗你玩的，那是隻享福的狗，你沒看見牠盤裡的牛肉大餐？」摸出口袋裡剩的幾塊錢數了數，「你老爸的肚子咕咕響了，我們兩仔爺下山祭五臟廟去！」

父子倆手拉手往山下走，于強心情變得很好似的，邊走邊用一種唱遊的腔調大聲唱：「天下有二難，登天難求人更難；天下有二苦，黃蓮苦貧窮更苦。人間有二險，山高險人心更險；人間有二薄，春冰薄人情更薄……」

當晚，于珍仰藥被送院急救，醫生給她做了剖腹產，接生了一個女嬰。

4

于強沒有再回學校教書。那天去黃家借貸不成之後，于太太厚著臉皮去討回部分債款，付了房租並退了房，舉家遷到大嶼山投靠鳩叔鳩嬸。最初的打算只是暫住，等于強工作有著落便搬回城裡，結果事情不是朝預期的方向發展。

鳩叔鳩嬸原是島上的原居民，在長沙下灘海旁有片前鋪後居的物業，靠經營雜貨店維生，但是隨著年事漸高漸感體力不支，兒女們屢屢敦勸兩老變賣物業搬到城裡，好就近奉養。一方面兩老也想過點弄孫為樂的享清福日子，另一方面卻有個顧慮是萬一在城裡住不慣，要是把物業變賣了便沒有了退路。正面臨去留抉擇之際，適逢于家需要個安身地，大家便商量出個兩全之策。雜貨店暫由于家接管，樓上的兩房一廳一併讓給他們居住，租金與工錢相抵，如此雜貨店既可繼續維持，于家的居住問題也暫得解決。

最滿意這結果的人該是于太太。離開鄉下多年終於又回來，雖然這裡有著許多令人心酸的戰時回憶，卻也有許多是歡樂的。自此勤勞不倦操持店鋪業務，雖嫌經驗不足，卻有魄力與人緣補救。這期間，于強也因緣際會重投教育事業。起初只是為了要讓一平趕上轉校期的課業進度而給他在家補課，由此觀察到島上缺乏校外學習的場所，觸動靈機，就在那海邊搭棚辦了個小補習社，為一些失學的學生或應屆考生提供校外補習，沒想到報名踴躍，於是覓地遷址正式辦起補習社來，原以為不易解決的師資問題，也因為有師範學院的畢業生聯群結隊來應聘迎刃而解了，學生名額得以不住增添，很快便小有規模。

半年後兩老果然遷回島上，眼看一盤生意給于太太打理得有條有理，索性轉讓部分業權，變成合資經營。隨著島上交通日益便利，帶動旅遊業興旺，幾個人商量之下覺得事有可為，于太太湊合了一筆錢在房子旁邊增建一棟樓作為度假屋，雜貨店改裝成飯店。不出一年，長沙下灘這片小天地已是另一番氣象。房子翻新過，屋後開闢了菜園，每日有新鮮菜蔬供應飯店及附近食肆。一小時航程外的城市和那裡發生的一切，已是不堪回首的前塵。

一九七四年年中，烏雲再度集結。于強被確診患腦瘤，因是不能施手術的部位，只能透過放射療程與口服藥醫治，費用昂貴又未必有療效，于強便決定放棄治療。一平去梅窩迎接得知消息趕船過來的于珍，儘管姑侄倆已好幾年沒見，他還是一眼便認出那個戴墨鏡、濃妝豔抹、滿頭新燙鬈髮給風吹得凌亂不堪的貴婦便是姑姐于珍。坐巴士到長沙約十五鐘的迂迴路上，于珍擁著貂皮大衣哭個不停，對一平說一定要幫著勸你爸去治療好嗎？一定要。

終於在于珍的安排下到一家有名望的私家醫院就醫，做了一個療程不見效于強便不肯再做，將補習社的業務交給同事便收拾心情在家靜養。

屋外沙梨樹下，常可看見于強躺在帆布椅攬著棉被望海觀潮。于珍常來，有兩回把三歲的女兒寶鑽帶了來，于強十分鍾愛這個小外甥女。一平帶著小表妹在沙灘上玩沙，于強于珍兄妹倆便坐在屋外閒聊。

有個禮拜天黃景嶽帶著金鑽也來探望。一平後來才知姑丈那次來曾與父親商議補習社的轉手事宜，似乎得不到令他滿意的結果，午飯未吃便先自離去。後來一平依母親吩咐去喚金鑽到飯店吃飯，遠遠看見金鑽在屋角探頭探腦的，走過去想嚇她，她回頭豎隻手指在嘴唇前叫他噤聲，他這才發覺她在聽壁腳，不遠處于強于珍在沙梨樹下談話，從兩人的表情看來像在爭執，風聲浪聲中只斷續聽見片言片語。

只聽見于珍說的是：「要是那孩子將來想出國呢？……多一筆錢對他幫助有多大？……」

「非要出國才有出息嗎？他要好高騖遠讓他自己想辦法……」于強的低沉聲音說。

「景嶽不過是好心，你那補習社現成的師資跟學生……」

「你是巧立名目想接濟娘家當我不知？好意心領了，我死了這個家還有阿芳……」

「賣給集團弄點新資金，學生也會得益的……」

「不用講了，我答應了社裡的一個老師無條件轉讓，我不會改變主意……」

「說來說去都是你的原則，你要做聖人做君子別人也要跟你一樣……」

「我要是想做聖人做君子，就不會躲在這島上苟活，我是負疚離開這人世的……」

海風吹得沙梨樹沙沙亂舞，兄妹倆誰也沒注意後面簷下悄悄離去的兩小的身影。

于強臥病到次年初，病情隨著天氣轉冷急遽惡化。腦瘤壓迫視覺神經導致視力減退近乎失明，最後一本在看的《漁樵問對》都沒有看完。一平看著父親的身體逐日失去活動力、協調力，然後是他的自理力、思想力，是那麼難以置信與不堪承受，以致當他望著床上瘦成骷髏的人只感到忿恨。與其說是父親的將死令他不能忍受，不如說是父親的理想才初步實現便要撒手這個事實；不如說是看著父親變成一堆流著鼻涕口水的他無法產生共鳴的物質；不如說是曾經代表過他心目中的父親包括父親腦子裡的學問與知識，關於歷史的文學的，一點一滴在他眼前消失。倘若連父親這樣的人也只能有這樣的收場，人生有甚麼意義？活這一生是為了甚麼？

陰曆年前的一個傍晚，趁著于太太外出，于強把一平叫到床前，吩咐他到屋裡將那些事先收拾好的書箱通通搬到沙灘燒毀。一平帶著店伙用木頭車來回十幾趟才把書箱統統搬完。

在西北風割面的海邊，十幾個書箱的書堆成一座大山，霎時間火便燒得極旺，像把大火炬照得沙灘一片通明，熊熊烈焰令人無法靠近。于強坐著輪椅被推到火邊，幾乎不能視物的雙眼裡有兩朵火在燒著，彷彿是他體內的火焰。一套套經史子集、一捆捆的書札筆記，在父子倆的目送下化為灰燼。

「為甚麼？」他問父親。

「留著只是你的負擔。」于強說。「你書讀得不錯，但是以你的個性選擇不多，將來去考公務員吧。」

——記憶裡這是父親對他說過的唯一接近遺言的話。

5

去山上見過于珍的第二天，一平乘船到大嶼山探望母親。午飯客人散後的清淡時光裡，母子倆在飯店一角喝著一壺普洱茶，他將與于珍見面的經過告訴母親，只略過遺囑的事不提。于太太聽畢唉聲嘆氣：「由不得你不信命，本以為阿珍這次找到了好歸宿。」

講到于珍希望他為寶鑽補習功課的事，于太太皺眉道：「老師有那麼難請嗎？」

「姑姐家路遠，做這行的多半是賺外快的學生，會挑人家的。」

「可是你怎麼應付得來？光是學校的功課就把你累壞了，開學之後你哪天夠睡過。」

「我告訴她說回學校打聽一下，看哪個高年級生有興趣介紹給她。」

「這是個好主意。」

一壺茶喝完，便相偕去寶蓮寺上香。每次他來于太太總要他去給佛祖上個香，一平無可無不可只當是觀光。於是搭小巴到昂坪，在寺前下車。那四柱三樓式的石雕牌樓後方遠處，是他看不厭的鳳凰山。四時景致中他尤其喜歡今天這樣的，天有積雲，雙峰有霧，有迷津的意境。

殿前廣場，煙火瀰漫，黃瓦朱欄的大雄寶殿屹立石台上。于太太給了香油錢，虔虔敬敬上香，唸唸有詞伏地叩首。一平也應景地合什拜了拜，等母親禮佛完，母子倆便向後山走去。自從前一年于太太在後山閒逛時發現祖師墓的所在地，便每到寺裡都去拜一拜，說是莫忘前人功德。這是一平喜歡的一段路，從齋堂側繞到寺後，經過一排洗手池，沿山徑前行，漸漸喧囂不聞，人是走在綠色山林中，除了有次看見一個挑著擔子的村夫，就沒碰見過別的遊人。走了不長的一段便看到一座規模宏偉的古墓，墓前有荷花池，水泥墓台上有個小石亭，亭子內有個高僧坐禪的銅像。他們從未見過供奉的人，但供桌上總有鮮花，石鼎裡有燒過的信香殘枝。母子倆遂獻了香，然後離開古墓繼續往山更深處走，不過咫尺之遙便見到一個面積比先前的古墓更大的水泥廣場，圓形石台上，一排五座靈塔並列，石碑刻有歷代住持的名諱，卻其中兩面石碑尚無刻字。因又獻香，母子倆未交一言，循原路回到大殿。

時候還早，便去茶園那邊逛，走過一條沿途有茶樹叢的狹長林徑來到一片休憩地，依老習慣地登上木魚山，看到西面山頭在動工，于太太告訴他說在建個大佛。走到半山腰一視野遼闊處遠眺山景，只見山勢跌宕，嵐氣舒卷，是嶺南派山水畫裡的雲霧丘陵。山風徐來，帶著一股濕悶，是香港人熟悉的梅雨季味道。他想他大概能了解母親為甚麼選擇在這裡老。他覺得母親兩鬢的白髮就是那自在舒卷的山嵐，有時不免好奇母親的平靜哪裡來。為甚麼自己總是鬱鬱不歡？總是失魂落魄尋尋覓覓？為甚麼在見過于珍之後，當往事掠過心頭，他百感交集不能釋懷？

至今他能清晰記憶父親去世的那個刮風刮雨兼停電的冬夜，他從父親的臥室跑出來，越過冰冷的沙地跑到度假屋的飯店，桌椅間跌跌撞撞，摸黑找到電話撥了于珍的號碼，卻是黃老太太接電話，冷哼哼的嗓音說：「找姑姐？有急事？甚麼大不了的事呀孩子？名字都不報一下，毛毛躁躁一點禮貌都不懂。」

他只好報上名字說：「麻煩請叫我姑姐聽電話好嗎？」

只聽見那聲音依舊慢腔慢調說：「也不看看幾點了！一屋子人都睡了，只有我這老太婆鬧失眠，這雨聲吵得人沒辦法睡，心裡慌慌的。這場風雨來得有點怪你不覺得？我眼皮跳了一天，渾身陰陰凍凍，我總覺得是神給人的一個警告，你信神嗎孩子？」

「誰要跟你講話！」他急得大叫。

那聲音溫溫吞吞往下說：「孩子我告訴你吧，真是大不了的事，不管你做甚麼都太遲了。就是你姑姐趕去了又怎樣？你爸就能活了？就不死了？你怕死嗎孩子？那麼怕他死？可是怕有甚麼用？誰也逃不過一死。你想想我這歲數了不是等死是甚麼？你那姑姐天天盼我死，可這事由不得我作主，神的意旨是甚麼時候就是甚麼時候。一天不死一天就得起床、刷牙、洗臉、大小便。孩子我跟你說，死了倒好，一了百了。這時候別再找你姑姐了，你還是快回到你爸的身邊去吧……」

往後好些年，有時當他想起那個風雨夜，還會聽見那冷冰冰的聲音在他耳畔問：你怕死嗎孩子？怕死嗎……

暮色來得快，輕紗似的覆向大地。他看見母親悄悄用衣角抹淚，知道她必是在思念父親了。

于太太回頭對兒子說：「一平，我在想，你就幫幫你姑姐吧。」

一平無言，攙著母親一同下山去。

註釋

1 指英國前首相柴契爾夫人（Margaret Thatcher，1922-2013）。
2 粵語稱父親的妹妹為「姑姐」。
3 輪米、輪油，指排隊領取米與油。
4 阿飛，浪蕩子或小混混。
5 扒房，牛排店。

第二章

1

暑假初的一天，窗外轟轟烈烈響著夏日蟬歌的明亮房間裡，一平見到了表妹寶鑽，依偎母親含羞站立，大眼睛充滿不信任望定不速來客。

「叫表哥！」于珍用手推女兒。

「我們見過了，那時候你這麼小，」一平用手比劃。「你舅舅叫你塞豆窿[1]。」

寶鑽眼神一動，似是對這外號留了神。

「咦，真漂亮！」一平拿起書架上的一件擺飾把玩。是個用牛奶盒做的紙模型，細看是個收銀機。他搖了搖，聽見裡面有響聲，寶鑽馬上過來講解：「按這個鍵，櫃桶就可以拉出來。」她示範，拉出個小抽屜，裡面有一格格，格裡放了真錢幣。「裡面裝了個活鈎，櫃桶一推回去，就勾住了，懂了嗎？」

「懂了。」一平鄭重回答。「你自己做的？」

「當然自己做，我照著超級市場裡的做的。」

「就愛花時間做這些沒用的，美術拿高分有甚麼用？」于珍插嘴。

書架上還有其他紙模型，有洋房、家具、樂器，各式各樣，用餅乾盒或糖果盒做成，這孩子顯然喜歡剪剪貼貼做勞作。

礙於于珍在場，他不好問松木板上釘著的那張粉彩畫裡的女性頭像是不是他猜想的那個人，寶鑽卻自動報說「那是嫲嫲。」一平淡哦一聲去看另一張畫著藍衫婦人的畫，寶鑽又報說「那是恆姨。」

兩張畫都流露出一個小孩的真情，一平不覺糾正了自己的想法：看來黃老夫人的喪禮上不是沒有人掉淚。

有個圓圓的東西頂他的膝蓋，他一低頭看見是那隻他上次來見過的大白狗，摸牠的頭笑道：「是你！」蹲下揉狗毛。「牠叫甚麼名字？」問寶鑽。

小女孩居然用代入方式代狗回答：「我叫布布，我全名叫威廉・布朗臣，嫲嫲給我改的名字。」

「是牧羊狗嗎？」

寶鑽瞪他一眼彷彿他是白癡，仍然用狗腔說：「我是大白熊狗，我的祖宗是比利牛斯山來的啊，我會打獵又會牧羊，不過在這裡我只是玩接球比賽跑，我體重一百二十磅，今年十一歲，如果我是人已經九十歲，眼睛快看不見了但是鼻子還很靈，是不是呀布布？」

布布瞇眼仰脖，一副幸福大老爺樣接受女主人的愛撫——

自此一平每週三天來到黃宅給他新收的學生上課。儘管長途跋涉，但他寧可搭公車而堅拒接受于珍的建議讓司機接送。頭兩課平安無事度過，一平正暗喜進展順利便發覺有點開心得太早。先是交下來的作業做點不做點，真是逼得緊了便寫個一頁，也馬虎潦草。上課她也不留心聽講，每十五分鐘就要告個假離開桌子，要去拿吃的拿喝的、要去帶布布「便便」、要去抱抱她的椰菜娃娃之類。要不就是鬧肚子、胃痛、頭痛。舊點子用老了便換新點子，比如課本或作業簿不翼而飛，指天誓日說找不著了，又比如乾脆逃課跟姊姊購物去了。又有次她拿出最近去過的宴會的照片要他「給分數」，盯著他問「姊姊漂亮還是我漂亮？」、「姊姊的衣服漂亮還是我的衣服漂亮？」，他稍為大聲喝叱「別鬧了好好上課！」，她抓起照片便撕，一點不手軟。他發覺這小女孩軟硬都不吃。消極抵抗、賴皮、撒謊，是她的拿手好戲。四分之一個暑假便在混亂無序中虛擲，每次上完課他都帶著挫折感離開。

他動肝火那次，是發現有人代她做作業，字體仿得有七分像但他看出是仿的，質問是誰幫做的，她堅說是自己做的，一平將一新一舊兩本作業簿打開攤放她面前，「你仔細看看，是同一個人做的嗎？」

小女孩臉繃緊，兩眼朝他放箭。

對峙中銀姐像平常那樣敲門送糖水[2]進來，看見室內的情形面不改色：「姪少爺吃糖水，蓮子燉雪耳。」

寶鑽摸摸碗，叫住銀姐問：「怎麼不熱的？」

「太熱燙嘴的，二小姐。」銀姐說。

一平抓起自己那碗唏哩呼嚕喝起來。

寶鑽眼一瞪惡狠狠對銀姐道：「我要熱的！」手一撥將未喝那碗撥倒，書簿雜物全弄上黏答答的糖水。

銀姐手忙腳亂就近扯些潔面紙扔到糖水上面應急，隨即出房去張羅抹布，一平搶救桌上屬於自己的東西扔進書包。

「還沒夠鐘！」小女孩瞪眼。

「扣人工吧！」他拋下一句，背上書包離開了房間。

平常他會去于珍的房間問個好再走，今天也沒心情了，懶懶地下山，想到跟一個小女孩搞到鬥法也自好笑，但他其實更氣那個捉刀人，對寶鑽是失望多一些。

隔天來上課，小女孩在聽音樂節目。她哥哥新送給她一部新力牌音響，一定要聽完那個節目，怎樣都不肯聽話關掉收音機。一平一個快動作按停了機，叫她打開課本上課，小女孩硬頸地又按開機，一平又按停。如是兩三回，一平取過作業簿打開看到都沒做，啪的扔到她面前說：「給我做好，不做好不下課。」拉開椅子捧一本書讀，不朝她看也不說話。

小女孩裝不在乎，索性戴上耳機聽音樂。一平氣不過又按停了機，硬把她的耳機扯下來。

小女孩尖叫，「你扯痛我頭髮！」

一平把耳機一扔，「你想全班考第尾，科科不及格，這些都沒關係，可不要叫我跟你一起浪費時間。」

「我最憎補習！」小女孩大叫。

「乾脆你別讀書，待在家裡別上學，那就用不著補習！」

小女孩的堅硬外殼有了裂縫，眼眶浸浸地紅了。

這時候銀姐又送糖水進來。「吃紅豆沙！」她用討喜的聲音說。有了上回的教訓，紅豆沙是滾燙的。

「最憎紅豆沙！」寶鑽大叫，手一撥將托盤撥翻，熱騰騰的兩碗紅豆沙落地四濺，一平跳起來急退絆倒了椅子，椅子撞到了書架，架上的小擺飾小玩具哐唧哐噹悉被震落地面，立刻引起多人過度反應的忙亂場面——銀姐連聲哎呀去張羅拖把、昆姐聞聲跑來看一眼便又跑開一疊連聲叫「太太」、于珍連聲「怎麼了」從走廊另一頭跑來、寶鑽衝進浴室把自己關在裡面、布布鑽了進來團團轉像福爾摩斯研究犯罪現場似的。一平離開時沒人阻止他，只有耳裡久久迴響著布布的低嗚。

這陣子他都是用西邊的側門進出，因寶鑽的房間在西面，這樣既可縮短路程，又可省掉通過主樓與屋裡其他人交集的麻煩。多半是花王[3]全伯聽到門鈴聲來給他開門，離開時也是他來關門鎖門。他覺得經常麻煩他，有次送了他兩條菸，迎來送往更加殷勤。這天他仍舊從西門走，繞過西側花園的花草，經山風一吹怒氣消了一半，暗悔說了那樣的重話。全伯趕來送，說：「姪少爺今天走得這麼早？」

「給炒魷魚了！」一平笑道。

「二小姐又發小姐脾氣了？」全伯笑問。

他是胖人愛笑，有張喜氣的臉，卻是一對小眼很精明，一平猜這裡的事沒甚麼能逃過他的這對眼睛。

「以前那兩個補習老師，是甚麼原因辭職的？」他想起來問。他一直找不到機會問于珍，這會兒覺得問全伯更好。

「小孩的惡作劇。兩個老師一個男一個女，分別動用了狗大便和死蟑螂，其他你自己想吧。」

一平笑個不迭。「看來用紅豆沙招呼算優待我了。」因把紅豆沙事故說了。

「那是把你當貴客了！」全伯哈哈笑。

回家路上一平越想越是有愧，自己其實沒有好好想過該用甚麼方法幫助這小女孩。因為只想混到暑假結束向于珍交差，因此他用了最懶惰的方式，依書直說、留作業，他在學校裡一貫避免採用的。也是因為寶鑽的任性刁鑽幫他確認了他對這類優渥家庭的孩子的觀感，所以打一開始便抱著放棄態度。

細想來，寶鑽的問題很明顯是整個成長環境的問題。她每天接觸最頻密的人是銀姐，最好的朋友是布布，假日娛樂是去馬會、去坐遊艇、去會員制的俱樂部餐廳吃大餐，要不待在家裡做勞作或看大量的卡通片。她有個個人名義的銀行戶口任她提錢零花，但她的日子是大片的冷清，裝飾著零星的豪華的熱鬧。于珍毫無章法的規管不生效力，父親與哥哥只知給她買玩具，姊姊又只是她美貌上的假想敵而不堪做她的榜樣。明明智商與學習力都不缺，就是沒有人能說服她為甚麼好好用功有它的好處。她不是完全不懂事，比如有次她問他為甚麼舅舅喚她「塞豆窿」，他告訴她說「塞豆窿」就是「小洞洞」，因為她那時候小不點兒又很頑皮，往哪個桌子洞一鑽便找不著她，舅舅便這樣叫她，她聽了居然說「我長得小因為我早產，我在防菌箱住了二十九天因為媽媽跟嫲嫲吵了架喫安眠藥自殺，我不想媽媽死只好出生了。」一使一平為之失笑，同時不免對這小表妹生出憐惜。上一代的不健全關係顯然已影響到這小女孩的人生觀。祖母與翁管家的相繼離去對她有多大影響無從估計，但是假如寶鑽的成績退步，與身邊少了兩個關懷她的女性長輩有關，或許她的無心向學只是過渡的，是她的感情生活突然出現了這麼一個大洞所致。

三年的男校教學生涯，讓他闖過了一趟教育事業的木人巷，看盡學生百態、教育制度的百弊、師生間的百般恩怨，使他深深領悟，父親當年在他心中奠定的以孔聖先師為理想的教師典範，是他今生只能心嚮往之卻無能實踐的。教員室內，總有那以教育英才為己志、理想主義的一群，也總有那為謀取薪水與福利的純粹打工一族。至今他無法確定自己是屬於哪邊，或許因為他知道他用不著選邊，最後自有個分曉在那裡。在課堂上他力求做個公事公辦、公正嚴明的老師；課堂外他不拘小節，不介意跟學生有說有笑，但是心底裡有道涇渭分明的師生界線。如果他還算受歡迎，那是因為他不端架子、不施懲戒、不講大道理。偶遇頑劣學生，他相信即使校規不起作用，也自有達爾文的物競天擇定律在運作，而他因為怕影響別人的人生，一向是信賴這兩種力量來替他代勞，自己則採無為之治的方針。他選擇與父親一樣的職業，不過是貪圖它的平凡安穩，他認為是頗為適合他缺乏積極性的個性的，因此一年年續約，不求有功但求無過，讓他可以在社會上有個棲身的職場。

但他至少記得父親生前說過的一句話：「教育不是為了知識的教導與傳授，是為了讓學生自由地學習。」

次日他在家裡接到于珍以約時間為由打來的電話，然後便聽見話筒轉手、寶鑽用蚊細的聲音說：「對不起，我不對。」雖明知于珍是台詞的幕後作者，他也就趁此下台階。再見面，女孩有些靦腆，眉宇間尚殘存著衝突的陰影，但是一看到他帶了玩具來便笑開了。是新出的美國進口遊戲，有個形似唱碟盤的調色盤，在上面滴上不同顏色的牙膏裝顏料，按個鍵那輪盤便飛快轉動，顏料四濺轉出各種好看的漩渦紋圖案。寶鑽的美術神經被挑動立刻沉迷，兩人轉輪盤轉了一下午。

為了補回之前浪費掉的時間，暑假尾段他天天來，驚喜發現不留作業而撥出時間跟她一起做習題，小女孩的學習興趣馬上提高，原來她只是希望有人陪她做功課，有談有講，讓她隨時發問。他開始給她買圖書，《一千零一夜》、《伊索寓言》、《魯賓遜漂流記》，一本本添加上去。看著她從前只有美勞冊的書架豐盛起來，他感到近乎成就感的滿足。但他沒有改變初衷做到暑假結束為止，一來開學後肯定忙不過來，二來他覺得寶鑽實際上不需要專人替她補習，只要于珍肯抽時間陪女兒做做功課就可以，而于珍答應他會這樣做。

開學前的週末上最後一課。其實大部分時間只是坐在旁邊看她緊緊張張往一個新書包裡塞課本塞文具，筆盒都有兩個，都是哥哥姊姊送的。他看不過眼說：「放不下啦！出國留學都不用帶這麼多！」索性把書包取來放自己腿上，幫她全部掏出來重新收拾，一邊婆媽叮囑，新一年的課程大致都跟她預習過，有不懂的地方隨時打電話問他。

「我也有開學禮物送你。」他從書包取出一個包著禮物紙的扁平盒子。

寶鑽拆開看是個計算機，滿口謝謝之餘又憂慮地說：「其實我不想名列前茅。」她用了個新學的成語。

「為甚麼你不想名列前茅？」一平忍笑問。

「因為如果我考第尾，也許你就再來教我。」

一平又好笑又感動。這些日子他已習慣了她雖然有時語出驚人，卻有時又稚氣得像個幼稚園生。

「你受過我這名師指點，想考第尾不大容易啊。」他說。

她打開一本新電話簿要他把電話號碼寫在上面，他說「你有我電話了啊」，但她一定要他寫在那簿子上。他翻到「Y」字母那頁，她看他寫，原子筆劃在紙上發出嚓嚓聲。

2

開學剛一星期便打了場十號風球的大颱風。他一早接到寶鑽打來的電話，嘰哩呱啦報告說不用上學開心死了，爸爸跟哥哥都在家沒上班，家裡很久沒這麼多人過，媽媽進廚房做了個好久沒做的巴西煉奶蛋糕好好吃啊，姊姊沒吃到因為她整晚沒回家又沒個電話回來，爸爸發了大脾氣……興奮過度一口氣講個不停。他問她開學的情形，她可憐兮兮說：「下星期一默書，都背不出來……」

扯了半天說出心裡話：她想他再來一趟。「只是這一次？」

次日是週末，下著颱風後雨，他在西門前按了十分鐘門鈴都沒人來應門便繞到前面大門，看見一輛電單車在私家路上掉頭，擦過他身旁拐出路口，尖嘯著消失大馬路上。金鑽站在大門口往手袋裡亂掏，一頭波浪卷給風吹得驚濤駭浪的樣子有些狼狽。一平走過去把她遮到傘下，兩人同時說「這麼巧！」，都笑了。

「你不是不來了嗎？」
「來幫她準備個默書。」
「撒嬌把你纏來的吧。」金鑽笑道。
全伯正在院子裡揮動斧頭砍一棵斷樹，看見兩人同撐一把傘從外面進來不免面露訝色。
「沒人應門所以繞到前面。」一平解釋著不覺更窘。
「對不住對不住，我在這前面沒聽見。」
「玉蘭倒了？」金鑽望著地上的斷樹。
樹上猶自盛開著尖牙形的白花，芳香四溢。
「這回連老樹都撐不住，老爺今早看見了心裡很不爽。」全伯說著把擋路的斷樹搬開讓兩人過。
雨中同行，踏過一地殘花敗葉，淅淅雨聲是傘下世界的唯一聲音。他想起小時候一同玩耍的情景。在九龍塘那幢小洋房的院子裡打羽毛球踢毽跳繩玩得不亦樂乎，可是自從在這屋裡重逢，偶爾碰面也不過點個頭，不知她還記不記得兒時的事。
來到門簷下都各有半邊肩膀給雨打濕了，他正要把傘靠在門側壁上，金鑽伸手說：「給我。」
一平不好拒絕便交給了她。「那麻煩你。」
到了裡面便分道而行。一平去到樓上房間看見房門半掩，進去看見寶鑽正趴在床上捧一本書看得入神。他悄悄掩到她身後，拎起她的一條辮子拉了拉，口裡發出「呤呤、呤呤」的聲音冒充門鈴聲。寶鑽甩了甩頭把辮子抽回來扁嘴道：「你遲到！」

他一側身也趴在床上，扳過她手中的書看見是《姊妹》雜誌，笑道：「這是你要背的書？」

「姊姊扔掉我撿來的，」她辯解，面朝書說：「天秤座這星期運程很好啊，參加聚會遇見一位傾心的異性……」

「真的？」一平搶過雜誌，看了一會嘎嘎笑：「白羊座週末不宜外出，小心誤交損友……」

「甚麼是損友？」

「會讓你傷風感冒的朋友，」一平隨口謅。「你姊姊甚麼星座？」

「巨蟹。」

一平唸巨蟹座的今週運程：「愛情出現小風波，多注意儀容可帶來轉機。」

「怪不得姊姊換了新髮型。」

「挺適合她的。」一平道，回想那一頭波浪卷。

「你看見她了？」

「在門口碰到。」把門前巧遇的經過略作報告。

「有人送她回來？」寶鑽大感興趣。

「戴頭盔看不見是甚麼人。」

「是阿漢！阿漢有部電單車。」

「那也不稀奇，阿漢本來是這家的司機。」

「幹嘛用自己的電單車送回來？」

「也許湊巧碰到，像我跟她那樣。」

「姊姊整晚沒回家，不是第一次了，媽媽說她不正經。」

「十號風球怎麼回來？」

「下午就改掛三號了呀，銀姐說有次在街上看見她跟阿漢一起。」

「那也不犯法，法官大人。」

「媽媽說不該跟自己家的司機好，因為身分不同。」

「我看你是吃醋吧！」他逗她，一面卻心懸適才雨中的一幕。

上課當中，那個造成懸念的巨蟹座女生捧著熱茶點心出現在房門口。一平忙起身道不好意思，今天怎麼你拿來。「我把銀姐的托盤搶了來。」金鑽說著把托盤往書桌上放。

「我的書！」寶鑽兇著臉拿開課本。

點心是兩塊切成三角的海棉蛋糕，上面用白色糖霜和紅櫻桃點綴，黃白紅相映煞是好看。

「你做的？」一平笑問。

「都說媽媽做的！」寶鑽瞪眼搶白。

「我哪裡會！二媽拿手的。」金鑽笑彎了腰，準備小駐片刻似的抱臂靠在門框上，一平要端椅子給她，她說「不用了，不阻你們上課」，人卻站在那裡不走，閒聊起颱風夜她在朋友家，那一帶遭水淹了，她被困那裡回不來。他注意到她換過件衣服，那「波翻浪湧」髮型也重吹過，特別有種女子理妝後的光彩。束腰裙穿得她腰細細的，藕白臂膀光裸著，給人的感覺也分不清是冷是熱。

臨走她說：「那把傘我放在門口，走時記得拿。」

「好的謝謝。」一平笑笑點頭。

金鑽走了半天了，一平猶自感到她先前佔據的那片空間有個光暈。寶鑽盯了盯他呢喃道：「天秤巨蟹合不來的。」

「誰說的？」

「我看到書上說的。」

看小女孩認了真，一平扯扯她的辮子說：「我只跟梳辮子的白羊座姑娘合得來。」她給他個憂鬱的「誰信你」眼神便低頭看課文。

寶鑽對姊姊懷有輕蔑與嫉妒混雜的情結，是他早已察覺的。而于珍口沒遮攔的講繼女的是非只讓女兒更偏激。身為續弦妻的于珍，對丈夫前妻的女兒始終有隔閡也許是難免的，然而令到姊妹間感情疏遠卻未免是憾事。就連他也受了微言的影響，可是有過兩回接觸，金鑽給他的印象並不壞。舉止端莊，話不多，會打扮，唇邊總是含笑，眼睛帶幾分渾沌地看人，縱使有時給人距離的感覺，他也認為是東方古典的朦朧美。那天上完課他為了取傘，沒有像往常那樣走側門而是繞到前門，看到那把傘斜倚牆角，乾淨整齊等著他似的，從來他沒看見過它這個樣子。

在沒有誰要求他作出承諾的情況下，他開始不定期和不定時來給寶鑽看看功課。他再見到金鑽是兩個月後的傍晚，他上完課離開時路過泳池，遠遠望見金鑽剛游泳完在用大毛巾擦身，看見他便向他揚手，那手勢像是招呼，也有可能是招他過去，正躊躇間她已一邊穿浴袍一邊走過來說，剛下課？他說是呀。她說白天太陽猛，這時候游泳涼快些，彷彿覺得有必要解釋。他眼睛避免朝她浴袍裡面看，但她既跟他說話，他不能甚麼都不說，便說：「今天沒出去？」

「上午去上了兩個鐘頭駕駛課。」

「想自己開車？」

「是呀，阿漢光要接送爸爸跟二媽都忙不過來，第三重要是妹妹，最後才輪到我。」

「我這次來是覺得這裡人手少了很多。」

「以前幾個舊人都是翁管家帶的，她走了之後沒人管事，爸爸就開始減人手，說這樣簡單些。」婉轉笑笑。

他知她是不好批評于珍不管事。

「怎麼很少看見你哥？」

「他是工作狂，把這裡當酒店。」

她問他放假都做甚麼，他笑說：「備課、改作業、改測驗卷。」

「不看電影？不去的士高[4]？不去郊遊？」

他一律搖頭，「有時入大嶼山看我媽。」

她眼睛一亮，「好多年沒看見舅母了，她還在長沙那裡？」

這一聲「舅母」叫得很自然。當年于太太因為不想金鑽覺得被排拒，讓她跟寶鑽一樣喊自己舅母、喊于強舅父，看來她都記得。一平頓生好感說：「她問起過你呢。」

「真的？記得那年我去長沙嗎？舅母叫你帶我去逛沙灘，你一味跟我講數學理論，甚麼宇集空集的聽得我一頭霧水。」她笑著回憶。

「是嗎？我哪有呀？」

「有啦，我以為你討厭我呢。」

「沒有的事。」他矢口否認。

「你甚麼時候再去？下次跟你去行嗎？」

「隨時歡迎，媽媽見到你一定很高興。」

回家路上一平反覆回味泳池邊的對話，慢慢想起金鑽那次來長沙的情形。那時她已是個十三四歲的長身玉立的少女，兩頰酡紅短髮覆耳，他因為父親的病心情不好，對於陪伴表妹的這個差事感厭煩，因為一起偷聽了姑姐和父親在沙梨樹下的爭執，她便多嘴地問東問西，問你想到外國留學嗎，又問你甚麼科目最高分甚麼最低分，又講起她在英國唸書的哥哥是怎樣的優等生考上怎樣厲害的大學，唧唧呱呱的長舌樣子很可笑，他有心戲弄她便開始講數學理論，又故意走很快，她走得又熱又喘要脫大衣，口袋裡的物件剔哩嗒啦掉了一地，他蹲下幫她撿那些梳子錢包潤唇膏手絹等女孩用的物事，她窘迫地低著頭彷彿被看見了重要隱私——

金鑽說做就做，那個禮拜六早晨兩人在中環碰頭，一起坐船到大嶼山，在梅窩下船後搭巴士到長沙下村。

于太太看見兒子帶了個女孩回來本是一喜，及至認出是金鑽，那歡喜便打了個折扣，最後是她天生的熱情勝出，不住口讚歎當年的黃毛丫頭出落得多麼標緻。她去菜園摘菜金鑽也興致勃勃跟了去摘了一大簍菜回來，剛好龍眼結果又摘了一大堆龍眼。回來金鑽在廚房幫忙洗菜摘菜，飯店開始忙午市便幫忙端菜，倒是把一平冷落一邊，最後硬被于太太攔住，拉她到景觀最好的窗邊桌按她坐下，吩咐廚師做了幾個菜，三個人吃了頓午飯。飯後于太太自去午歇，留下兩個年輕人在飯堂裡喝茶吃水果聊天。去沙灘還嫌早，一平建議去打乒乓球，或者去看鳩叔跟棋友捉象棋，金鑽全沒興趣，便瓜分一份報紙各看各的，沿窗的夾竹桃蜜蜂嗡嗡，又不斷有蒼蠅營營擾人，兩人不時分神趕蒼蠅。

「鄉下地方就是蛇蟲鼠蟻多。」一平歉笑笑。

「你以為山上沒有？更大更毒的都有。」金鑽處之泰然。

他見她很細心在看招租廣告，隨口問：「怎麼看這個？」

「不知道，就是喜歡看，你住的地方租金多少？」

「一個月千八，兩房一廳，舊唐樓。」

「我都租不起。」

「你想搬出來？」他很驚訝。

「發發夢，哪裡可能。」

「為甚麼？」

「爸爸不會答應。」

「聽說你在姑丈公司做過事？」

「別提了，一殼眼淚[5]。」卻又順乎自然說下去：「那些人看我是老闆女兒又是名校出身，表面對我好，背裡搞亂檔，我有苦說不出，爸爸認定是我不肯做事，我也懶得跟他講。」

「你想找事做？」

「也想啊，可是像我這麼笨，去做售貨員人家都不要。」

「學會了開車可以去開的士。」他說，看到自己的話把她逗笑便十分受鼓舞。

他早就察覺她有心事，不是一天兩天而是幾乎成了她的個性。但他到底是外人，不便交淺言深。

太陽降溫後他們去了海邊，淡黃色沙灘呈弧形伸到很遠，只有疏落的三數泳客與滑浪客，天氣夠好因此看得見突出地平線上的石鼓洲與索罟群島的島影。潮聲吵耳，說話要挑兩次湧浪間。她快樂濯足、逐浪，還原成無憂的小女孩。這片他看慣的黃沙濁水，因為有她的身影在其中而增色，但她背後那個家族威權讓他自我約制不敢往下想。

並坐沙上觀夕照，金鑽說：「下次你來也叫我，可以嗎？」

「真的？你喜歡這裡？」

「不過要是會打攪舅母就不好了。」

「怎麼會？只怕鄉下地方招待不周。」

金鑽笑起來，「是不是教書的都像你這樣說話？又是鄉下地方又是招待不周的。」

一平發覺被女孩取笑的感覺不壞。

他送她到梅窩碼頭，看著她上船，一直站在那裡看著船開，金鑽來到船欄杆邊向他揮手，花裙子在港風中揚起，和天際的晚霞形成非常悅目的畫面。

3

一平再到黃家，看到那裡正大興土木，房子主樓以及東西兩翼都搭起了棚架，主要通道圍上木板，裝修工人正圍聚園子裡喫下午茶吸菸小憩。全伯一面在前面領路一面笑呵呵報告說是為了少爺的訂婚舞會大裝修，東西兩翼跟主樓都大翻新。

「自從老夫人過身一屋子人不開笑臉，有檣喜事沖沖喜，好過求神拜佛。」全伯高興的程度比前不久告訴他嫁女時還要高幾度。

「就是施家那個女孩？」

「是呀，一定是老夫人在天保佑，讓黃家有個這樣的好媳婦。」

一平早已從寶鑽口中聽說過「哥哥的女友」便是香港房地產大亨施伯祺的獨生女兒施紘蒂。施伯祺已是大大有名——在香港有百年歷史的中葡英望族首長兼四海金曦集團的董事長。而留英回來後便在父親的公司任職副董事長的施小姐，年紀輕輕便躋身企業高層，很快成了名媛界的耀眼新星，名頭比父親還響亮。然而訂婚的事一平是第一次聽說，也許是最近決定的而他有好一陣子沒來黃家，他又少讀報紙雜誌的花邊新聞。
客廳裡，于珍正監督女傭搬家具。很久一平沒看見她這麼精神奕奕在房外活動，見到他便迎來道：「你來得正好，幫個忙？」

於是一平發現自己跟那個叫阿漢的司機分立一張大油畫的左右，合力將它從牆上卸下，裹紮好，又合力抬上一部推車，將它運送到屋後與傭人宿舍相連的儲物室。來回跑了多趟，將所有想必價值不菲的畫、雕塑、大件擺設等一一如法泡製，很快一平便感兩臂痠軟，特重物件都全靠阿漢，那像是健身室裡練出來的健碩體魄累不倒似的。

寶鑽跟進跟出加入監督，布布跟在小主人後面起勁地甩着尾巴完全忘了自己是隻高齡狗。個多小時後終於全搬妥當，兩個男的都一身大汗，在廳外簷下的花槽坐下各喝著一罐寶鑽給捎來的可樂納涼。一平用眼角餘光留神著，卻四處不見金鑽身影，旁邊有隻手伸來，阿漢說：「禾邊程，程漢。」

一平沒想到他會來這一著，握了握伸來的手：「于一平。」

「你剛來時以為你是二小姐的新老師，聽他們叫你『姪少爺』才知你是太太的姪兒，失敬得很。」

「我跟你一樣是打工的。」一平笑道，搖搖頭拒絕遞到面前的駱駝牌。

程漢自個點了支吸著，閒搭訕說：「寶貝玩意真不少，你看都是真貨嗎？」

「不知道，我完全外行。」

「他們家做骨董起家，該是識貨吧。」

「應該是吧。」

「聽說有的有錢人怕張揚，只把仿製品拿出來擺。」

「這也可能。」一平道。

「這些有錢佬錢多到咬手，把廢物當寶物又把寶物當廢物！你試試看跟他們討兩個錢花，噴得你一臉灰！」

一平暗暗驚異程漢談吐不俗，只是都發揮在自作聰明上，表現他是醒目仔、世界仔[6]。他外貌也有這氣質，眉宇間有股桀驁，因為年輕尚未有深度，使一平想起學校裡那些被標籤為「壞」的學生，因種種原因過早地離開校園到社會裡打滾，變得世故或憤世，眉精眼企練精學懶。

談談講講喝完可樂，便看見金鑽立在對面噴水池邊向這邊招手，一平一時以為是叫他，正要過去便聽見她叫「阿漢！」程漢伸個懶腰咕噥「有加班費才好！」把菸頭往花槽裡一扔便快步向金鑽走去。

接下來的半小時，一平在寶鑽房裡嘗試在各種施工噪音中用數學習題把小女孩在外遊歷的魂給喚回來，但是很快發覺這是不可能成功的，何況被格外恩准到房裡陪讀的布布一身泥趴在桌腳邊，對小女孩來說是個太難抵擋的「外頭有好玩的啊」訊息。原來當晚有個大節目，靜堯做東包下了山頂餐廳的戶外場地招待公司高層員工與未婚妻全家去看慶賀市政局成立百週年的煙花匯演。一平一說下課，小女孩等不及的便試穿準備今晚穿的晚裝，又穿上新買的兩吋高跟鞋在他面前表演模特兒步，差點扭了腳。

「喂，小心呀。」一平連忙把肩膀借給她靠。「腳都沒長好，當心把腳穿壞了。」

「穿晚裝一定要穿高跟鞋。」

「愛靚不要命！」他笑她。

「姊姊今晚穿黑色，露背的。」

「你也想露，是不是？」

「才不！」她用力甩頭。

她央他幫她練習，他只好從命，在布布的守護目光下扶著她從房間一頭走到另一頭又走回來。

「哥哥的女朋友也來啊，你要不要來？」

「她來關我甚麼事？」

「她很美啊，像白雪公主，不過她不白。」

「你也是公主，不過是醜小鴨公主！」

「你來你來！」寶鑽央道。

「等你十八歲做了天鵝再請我，我一定來！」

一平一溜煙跑了，卻在樓梯上遇到于珍給攔下來，抓住他說：「怎麼走了？你給我待著，我說了算！」

她已化好妝，絲絨旗袍領子敞開，拿著串珍珠項鍊想找銀姐幫她繫。一平就在樓梯上給她繫上，推說「要忙下週的期中考」，怕糾纏下去，用跑的下樓到了外面。

裝修工人都收了工，紛擾之後的安靜裡，樹聲風聲颼颼。高處的天空仍是亮藍，一層層深下來，與橘紅粉紫的晚晴餘暉攪拌成雞尾酒色。路過泳池時聽見有人喚他的名字，來自高處，一抬頭看見二樓露台的藤架底下有個人影，是靜堯。巧的是那一刻他正想著他，想著今天聽到的消息。

「上來坐？」靜堯微舉手中的酒杯相邀。

一平看他似是獨酌無聊，心下遲疑人已走了過去，從泳池側的樓梯拾級上，來到一個寬敞的平台。藤架底下有套歐式白鐵桌椅，周遭的花槽全是盛開的繁花，連續兩場颱風之後全伯新種的。

「來一杯？」靜堯從酒車取出一隻高腳玻璃杯向一平示意。

「我不行的。」一平道。

「那正好，這雪利是入門酒，不喝酒的人喝正合適。」說著往杯裡斟至四分之一，用衛生紙抹乾淨瓶口塞上瓶塞，做個請坐手勢。

「該恭喜你，我今天才聽說。」一平道。

兩隻杯子「叮」的一碰。

酒甜甜的有些膩喉。靜堯遞上登喜路，看一平猶豫便不由分說取出一支遞給他替他點了火，給自己也點一支，懶懶地伸直了腿，總有六呎的體育健將身軀拉扯得長長的，吞雲吐霧望向一池藍水，輪廓深峻的側臉顯得陰鬱，滿腹心事的樣子不像快要做準新郎的人。他先是探問寶鑽的學業狀況，說因為忙，沒時間多管教這個小妹妹，聽說她考試分數跟班中排名都在上升，都是他這個補習老師的功勞。一平謙遜兩句說「是她肯用功」、「其實她人很聰明」，看靜堯沒在聽也就不往下說。

兩人隨意聊些讀報看電視看來的時事之類，從最近的黑色週末——港元危機引起的超市購物潮，到政府接管恆隆銀行、到佳寧集團詐騙案、到核數師被棄屍大埔蕉林疑案等，轉而將話題引申到九七恐慌、八一股災、經濟前景等。講到九七靜堯說：「我們這代人政治冷感，只知有家不知有國，也到了該覺醒的時候。」說到經濟前景則說：「股災之後廠家們變保守，收縮資本，囤外匯，其實該做相反的事，港元與美元掛勾只能解決滙率變動的問題，出入口增長仍然要建立在投資者的信心上。」

起初一平有點顧慮自己的不善辭令會掃了對方的興，結果發覺是多慮的。靜堯不過想要個俘虜聽眾，而他樂意做這個聽眾。聆聽這個氣宇不凡的青年談天說地，便彷彿能想像當年他在倫敦國王學院的學生宿舍與二三好友高談闊論天下事會是怎樣的情景，會是如何的意氣風發，就連彈落菸灰的動作都附帶著理論。

成功是屬於他這樣的人的，一平暗想，回憶初識時的靜堯。那時他就是小孩眼中的偶像，大人口中的乖學生。每次他跟金鑽玩耍總看見靜堯拿本書在讀，不論任何場合他都是在用功，從來不參加周圍的嚣鬧。有次在九龍塘會所的康樂室，他看見靜堯對著那裡新置的一台桌上足球像是很想一試的樣子，而那遊戲必須兩個人玩。他主動提出玩玩看，兩人操控著那些木製的足球小人激戰十數合到大汗淋漓，直到大人來催才肯停。此後他每次去會所都期盼再遇見靜堯，但他沒有在那裡再出現過，桌上足球遊戲成了無法重複的經驗。今天是適逢其會才有這場花間對酌，就算靜堯還沒忘記兒時的事，一平有個感覺自己在對方眼中是個無足輕重的人，與自己相關的往日時光自然也是無足輕重的。

「大學時代我們系裡有過個爭論，」靜堯在說：「一派是洛克自由主義信徒，主張人權，一派是拉斯基社會主義信徒，主張有平等才有自由。」

「你是哪派的？」一平盡聽眾之責地問。

「當然是洛克。」靜堯笑答。「回香港做了幾年事，我發覺甚麼主義都是空談，所謂公平競爭其實一點也不公平。社會主義相信只有國家制度才能有效防止不公保障平等，但也催生了合法的掠奪。說到底人性本貪，商業行為的動力來自人的利己欲，經過層層剝削，最後只有一小撮人得益。你去查一下那些大公司大財團的董事局名單，哪間不是家族操控的，世叔伯關係姨媽姑姐關係，瓜拎藤藤拎瓜，像爸爸就是個既得利益者，老愛在人前吹噓黃家怎樣打江山怎樣發財，但他從來不講從兩代以前他們就佔了子承父業的便宜，起碼謝瑞麟是真正的白手興家，爬梯子一樣一級級爬上來。霍布斯的叢林法則不限於原始社會，要生存就得服從生存的規則，分別只在於這規則是誰定的，是你還是別人。」

純粹為了有所回應，一平道：「我想……就像龜兔賽跑，各憑本事吧。」

靜堯仰天笑，菸頭指著一平說：「我喜歡你這句各憑本事！」

之後似乎談興更濃，講起他近期在進行的、在上海杭州廣州等幾個內地大城市開設首飾專櫃的方案。

「計畫書遞上去好幾個月，今早開會給我一堆理由，甚麼中英談判未明朗、內地制度繁瑣、先試水溫。這種事都是先到先得，多少商家都在密鑼緊鼓了，他老人家還一味觀望。我懷疑是那個柳伯跟他咬了耳朵，自從有次他有條報銷賬目報假數給我捉到，他就跟我過不去，偏偏老爸又特別相信他。」

原來是為了方案受阻喝悶酒，一平想。「誰是柳伯？」

「我爸的左右手柳蔭棠，我們叫他柳伯，跟林力士有點遠房關係。人很古肅，動不動給人一頓道德訓話，他自己不見得有多道德，抽鴉片養妾，在力士集團混不下去才過檔[7]來，老爸耳仔軟才會收留他，之前我有個買賣黃金的方案給他拿了去居功，給公司帶來多少進賬！到現在爸爸不承認那個提案是我的，可是我能怎樣？我不想讓爸爸為難才沒有跟他鬥，他是黃氏的老功臣我也得罪不起。」說著笑個一笑置之的哲理的笑。

聽起來是那個永恆的代溝問題，一平不便置喙卻是同情的。飄洋過海學了一肚子學問回來，正想學以致用一展身手，處處受朝中老臣遏制也難怪他心中不平。

靜堯默默吸一會菸又道：「不怕跟你講，黃氏要是再不改革會很糟糕，老爸那套家族制經營模式十年前就過時了。剛從英國回來我就跟他說非要企業化多元化不可，款式和用料非要跟上時代，去年碎石市場轉活我提醒他大批入貨他不聽，我說員工過剩非裁減不可他又不聽。這一代的消費者主要是中產，追求時尚、藝術感、名貴又不太貴、卻又不失浪漫，有個愛情故事做主題就更好了，都給洗腦了不是嗎？沒有一個像樣的鑽石戒指，休想哄得女朋友跟你走趟紅地氈。」

「你呢？用多大一顆鑽石哄得施小姐點頭的？」

「六卡拉。」

一平揚眉笑。「我該震驚是不是？」

「老實說很委屈了施小姐。」

久遠以前的一幕乍乍然閃過腦海：母親站在當鋪的高櫃檯前，掌櫃將一件件金器玉器舉到燈下檢視——

「我還真見過寶物，」靜堯用憶述的口吻說，吐著迷濛的煙。「我十五歲生日那天，吃過生日蛋糕爸爸把我叫入書房，從保險箱拿出個黑色天鵝絨盒打開，裡面的天鵝絨上躺著顆鑽石，他十二分小心取出托在掌心，我沒見過那麼大的，切割成梨形，亮晶晶黃澄澄，光芒四射，整隻手都變成金色的，不管轉到哪個角度都是那麼純淨的金黃。純碳鑽石是無色的，但是如果它的構成裡有氮原子就會有黃色，這麼大顆又這麼高飽和度的非常稀有，古往今來叫得出名堂的只有那麼幾顆。我完全被它的光芒震懾住，第一次相信世上真的有寶物，爸爸把它放在我掌心上讓我把玩了五分鐘，我想它背後一定有個故事，他不說我也沒問。」

「像伊莉沙白・泰勒、李察・波頓那樣的故事？」

「說穿了只是地底的碳，火山爆發給岩漿帶到地表，人們從這樣的倒置酒杯形的礦脈將它掘出來，」靜堯說著將桌上兩隻喝光的酒杯杯口朝下倒放，「砸爛上百噸石頭採到兩三卡拉，不充飢不解渴，扔在地上種不出東西，又不像房子和股票至少能保值。它的價值只是個假象，要不是生產商嚴格控制產量隨時跌價到一文不值。迪比爾斯每年花費多大筆的宣傳費來維持鑽石永恆的神話你知不知？讓許多準新娘都夢想行婚禮時新郎能給她的手指套上鑽石戒指？」

「博美人一笑，就是它的價值所在不是嗎？」一平道。

「原來你是另一個愛德華八世。」

兩人相對笑。

「那麼我問你，愛德華八世，怎麼會吃了教書這行飯？是受令尊的影響嗎？」

「其實他叫我去考公務員，我也聽了他的話，可是坐了幾個月寫字樓坐不下去，剛好有個機會就轉了行。」

「你認為轉行轉對了嗎？」

「還不知道。」一平笑笑。

「我羨慕你可以轉行。珠寶雖然是大生意但不好做，風險高又周轉慢，不像地產和金融，一個回合可以致富。香港的房地產給四大家族壟斷了去，小公司只能撿些掉下來的麵包屑，可大陸開放是個黃金機會，光是需求量就有保證。」

「你想轉行做地產？」

「阿蒂家做地產的，當然我們希望合作搞項目。」

「你沒跟姑丈商量？」

「我都知他會說甚麼。他主張做一行專一行，做到老。」

不知不覺聊到夜幕低垂，一枚欖核月被雲層半遮若隱若現。不是放煙花的最理想天氣，然而又沒有壞到要取消。

後來應靜堯之邀，一平還是跟黃家一起去了山頂餐廳。程漢出動那輛八人座位老爺丹拿，除了靜堯是自己開車去接未婚妻全家，一平與黃家老小四口一車子到了餐廳。所有戶外座位都給黃氏包下，晚餐吃到一半便紛紛離桌去看煙花。所有瞭望點都爆滿，已有公司員工預先去佔好最佳位置，讓幾個少爺小姐擠到人牆前面，靜堯與他的未婚妻肩挨肩，金鑽被擠到了一平旁邊，五個人擠作一團遙望山下維港，只見整個海岸線鑲金戴銀，那夜景像是七彩碎鑽堆起來的。一平靜堯合力用四隻手搭了個「轎」讓寶鑽坐上去將她托高，此起彼落的讚歎聲嗟呀聲中，居高俯瞰人間煙火，看煙花篷篷開落，噼哩啪啦一陣也就完事。一平覺得是時候了，找到靜堯告個辭便悄悄離去。

一個人下山，頓感煙花過後的寥落。夜深他躺在床上想起種種，愁緒像張恢恢大網向他罩下。很久他沒有像今天這樣強烈感覺階級、鴻溝、地位差距——這些東西，而且這樣在意。在身分懸殊的兩端是他和靜堯，一個是營營役役胸無大志的粉筆族，一個是將下聘禮於名門千金的商界菁英。很久他沒有這樣自慚形穢過，當他面對靜堯集學養與教養於一身的青年才俊風範。也很久他沒有想過，自己走了一條怎樣的路。讀書一直讀到大學畢業，他對於就業問題仍舊一片迷茫。有個時期也想過出國，弄個學士後證書，回來在政府部門謀個職位或回到學院做研究。最終他報讀了本地大學的研究所，但在他入學那年，他那系裡的指導教授休學術假一年，代理的導師只顧忙自己的研究任他自生自滅，他這新生成了系裡的孤魂，覺得氣悶。有天打開報紙看到政府招考公務員的廣告，想起父親說過的話便去應考，想著出來做個兩年事再回學校不遲。在審計署做了幾個月，再度覺得氣悶，又有天打開報紙看到有所中學招聘數學老師，心血來潮寫信求職，竟獲錄用。一年約滿後學校邀他續約，沒怎麼考慮他便簽了約，就這樣一步步走到了今天。他告訴自己只想做一個浮世裡的凡人，人事紛爭名利徵逐，都只擦身過。但他不確定是他本性如此，抑或他是為自己的懦弱自圓其說，也不確定自己是選擇了較難的路抑或較易的。營營此軀，有甚麼足以令他不枉此生？生於今活於今，多少人一旦進入社會這部大機器，便成為這機器的齒輪，在所屬的小崗位上耗盡此生，不知往哪裡去亦不知有甚麼可期待，最終走上消極與厭世的道路。自己是不是也是這一群中的一人？未經他的授意，在那睡與醒的溟濛邊界，思想把他帶回山頂上看煙花的一刻，與金鑽並肩，粉香糅合硫磺的氣味和熱烘烘的體溫已無法在回憶中追回。那一切並不屬於他這世界而只能是倒影，正如他這世界的一切只能是那世界的倒影，彼此只能以倒影的方式存在如同鏡花水月。他告訴自己必須有這樣的覺悟。

4

一個月後某傍晚，他離開黃家時在西門遇見程漢，避不開，只好一同走向小巴站。自搬畫那天聊過，程漢似乎覺得跟他熟，每遇上必閒扯個幾句，一平勉強應對，總也生不出好感，去酒吧喝酒的邀請也婉拒過兩次。但他觀察到這屋裡的人已越來越倚重這個新員工。實在是這個家長期處於人手不足的狀態，太需要一個精壯男丁的力氣。程漢一來便分擔了許多雜活，工作範疇無可避免地從開車接送擴大到所有重物擔抬、水電維修等。于珍也常差遣他跑腿辦事，不但已很少聽見關於他的惡評，且常常聽到「幫到手」、「話頭醒尾」等讚詞。

一平自知對程漢的成見其實是非理性的，只因無法確知他與金鑽關係的深淺而產生了心結。

有段路特別黑，程漢從口袋取出個小手電筒照路。「不是別的，狗地雷多。」他笑笑解釋。

「這一直是我的疑問，家裡那麼大的花園還出來遛狗？」一平笑道。

「掩眼法啦，跟哪個相好的約定時間出來打打牙骹[8]，講東家長西家短，很好的飯後節目。」

兩人跟著晃動的光圈到了大馬路，程漢收起手電。

「有幾次開空車下山看見你在等小巴想停下載你，但這裡規矩是老闆沒吩咐不能載客，怕我拿車子去撈外快吧。」

「你回家？我以為這裡包住的？」

「兩個星期休假一天，我回去看我媽，我同我媽住。」

一平聽了心裡一動，心想他跟自己一樣，也是與母相依。

程漢問他住哪裡，他說青山道。

「哪路段？」

「跟嘉頓麵包廠很近。」

「那我們是舊街坊，我在深水埗住了很多年，去年才搬到美孚。」

兩人說著話來到小巴站，剛一遞菸，程漢便一笑縮手。「想起來了，你不抽。」迎風點了幾次才點著了菸。

「聽說是王伯荐你來的？」一平問。

「他跟我媽是老同鄉。本來我在片場打工，武館的師兄帶我入行，跑龍套做做替身，給邵氏拍過幾部戲，有次拍打鬥戲吊威亞[9]也摔傷，我媽不讓我再回片場，其實那時候公司已經要跟我簽合約，說新戲裡會給我個角色。」言下不無遺憾。

「打算在這裡長做？」一平問。

程漢聳聳肩。「好食好住，幾部名牌車輪流開，天下哪有工有這份享受。」

「起碼不用高空打鬥。」一平笑道。

「服侍太太小姐們也不輕鬆，二小姐的降龍十八掌聽說很厲害啊。」程漢幽他一默。

看來潑紅豆沙事件已傳遍遐邇。

「孻女拉五臟[10]，難免嬌慣了些。」

「大小姐的性格就隨和，聽說像她母親，和氣又手爽。王伯跟我說她還在的時候這裡天天有牌局，動不動一張大鈔塞到你手心，個個月大宴小宴，年年過年除了雙糧還有大紅包，好像後來跟老爺搞到不和就是因為打牌。」

聽來有點嫌這裡油水少。聽王伯吹噓這裡的排場聽多了，發覺與期待不相符。

程漢像是突然省起一平的身分，多加了兩分小心說：「你姑姐人也很好的，給我錢買衣服，說接送客人要穿得體面，那天幫忙搬畫她也給了我茶錢。」

「你我都來晚了，看不到以前那種風光。」一平笑個表示中立的笑。

「你知誰最孤寒？少爺那些乜乜[11]親戚，姓原那幫人，他們不像你會自己搭車，來一次接送一次當自己大老爺，小費一次沒給過。」

「靜堯跟生父那邊有來往？」一平訝道。

「去年老太太過身後突然冒出來認親認戚，男女老幼越扯越多，老闆不招待又不是。」

「內地來的？」

「多半吧。」

小巴久等不至。程漢像是不耐山夜寒冷手抄在夾克口袋裡縮脖勾腦，鼻子嘶嗦響，菸屁股含在嘴角，喃喃抱怨他那部鈴木鐵馬仔不爭氣揀這時候要入廠。

終於有小巴靠站，兩人坐到中環的總站下車。一平以為程漢與他同路回九龍，不料程漢說有約要轉車去灣仔，卻又流連不去，兩隻腳挪來挪去，最後才為難地向一平一笑道：「我記錯日子以為今天出糧，現在口袋裡只有十幾塊，偏偏今天約了朋友……」

一平沒等他說完，口袋裡的幾百塊全給了他。

「謝謝你于老師，出了糧就還你。」

這一聲「于老師」一平聽著覺得礙耳。程漢舉手到帽簷行個敬禮便匆匆轉身，不一刻身影消失在霓虹亮處。

5

一平再來給寶鑽上課已是期中考過後，只覺山上很有秋意了，該落葉的樹都開始落葉。他放學才來，站在西側門前按鈴時天已半黑，卻是銀姐來開門，看見他像看見救星似的急急告訴他說二小姐被老爺關在房間大半天了。一平一面往屋裡走，一面聽銀姐嘮嘮叨叨敘述始末：起因是中午吃飯二小姐發了大脾氣用熱湯潑了昆姐，昆姐手燙傷了，偏巧老爺今天回家吃中午飯，當場就用拐杖打了二小姐手板，揪到房間鎖上門，嚴令他回來前誰也不准放她出房，把鑰匙交給昆姐逕自回辦公室去了。

「阿寶甚麼事發脾氣？」

「昆姐沒問過二小姐就將布布蓋的枕頭呀毛毯呀玩具呀，紮做一包讓收垃圾的人收走了，說是怕有菌，二小姐知道了就瘋掉了……啊，你還不知？」銀姐眼濕濕瞅著一平。「布布走了，就大前天，突然吃東西吐，送到獸醫那裡救，打了針以為好了，當晚就沒了。沒看見過二小姐哭到這樣，抱了回來就抱到自己床上，不上學不吃飯，抱著布布只是不放手，怎麼勸都不行啊。」說著眼淚嘩啦嘩啦落，不住用袖子擦眼淚。

一平「哦」一聲，想起布布的可愛友善，心裡也自難過，寶鑽的難過可想而知了。

「四點多鐘小姐嚷著要小便，我去找昆姐要鑰匙，說甚麼都不給，打電話到寫字樓想找老爺說情，說他在見客不接電話，少爺到內地公幹了，阿漢又載了大小姐出街，我急得不得了，打電話到你學校說你走了，我就在後門口守著等你來，她一個小孩整天粒米不進怎麼得了啊，要罰要罵，得讓我送飯進去呀。」

「太太呢？」

「跟老爺大吵了一架把自己關在房裡了，找她也沒用，她沒鑰匙。」

經過于珍房間一平略住足，將門推開一條縫往裡張望，鴉黑裡依稀有個人影側躺臥榻上，發出微細的鼻鼾，猜想不是酒就是藥。

「昨晚又一夜沒睡，」銀姐悄聲道。

一平用表情打個問號。

「太太怕作夢，晚上不睡白天睡。」

說話間來到寶鑽房外，他敲門叫「阿寶」，耳貼到門板上，立刻聽見細碎的布拖鞋聲來到門前。「阿寶你沒事吧？」他說。

門另一邊傳來小女孩的嗚咽：「布布死了平哥哥，布布死了。」

一平心都亂了，試了試那球形門鎖，鎖芯感覺很結實。一連幾種方案掠過他腦海，撬鎖、踢門、拆門、找鎖匠。這裡離任何市集都遠，要下山到灣仔或上環才有可能找到鎖匠，而且都這時間了，他沒信心能找到還沒收工又肯丟下晚飯跟他上山的鎖匠，而就算找到，一去一回最少要兩個小時，便隔門對寶鑽說：「你再忍一會，我去去就來。」

他在廚房找到昆姐，正坐在桌邊吃麵，用那隻被紗布包紮的手有點困難地操作筷子，空氣裡有濃濃的冬菇肉湯香。

一平客客氣氣叫了聲「昆姐」，「對不起阻你吃飯，你的手沒事吧，我代阿寶向你道歉。」

「姪少爺太多禮了，我哪裡敢當。」頭也不抬向著麵碗說。

「通融一下把鑰匙給我可以嗎？讓我進房看看阿寶？」

「銀姐沒跟你說？老爺吩咐我保管鑰匙，誰來要也不給，等他回來他會處理。」

「就跟他說是我要的，我會同姑丈解釋。」

昆姐吸了口麵條，咀嚼有聲道：「我是這裡打工的，老爺怎麼吩咐我怎麼做。」

「這個很好解決，你把鑰匙放桌上，繼續吃你的晚飯，老爺回來你就說有人在你看不見時拿走了，他只會怪我不問自取，不會怪昆姐。」

「哎喲姪少爺！」昆姐輕蔑一笑。「你同我開玩笑吧。我在這裡打工幾十年了，甚麼叫責任我懂得！老爺吩咐得清清楚楚，憑你一句話我就聽了你的，怎麼向老爺交代？你是太太的貴親我不敢開罪你，可你也不要叫我為難呀。」

好利的一張嘴，倒像是他在欺壓她！一平早就聽說這昆姐難纏，可是也沒想到她這麼一副鐵娘子架勢。聽于珍說是黃景嶽的前妻過門時從娘家帶來的人，仗著資歷老而黃景嶽對她又禮遇，翁管家離職後氣燄一天比一天囂張。因為視他為「于系」的人，平日看見他都愛理不理，這會兒有「老爺吩咐的」這塊免死金牌撐腰更是有恃無恐，可是就這樣撤退太便宜了她。

「也許是你有理，昆姐，可是就連監獄裡的囚犯也可以上廁所，喝口水吃碗飯，我不相信姑丈會叫你虐待他的女兒。」

昆姐小眼睛睖著他毫不示弱，「姪少爺，那個門可是老爺親自鎖上的，鑰匙是他親手交給我的，你有理跟老爺說去。」

這半天縮在一平背後半聲不敢出的銀姐這時忍不住插嘴：「昆姐，你就當可憐二小姐！」

昆姐「叭」的擱下筷子跳起來，舞動著包紗布的手破口罵：「我幾十歲人了，誰來可憐我呀！皮都燙掉了一層呀！醫生說我歲數大了，最快要半年才能長出新皮來！我看在老爺的面子上才沒有報警！老太太一走就一個二個都大聲夾惡起來！」扯開喉嚨罵不停口。

為了遠離那叫罵聲只好逃開。一平走到院子裡，涼風一拂感覺臉是燙的。一定是他腦子裡在想著寶鑽房間的露台門所以信腳走到那個向著西側花園的露台下面。一般露台門是從裡面上鎖，然而這門的設計是兩邊都能鎖。天氣太熱時他們會開著門上課，放下窗簾擋蚊子。依他記憶那門鎖是個上下扳動的塑料把手，操控打橫拉開的軌道門。露台與二樓平台連通，從花園有樓梯可到。全伯不知甚麼時候也出現了，默不作聲跟他一起上樓梯到露台打量那門鎖。

寶鑽聽見有人走近露台門便過來拉開窗簾，抱著椰菜娃娃立在門的另一邊，辮子亂亂的，哭過的眼睛瞪得大大的。銀姐全伯兩人你言我語商量怎樣找鎖匠、再打個電話找老爺、怎樣再試試拍門叫太太，一平都沒聽進去，試了試那門柄便四顧找工具，眼睛落在平台另一頭的戶外用白鐵桌椅、跟他曾經與靜堯坐著喝酒聊天的那套一個樣式，便過去將其中一張椅子搬來，只覺入手沉重，打手勢叫寶鑽退開並拉上窗簾，看她會意照做，掄起椅子用椅座猛砸那門鎖，「哐、哐、哐」一下又一下，終於在第七或第八下，鎖板連著把手整個歪落，同時鎖側玻璃喀勒勒出現了網狀裂紋，便索性朝玻璃砸去，立刻一整塊嘩啦啦瀑布瀉地落一地碎片，聲勢煞是驚人，以致在場的三人作聲不得只是怔立。兩個家傭面面相覷，雖隻字不說都是一副「這怎麼得了」的大難臨頭表情。一平自也心驚肉跳，被怒火沖昏的腦袋清醒了些，定一定神用椅腳將門框周圍的殘餘玻璃敲落。「別動，」他給寶鑽個預警，踩著遍地玻璃屑，撥開落地簾極小心跨過破洞進房間，開了天花燈。

寶鑽在床上縮在毯子做成的帳篷裡，聽見他進來便掀開毯子，懷裡抱著的椰菜娃娃跟她長得一模一樣也是紮兩條辮子瞪兩隻大眼，毯子底下突然露出這樣兩個頭來有種卡通效果，一平笑起來。

「嚇壞了嗎？」

小女孩搖頭，目光爍爍滿溢著甚麼。

銀姐小心翼翼從門洞進來：「這房間今晚不能睡了。」

寶鑽偎到她耳邊咕噥句甚麼，一平聽見是說她尿床了，故意走開假裝沒聽見。

銀姐抱起寶鑽讓她站床上，大致檢查過確定寶鑽沒受傷，拍拍她說：「小意思，洗個熱水澡換套乾淨衣服。」去開衣櫃取衣服。

「我去拿點牛奶餅乾給二小姐先吃點。」全伯說畢自去。

「牛奶熱一下！」銀姐對他的背影喊。

一平用毯子把床前一帶的碎玻璃拂了拂。「地上有玻璃，我揹你出去。」用毯子蓋住寶鑽的頭以防有未清除的玻璃從門框掉下。

小女孩趴到他背上，他感覺到那小身軀在顫抖，緊挽他脖子的兩手卻異常有力，於是揹著她從門洞跨出。銀姐拎起寶鑽的拖鞋跟出來，抖掉上面的玻璃屑讓她穿上，一手拿著換洗衣服一手領著寶鑽往露台樓梯走。

「你別走。」寶鑽回頭對一平說。

「我不走。」他說。

全伯拿掃帚來掃碎玻璃，喃喃說「昆姐也是好心，怕那些東西有菌。」又說：「狗也只能活到這歲數，那隻狗陪著二小姐長大的，她出世前老夫人有天從外面抱了隻小狗回來，說小孩要有個玩伴，有狗作伴沒那麼寂寞。」

一平將口袋裡的幾百塊塞到全伯手裡說：「麻煩你，這是玻璃的錢，我只有這麼多。」

全伯往回推：「別給我，你跟老爺說去。」

「不見得我再來，當幫我個忙？」

「不收不收。」背轉身走開。

他心煩意亂待在露台上，倚欄望向夜裡有點陰森的花園，若不是答應了寶鑽不走他已經走了。銀姐帶著沖過澡、看來精神多了的寶鑽回來，正拿著塊餅乾吃著。聽銀姐說要去做飯，一平阻止道：「不用了，我帶她去吃個飯，晚點送她回來。」他是不想在黃家多待，免得黃景嶽回來，雙方都難下台。「等太太起來，請她給我個電話。」

銀姐望望全伯，全伯說：「也好，帶二小姐去走走，散散心。」

銀姐去拿外套讓寶鑽穿上，給她換上鞋襪，她要帶著椰菜娃娃又把椰菜娃娃拿來給她。一平牽著她沿園徑向外走，她悶聲不響跟著，走到一個岔口她加快腳步超前，拉著他要走那條繞向屋後的小徑。「你要去哪裡？」他問。她不出聲只是走，直走到那片向海的草坪，他一眼看見鳳凰木下有個微微隆高的土丘，周圍用鮮花和鵝卵石佈置，枯葉和豆莢覆了一地，前面豎了塊粗製木牌，小孩筆觸的一行墨漆字寫著「我最親愛的威廉．布朗臣」。

小女孩停不住地哭，呼喚著布布的名字哭得極是淒涼。一平怕她著涼把她裹在自己的外套裡，不知說甚麼好就只是緊摟她，只覺那飄落不止的樹葉，都是因她的哭聲而凋落的。後來還是他勸她留下椰菜娃娃陪布布、就等於是你在陪布布了，寶鑽才肯跟他走。

坐計程車到山下，在灣仔找了家小飯館，叫了許多菜兩人大吃一頓。那兩天于太太剛好在城裡，他借飯館的電話打回家跟她說了梗概，問她于珍有沒有來過電話。

于太太回答說「沒有」，又說：「這樣吧，你先帶阿寶回家來，晚一點我打個電話過去看看是甚麼情況。」

於是搭巴士過海到九龍，寶鑽一路安靜看風景，忽然回頭說了一句：「原來你來我家這麼遠。」竟似是不過意。

一平心血來潮問有沒有去過荔園，乘興搭車到荔園遊樂場玩了個飽，那些舊時代氣氛的簡陋電動遊戲機都是寶鑽沒玩過的，又去動物園看獅子和大象，直玩到園門快關了才盡興而歸。

于太太在家裡早已等急了，看那樣子分明是黃家來過電話而且不只一次，但是兩個大人都機警地不在寶鑽面前提。今天一天的經歷在她來說可說是高潮迭起，情緒又大起大落過，累得眼瞼抬不起來，于太太帶她進房，就讓她在自己的床上睡。

母子倆這時才有空說話，于太太輕聲告知金鑽來過電話，請他回來打電話過去。

「沒說別的？」他沒想到會是金鑽打電話來。

「我假裝甚麼事不知，問她你姑丈回家了沒有，她說回家了，沒說別的。」

飯桌邊坐定，一平把今天在黃家的經過又詳細說一遍。于太太的反應是感性而直接的，兒女是母親的責任，她首先就指責于珍。「阿珍這是怎麼回事，女兒出了這樣的事，她跑去睡大覺一點不管！」

「我看她也是沒辦法，那個昆姐一點都不怕她，姑丈這人又是很執拗的。」一平幫于珍說話。

于太太把兒子的臉扳向光看了看，「你臉上有碎玻璃。」

於是去拿急救箱來，用小鉗子鉗出好幾片玻璃屑，用酒精洗傷口，禁不住抱怨說：「你跟你爸一個脾氣，許久不發作，發作起來比誰都兇，沒闖更大的禍算你好運。」

「當時氣昏了頭。」想起寶鑽用毯子蒙頭的樣子笑起來：「阿寶真逗，好像也沒被嚇到。」

「補習怎麼辦？你還回去嗎？」

「不回去了，答應姑姐的事，只能做到這裡。」

「本來跟他們家還是少來往的好，是你姑姐想不開。」

一平不覺默然。沒多久金鑽來了電話，談話內容很簡短，她直截了當說馬上過來接寶鑽，問他要了地址。一平跟她說樓下不方便停車，把附近的一條橫街的街名給了她，說他帶寶鑽到那裡等。

他讓寶鑽多睡十分鐘便進房叫醒她，藉著門外的光看見她縮在被裡睡得正香，儘管不忍還是不得不輕輕推她，叫著寶、寶。

見她睜眼便說：「起來了，你姊姊來接你。」

「不回去！」斬釘截鐵。

「在這裡過夜嗎？」一平笑。

「不回去不回去，一世都不回去！」她擰頭大叫，扭來扭去兩腳亂蹬像個三歲小孩。

于太太聽見哭鬧聲進來幫勸，一平回頭向母親說：「要不讓她在這裡過一夜？」

于太太皺眉向兒子打個眼色，那意思是叫他少惹麻煩。

一平看時間到了，就說先去找到金鑽再說，正要出門卻門鈴響，是金鑽自己摸上門來了。「不好意思，看不見你們，乾脆跑上來。」跑急了說話帶喘。「不著急，阿漢看著車子。」

這回見面，于太太不如大嶼山那次熱情了，去倒了杯茶說：「請坐。」

「舅母不客氣，我馬上走。」金鑽道。

「他們兩個去荔園玩了兩個鐘頭，阿寶玩累了就讓她睡一覺，剛睡醒。」于太太幫兒子解釋。

「這麼好玩，早知道我也來，」金鑽微笑看一平。

「我讓她多睡一會，過了時間，害你跑來。」一平道。

「是我們不好意思，害你當了一晚上的保姆。」

「我去看看她去。」于太太到房間去看寶鑽。

客廳裡剩下一平跟金鑽，儘管客氣微笑著誰也不提玻璃的事，但是誰也沒有忘記金鑽是被派來充當外交大使的，而這位外交大使這麼往客廳當中一站，漫不經心四顧，一點也不知在另外那人眼中她形成了多麼活色生香的畫面。一平從來沒有像此刻這樣為這寒傖的家自卑過，在她的照人光采下是如此不可原諒的簡陋，眼前的整個空間被她的人的氛圍佔得滿滿的，像夏日的荷花池開滿了荷花。

不知于太太怎麼勸服寶鑽的，這時帶著她從房間出來，鞋襪穿整齊了，辮子也重編過。金鑽過去親切摟她，說她這樣打擾人家，還不快謝謝舅母。寶鑽聽話地謝了于太太，目光卻避開一平，就像沒看見他這個人。

「我送你們下樓，」一平道。

唐樓沒電梯，他們從第四層往下走，照明的燈泡有兩隻壞了，梯級一節亮一節暗，影幢幢的，一平讓姊妹倆走在前頭，自己殿後，嚕嗦叮囑：「小心點，慢慢走。」

到了街上，金鑽帶路到車子停泊的所在。店鋪十之八九都打了烊下了閘，然而這個日間相當熱鬧的區域總不致於完全岑寂，尚有許多行人汽車來來往往。一平跟在姊妹倆後面走過一個個街燈，頃刻間黃家那輛香檳金平治[12]便已在望，程漢斜倚車頭吸菸，向一平揚了揚手。

一平手碰碰寶鑽，「還生氣？」被她一搖身甩脫，跑去上了車。

他望望金鑽，兩人互相解窘笑笑，他向她點點頭便轉身往回走，她卻「喂」一聲追上來，他便站住了等她，望著她等下文。

「我有東西給你，」她有點失措說，從毛衣口袋取出個對折的白信封往前遞。「你的補習費。」

一平不接。「玻璃我弄壞的，該我賠。」

那白信封懸在半空。一平看她那無所適從的樣子，接過信封，將它塞回她的毛衣口袋，放軟口氣道：「你處理吧。」她欲言又止，到說話時，聲音異常地低柔：「爸爸這會兒在氣頭上，過兩天沒事我再……」

「怎樣都好吧，」他尖銳地打斷她。

金鑽幾乎像逃似的，轉身走去上車。一平的兩隻腳卻又不自主直送她到車旁，想著跟寶鑽再說次再見，彎腰敲了敲車窗，本來緊貼在窗旁的小女孩的臉斷然轉向裡面，但一平已經看見了小臉上的淚痕。看見她這樣，他也非常的悵然。他知道她心裡在怪他，不該把她救出來，又送她回虎口。他想你哪裡知道，我是無能為力的，你想我做英雄，但我做不了英雄，現在你還不知我不會再到你家呢。他自個兒慢慢走回家，一顆心灌了鉛般只是重重地往下墜。

註釋

1 塞豆窿，指「小不點」。傳說古時在洪水為患的地方，防洪的堤壩經常氾濫，有迷信之士會把小孩放進堤壩內的排水口（豆窿）內，他們相信以這個方法便能退洪。

2 糖水，甜湯。

3 花王，園丁。

4 的士高，迪斯可舞廳。

5 一殼眼淚，指傷心與一股辛酸。

6 「醒目仔」指聰明的年輕人，「世界仔」指懂人情世故的年輕人。

7 過檔，轉職。

8 打牙骹，牙骹是下巴連接頭部的關節部分。這裡指閒聊。

9 吊威亞，吊鋼絲（wire）。

10 孻女孻五臟，孻女為排行最年幼的女兒。意思是：排行最年幼的子女，通常都是父母最疼愛的一個。

11 乜乜，甚麼甚麼。表輕視。

12 賓士。

第三章

1

一平從那天起不再上山。儘管重獲自由令他如釋重負，卻難免有時會掛心寶鑽的學業。于珍來過兩次電話婉勸，見勸他不動也就死了心。聖誕將至的一天卻來了個意外的電話，是靜堯打來說：「我們家的二小姐吩咐我轉告，她期中考考了全班第三名。」

一平聽了一喜，卻保持平淡道：「那恭喜她。」

「二小姐又吩咐我轉告，她拜託了他的哥哥在凱悅軒設謝師宴，請這位她要謝的老師務必大駕光臨。」

一平猜寶鑽就站在靜堯身邊等他的回覆，忍笑道：「跟二小姐說不用謝了，我在忙，沒事我要掛了。」

「嘿，別掛！」靜堯笑。「說個我自己的事，訂婚晚宴訂在聖誕前夕我們家，聖誕舞會的形式。我以個人名義向你發邀請，請舅母也來，能賞個臉嗎？」

這是一平在情在理都無法拒絕的邀請。畢竟靜堯是大人不是小孩，雖然還說不上是朋友，卻也是半個親戚。次日便接到靜堯辦公室的秘書問地址的電話，又次日便收到請柬。

當晚來到山頂，人還在山道上便遠遠望見大宅所在位置的那片夜空發光似的，待走到近前只見柵門大開，夾道張燈結彩，從私家路到裡面打橫打斜停滿勞斯萊斯、法拉利、布加迪等名車，程漢奔走其間指揮並代客泊車，應接不暇將收到的小費塞進口袋，看見一平滿面笑揚手招呼。

在門口擔任迎賓的金鑽見到他淺笑說了句「謝謝你來」，領他到門內的接待處，自有接待小姐接過他與母親聯合具名的禮金，遞筆讓他在紅布上簽名。進到客廳只見滿場玫瑰花，從門口排列到裡面，盛裝的賓客分散站在花團錦簇中。一平為之咋舌，想訂婚已是這樣的排場，很難想像結婚會是怎樣。他一眼看到靜堯，比眾人都高一個頭的他穿著一身白色踢死兔[1]益發顯得氣宇軒昂，見他正忙於應酬一平便沒有過去。

有侍應送來香檳，剛拿一杯在手，寶鑽的頭從托盤底下冒了出來，嗔道：「你好大牌啊，布政司都比你早到！」

「你這是甚麼裝？你把家裡的雞毛撣子給拆了？」

她穿一襲鑲珠片的傘式白紗裙，長頭髮編了許多條細辮，用羽毛裝飾，她一動便整個頭的羽毛都動起來。

他一個人都不認識因此也很慶幸有她寸步不離給他護航，充當講解員講解那是某議員那是某高官。一平除了在電視上，從來沒見過這麼多張葡國臉聚集在一起，不知多少個施紘蒂的堂兄弟姊妹表兄弟姊妹，長得都差不多難以辨別，寶鑽指著個長手長腳的鬈髮棕膚少年說是「蒂姊姊的弟弟」，有個瘦骨嶙峋的酷似邵逸夫的老頭她說是「爸爸的好朋友兼軍師柳伯伯」，有個戴黑框眼鏡的老成青年原來就是于珍的心理醫生「歐陽醫生」——

客廳大裝修後初次以新面貌示人，葡萄紫地氈鋪的地板，簡約摩登的家具取代了以前的中國古典色彩家具，一平猜是時下稱為歐陸現代風格的。此刻家具全部挪開到牆邊，騰出中間一片空地做舞池，周邊放置小張圓桌供賓客進餐。突然寶鑽拉拉一平袖子翹翹下巴說：

「哥哥那些親戚。」

一平眼角瞥見是三男二女，就像程漢說的「男女老幼」都有，孤處大廳一角，衣著隨便毫無歡容，不像是來赴宴倒像來化緣的，彼此也少講話只是埋頭進食或吸菸。

他是先聽見黃景嶽的笑聲才看見他，與一對夫婦立於天花板吊下的大型水晶燈下講那盞燈的來歷、怎樣去了趟法國怎樣終於決定跟巴卡拉訂購。

于珍看見女兒伴一平走來，由衷喜悅地張臂擁抱他，「我得謝謝靜堯這小子，到底幫我把你請了來。」

她今晚風采煥然，銀調子晚裝搭配灰貂披肩，全身上下的紫鑽配飾加在一起總有二三十卡拉，眼神也有二三十卡拉的亮度，想是酒精藥物都補給充足了。

一平向黃景嶽道賀。自那天的「砸玻璃事件」兩人頭次見面。看老人家臉色如常跟自己寒暄，問工作問近況，擺明了不記前嫌，一平放寬了心。

黃景嶽問起于太太。「怎麼不一起來？我們老也看不見她。」

「媽媽這些年謝絕飲宴，都是派我做代表。」

「大嫂真會享福。」黃景嶽笑道。

說話間一團紅雲沿樓梯下來，是準新娘出場，桃紅繡金雪紡的葡國色彩晚禮服穿得她豔光四射，立刻引起一陣閃光燈連閃的騷動。一番致辭後是互贈信物的儀式，也是晚會的高潮，分別由兩位未來親家翁贈給兩位準新人。樂隊鼓手擊出鼓點製造氣氛，被擠到人牆外圍的一平聽司儀旁述才知施伯祺所贈之物，是他在牛津求學時期身為划船校隊隊員時某次八槳甄選賽所得的銀牌，寶鑽向他滾眼珠來個「不怎樣嘛」的表情。接著另一件信物亮相，前方傳來一波波的嘩然，寶鑽拉住他往前擠，剛趕得上看到黃景嶽為未來兒媳戴上一件極大極閃亮的項飾，施紘蒂掩臉尖叫，眼泛淚光擁抱未來家翁家婆，之後與靜堯激動相擁，台上幾人擁作一團，于珍捣住心口像是不勝感動直視新娘乳溝上的黃鑽石。

一平正暗忖那鑽石會不會就是靜堯跟他詳述過的他十五歲生日那天把玩過的「寶物」，便已聽見黃景嶽在記者的提問下回應：「說是傳家寶也無妨……一百零十卡拉，原產地是東非塞拉利昂鑽礦，據說曾經鑲嵌在某沙皇貴族的寶座上……至於怎樣來到我家，我父親當年在上海跟一位白俄貴族結拜，是這位義兄贈給他的信物，從南非去了印度又去了俄羅斯，可說是走過千里路……原來的車工很粗糙，我的好兄弟原清浩花了一年時間切割成現在這個含五十八面的梨形鑽石……我還沒給它命名，這件差事我想交給我兒子和未來兒媳。為了紀念這位亡友，讓他的精神長存，在今天送給兩位準新人，我覺得是最有意義的。」

最後以玩笑話做總結：「已經買了重保險，在場哪位妙手神偷有意一顯身手放馬過來啊！」

施伯祺作膽怯狀舉舉手：「我來也！」惹得全場哄笑。

交換戒指的環節反而成了反高潮。拍合照活動進行的當兒，司儀宣佈舞會正式開始，現場樂隊奏起華爾滋，一對準新人下場跳第一支舞。一平跑到屋後花園的自助餐帳篷拿吃的，空氣裡飄著葡國咖哩的濃香。長桌前排著隊，便聽見賓客們猶自議論紛紛交換信物的寓意，一個說「還說不是策略訂婚，施老頭分明是故意讓未來親家出風頭！」一個說「黃家是上海幫，施家有意在內地市場插一腳要借重黃家的關係！」又一個說「是為了做股價，先訂婚後結婚，鋪張一次股價升一次，一聽到消息我就趕緊入了二十萬的四海金曦！」

一平端著滿滿一盤食物來到飲料區，穿帥氣制服戴白手套的女侍應立桌後，問一平要喝香檳、雞尾酒、果汁、汽水、礦泉水？

「這熱情果雞尾酒許多客人讚好，給你倒一杯嚐嚐？」女孩推薦。

「好吧，聽你的，」一平微笑。

女孩用支大杯給他斟滿。

「怎麼就你一個，其他人呢？」一平搭訕問。

「誰知道，躲到後面煲菸吧。」

「你走開一下去跳支舞，會不會被罵？」

「我去跳舞誰看攤子呀，」女孩說話的聲音很嬌。

「我幫你看攤子怎樣？」

「真的？」

「這沒甚麼難嘛。」

「可是你看攤子我跟誰跳舞呀？」

一平臉一紅。

這時銀姐捧來一盤新出爐的酥皮點心，女孩接過盤子遞到他前面：「拿一塊？」他取了一塊便訕訕走開，找了個未被佔領的花槽角坐下。

一隻手從後面伸來打他一記。

「拿東西吃不叫我！」

「我看見你很忙啊，跟施公子跳舞跳得那麼陶醉。」

「我看見你撩女仔！」寶鑽滿臉促狹。

「所有人都在玩就她要做活，好像不公平。」

「銀姐也做活，你也覺得不公平嗎？」

一平的回答是將酥皮點心塞到她嘴裡。正鬧著玩，她將一張紙籤塞到他口袋裡。「等一下交換禮物的號碼。」她很快說。

「小鬼頭！」他笑，暗暗自責沒有想起特別為她準備份禮物。

回到裡面只見蝴蝶琴前一堆人嘻哈，準新郎準新娘被團堵的人要求合唱。靜堯在人隙裡看見他便衝出來把他拉進人叢向眾友介紹，用了「家學淵源、書香門第」等不大貼切的成語，施紘蒂卻似是留了神，調動雙眼皮沉沉的眼睛向他望來。山頂看煙花那次，因人多干擾多，她正眼沒給過他一眼，這會兒便彷彿有三隻眼睛前心到後心將他打量一遍。這時他才有機會近距離觀賞那鑽飾，僅僅是那無數細鑽與純金打造的火鳳凰形的項飾已夠奪目，碩大無朋坐鎮當中的黃鑽石流轉著西洋水仙的亮黃色，配襯她這時換穿上的彰顯其美人魚身段的軟錦料子純白晚裝，只覺目眩神馳。趁著兄弟團又笑鬧起來他作勢走開，三隻殷紅指甲伸過來搭了搭他的衣袖，「別太早走，待會兒我們跳支舞。」

接下來是抽籤交換禮物的環節，樂隊奏起聖誕音樂，聖誕老人捧紙籤箱出來讓賓客抽籤。眾賓客憑號認領禮物當場開拆，少不得又一番熱鬧。寶鑽抽到個使臉孔變形的哈哈鏡拿著到處招搖，一來也是藉故避開一平拆開她的禮物時的難為情一刻。

禮物盒子一拿到手他便知是筆，拆開看是支都彭墨水筆，心裡暗愁寶鑽太破費，忽然有個聲音在他身後說：「啊，你們作弊。」

他回頭看見是金鑽，笑著求助：「太名貴了，怎麼好？」

金鑽挨他旁邊坐下：「那天要我帶她去逛海運，神神秘秘不讓我知道她買了甚麼。」

一平一眼看到她手裡的禮物正是自己帶來的一九八四年日記簿，不料被她抽中。忽然他覺得這禮物太過一本正經太古板了，跟周圍的節慶氣氛那麼不協調，恨不得奪過來給她另換一份。

金鑽翻了翻簿子的空白頁苦笑笑：「可惜我這人不寫日記的，你呢，你寫不寫？」

「我也不寫，」他說。

樂隊奏起了另一支曲，金鑽一聽那前奏便說：「我喜歡這支歌，跳支舞？」

一平被動地被拉進舞池，立刻便後悔了，非常自覺在她三吋高跟鞋墊高的身高面前，他顯得那麼不出眾又笨拙，好幾次踩到她那一瀉到地的晚裝裙腳。有誰調暗了燈光，金鑽向他貼來，他連這曲子是幾拍都聽不出來只得隨她的節拍動，她轉他也轉，既要顧著腳下又要顧著上身，又要顧著把臉側向一邊免得呼吸噴到她臉上，兩人之間只有她那極薄的尼龍衣料相隔，讓他臉紅耳熱意識到臂彎裡的纖纖柳腰是個青春妙齡女子的，如此熱力四射，讓他覺得彷彿抱不住她似的。有個甚麼熠熠吞吐光豔的東西逗引他的視線，是她咽喉部位的心形石。

「你這是甚麼石？」他問。

「鴿血紅寶，又叫緬甸紅寶。」

「今晚看見的寶物真多。」

「比起未來阿嫂那顆都不值甚麼。」

他是聽見了一絲妒意嗎？

「你喜歡怎樣的女孩？這舞池裡有你喜歡的類型嗎？」

大膽的提問讓他舞步又亂了一下，瀏覽舞池說：「燕瘦環肥，各有千秋吧。」

「講大話！我未來大嫂呢？我還沒遇過一個男人說她不美的。」

「她今天是新娘，新娘子都美。」

「原來你很會說話。」

動聽旋律與慢舞帶來的親密中，一切話語都像調情，女歌手的豆沙喉嗓子也特別迴腸盪氣。

「你為甚麼喜歡這首歌？歌詞講甚麼？」

「講一個女人愛一個人愛到發狂，我是這樣理解。」

「心全蝕，這句我聽得出來。」一平聽著歌詞。「是借日全蝕做比喻嗎？光被遮掉，活在陰影裡？」

「別問我，我天文很差勁。」

一平又留神聽了聽歌詞。「好像是說一個人迷失了自己。」

「你會嗎？愛一個人愛到那樣？」

「沒試過不知道。」

「從前我的生命裡有光。」她低唸。

「你說你自己嗎？」

「歌詞裡有這句。」

一曲舞罷分開。他一回頭看見寶鑽躡手躡腳跟在他身後，失笑道：「你打算整晚監視我嗎？」

寶鑽鬼笑，「我知姊姊抽到那份禮物是誰帶來的，我認得包裝紙。」

一平一把揪住她，「你不能說，絕不能說！」

「我要說，一定要說！」

小女孩咭咭笑著逃開了。

2

後來他總是記得，那是梅雨季裡連續雨天後放晴的一天，他趁著復活假期來給寶鑽看功課，因全伯告知他二小姐在泳池游泳。他便循路來到泳池，上次來還是排空了水過冬狀態的泳池，已經又注滿了水，而此刻長方形面積不大的泳池裡，正是一片快樂嬉泳的景象。程漢在指導寶鑽游自由式，橫抱著小女孩的身體教她如何協調四肢與呼吸，寶鑽帶勁地划動四肢的八臂哪吒樣子逗得他想笑。池裡的人都沒發覺有多對眼睛在旁觀，看小女孩樂在其中便不聲張，拾級到二樓平台的藤架下坐等。綠藤輕拂的微陰裡，只覺那陽光水花、松石綠馬賽克瓷磚與碧綠假草地，既有悅目的佈景感又令人昏昏欲睡。瞌睡蟲帶來了睏意。他打了個不知多久的盹，等他一盹醒來發覺眼前的畫面有點甚麼不對勁時，他沒有立即相信自己的眼睛。

他快步跑下樓梯走到池邊。

「寶！」他高聲叫道，池裡的兩人都抬頭。

「玩夠了沒有？上課啦！」

「多玩一會嘛！十分鐘！」寶鑽笑著不依。

「我沒空等你，上來！」

程漢回頭對寶鑽做個聳肩表情，一個翻身自顧自暢泳起來。

寶鑽爬上來接過一平遞來的毛巾，板起臉自進屋裡。

一整課她跟他過不去，一平也心不在焉，腦子裡慢鏡頭般播放著適才在池邊目擊的情景，小女孩的含苞乳尖被男子的粗手指撥弄，男子把手伸到女孩的私處，那隱秘的調戲、撫摸、揉擦碰觸。游泳時的貼身接觸有太多混水摸魚的機會，這樣的機會已經有過多少次？他開始問寶鑽問題，以前有跟阿漢學游泳過嗎、是阿漢主動要教她還是她要阿漢教、平常阿漢開車送她上學有沒有其他人一起？……等等。

她鬧起彆扭來也不好好答。

「暫時不要跟阿漢學游泳好嗎？」
「為甚麼？」
「怎麼不跟你姊姊學？她游泳很好呀。」
「我才不要跟她學！」
「暑假我給你報名去游泳班學，跟許多小朋友一起學不是更好？」
「我不是小朋友！」
他急出了嚴師口吻：「聽話好不好？快期末考了就只顧著玩！」
「我有溫書呀！」
「期末考完再玩好不好？」
「漢哥哥從來不罵我！」拋下在寫的作業跑掉了。
甚麼時候開始程漢變成「漢哥哥」了？一平感到洩氣，但這件事他覺得不能袖手，因為有了第一次就有下一次和再下一次，何況不能保證在泳池以外的場地沒有發生過同樣的事。可是這不同於學校裡他不時要處理的逃課、欺凌、考試作弊等這些自有先例可援的事件。一個十二歲小女孩的敏感問題該怎麼處理，是他缺乏任何可參照的經驗的，只知一個不好會留下後患，影響這小女孩的心智成長。想來想去，于珍是理所當然的求助對象，必須讓她知道他目擊的事。
他去找于珍，想著不知這回會見到甚麼狀況的她，是精神飽滿一如常人的，抑或精神恍惚宿醉或宿藥未醒的。結果在走廊上碰見歐陽醫生，訂婚晚宴上于珍給他們介紹過彼此也握過手。一句話都不說不大好，便站著寒暄一會。歐陽醫生是不多話的人，一平覺得黑框眼鏡背後的眼神像是有種戒備，也許基於私隱理由，問起進度時他只是說：「讓黃太太自己告訴你比較好。」含笑點頭便告辭離去。

于珍看見一平異常熱情地擁抱個半天才放開，薄施脂粉的臉上淚痕未乾。

「怎麼了姑姐？」一平問。

「我正有話跟你說。坐，我們很久沒聊了！」

按一平坐下，問他喝甚麼，其實那房裡除了酒也沒別的，一平說「不喝」她便手微抖給自己倒了杯，一口喝掉大半杯，沒坐穩便心急開口：「我們今天有了突破，我覺得整個人都輕了。」

一平聽著就明白了，于珍的淚痕是來自重獲新生的激動眼淚，那目光是沐浴在「新生」光輝裡的目光。他也被那高漲的喜悅感染。

「姑姐的治療有突破太好了。」

「一旦想通了其實也很簡單。過去我因為受傷太深，以為是自己不夠好便開始自我厭惡，令我有了自毀傾向，活得很痛苦。今天歐陽醫生跟我做了角色扮演，輔導我開放內心，一層層往裡進，這跟越是怕黑越是要練習不怕黑是一樣的道理，解開了我多少年的心結……」

重重複複是差不多的內容，「想通了」、「釋放了」、「自由了」。訴說到一個階段她說起于強：「不是我想說你爸爸不好，可是他從來沒了解過我，動不動罵我批評我，好像我沒一件事做得對。前些日子我夢見了他，我已經好久沒夢見他，夢裡的那個他很真實，是他過世時的四十幾歲的樣貌，歐陽醫生說這很好，這表示我準備好面對不願面對的過往，他說我夢裡的男人形象都是阿尼瑪斯，是情人和魔鬼的混合體，讓我找出來唸給你聽……」

于珍亂翻著一本暗紅絨面日記簿想找某段落，一平認得就是聖誕晚會他帶去參加抽獎、被金鑽抽中的那本，只見裡面密密麻麻寫滿了字。

「其實我有件事想跟姑姐商量，關於阿寶。」他說。

「阿寶聽話？沒惹你生氣？」于珍抬頭閃了個笑。

「剛才我來看見她在跟阿漢學游泳……」

「是我答應她的，纏了我半天！有問題嗎？」于珍不耐煩皺皺眉。「你看，給你這一打岔我找不著了！」

一平正要說甚麼，于珍給他個溫然的笑又說：「你知嗎平？沒有你我做不到。我該謝謝你一直以來幫我看著阿寶，讓我省了不少心，以後還要多麻煩你呢。」

「既然治療有效果，姑姐一定要繼續才好。」

「呀，找到了！」于珍說，手指劃過一個個字，開始唸：「我穿上白色婚紗，媽媽逼我脫下，撕破了……」

一平不好掃她的興便只好坐住了聽。他有個感覺，對于珍來說，那些內心世界的鬼影才是真實的，而外在世界的現實是可有可無的。

「……我哭，跟哥哥坐在一輛巴士上，要去個地方旅行，巴士走了很遠的路，我們在一個地方下車，是個大荒原，一望無疆紅土飛揚，有許多動物在走，長頸鹿、大象、鹿、馬、駱駝、牛羊，很多很多，路上有車，有許多人，都在走，向著同一個方向，我們跟著大隊走，然後就聽見前面有人說要炸山了，大家互相傳著話加快了腳步，要去看炸山……」

3

于太太認為一平的處理大大不妥，責怪兒子不該把于珍的利益放在寶鑽的前頭。

一平也是因為心裡不安，所以打電話跟母親拿主意。

「這事不能耽擱，羊窩裡有隻狼，想起來心驚膽跳的。」

「我是想姑姐的治療剛剛才有點進度……」

「但這件事可大可小，她做母親的不管誰管！」

一平給母親這一說焦慮起來，當晚一夜沒睡穩，早上起來照常上學，想著寶鑽白天在學校上課的這段時間至少是安全的，便等到放學才搭車往山頂，遇上尖峰時間大塞車，在加列山道的小巴站下車時天色已不早，正走在前往黃宅的路上卻有輛車超前停在路肩，兩聲喇叭響號似是招呼，一看是靜堯的白色藍博堅尼，於是走到駕駛座前，靜堯按低窗玻璃笑臉相迎問：「這麼巧，來補習？」

「不是的，有事找姑姐。」頓了頓又說：「找姑丈也可以，不過聽銀姐說他去了加拿大。」

「去見個客。有急事嗎？」

「有點急，是關於阿寶。」

靜堯當機立斷推開乘客座車門，「上車再說！」

就這樣一平上了車，被意外的發展帶領著。自訂婚宴後他是第一次見靜堯，只覺他比前更俊朗更神采飛揚，渾身沐浴著人生得意的光輝。不是太久前他才在報紙財經版讀到關於黃氏珠寶在上海市開設第一家首飾專櫃，以及透過收購股權成功獲取香港一家地產公司的控制權，靜堯被委任黃氏執行董事一職，主管新成立的房地產部門等。看來父子間的矛盾已獲得化解，而靜堯也成功克服了事業上的暗礁。假如這時候有人向他指出說黃靜堯的人生還缺點甚麼，他一定會大笑不信的。寶鑽這件事，他沒有立刻將靜堯視作可商量的人之一，或許是因為直覺上這種事該先找父母，可是一旦面對面，他又覺得也許靜堯正是理想的求助人選。以他目前在黃家的身分地位，縱不能事事作主，也至少可作一半的主。而他又是那麼理智淡定，充滿自信，這樣的人是不會被任何難題難倒的。

疾馳下山的路上，一平將前一天在泳池所見詳告。不必涉細節，靜堯便心領神會。

「人渣！」靜堯用掌心打了一下駕駛盤。

到了中環商業區，他開入一個多層停車場停了車，帶路去到一棟大廈裡的頂樓酒吧。一平看到門上的徽飾便知是四海金曦會所。相熟的女帶位領他們到僻處一隅的卡座，靜堯問要不要試新推出的雞尾酒，便點了兩杯香港長衫。

「我談生意都來這裡，講話不怕旁邊有八卦的人。」

想是年費昂貴的菁英會員制篩掉了閒雜人等。皮沙發與四壁書架使人覺得是走進了古代的圖書室而不是酒吧，幽暗燈光與裝潢湊合成林布蘭油畫的效果，一個個人影如同人體銅雕。非繁忙時段只有幾檯有客，全男的，抽雪茄喝酒低聲密議或談笑，進行情報和秘密的轉手。

一平接上先前中斷的話題道：「其實昨天去找過姑姐，但她剛看完歐陽醫生比較累，所以今天再跑一趟。」

「依你看，阿寶明白發生甚麼事嗎？」

「看來未必，她當程漢是大哥哥。」

「我以為那角色是你做，」靜堯似笑非笑。

「我隔個星期才來，也沒太注意她功課以外的情況，是我疏忽。」

是他太自滿，他暗自糾正。滿以為大哥哥角色非他莫屬，沒想到近水樓台的程漢在他不覺察時，利用各種機會侵入小女孩的內心且佔據了不輕的地位。

「趁機會叫那小子走人也好，他在這兒遲早是個麻煩。」

「怎麼呢？」

「跟你講沒關係，跟爸爸跟二媽都別說，這姓程的是恆姨的兒子。」

「翁管家的兒子？」始料不及的情報使他一時腦筋遲鈍。

「你記得她？阿嫲還在世時的管家。」

「見過兩面。」

靜堯接下去說詳情：「我也是無意中發現，家裡司機的人工向例是透過公司的會計部支付，由員工來領或者寄到家裡，有次寄到他家彈了回頭，原來他報的地址是假的，我就有點好奇這個人是誰，僱人一查原來是恆姨的兒子。」

「他是王伯荐來的不是嗎？」

「老王是恆姨的同鄉又是舊鄰居，多半是程漢或恆姨拜託他的。爸爸做事向來很小心，不知底細的人不會請，何況司機是跟進跟出的人，是熟人荐來的他才會請。」

「你想姑丈知道嗎？翁管家這層關係？」

「不確定，我想他要是知道的話也會保密。」

「因為姑姐跟翁管家不和？」

「我從英國回來才知她們成了死對頭。嫲嫲過身後不久恆姨便辭工了，家裡個個都知是二媽把她逼走的。站在二媽的立場，好不容易盼到死對頭走了，死對頭的兒子又進來打工，她要是知道了豈不吵翻天，說不定以為我們串通起來蒙騙她，所以這些事你聽了就算，千萬別對外講，這可是個黃蜂竇。」

一平知道這個「對外」是指于珍，幾乎是條件反射地為于珍辯護：「我覺得姑姐在這個家裡挺孤立的，就算她有時候多了心也不能怪她。」

靜堯了解地笑笑。「我不覺得二媽有錯，反而是恆姨這個兒子，我早就覺得不對頭。有次在葡京談生意撞見他在賭百家樂，我沒揭穿，因為是爸爸僱的人，我也不想多事。後來聽全伯抱怨他借錢不還，多半欠了大耳窿錢[2]吧。」

「你打算怎麼處理？」

「等爸爸回來向他上奏，在這之前把程漢調去公司幾天，阿寶不會有事。」

「你想姑丈會相信我？」

「我相信你就行了。」

沒想到三言兩語便解決了。燙手山芋給了靜堯，就沒他的事了。可是喝著冰喉的薄荷味酒，想到程漢的命運即將改變，儘管早料到會有這結果，心頭卻不是滋味。

「遺傳這東西真怪是不是？」靜堯若有所思撫著香港長衫的杯身。「恆姨人這麼好，兒子卻是這樣的人。」

「看來我真是捅了黃蜂窩，」一平苦笑。

「我要謝謝你信任我。我少在家，家裡很多情況知一半不知一半，有你在等於多對眼睛。」

「你不嫌我多管閒事就好。」

「你有注意嗎？阿寶今年發育特別快，不用兩年就是大姑娘了。」

一平聽了這話微感突兀，猜不透靜堯的用意，但他暗自警惕著，補課到學期結束便無論如何不繼續了。小女孩已屆尷尬年齡，不及早抽身的話，將來難免多事。

4

那個週末一平來到黃家，因惦著程漢的事不知解決了沒有，看到全伯便問「姑丈回來了沒有？」全伯回說下午回來了。又說少爺訂的一箱紅酒從法國空運到港，跟未來家嫂在東翼招待朋友試新酒，上完課不妨去湊熱鬧。

隔著泳池遙見那邊燈火通明人影綽綽，約兩小時後他離去時仍毫無散會的跡象，有個唱機大聲播放著歌劇。看來今天想跟靜堯打聽程漢的事是不可能了，從寶鑽那裡只知程漢下午去機場接了黃景嶽回來就沒看見他。

他如常繞到通往西門的園徑上，走過那排紅花正盛的花叢，差點跟前方走來的黑影撞個滿懷，一驚抬頭見是金鑽，跟他一樣十分意外此時此地見到對方。

「不好意思，嚇著你了？」

「沒有沒有。」卻神色不定。「剛下課？」

「阿寶惦著去東翼玩，乾脆早下課，你不去湊熱鬧？」

「那種熱鬧不關我事。」

她說趁天氣好出去散了個步，作為她從外面回來的解釋。

這女子處處令他捉摸不透。來自身後的光線映得她的人浮凸鮮明，白襯衫，草綠短裙，圓潤的膝蓋，蘋果綠的密頭毛拖鞋露在有光的所在。他幾乎就忍不住將程漢的事一五一十告知，其實幾天來他腦子裡已經演練過類似的對白，言之鑿鑿向她披露程漢的罪行，勸她倘若是跟那人在交往別給他騙了感情，但是對於背後論人的厭惡心制止他這麼做。

似乎她覺得該以主人的身分送客，轉過身來與他並肩重又向外走，順手摘了朵花，拔掉花萼將尾端放入嘴裡吸。「小時候總是吸這花的花汁玩，你玩過沒？」

「這甚麼花？」

「大紅花。」

他摘一朵學她的樣子吸。「沒甚麼味道。」

突然她手一撥將他手裡的花撥到地上。

「怎麼了？」他一驚。

「花心有螞蟻，」她說。「人吸你也吸，也不看仔細。」

「其實很不衛生啊，」他笑。

「吓，幫你還笑人家。」卻笑起來。

「今天沒出去玩？」

「中午去了打網球，你打網球嗎？」

「沒打過，唸書時踢足球。」

「學學就會了，哪天你也來？球拍我借你。」

他摸不準她是對每個人都這樣抑或只是對他。

「看哪天有時間。」他頓了頓。「你不是喜歡看電影，哪天去看場電影？」

說來平淡，但他的驚訝程度絕不下於她的。他沒去看她的表情，但是從她那輕微前傾的姿勢與溫婉的緘默，感覺她是允諾的。

「你說甚麼時候？」她說。

「就明天？凱聲在重演個占士邦[3]戲。」

「你每天看電影廣告？」

「只是剛好留意到。」連自已都覺得好笑地笑起來。

「好啊幾點？」

「五點半場？十分鐘前在大堂等？」

「好的。」

沒想到這麼容易，可是轉念又想，倘若沒有不期而遇，便錯過了。全伯今天不知怎麼沒出現給他開門，不知是不是看到有金鑽代勞就避開了。來到那暗綠漆的柵門前，兩人相對踟躕，彷彿那門前的尺地很可留戀似的。

「鎖好門。」他說。

她點點頭。他拉上柵，聽著柵門咔嗒鎖上才離開。

走著慣常的路線前往小巴站，心情是異樣的。初春的草木夜氣沁心脾。也許是心理作用，但他分明地感覺到那花汁甜味延遲地在舌尖回轉齒頰流芳。

來到那個濃密樹影遮掉路燈的死角，幾乎是摸黑。

樹叢暗處，有個聲音冷冷喚：「于老師。」

他陡然立定，等他意識是程漢，心生警兆想要後退已是不及。

一個黑影如猛獸撲來，一股大力撞他一個踉蹌，腹部接連捱了兩記重的，登時兩腿跪倒。有隻手扭住衣領將他拖入樹叢，劈頭劈臉的拳打腳踢令他無還手之力，其勢洶洶的襲擊欲置他於死地般，伴隨著「撚柒」[4]、「仆街」之類的詛咒。

快逃！不逃死定了！他拚命一滾爬起來跑，立刻腿被抱住，仆倒，強而有力的手臂將他翻過來按住，外套滑到肘彎以致雙臂被困，避不開拳頭，嘴裡吃到了血。他顫慄驚恐，葉隙透進的微光裡僅能依稀辨物，銀灰夾克一眨一眨，帽簷陰影下的臉是獸性的，一頭狂躁的動物，他滾來滾去掙脫雙臂，碰到條人腿便抱住用力扳，感覺有個身體重重落地，奮力爬起慌不擇路見路就跑，一腳踩進個樹根洞向前滾倒，登時眼前發黑癱在地上起不來，腳步聲趕上來，有對手搜他的身，掏口袋，「幾張野！」又是連串的詛咒。他懼怕著更多的暴力，卻在此時聽見遠處傳來狗吠聲、女人的呼叫聲，像是來自很遠，混亂迷糊裡也不知是不是自己想像的，肋側又捱一腳，便聽見腳步聲噼噼啪啪由近而遠，有個引擎發動，一串緊急的咿昂昂咿昂昂——

迷糊醒轉時才知失去過知覺，地冰冷，全身劇痛。一睜眼只見一束白光亂晃，白光後面有個人影。

有對手扶他，扳他的肩。上了年紀的人的大骨節硬手。

「姪少爺，能起來嗎？聽見我說話嗎？」是全伯的聲音。

他勉力點頭，左踝部位有個痛位，一負重痛得他直呲牙，牙齒不受控打顫。

「靠在我身上，慢慢走。」

他一步一呻吟。全伯那長年花園裡幹活鍊出來的一身硬筋骨把他架起，一隻手拄根粗樹枝做支撐，另一隻手拿電筒。

「快到了，只有十幾步了。」全伯說著激勵話。

這時又多來個人幫忙，撐起他另一邊身體，他被半揹半架著走完餘下的路程，從戶外到了戶內，被放平了，躺在柔軟的平面上，有人給他灌下嗆喉的甚麼，他一陣嗆咳，倒是清醒了，睜眼看見施紘蒂手裡拿著隻高腳酒杯。

天花板的大水晶燈告訴他他在主樓客廳的沙發上，四周鬧哄哄，許多臉晃來晃去，他聽見全伯在向大家報告說鄰居的女傭出來遛狗驚走了劫匪：「她認得姪少爺，跑來拍門，那人給狗嚇跑了，我趕過去看見姪少爺躺地上！」

一陣中英語夾雜的低音量協商：報警？叫救傷車？等何醫生來看看再說……

「何醫生來了！」銀姐的聲音報告。

涼涼的手指掀他的眼皮，強光射進瞳孔，一個雄渾聲音說：「皮外傷看來沒多要緊，額頭這裡縫幾針便可以，但是必須確定有沒有內傷，我的意見是最好送醫院照X光。」

「不用！」一平迸出兩個字。

「醫院說不定會報警，一報警就麻煩。」于珍道。

「當然要報警！」紘蒂道。「越是怕事越是縱容罪犯，甚麼世道搶了錢還打人！」

「招一堆記者來問東問西，報紙上登出來有甚麼好？」于珍道。

「有甚麼不好？起碼讓警察知道治安有漏洞加派巡警，我們可是納稅人！」

這一來成了紘蒂與于珍之爭。靜堯介入調停，對何醫生說：「抱歉請你來玩還要麻煩你，可以的話請你幫個忙，感激不盡。」

一平這才懂了，想必何醫生是東翼試酒聚會的賓客之一，從那邊把他叫來的。

何醫生似是斟酌，過了一會才聽見他說：「這外傷我大概可以先處理一下，那我回醫務所拿一下縫針器，麻煩幫我叫個車。」

「叫阿漢跑一趟，他人呢？」于珍道。

全伯銀姐都說沒看見他。

「他辭職了！」靜堯宣佈。「下午來跟我辭的，我還沒時間跟你們說。」

「怎麼突然辭職的？」于珍的驚詫問話代表了大家想問的。

「衰仔！還欠我幾千塊呢！」全伯咕噥。

「先別理那個了。」靜堯的少爺腔壓住了場，指揮若定發號令：「阿蒂，麻煩你當次司機載何醫生去拿藥箱。全伯，麻煩你去開一下大柵，我去東翼那邊跟客人解釋一下。」

一平逮住這空檔插嘴，叫住靜堯道：「這樣太麻煩大家，我回家睡一覺就沒事。」

「就算我肯二媽也不答應，你就任人擺佈吧。」靜堯笑拍他肩膀。

眾人散去，寶鑽才過來，小臉綳得像要嚴正責備他似的。

「我還沒死啊。」他捏拳搥她一記。

「別在這兒害事！」于珍囑金鑽領寶鑽去睡，又吩咐銀姐準備客房，對一平說：「你就在這兒住幾晚，回到家裡就你一個我不放心，大嫂要是找你，我說你下樓梯不小心扭了腳，在我這裡養傷，這樣說可以？」

一平謝謝于珍想得周到。

靜堯送客回來與全伯兩個合力將一平架起攙到樓上客房。這一鬧已將近午夜，剛安頓好，絃蒂便領著何醫生來到。這回一平看見了是個戴金絲眼鏡、相貌堂堂的中年人。經過一輪縫針、包紮，囑咐明天一定要去照X光又留下止痛藥便辭去。

房間剛靜下，于珍便進來，帶來一套男裝睡衣說：「你姑丈的，你穿會大一些。」她要幫他換，一平難為情地說自己來，于珍笑拍他大腿：「害甚麼臊！給你換過尿片呢！」

一平只好由她，忍受著于珍笨手笨腳的搬弄，傷處被碰到也忍住不哼聲，還差睡褲的一條腿沒穿便有人敲門，一平忙蓋上被子。是銀姐送吃的進來，火腿三文治熱牛奶，另帶來了暖水壺水杯。一平餓得拿起三文治就吃，于珍吩咐銀姐收去髒衣服補的補洗的洗，自己卻不走，坐在床邊看著他吃，說起了程漢。「我看你們兩個有時講講話，他有說過甚麼嗎？」

「其實我們不怎麼熟。」一平道。

「也不跟我說一聲，聽靜堯說他去機場接你姑丈回來就遞了辭職紙。」竟似是若有所失。

「姑姐想留他？」

「他走他的事，只是兩日前他才來跟我提加薪，我答應等你姑丈回來跟他商量的。」

于珍去倒杯水，從她帶來的藥瓶倒出兩片，說是助眠的，把床頭何醫生留的止藥痛也傾出兩片，讓一平對水服下，又扶他去廁所小解，一平怎麼催她她都不走，說等他睡了再走，直到靜堯敲門進來說爸爸找她，她才不情願地起身走了。

靜堯關上門。「是那姓程的？」

看一平沒否認，端張椅子到床前坐下，表示歉意地說：「我的意思是隨便編個理由叫他走人得了，爸爸偏要追根問柢，把那姓程的叫到房裡問了半天，這樣一來不能不提到你。」

「姑丈這樣做是對的，事情講一半不講一半，程漢也不會心服。」

「他死都不認，要求找你去對質，還反咬你一口。」

「他說了甚麼？」

「說你對阿金起痰[5]……別理他，那種人說不出好話。」

「你該找我去對質。」

「幸好爸爸選擇相信我，也就是相信你。結果百密一疏，他去房間收拾的時候我因為客人來了，就忘了派人監督，有幾樣東西給順手牽羊了，爸爸最心痛那張齊白石蝦圖，這小子挺會揀！」

「那怎麼辦？」

「算他走運，爸爸決定不追究。」

「因為翁管家的關係？」

「也是為了阿寶。一旦報警便要落口供，女兒給家中員工非禮，說出去不好聽啊，爸爸就說認倒霉算了。那張蝦圖算是白送他吧，倒給了我們個方便的說法，對外就說程漢手腳不乾淨偷東西。」

原來行差踏錯都是這樣一步步，一平心想。

「剛才我說不報警，其實是向爸爸請示過的，你不介意吧？」

「為甚麼要介意？」

「依法起碼是傷人罪啊。替你出口氣你怎麼說？」

這話來得突兀，一平不確定那意思。

「怎樣出口氣？」

「我可以找兩個在行的人。」聲音有些低迷。

一平這才懂了，心裡頓萌一絲生疏。他不喜歡這感覺，因為之前那種共享秘密的默契那麼好。

讓時間過去適當的片刻，他說：「我跟姑丈一個想法，認倒霉算了。」

靜堯點點頭不再說甚麼，站起身表示探訪結束。「不阻你休息。」拉上門出去，順手熄燈。

他終於一個人，第一次在這深宅大院裡過夜。原來不是想像中的萬籟俱寂，窗外的自然界充滿各種風吹樹動的聲息，將他帶回那個遇襲的樹林，他拚命逃後面的人拚命追。遭遇暴力的恐怖還沒有離開他的身體，而他知很久都不會。

5

金鑽笑吟吟進來拉開窗簾。天已大亮，陽光照得滿室皆白。

「天氣多好，」她對他笑。

「是呀，真好。」

他們並立窗前看景，前面有條河，夾岸的樹都開了花，不住有花瓣落向河面，隨著水流閒閒打轉，他有沐浴愛河的幸福感。河水突然鼓漲，頃刻間高過了兩岸，淹沒岸上的樓房，玻璃崩裂，洪水蔽天，他帶著她逃，但是大水沖散了他們，忽然場景一變，一切歸於平靜，他獨自走在一片曠野上，彷彿是末日過後人都死光了，走著走著來到一個村落，到處是受傷的人，他從這些人中間走過，有個女人背對他跪坐地上用塊白布擦拭著甚麼，白布漸漸變成紅色，他覺得背影像金鑽，走到前面去看她的臉，是個不認識的女人——

睜眼只見窗微明，是窗簾透入的光芒刺進眼皮令他睜眼。好怪的夢。身體一動便多處作痛，提醒他昨晚的險死經歷。口很乾，頭也脹脹的不好受。半邊身體和手臂完全麻痺，寶鑽躺在他臂彎裡一臉天使安詳睡得正香，小小身軀緊貼他的，頭窩在他腋下，暖呼呼的鼻息噴得他皮膚癢癢的。怎麼回事？阿寶怎會在這裡？與他同睡這床上？

聽見門口有響動便回頭，看見銀姐捧著一疊衣物站在那裡欲進不進，期期艾艾說：「我送衣服來，門沒鎖……」

「謝謝你銀姐，麻煩你了。」他強笑，強裝若無其事。

銀姐縮頭縮腦進來將衣服放在門側椅上，退出去並帶上門，門掩上之際他看見昆姐在門外鬼祟探頭，緊接是一陣唧噥低語。

一平心知不妙。她們以為看見了甚麼？

他心慌神晃搖了搖寶鑽：「寶，起來了！寶！」

寶鑽嗯嗯作聲半醒不醒，他掀被下床，起身拿衣服穿，黃景嶽已怒沖沖闖進，目光一掃室內的情形，大步邁到床前長手一伸將寶鑽揪下了床，不理她叫痛掙扎，拎小雞般把她拎在手裡，同時掄起手杖照一平頭頂劈下。一平一歪頭閃開，讓肩頭擋了這一棍，痛得悶哼一聲，黃景嶽掄杖要再打卻硬生生煞住，大聲叫「銀姐！」等銀姐出現門口把寶鑽交了給她：「帶二小姐到太太那裡。」

銀姐一臉呆愣把個啼啼哭哭的寶鑽帶走了，房裡剩下的兩個人，一個臉漲紅，一個臉灰白。

「你怎麼解釋？」是法官的問罪聲音。

「早上醒來她已經在我房裡……」

「你讓她到你床上睡？」

「半夜聽見她哭……其餘不大記得。」

「不記得了？」眼神炯炯充滿質疑。「你知我是相信你的話才叫阿漢走的？」

「我知道。」

「你知我認為你是正人君子才相信你？」

「我知道，但我甚麼都沒做！」他聽見自己的聲音虛弱抗議。

「你不是不記得嗎？怎麼知道甚麼都沒做？阿寶只有十二歲你知不知？只有十二歲！」

黃景嶽聲色俱厲，手杖的金屬頭毒毒戳著地板。

一平放棄辯護。房裡寂靜得落針可聞，是法庭裡宣判前的無邊寂靜。

「我看你以後別來了，到底不大方便。」

聽著手杖毒毒的沿走廊遠去，他心裡空空的，卻是久久盪著那回音，彷彿從一個夢魘掉進另一個夢魘。被擊中的地方火辣辣疼，他吃力地穿衣、穿褲，人一陣陣發冷，完成所有動作後坐在床邊喘。鞋不知去了哪裡，想著要是找不著只好就這樣穿著襪子走，打開門才看見擦得亮晶晶的一雙鞋被整齊放置門側走廊上。他抽掉鞋將腫起老高的那隻腳沒頭沒腦硬塞了進去，走出房。

走廊上一個人影不見，恨不得插翅飛但他只能一瘸一瘸扶牆走，經過一個個房間，感覺裡每個房門背後都有人，而那些人正在竊竊議論：「鹹豬手……變態佬……抱著二小姐睡覺……以前在房裡補習誰知做過甚麼……」

外面是微陰的早晨。他依舊走通往西門的路線，泳池、樹籬、大紅花叢，輕快飄忽從他感官的外緣掠過如同奔馳列車窗外的景物，心頭只有個想法是不再回來。

下午一覺醒來，好一會想不起自己在哪裡，卻立刻想起與金鑽的看電影約會。她還會來嗎？四點多，搭計程車趕去還來得及。求證的誘惑太大，證實一下他有多被憎恨。不理會頭昏腦脹渾身疼痛，吞了兩片止痛藥便出門搭車來到凱聲戲院，到售票口買了兩張票。

毛毛雨使陰天變成了雨天。他站在戲院門口，漫溢心裡的灰色也恍如那天際的灰色無止境。他那鼻青臉腫的樣子惹來不少途人側目，那陰鬱的神情更使人覺得他多少有點危險性。他豎起外套衣領面向牆，兩眼盯著牆上廣告箱裡、海報上那兩條性感美腿，和美腿中間的迷你型持槍占士邦。他非常清楚知道她不會來了，但是仍舊站在那裡不離去，直到彌敦道上濕淋淋的霓虹招牌一個個放亮，直到售票處停止了賣票，看電影的人都進了場，大堂地上狼藉著雨天濕報紙與髒黑凌亂的腳印；直到所有失望難過被雨稀釋，一點一滴從他心裡消失，乾乾淨淨沒有了任何感覺。

而她始終沒有來。

註釋

1 踢死兔，燕尾服（tuxedo）。

2 大耳窿錢，高利貸。

3 占士邦，007探員詹姆士・龐德（James Bond）。

4 撚柒，撚與柒兩字皆指男性生殖器官。

5 起痰，動色心。

第四章

1

還有十多天便是暑期。中五會考生及大學預科班的學生都考完了試放假去了，中一到中四生的期末考也到了尾聲。校園空落落的，課室有的無人上課，剩下一行行無人的桌椅彷彿發生大災難大家都逃難去了。一平在許多學生的紀念冊上寫過臨別贈言，儘管年年看著學生畢業離去，仍是難免有些感慨。

那天他監考完一場考試，正在教員室與國文科的女同事閒聊彼此的暑期計畫。那位女同事準備跟幾位老同學結伴往蘇杭一遊，一睹從前只能從詩詞領略的江南風貌，問一平有沒有興趣參加。

「你們一堆女的，我混在裡面怪怪的。」

「把女朋友帶來啊。」

「我沒有女朋友。」一平笑道。

「那就趕快找一個！」那女同事開他玩笑。

一平只是笑，卻也有點心動，想著到外地旅行散散心也不壞，藉此把黃家那段荒誕經歷忘在腦後。正要答允對方，校工來教員室告知有位黃小姐來找于老師，在校務處等候。那位女同事聽說是位小姐找，向一平瞟來不知何意的一眼，便回到自己的桌前忙自己的。一平走出教員室，從二樓走廊望向對面大樓地下的校務處，只見有個女孩站在廊簷下，正是金鑽。

她來找他幹甚麼？他該叫校工打發她走，但是不可理解地他幾乎想奔下樓梯。她頭髮長了些，穿著淺藍格子長裙、白色小皮包斜揹著，全身散發淡淡的少女調子，在這個全男生校園是個稀有的景象。

他慢慢走下去，距離她約有五六尺便站定。滿以為與黃家不會再有任何瓜葛，現在這瓜葛卻站在他面前。

「你找我？」他說，生硬的語氣明白表示她不受歡迎。

「這裡講話方便嗎？」

「沒甚麼不方便，有話就講好了。」

金鑽無措地窘笑，「你要是忙，我改天來好了。」

這時打操場另一頭走過的幾個男生忽地吣吣吹起了口哨，大聲叫「于sir」並向他豎大拇指，鬼頭鬼腦的樣子半是打趣半是打氣，一平撿顆小石子朝他們笑著擲去作驅趕狀，看著幾人笑鬧著走遠，回頭對金鑽說：「他們沒惡意的。」

金鑽微笑搖頭表示沒事。「我大概來錯了，不阻你了。」就要走。

一平「嘿」一聲叫住她。「你等我，我回去拿點東西，我們去喝杯咖啡。」說完就回身上樓。

後來他們踏過如茵的草坪走向校門。是個吹微風的熱天，天上流動的雲片映在草地上。一平帶她越過兩條馬路來到一間懷舊風格的餐廳，有舊香港式的寬敞皮卡座、彩玻璃六角形壁燈。雖然跟他那學校座落同一校區，因為價錢關係只有貴族私校的學生才光顧這裡，猜想比較不會碰到同事或學生。

「又派你來做外交大使？」他笑笑說了這句開場。

「是我自己來找你。」略頓又說：「我該先打電話，又怕你掛我電話。」

這是有先見之明的考慮，他的確會掛她電話，親自找上門來卻需要勇氣。他默察她的臉，發覺她清減了好些，因此彷彿曖昧了些，不完全是從前的那個人。或許是因為他的心情改變了。

咖啡來了，杯匙碰擊的叮噹中那尷尬也不那麼逼人。

「阿寶去英國了，上星期走的，我想你或許想知道。」

這樣一種方式說出來，他知道不會是短期離港，勉力抑制心頭的震動點點頭說：「出國？那很好，有機會出國當然好。」

「手續辦得很倉卒，本來報名截止日都過了，因為成績優異特別通融，而且是哥哥唸過的那個寄宿學校的兄妹校，上個月哥哥陪她去面試立刻錄取了。」

她接下去說黃景嶽夫婦陪同前去辦入學手續，順便一家三口度個假。「自從……自從那晚的事，二媽就精神不大好，爸爸想順便帶二媽散心，說不定就讓她留在那邊陪阿寶，畢竟阿寶年紀還小。」

他因為不便打電話到黃家，因此也沒跟于珍聯繫向她問好，金鑽的話讓他放了心。

「謝謝你告訴我，怎麼你沒一起去？」

「我去幹甚麼，又沒我的事。」

咖啡未喝完就涼了，一平摸著杯身，那冰冷正是他的心境。正想找個藉口結束會面，便聽見金鑽說：「我一直覺得對你不過意，我是說那一晚的事。雖然我不了解全部情況，但我知爸爸的火爆脾氣，我自己都被他冤枉好多次。」

「你怎麼能斷定姑丈是冤枉我？」天生的倔強性子驅使他說。

顯然金鑽沒料到他會不領情，多加幾分小心說：「我不怪你生氣，當時大家緊張過頭，昆姐又加油添醋說了好些難聽的。」

「也許昆姐說的是真話。」還是那倔倔的語氣。

金鑽自管自說：「爸爸不是不想搞清楚，可是阿寶甚麼都不肯說，檢查過身體沒事，哥哥出主意去找兒童心理醫生做諮詢也沒結果，那醫生說這種情況最好不要勉強，將來她想說自然會說，爸爸才不追究了，我看得出來他覺得可能冤枉了好人。」

「是嘛，你真的那麼肯定我不是藉藥裝瘋？也說不定你在跟一個色狼說話。」

「你這人真怪，算我多事！」賭氣不語。

「對不起，我只是開玩笑。」一平口氣軟下來。「我沒有怪過姑丈，他保護女兒是對的。」

他可以想像寶鑽的困境。畢竟事情的整體情況是超過一個十二歲小女孩能理解的，家長的處理態度誇大了事情的嚴重性，使小孩覺得自己做錯事，先自有了心理負擔，而小孩天性又是想取悅大人的，怕說錯話惹惱了大人說不定又像上次那樣遭關禁，大人愈是嚴厲她愈是混亂無助不知如何是好，索性自我關閉與外界隔絕，她甚至不曾打個電話向他告別。

「爸爸怪上了二媽，怪她放任阿寶不好好管教，吵了一大架，是這樣決定提早送阿寶到英國的。」

他不能苟同黃景嶽的將母女倆流放外地的處理方式，然而之所以有這樣的結果，他難辭其咎，因此也不能有意見。

「未必不是好事，」他說。「學習是越早越好，有機會去外國見世面長見識，總是好的。」

「爸爸也這麼說。家裡只有我不是讀書的料，唸個中學都很勉強，哥哥跟阿寶不一樣。」是她一貫的妄自菲薄。

「你只是還沒找到自己的專長。」

「我的專長……大概就是做外交大使。」

兩人都笑。

現在他多少相信金鑽此來是有誠意的，於是正色說：「你來跟我說這些我很感激，老實說那個晚上的事我反覆想了很多次，我不是沒有錯。」

他開始敘述他能記憶的部分，怎樣睡到半夜被哭聲吵醒，剛開始以為是作夢，但一睜眼寶鑽正伏在床沿哭，說甚麼是她不好是她的錯，不想回房間待在這裡可以嗎？他摸到她手腳冰涼，她只穿了件單睡袍手腳都露在外面，他催她回房，她不依，他要她答應只待一會兒，怕她著涼就讓她鑽進被窩，之後那段便十分模糊……

其實是有些細節他覺得不便說，比如小女孩怎樣小獸似的靠向他取暖，怎樣細語噥噥說平哥哥讓我跟你走——

金鑽急於慰解地說：「聽起來你沒錯呀，為甚麼當時你不向爸爸解釋？」

「當時我糊里糊塗，腦子一片空白甚麼都不記得，後來慢慢想才想起來。」
「我也有過這經驗，平常喫不慣安眠藥，喫兩片便暈陀陀甚麼都不記得。」
「用安眠藥做藉口當然很方便，但我越界了。」一平試著解釋。「和阿寶相處時忘記了身為老師的大原則，讓她覺得我們之間沒界線，這是我的錯。」
「界線？聽起來好難懂。」金鑽笑笑。「也許我的想法膚淺，但你一直當她小妹妹一樣愛護不是嗎？其實我羨慕她啊，有個人可以信任依賴，總之我覺得只是鬼使神差，誰都沒錯。」
看她如此矢志於替他洗脫罪名還他清白，他既感激又感動，想到在黃家受的那場羞辱，戲院門口的空等，隨後那段日子的懊喪，多少感到一些補償的安慰。
事已至此，實在沒有理由避而不談程漢。他問她知不知道程漢離開黃家的原因。
「大家都以為是他爛賭和偷東西，家裡好些東西不見了。」
「那不是真正原因，我是那個逼走他的人。」
金鑽捧著咖啡杯非常用心聽，一雙杏眼瞪得大大的。一平注意看她的神色想從上面推測她的內心活動，假如她與程漢關係密切也許會不相信他的話，但她只是輕微困惑地說：「是阿漢打傷你的？哥哥沒說……」
侍應來給添咖啡，重新加糖加奶的動作打破了稍嫌凝重的氣氛。她用小匙攪著咖啡道：「我不知說甚麼好。我以為阿漢只是爛賭，有時口花花，真不相信他會做這樣的事。」
「我以為你爸或者你哥會跟你說。」

「阿嫲走後我家是男人當家，我在家裡又是個花瓶角色，不是每件事他們都會跟我說。」

「也許我不該問，你是和程漢在交往嗎？」終於問出他久已想問的。

「誰說我們在交往？你聽誰講閒話了？」

「都這麼說呀，我也看見你們關係不錯。」

「不過是因為恆姨。」

「你也知道？程漢跟她的關係。」

金鑽低頭不語，一會兒才說：「我家的事，有時真不知怎麼跟外人講，阿嫲生前常說，家庭裡的事要留在家庭裡，逢人只講三分話，不管發生甚麼事首先要維護家聲。所以我們從小學會守秘密，怕說錯話就大小事都不說，久而久之對家人也這樣。比如說恆姨吧，阿嫲剛過身她就無端端辭工了，那天她來跟我道別，我問她為甚麼走她怎麼都不肯說……」說到這裡不好意思說下去似的打住。

「你是說姑姐逼走她的事？我聽說了，你說下去不要緊。」一平道。

金鑽便往下說：「恆姨走了之後就沒消息，地址電話改了也沒通知，好像故意不想我們找到她似的，我以為再也見不著她了，有天我出門阿漢載我，他即興地說帶你去見個人，就把我載到恆姨家。原來她賣掉阿嫲留給她的樓在美孚另買了一層，我也這才知道阿漢是她的兒子。」

「翁管家為甚麼要避開你們？就為了跟我姑姐不和？」

「也許是不想給我們添麻煩吧，她是自尊心很強的人。」

「卻讓兒子到黃家打工。」一平忍不住說了這句。

「阿漢是瞞著她拜託王伯的，那天他把我帶回家裡，恆姨才知他在黃家打工的事，這個我可以作證。」

「其實姑姐就算知道了也不會怎樣，是你們偏要把她當惡婆。」

「我想大家原先都是好意，結果卻弄複雜了。」金鑽委婉解釋了句，給他個笑接下去道：「後來我時不時去看看恆姨——有次她生病我去照顧她兩天，搞得全家人以為我有了男朋友，但我答應恆姨不跟家裡說。」

「程漢到哪裡打工不可以，為甚麼一定要到你們黃家？你不覺得奇怪嗎？」

「這個……我想是王伯剛好想退休，而阿漢又在找工作吧，王伯是看著阿漢長大的，自然會先想到他。」

意思是近水樓台，有好差事先照顧熟人本屬平常。

然而一平的感覺卻相反，他們在講的事沒有一樣是平常的，像哈哈鏡裡的變形世界一切荒腔走板，牽扯太多的淵源、秘密、身世。

「恆姨從不在我們面前講她家裡的事，也不帶兒子來玩，所以我們都不認得她這個兒子，我不過是聽阿嫲跟女傭們有時閒聊講起才知道一點恆姨的事，她老公在國內學醫的，廣東話英文都不會，來香港後做黑市醫生，給抓過兩次沒有再做，好幾年是恆姨養家，後來做過酒樓企檯、地盤工之類，沒工開就去賭，賭很兇，阿嫲講起來總是唉聲歎氣說恆姨命苦，我還記得有天放學回家走後門口，看見恆姨塞錢給一個瘦瘦的男人，那男人牽著個小男孩，該就是恆姨的先生跟阿漢。」

一平聽了這故事不禁想起父親當年帶著自己往黃家借貸的往事。如果說他聽了這故事之後同情誰，該是那個帶著兒子到後門口向翁管家討錢的父親。

「這男的還在嗎？」

「在地盤出事故死的，好多年前了。本來恆姨那時就想辭工，但是見阿嫲那陣子身體不好，就沒走。」

「你同情程漢，所以接受他做你的朋友？」

「也許先入為主覺得恆姨的兒子不會是壞人吧，他倒是很孝順的。」

「我不是想左右你交朋友，或破壞你對他印象，這個希望你明白。」

「早知他是這樣的人，我不會答應給他介紹工作。」

「他來找過你？」

「我一半是為了恆姨，要是阿漢失業了也會連累她。照理阿嫲給恆姨的退休金數目不小，不知為甚麼她的處境好像不大好。」

「你介紹他甚麼工作？」

「阿漢跟我說還是想回去片場，我有個中學同學的父親在嘉禾做高層，就試試看拜託她，成不成還不知。」

「你沒做錯，我不齒他的為人不等於希望他失業。」

談了這半天，他感覺儘管金鑽嘴上說相信他的話，感情上未必能即時扭轉，畢竟她跟這家人的淵源太深。有時他寧可她不要這麼隨和，為人設想，然而當初正是這些優點讓他對她生好感的。不管怎樣他做了所能做的，至少讓金鑽對程漢有了警覺。

話說開了，兩人心情轉輕快。金鑽問他暑期有甚麼計畫，還是去大嶼山？

「是的，當然去的。」然後好像不可免似的，他說：「你也來玩玩，住幾天？」

「你想舅母還會歡迎我嗎？」

「怎麼不歡迎，可是你怎麼跟家裡說呢？」

「哥哥是不會說甚麼的，至於爸爸，不要讓他知道就是了。」

「你家的秘密真多，簡直像古代的宮廷。」

「我也覺得煩，奇怪的是我家其實是個小家庭。」

「也許因為你們住在山頂的大房子，所以有茱麗葉家族的感覺。」

立即他自覺失言，因為說對方是茱麗葉，彷彿是暗示自己想當羅蜜歐。因忙亂以他語。「上次約看電影沒看成，要不要補看一個？」

「不要是《殉情記》就好。」金鑽笑說。

「有人哭有人死的都不看，可以吧。」

接下來的相視一笑中，有前嫌冰釋、也有重新開始的喜悅。這次見面能有這樣的結局，雙方都意想不到，不覺都想約會延長，於是向侍應要餐牌點餐。

2

自從兒子又一次把黃家的大小姐帶到島上來，于太太心裡就像有十八個吊桶上上下下。她丈夫在日就曾說過：「貧與富就像水跟油，注定撈不到一塊兒。」兒子跟黃家之間的一而再鬧得不快，證實了這句話有它的道理，她認為能疏遠最好是疏遠。

可是人既來了，不得不拿出做主人的禮數熱情招待。金鑽去年的那次來訪，于太太便觀察到這位大小姐並不自恃身嬌肉貴，一點不介意弄髒一雙手跟一身乾淨衣服到田裡幹活。這次她表現更勤快，一應家務事願學願做，只要廚房開火她一定跟來，切切洗洗幫頭幫尾。去菜市場她也跟去，學買菜學講價，幫提菜。鳩叔鳩嬸都十分讚賞她，時不時向于太太暗示誰家要是討到這樣的兒媳便有福氣了。而最令于太太感為難的，是她在兒子身上看到的改變，那是只有一個母親才覺察出來的細微改變：飯量、笑聲、四肢百骸散發的活力。而金鑽呢？于太太憑她的女性直覺，看得出這女孩有心事。那是極輕易便會忽略掉的眉梢眼角的蛛絲馬跡，只有一個有心人能有會心。兒子對這段感情越投入，她越是心中惙惙，當然她絕不相信兒子說的「不過來玩玩，住兩天就走」的渾話，她決定有機會找兒子談談。

有天，她抓住兒子跟她去菜園修理其實沒壞的水龍頭，四下望望確定無人，對兒子說：「我剛翻了下日曆，金鑽在這裡快一個月了，有沒有說甚麼時候回去？」

「原來是說姑丈從英國回來就回去的，但不知姑丈甚麼時候回來。」

「你沒問她？」

「我這麼問她，她會以為我們不歡迎她的。」

「傻子，一個問題有很多個問法，這還要我教你嗎？」

「你不喜歡她在這裡嗎？」

「當然不是，但我看她一點回家的意思都沒有，你不需要了解一下？」

「我跟她說過，想住多久住多久，你叫我怎麼去問人家？」

母子倆大日頭下竊語，蜜蜂蒼蠅繞著人嗡嗡聒噪，都浮躁起來。

「哎呀你，沒輕沒重的！」于太太瞪了瞪兒子。「她一個大姑娘家老也不回家，你不覺得有問題？」

「她來度假，有甚麼問題？」

「我問你，你們到甚麼地步了？談婚論嫁了沒有？」

「媽你想到哪裡去了。」

「既然這樣就適可而止，這可不是鬧著玩的。」

「我沒有鬧著玩。」

「你姑丈已經怪你了，你想他再怪你多一些嗎？」

「怪我就怪我！」他發了牛脾氣。明知母親的話不無道理，但他覺得母親太不了解他的心情了。

前來度假的中學生和大學生來了一撥又一撥，一平充當康樂顧問之餘，必要時也兼任聯絡站和免費導遊，金鑽也常常跟去。晴天兩人租單車出遊，遊覽島上的著名景點。下雨天便待在屋內聽唱片玩撲克牌，聆聽雨點打在簷篷上卜達卜達像無數的小鐘擺，也自有另一種樂趣。就這樣他們累積著點滴，飯桌上的四目交投、互攙著走一段滑腳的石階、他替她拔去褲腳上的草刺。

儘管與母親的一席話在他內心投下了陰影，然而事情似乎按照它自身的規律進展。顯然他們的出雙入對，使得周遭的人理所當然地將他們視作一對情侶，而周遭的人越是將他們視作一對情侶，他們在人前越是有了相應的表現，而且越來越自然越不拘小節了。不再是生澀地在傳遞物件時故意避開彼此的手指，也毋須敏感地時時注意自己的吃相或坐姿。一平發覺他越來越不想放手了。所有從前在電影上看過或歌詞裡聽過的、本來他認為與他無緣的詞語，比如兩情相悅、心心相印、花前月下，忽然都像是與他有關；所有從前他只能羨慕、卻從未想過有天他也會享有的，比如有個女子與他以暱稱相稱、頭偎在他肩上、向他撒嬌或發個小脾氣、在他皺眉頭時問他在想甚麼——如今他不但盡情享有且心安理得視為他的專利。

轉眼暑假過去大半，馬上就要面臨分離，他覺得是時候表白心意了。某個皓月當空的夜晚，手拉手走沙灘，沙上的兩行足印已經都好長了，他才終於說：「你說我們還會再見面嗎，開學之後？」

意思是：你還願意見我嗎？他想只要對方不是一口回絕就表示他還有機會，然而他得到的回答不是他想像中的。

「我在想，也許我差不多該走了。」

在他的感覺是最壞的情況應驗了，強笑道：「不是說待到姑丈回來？」

「我想明天走。」

他頓了一拍。「待悶了是不是？待不下去了？」

「怎麼會？這裡是世外桃源。」

「那是我做錯了甚麼嗎？」

「不是的，我只是想一個人靜一靜。」

「那我明天不理你，讓你一個人靜去。」為了表示是說笑而笑著說。

她卻不笑，低頭踢著亂沙。

根深柢固的教養使他不欲強人所難，但他不能忍受她在這時候說要走的話，尤其當他感覺她對自己不是無意的，只是某種外界因素使她卻步。

「甚麼事你都可以跟我說，你知道的是不是？」

等了一會沒等到回應又說：「是不是媽媽跟你說過甚麼？」

「沒有，怎麼會？舅母待我很好，鳩叔鳩嬸也待我很好，這裡給我的，是我在自己家都得不到的，這可是一點都不假。」

「那為甚麼急著走？」

「反正遲早要走啊。」

忽然他懂了，是因為在這裡待下去她會太過留戀，而不習慣這種感覺的她害怕起來了。

這樣一想他更不想讓她走了。

「別走。」他完全違背母親意旨地說。

為了更專注地再說一次這句話，他停下腳步，伸手摟她的腰把她拉近，說：「別走？」還未及有下個動作，她推開了他，受驚小鹿似的跑了。

他想追又沒追，一個人待在海邊思前想後，一時後悔自己過於急躁，一時覺得自己動作太慢了。是知難而退還是再接再勵，他離開沙灘時還沒有答案。

次日清早他被敲門聲吵醒，于太太等不及他應門便推門進來說：「快起來！來貴客了！阿金的哥哥跟施小姐，在樓下飯廳呢。」

一平忙下床，邊梳洗邊狐疑著靜堯怎麼會毫無預兆突然造訪。此前金鑽也略提過靜堯想趁她和一平都在這兒，挑個週末來玩一趟，但是後來一週一週的延宕。他知道靜堯是大忙人，也沒放在心上。無論如何他今天來得正好，也許從他那裡能略知金鑽的真正心意。

到了飯廳，只見大家坐在那裡吃白粥油條，靜堯起身與他握手道：「不好意思沒通知就闖來了，本來想等到週末，天氣預報說下雨，剛好阿蒂今天有空，揀日不如撞日就今天來了。」

「哪裡，一直在等你們大駕光臨。」他說著望向金鑽，她只是低頭吃粥。

幾個人商量遊覽計畫，一平建議說趁太陽還不毒先到海灘游泳，中午回度假屋午飯，下午去逛廟，晚上去梅窩吃海鮮。半天時間也只能做這些。

於是一行四人去沙灘，說說笑笑談風景。紘蒂不絕口說沒想到離島有這麼好的風光，黃沙碧水景色天然，又遊人不多不失寧靜。「拜交通不便之賜！」一平笑道，沿途指點哪裡潛泳好哪裡釣魚好、哪裡是摸蜆或摸青口的熱點。靜堯問這裡有沒有食人鯊，一平說有啊，夏天水溫高還特別多。已經脫下泳袍要下水游泳的金鑽紘蒂聽了嚇得往回跑，一平哈哈笑說開玩笑啦，這裡好多年沒有鯊魚咬人啦。

靜堯早就說不游泳，隨便走走就好，一平就想靜堯可能是有話要和他私下談。兩人沿沙灘走，遠遠看見沙灘盡頭的岬角有個人垂釣，一平盡導遊之責地指著岬角說另一頭是長沙上灘，有條小徑通過去。

沙地難行又日頭猛，走走都滿頭大汗。靜堯摸出手帕揩汗，一邊說：「有件事你或許想知道，那姓程的出了大名了。」

一平略怔問：「甚麼大名？」

「藏毒販毒，定罪的話要坐個三五年的。」

「甚麼時候的事？」

「這會兒在荔枝角等提堂，我就說這種人不值得幫，阿金心軟還給他介紹工作。在片場被逮捕的，好像是他賣毒品給明星，有幾個明星的名字也見了報，鬧了很大的新聞，你最近都沒看報？」

一平說都沒有。

「你是快樂不問世間事，」靜堯調侃了句。「我得感謝你，不是你的話他還在我們家當司機呢，我們家的車子給他用來運過多少次貨還不知呢。」

「他有收入，幹嘛還犯法？」

「有收入未必夠他賭啊。總之你的捱打之仇，香港政府替你報了。」

一平卻想起了翁管家。兒子去了坐監，以後她就孤單了。

說著話來到沙灘盡頭的岬角。是向海伸出的一條狹長地形，茂長著藤蔓灌叢，靠水處盡是大塊小塊的岩石。那個垂釣者已不知去向，彷彿先前看見的只是幻影。有塊麵包形的平頂岩石引起了靜堯的探險欲，他踏著石頭過去，一身白衣服瞬即沾滿泥沙苔蘚，他也無所謂。一平跟了過去，兩人站在岩石上，浪濤拍岸的水花濺到身上很涼快，石頭面卻是滾燙的。低氣壓弱風從海面吹來，天際砌著魚鱗雲，水天相接處一條白線炎炎燒著，蒸氣迷離，是颱風的先兆。靜堯將西裝脫下鋪在石上，躺在上面用手臂枕頭，一平面海坐下。好半晌，兩人只是這樣一個聽海一個望海。

「你和阿金相處怎樣？還可以？」靜堯先開口。

「像霧又像花。」一平笑笑。

「聽起來不錯啊。」

「你是來探我口風嗎？」

「用得著嗎？你們那情況，明眼人一眼看得出來。」

「真的？我以為是我自作多情。」

「女孩子家總是含蓄些，我這做哥哥的看得出妹妹的心事。」

「我們背景懸殊，也許還是不合適。」一平說出了心底話。

「你想太多！不過這或許是你的優點。」

「以她的條件可以找個比我好百倍的，你不同意？」

「像你這麼說她早該有對象了。阿金可不是大門不出沒見過世面的深閨小姐，平均一個月總有一兩個活動要出席，那些場合機會多的是，可為甚麼沒找一個回來？」

一平只覺說不過靜堯。

「當然還有老頭子這一關要過，」靜堯又道。「現在他知道過去那些事錯怪了你，你是他老婆的姪兒，有甚麼好反對的？阿金是成年人，根本也用不著他同意。你喜歡的人也喜歡你，這不是想像中那麼容易。」

末兩句說到了一平的心坎。對於靜堯的鼓勵，他是從心底裡感激。

放目海上只見紘蒂金鑽已游出很遠，紅泳衣與黃泳衣一閃一閃如綠波間暢泳著兩尾美人魚。

「你跟施小姐怎樣了？我想很多人在等第二張請帖。」

「我也在等啊！阿蒂手頭上好幾個大項目，總不能我一個人走紅地毯。」

儘管是笑著說的，一平聽出他聲音裡的一絲苦悶，有點驚訝這個天之驕子也不是隨心所欲。

墨鏡遮住靜堯的半張臉，鏡片下的嘴唇笑笑又道：「爸爸催好幾次了，他在淺水灣買給我做新房的那層樓已經裝修好，我馬上就要搬進去。」

「你要搬走？」

「我想離開黃氏自組公司，又快要結婚，還住在家裡不大好。」

搬家和自組公司一平都是第一次聽說。儘管靜堯說來平淡，他知是極為重大的決定。雖然對這對父子即將拆夥感到幾分惋惜，但他覺得更該為靜堯自立門戶而高興。他佩服靜堯有勇氣踏出這一步，他覺得正是自己所缺的。

「走吧，我可不想曬掉層皮。」

靜堯站起來，抖了抖外套上的泥沙，把它又穿上，伸出一隻手給一平借力。那是隻有個性的給人堅定感覺的大手。他握住這隻手站了起身，兩人一起離開了岩石。

3

當晚在梅窩吃過晚飯，送靜堯紘蒂上了船，一平便偕金鑽搭巴士回長沙。金鑽沒有說要跟她哥哥上船卻是隨他回長沙，對他來說足以證明她已打消立刻回城的念頭了，而他相信是靜堯的功勞。

下了車還要徒步一段不短的路程才到家。走在夜靜中，四周的唧唧蟲聲與熱帶雨林的香氣給這離島上的夜晚增添了神秘。好像還應該發生甚麼事，然而甚麼事都沒發生，他送她到房門口便回到與度假屋相連的、從前是雜貨鋪的那幢村屋。于太太在樓下客廳看電視，一平坐下陪她看一會，廣告時間她問他下午去逛了哪個廟，一平說阿蒂想求籤，便去了觀音寺。于太太問她有沒有求籤？求了支甚麼籤？是不是問姻緣？

「拿來我看看，」她催兒子。

一平從褲口袋摸出紙籤，于太太戴上老花鏡細看籤詩，是第六十七籤金星試竇兒：「一條金線秤君心，無增無減無重輕；為人平生心正直，文章全具藝光明。」

「這故事我知道，」于太太說。「是說金星化成女人，半夜來敲竇兒的門，竇兒拔劍把她趕跑，這女人往地裡一鑽，化成一錠金。」

「完全不懂。」一平笑。

「這是說前面有磨難。這裡不是說嗎？」于太太指著標明為「籤語」的兩行：「『此乃心平正直之象，凡事平穩無凶。』只要做個正直的人，會逢凶化吉的。」

「籤文都是怎樣解釋都可以的。」

「是上籤就好啦，金鑽求了支甚麼籤？」

「莊子試妻，她不讓我看籤文。」一平道。

于太太知道這支籤是下下籤，摘下眼鏡望著兒子：「依我看，你和金鑽的事也不急，先交往一段時期，大家多了解。人家終究是千金小姐，像我們這樣的人家，也怕委屈了她，你自己要有主見一些。」

看母親始終不贊成他和金鑽，一平有些怏怏的，早早回房就寢，靠在床上看了一會書，卻是心神恍惚，書頁上的一顆顆字看進眼裡全是金鑽的身影。

陡地窗外響起一聲雷。他起來推窗望，沙梨樹在濕濛濛的光暈中東歪西倒，海上風波轉惡。忽然他看見浪滔滔的海邊有個白影子，像是個人，距離遠天又黑，假如不是那影子在動又是白色，他一定看不見。他拉開書桌抽屜亂翻想找那個兒時常玩的小型望遠鏡，待他找到了，已經看不見那個人，於是冒著狂風跑到海邊，也看不見有人。如果是個人的話。

回程上遠遠看見金鑽房間的窗亮著，有那麼幾秒，他走著的路線與那亮著光的窗口彷彿形成一條直線，而直線那頭有股力量牽引著他。他走上二樓到金鑽的房間，敲了敲門，心裡開始默數一、二、三、四……，數到第十下門開了，門縫裡立著的人眼神漠漠，以致有那麼一兩秒，他以為她會關上門，把他關在門外面。

「不好意思打攪你。」

她正拿著毛巾擦著濕頭髮。

「沒甚麼事，來提醒你把窗關好。」已經半轉身要走，金鑽卻拉開房門讓他進房。

「剛才的雷聲聽見沒有？耳要聾掉。」他說著閒話。

房裡電視機開著，低音量播著財經新聞：銀行減息，恒指升六十七點……

床上亂堆著一個年輕女子的物事，絲襪、胸罩、護膚品洗髮精、各種頭梳。天花板吊下一條裙子，是她今天日間穿的白底上有橙色天堂鳥花圖案的那條。

「我想搭明早的船走。」她訕訕的將絲襪胸罩一把抓，塞進手提袋裡。

原來靜堯的來訪並沒有讓她改變心意。

「怎麼是濕的？」他摸摸那裙子，暗忖剛才看見的海邊人影會不會是她。

「吃飯滴了油，我把它洗了。」她把裙拿去掛在浴室裡，回來說：「明早多半乾不了。」

「那等它乾了再走。」他說。

她會意地笑笑。

他在唯一的一張椅子坐下，看著她把衣服一件件折好放入袋子裡。

她看看他，「生氣了？怎麼不說話？」

「我跟你一起走，反正我也該回去備課。」站起就要回房收拾。

她手一伸拉住他，「一下子兩個都走了，舅母怎麼想！」

他又坐下。隨之而來的安靜裡，他看著她踅來轉去收拾零碎物件。他喜歡看她做這些動作，哪怕只是極普通的比如將眉筆頭套上套子這樣的微細動作，他都深深被吸引著。

突然窗外響起了嗶哩吧啦，大顆雨點打在玻璃上。他去檢查窗戶確定它關嚴了，拉上花布簾，益發覺得這房間太小，容不下他們這兩個人。

「明早來接你去碼頭。」他帶上房門出去了。

次日一早他去接金鑽，在飯店吃了早餐便搭巴士到梅窩。風沒打成，卻是遮天蔽日的雨，望出去一片慘灰。渡輪照常啟航，他替她買了票子。兩人站在篷下等開船，他提著她的行李。海水黃黃的非常渾濁，甩來甩去像醉酒鬼端著的洗臉水。

「我不是故意選今天。」她歉笑。

「到家給我電話。」

「好的。」

然後她就走了，他看著她上船，一股茫茫愁緒極盡溫柔撞向他的身體。

結結實實下了一下午雨，一平在家等電話等到心煩，早早吃過晚飯，跟幾個露營計畫因雨取消的大學生在飯店喝啤酒玩Uno。喧喧嚷嚷戰況激烈之際，同桌的人碰碰他說「老闆娘找你！」他回頭去看見于太太站在門口向他招手，丟下牌走過去，于太太劈頭就說「金鑽回來了……」

他往外就跑，于太太的下一句「在她房間裡」說出口時他已到了外面。跑到隔壁那棟樓，走樓梯來到她房間所在的走廊時，他卻慢了下來以致半停頓，想到也許她只是忘了東西回來拿。他該怎樣表現好？說氣話挖苦？若無其事？裝冷淡？

看到門只虛掩，他假設是個邀請暗示便推門，看見她自窗前轉身，神情介於驚與喜間。他看見她行李也帶了回來，前面想過的那些反應全忘了，只是呆看著她等她說話。

她像是想哭又像是想笑。

「其實我沒有別的地方想去。」她說。

他鎖上房門向她走去。「我也沒有。」

4

新學年開始，黃家上下包括遠在英國的于珍都知道了他們現在是一對，特地打越洋電話來向他問詳情。他不期待于珍聽到消息後會歡欣鼓舞，但也沒想到她會說：「都怪我，是我把你拖下水的。」

「姑姐怎麼這麼說？」

「外面那麼多的女孩你不揀，偏要揀中她。」連責備帶抱怨的。

一平知她的意思是：「偏要挑中你姑丈前妻的女兒」。

「我自己也沒想到。」卻是心裡有一絲甜意。

「你說是她主動到學校找你的？」

「她不找我，我哪敢找她。」

「別看她長得不怎麼樣，也有人追的。」

「姑姐是說，她揀中我很稀奇。」一平笑著接口。

「我不是說你條件不好，但她這種背景的女孩揀家世多過揀人，沒例外的。」鐵口斷言的口吻。

「現在有例外了。」

「大嫂怎麼說？」

「有保留吧，像姑姐一樣覺得出身不配。」

「不配是不配，但當初我嫁入黃家，也是誰都說不配的。老太婆地下有知肯定氣得要在棺材裡坐起來，光是為了這個姑姐都要支持你。」于珍乾笑幾聲。「我們姓于的也別太寒酸了，你擺酒姑姐給你包了。」

「八字沒一撇呢。」

「你姑姐是過來人，不出一年你們就拉天窗！」

一平啼笑皆非，只聽見于珍又說：「你聽好了，我那遺囑你千萬保密。也許你嫌姑姐多嘴，但你想想看你現在雖然沒多少資產，但是將來，我的、你媽的，都有你份。跟誰結婚都一樣，感情再好不能不留點心眼，你聽姑姐的話沒有錯。」

一平聽著覺得掃興，不忍拂她的好意便只是唯諾。

十月裡的一天靜堯打電話約他去打網球，末尾給個預警說：「爸爸也會來。」

黃景嶽不良於行自然不是去打球，是以未來家翁的身分見未來女婿。

那個週末上午靜堯開著藍博堅尼到深水埗來接一平，走清水灣道到西貢。一上車靜堯遞給他一個手提袋，裡面是全新的網球服與網球拍，他向靜堯道謝。「謝你的未婚妻。」靜堯笑道。一平回頭向後座的金鑽笑笑，暗奇金鑽的笑容看來好像有點勉強，幽她一默說：「你的怯場症怎麼好像比我還厲害。」

坐她旁邊的紘蒂笑起來：「你們兩個怎麼了?黃Uncle又不是老虎又不是鱷魚，不會吃掉你們啊！」

四個人都笑了。

到了那邊一平才知原來那會所也是四海金曦所建，環境舒適規模宏大，有高爾夫球場網球場壁球場、室內溫水泳池與會所餐廳茶座等。靜堯帶頭走到露天茶座，只見約半數桌子坐了人。黃景嶽先到了，在印有四海金曦日出圖徽的橙條紋大遮陽下喝著飲料，同桌是華籍與外籍兩對夫婦，靜堯介紹說是來自上海的嚴總夫婦，和來自瑞典的黃氏珠寶總設計師霍姆先生和他太太。黃景嶽只中斷對話一次與一平點個頭便又擰頭繼續未完的談話。一平看那情況，黃景嶽老遠來到西貢是有多重目的的，公事應酬順便召見未來女婿，忙碌商人省事又省時的處事方式。

一平去換了網球服回來看見金鑽坐在那裡沒動，問她怎麼不去換衣服，金鑽笑道：「今天只做觀眾。」

他細看了看她的臉問：「臉色不大好？身體沒事吧？」

「沒事，有點累。」

他猜是女性的周期性煩惱便不多問。從茶座的位置，四個網球場鳥瞰在內。紘蒂一身醒目的紫色球服，長髮紮條馬尾，頭戴額箍，帥氣得像網球明星，擊球殺球很凌厲，與靜堯展開旗鼓相當的搏殺。

「你哥一點也不讓未婚妻啊。」一平笑道。

「阿蒂才不用他讓。」金鑽說。

有黃景嶽在場，不便老是細聲細氣咬耳朵，講了兩句便轉頭看球。

其實他恨不得會面快點結束，他好跟金鑽覓個僻靜所在共度這一天。戀愛令他渾身是勁卻也令他不合群，但他知道對金鑽來說不是這樣。來到這裡提醒了他，他和金鑽是來自社會階層兩極的受不同薰陶的兩個人，像這裝修豪華的環境，一塵不染的網球場地，體面有教養的人，機智風趣的談話，就連這無瑕疵的晴天——全部這些代表著一種他不熟悉的高高在上的完美，在這裡他像隻金魚缸裡的蟹格格不入，渾身不是味，只有與金鑽的溫熱目光偶爾對上時，他感到一絲可寄託的真實。

桌子另一頭的對話是多國語言又熱烈的，英語或普通話一來一往辯論中英協議草簽、一國兩制……。黃景嶽挑了午餐時間侍應沿桌斟紅酒的時間與一平交談，問于太太好。

「哪天叫她出來吃個飯，大家聚聚。」他說。

一平聽了自是心中一喜。

接著是一番軟中帶硬的表達父親心情的話：「一個美滿家庭，這是每個父母都希望孩子擁有的。阿金自小沒了母親，但她是個善良的女孩，也許太善良了些，容易感情用事。你是個踏實的年輕人，有你父親的遺傳，阿金願意接受你我很高興，但願你不要令我失望。」

最後大手伸過來拍拍一平的背，為了遷就瑞典籍夫婦換用英語說：「我話太多了是吧？請別見怪一個老廢柴的喋喋不休！老了不中用了，最近血壓像恒指一樣節節上升，換了好幾種藥才控制到，想想差不多是該退的時候了，我父親到了我這年紀都優哉游哉遊山玩水了！想當年他在山頂選地皮建房子的時候，跟風水師傅講明要旺丁的，把房子建得大大的夠住十房人，可惜沒能改變人丁單薄的命運。阿寶還小，我們家能不能快點多添幾口人就看阿金跟靜堯你們兩個了！」

一場「見家長」儀式算是無痛完成，比一平預期的順利得多。黃景嶽不啻是向他發出了通行證，明白表示前嫌冰釋。他覺得這位長者並不是他原先想的那麼食古不化，大嗓門笑聲、威嚴臉孔的底下，是個自知不合時宜、別有懷抱的老人。

午飯後是更多的網球。霍姆太太與嚴太太對打，紘蒂技癢，邀不動正與嚴總談得入港的靜堯便硬拉一平下場，金鑽也鼓勵他說：「試試你的新球拍！」

紘蒂看一平連握球拍都不會便主動充當教練，站他身後捉住他握拍的手，蜜糖色手臂示範這麼握、這麼揮。又示範發球、拋球、揮拍。他當了一下午的笨學生，跳高躍低滿場奔走。成功發出第一個漂亮發球的當兒，他聽見金鑽紘蒂同時喝采，讓他忽然覺得網球這個球類其實是相當有趣的。

5

金鑽說想去公園走走，他們便約在維多利亞公園。

兩個月來他們幾乎天天見面，做所有情侶做的事諸如吃館子逛街看電影。金鑽願意遷就他看電影的口味，而一平也不介意陪她逛百貨公司。一切順利進展著，即便有時金鑽鬧些小情緒，推說身體不適不出來，他都自動歸咎於女性的生理變化而不覺得需要問長問短。

這天是金鑽主動約他，他放學趕來她已經到了，手肘擱在圍欄上閒看欄內的孔雀。一平過去，兩人並肩看著一隻藍孔雀拖著百多隻眼睛在草地上高視闊步。

「不知牠今天開不開屏？」金鑽道。

「你穿得這樣素，聽說要鮮豔的顏色才能逗得牠開屏，」一平笑道。

「你嫌我穿得素嗎？」

「我沒那意思。」一平忙分辯。

其實她那天較之平日更修飾，搽脂抹粉，口紅很紅，穿一件淺咖啡格直身裙，外罩米色對開毛衣。他問她身體好些了嗎，她說好些了。

「你想做孔雀還是做螞蟻？」他忽然有此一問。

「這算甚麼問題呀？」

「我很久以前讀的哲學書裡的比喻，用孔雀跟螞蟻比喻生命的兩極面貌，孔雀天生美，人們把牠豢養起來，牠的生命意義除了做隻美麗的孔雀就沒別的。螞蟻卻天生勞碌命，一輩子勞勞碌碌忙個不停，還隨時給一腳踩死。」

金鑽側頭想了想：「我不夠美，不是做孔雀的料，想做也做不來，我想我還是安安分分做螞蟻。」

「那我們就是蟻公蟻母，」一平笑道。

「你是在暗示你要求你的太太工作補貼家用嗎？」

「不是不是，我沒那意思。」

他不過是想博她一笑。平日就算她不欣賞他的初級班幽默至少也會來個最低程度敷衍的笑，不料今天連續兩次給他釘子吃。

他們朝公園內部走去。秋老虎天，但牽手時他發覺她手冰涼，這不同體溫的接觸正是戀愛的魅力之一。他們之間的短距離挑逗著他。近來只要她在他身邊他便有點靜不下來，每次不經意的相觸都令他心馳神盪，彷彿她整個人是流動的液體，潑潑濺濺的濺得他滿身都是。

晚晴陽光照亮了四面的綠意，微風裡一切在輕輕移動，迎風張闔的毛孔感知著夏季將盡的信息，細聽的話可以聽見樹葉乾澀的沙沙。他覺得自己是受到她的感染而不說話的，卻不知她是甚麼緣故。到他聽見她說話時，卻是促使他停下腳步並要求重複的一句話。「你想現在就結婚？我沒聽錯？」

「女孩子不是都希望越遲越好？不想那麼快做人老婆？」他用說笑的語氣說，怕她以為他在推搪。

她頹然似的看看他，「我不過這麼說說，你覺得不好就算了，當我沒說。」

當下他覺得自己像是做錯了事，一面往前走一面想，她是多麼有勇氣，不像他拘泥於世俗之見。是呀還等甚麼，只要雙方都認定了是對方，早晚會走到婚姻那一步，遲點早點又有甚麼分別？早一些結婚，早些開始新生活。多花些日子拍拖，不過是更多的吃館子逛街看電影。至於加深了解這件事，這是要用餘生來做的，而且只有生活在一起才有可能做的。

他們越過斜坡走上個小丘，走進一片小樹林，無數三角形光束歪歪斜斜從枝葉掛下，台灣相思樹的球形茸花在地面鋪了一層鮮艷的黃。那一刻他靈光一閃，何不就在這裡求婚？是的為甚麼不？就在這裡求婚吧！

他笑出快樂的笑，回頭正要開口，金鑽卻說了句甚麼，起初他以為他一定是聽錯了，其後由於過度的震驚與不相信，又覺得她也許並沒有說那麼一句話，或許她甚麼都沒說。但他的聽覺記憶告訴他他是聽見了，一個個字都聽見了，說的是：我有了孩子。

他立刻想起長沙，她去而復返的那個風雨天。只可能是那一天。

我該雀躍，他想。但他只感惶恐，而這惶恐不由控制地寫在臉上。

「不是你的。」她接著說。

「甚麼？」

「我希望是你的，但不是。」她說，聲音表情有種刻板。

一時他感到如同被赦免般，旋即又覺得被背叛。

「是誰的？」他聽見自己的聲音問。

「不說可以嗎？我只能說，不是我喜歡的人，我不想讓那個人知道。」

他放開她的手，低頭一直走，望著地面像是想從其中獲得答案。她落在後面不靠近，建立新的距離。

「你來學校找我那天，已經知道了？」

「剛拿到驗孕報告。」

就是說她至少已有四個月身孕，穿鬆身直裙是為了掩飾變形的身材。難怪她提出現在就結婚，因為快要瞞不住了。

「我沒有一個可以商量的人，好多次想告訴你，可是每次都說不出口，我沒法忍受你知道之後不再喜歡我，認為我是一個下賤的人從此不理我，對我來說那還不如死了。」她一口氣說了這許多，平淡道來，不帶思想感情地。

他想阻止她說下去。他不想知，所有前因後果都與他無關。他只知一切都改變了，短短時間裡他的天地變了色。

隨著她的敘述他腦子裡亂亂的重演著往事：她來學校找他、隨他去長沙、她的情緒化、她收拾行李說要走、她的去而復返——所有從前覺得不可理解的都變得可理解了。

「你不想讓孩子沒有爸爸，所以開始跟我交往。」

「不，不是這樣……」

「不是這樣是怎樣？」

「那天我去學校找你不過是想見見你，沒別的。」

「你不該來找我，該去找小孩的爸爸。」

「我知道我不對，當時我不知怎麼辦好。」

「為甚麼你不……」

但是下面的話不能說，想都不能想。怎能叫一個母親殺掉自己的孩子？

「我想過，我想過不要這孩子，都已經去到那個診所，但我拖太久，小孩已經成形，殺掉他就像殺了我自己。」

「所以你拖我下水！」他聽見自己完全是無情的。

她掩臉哭，淚水從指縫間流出。

因為身畔有棵樹他便手扶著樹幹，除了粗糙樹皮牴觸掌心的感覺他沒有別的感覺，木然聽著她的聲音像是從很遠飄來：「我承認我自私，我想要是你願意做孩子的爸爸，就甚麼問題都解決了……我想死，我走進長沙的海裡，我想只要閉著眼睛往前一跳就行了，但那晚上浪大，雷電交加，我拚命游拚命游，不知怎麼給沖回岸上……突然我想活，想生下這小孩，我死了不可惜，但這小孩該活，除了他我甚麼都沒有……」

但是對於這個女人的眼淚與哭訴，他已無動於衷。他對她是甚麼感覺，他已經不確定。

「是程漢的，是不是？孩子的爸爸是程漢？」

她的眼神默認了一切。他早該料到，事實上也早就疑心他們關係不淺，只是他被愛情的幻想矇住了眼。

就是他來找她介紹工作那次，她說。他失業，很苦悶。她也苦悶，一起去灣仔一間酒吧喝酒，之後他載她回家，後來也就沒回家而去了時租旅館。又約會幾次之後她想分手，他糾纏不放，她知道闖了禍，去長沙一半是為了避開他……

想起來是他間接造成的，令到程漢離開黃家，又沒有及時讓她知道程漢的為人。兩個不快樂的人碰在一起，給了程漢理由也給了她理由。

「也許你現在很難相信，我對你是真的，而你居然也對我好，讓我又有了希望，是這希望支持了我。」

「別說得那麼好聽，打從一開始你就在為自己打算。你撒謊，不是一次兩次，是每次見面。」

他恨自己瞎了眼睛。她只是個演員，依從劇本在演戲，而他沉迷她的演技，只顧沾沾自喜而忘了停下來想想一個千金小姐怎會看中一個窮教書匠。

「你不會原諒我了是嗎？」她悲咽。

他不說話。是她活該，自作自受。

她認命點頭，用手背抹淚道：「能求你一件事嗎？請你幫我保密，這件事只有你知。」

他轉身出樹林，走下小丘，他該一直走下去，撒手一走了之，任她自去不再過問她的事，可是路走到一半，他又回頭走到她面前，像是惻隱之心的甚麼驅使他問：「你有甚麼打算？」

她臉上的妝給淚水洗掉了好些，一下子顯得蒼老，想必幾個月來這秘密的重負已令她心力交瘁。

「還不知道，但你放心，我不會硬說小孩是你的。」

「你該去找小孩的爸，好好商量出個解決辦法。」

「我不會找他，到死不想再見這個人。」這兩句話她說得非常堅決。

「那次在長沙你本來走了，為甚麼又回來？」

「我想把一切告訴你，我真的想。」

「但你沒說。」

「我不是存心欺騙你，請你相信我。」

「你覺得我還能相信你嗎？」

「要是我真的想騙你，可以結了婚之後才告訴你。」

她說得沒錯，她大可以隱瞞真相到與他成為合法夫妻之後，但她臨崖勒馬了，在今天向他告白。

「剛才我差點求婚了，你知道？」他苦笑。

「那就結婚，好嗎？要是孩子生下來之後你不能接受，我們可以離婚，在一段適當時間之後。」

「讓所有人相信孩子是我的？讓我跟你一起向全世界撒謊？」

「孩子的一切都不用你負擔，其他有甚麼條件你儘管說，你要當成是……一樁交易，那也可以。」

一樁交易，他心中的感受難以形容。追逐夢想一場只落得這樣，到頭來是一樁交易。

「你怎麼做到的？虛情假意，你怎麼做到的？」

「不是假的，一平。我們有過的開心，不是假的。」

「你肯定？你怎麼知道你開心不是因為找到個笨蛋解救你？」

「你一點都不了解我嗎？在你眼中我是那樣的人？」

「我不知道，我不知你是甚麼樣的人。」

她黯然，舊的淚痕上又添了新的。

「你要我怎樣，一平？你要怎樣我都依你，只要你給我補償的機會，我會努力去做，我會做個好太太。」

也就是說，從此他們是債權人與欠債人的關係。他頂包、揹黑鍋、自毀名譽、毀掉母親風風光光娶媳婦的希望，換來一個感恩圖報的妻子，和一個與他沒有血緣關係的孩子。

她把一切想得多簡單。他有天旋地轉的感覺，彷彿正慢慢向地上倒去，但他好端端立在原地，眨了眨眼，不能相信天色仍如此光亮。他還是他。

「我要想想，你讓我想想。」他說。

這次他沒有回頭，不擇方向地向園外走去，只要不再看見她就可以。他說不出來他是恨她、厭惡她、抑或是痛心。曾經有過的全給毀了，他喜歡過的那個女人給殺死了。諷刺的是全世界都已認定他是金鑽的親密男友、未婚夫。他可以想像事情一旦曝光，圈內圈外的理所當然的結論與輿論會是甚麼：不是那個于一平是誰的！就是猴急等不得！女家有錢啊當然到了手再說！金鑽是哪個月份受孕這些細節，不是人們會著意、或覺得宜於過問的。而金鑽已經擺明了她將否認與程漢有過一段，不承認程漢是孩子的父親。他百辭莫辯，尤其當他確曾有過非份之想，確曾在長沙那個風雨天毫不顧及後果地完成他的佔有。只差那麼一點點，這孩子便是他的。假如金鑽不是先和程漢發生了關係，說不定這孩子便是他的。心底深處，他知道他早已失去置身事外的權力。揭發金鑽的謊言，堅持基因檢驗，只有更坐實了他是個不負責任玩弄女性的男人。相反來說，倘若他接受這樁交易，與金鑽完婚，最多不過落個奉子成婚的罪名。也許那天金鑽來學校找他，以及日後的種種行為，真的如她所說並非有預謀有計畫。也許真的如她所說她對他是真心的，情不自禁生出了真情。然而都無所謂了，已經完全沒有分別。他已掉進爛泥淖裡沾了一身泥，跳進黃河也洗不清。

第五章

1

于太太作夢也沒想到，會是在這樣慘淡的心情下迎來暮年的兩件大事——娶媳婦與抱孫。沒有過大禮沒有送嫁妝，沒有繁文縟節的熱鬧，也沒有家有喜事的忙碌。

婚禮舉行了個簡單的。十一月初在新界的婚姻註冊處，觀禮者除她外只有鳩叔鳩嬸，和擔任證婚人的靜堯紘蒂。結婚戒指是一平花了千多塊在金鋪打的一對金環，妊娠期的水腫現象使得新娘子的手指變粗，很費了點勁才給她戴上。

婚宴是當晚由于太太作東在長沙的度假屋飯店擺的六圍檯，招待親戚鄰里。事先想好的說詞是，與親家翁商量過分開擺酒，男家歸男家擺女家歸女家擺。其實女家壓根兒不擺酒了，但于太太堅持哪怕多小規模都至少要辦一下，公告街坊她娶新抱了，為了日後金鑽抱著新生兒出現在島上，在人前也抬得起頭來。假如賓客當中有誰心通眼明看穿新娘子的鬆身馬褂是為了掩飾隆高的肚皮也只好由它去。

就像過往任何一次遇到不如意事，樂觀的天性讓于太太每能履險如夷、負負得正。儘管結婚與懷孕未能按正常的次序進行未免遺憾，于太太只輕輕地說句「誰沒有後生過」便將是非都抹掉。何況親家翁的態度已經讓兒子兒媳非常難堪了。將責任全推在兒子身上不但有失公允而且無補於事，興師問罪過了大發雷霆過了還嫌不夠，還要揚言不承認這樁婚姻，搞到關係破裂為止。本是可以大事化小，一家人高高興興迎接小嬰兒的誕生的。於是于太太更覺得她這支單人啦啦隊要雙重賣力，為求兒子兒媳的新生活盡善盡美，她耗費了大量腳力在青山道的另一路段、在一棟才落成幾年的新大廈裡覓得一個中層單位，五百呎兩房一廳，雖沒比舊居大多少，到底比破爛惡臭又沒電梯的舊唐樓好住，咬一咬牙將歷年儲蓄提出付了首期，再拿出點錢來給它略施打扮添點新家具，讓新婚的小兩口趕在小孩出生前遷入了新居。

就這樣小兩口開始了以育嬰為核心的新生活。于太太月月進城探望，給初為人母的金鑽提供經驗之談兼壯壯膽，住個三兩天再回大嶼山。在于太太的觀點這兒媳婦除了出身黃家這一項，實在沒有甚麼可挑剔的，從料理一日三餐到清潔灑掃到服侍家中大小，完全發揮賢妻良母潛質，因此兒子對待妻兒的若即若離態度便令她十分費解。經過日久觀察，她認為問題出在兒子身上。是他未準備好當父親而當了父親令他失措失常？是翁婿間的心病影響了夫妻感情？還是這一代人的熱情來得快去得快，拍拖期間一日不見都要相思的對象甫新婚燕爾便失去魅力？每次她旁敲側擊打聽，小兩口卻誰也不給她一句踏實話。媳婦替丈夫遮掩說盡好話，而一平的兩大理由永遠是忙和累。但他分明是有意把自己忙垮累垮的，拿供樓款做理由又多兼一份夜校兼職，天天早出晚歸，金鑽卻克制力好到不合理地任勞任怨，忍受各種酷言冷語和視若無睹的對待。于太太看在眼裡悶在心頭，想不透往日那個通情達理宅心仁厚的兒子哪裡去了，使她覺得得了孫兒卻失去了兒子一般。

小孩取名于龍駿，而就像任何新生嬰兒他是家庭關係的最佳治療師。不論夫妻之間如何變化多端，趣怪可人的「小必必」得到大人們的全部寵愛。最令人意想不到的是，整個金鑽的懷孕期一直表現出漠視、甚至拒絕參與小孩的命名的一平，在嬰兒出生之後成了不折不扣的二十四孝爸爸。常可見他手抱嬰孩怪腔怪調說著各種逗嬰話並以此為樂，換尿片餵奶拘哄入睡等皆不辭其勞，小孩有個小災小病他比誰都緊張，而且跟任何家長一樣津津樂道嬰兒的各種趣事而不疲。此外得力於金鑽抱著孩子勤跑娘家，又得力於小嬰兒的療傷力，黃家那邊陸續放出有意修好的訊息。小龍滿週歲，于珍從英國寄來一大盒哈羅德百貨公司的嬰兒毛衣毛襪，黃景嶽與靜堯都封了大利是[1]。但是不管金鑽與于太太怎樣輪番動之以情或勸之以理，就是沒法說動一平陪金鑽回趟娘家或以任何形式與岳父言和。

只有一平心知肚明，他的理由不是記恨，只是他無法勉強自己去虛與委蛇。他並不記恨黃景嶽在電話上罵過他「畜牲」並說過「別讓我再看見你進黃家的門」這樣的話，也並不記恨金鑽陷他於這樣的困境。不論當初是出於同情抑或自暴自棄，在他接受金鑽提出的「交易」的時候，他已準備好接受這種種。每次當他看著母親心滿意足享抱孫樂，他不知自己是做對了還是做錯了。無論如何他已回不了頭，他已是這個謊言的同謀，此後都要與罪惡感同活。他只希望日子久了它會像一切室溫裡放置過久的食物一樣味道變得難以辨認。

小孩長到兩歲，小名歷經「龍必必」、「小龍龍」、「龍仔」幾個變化固定在「小龍」上。生日與清明節撞日害金鑽每年這時候都特別忙，今年為了遷就夫家的掃墓日提前一天帶著小孩回娘家替他慶祝生日，說好了下午便回。晚飯後還不見她回來一平便一肚氣，九點鐘聽見門響的時候他正與于太太在客廳折金銀紙錠，看見金鑽進門便沒好氣地發作：「幾點了？把事情都丟給媽媽一個做！」

金鑽咕噥一聲「對不起」，忙把熟睡的嬰孩抱到房間安頓。

一平這時才看見她身後的阿材，程漢離職後僱的司機。四十歲上下的老實相人。于太太忙去招呼茶水，阿材婉拒，把嬰兒車與育嬰袋放在門側地上，禮貌地向一平跟于太太點頭道晚安便拉上門離去。

金鑽忙忙的跑出來跟于太太說：「媽，我來，你休息去吧。」接過于太太正在折的紙錠。

一平一把搶過，「不用你，你走！」紙錠被他捏扁了。

于太太回身打兒子一下，「做甚麼你！」拍拍沙發叫金鑽坐。「別理他，晚飯吃過了？」

「吃過了，對不起，爸爸跟我談點事談晚了。」

「回娘家就是這樣，一坐下就忘了時間。」

「不回來吃飯也不打個電話！」一平插嘴。

「我說過不一定回來吃飯的。」

「我沒聽見！」

「喫錯藥了你！」于太太一回身又打他一下。

一平扔下紙錠起身回房，很想用力摔門或摔個甚麼東西又怕吵了孩子，坐在桌前生悶氣，聽見婆媳倆講悄悄話，想是又在議論他，搞不懂自己在氣甚麼。金鑽進來拿點甚麼，他假裝伏在桌上改卷子，她便不吵他又出去了。然後他認真改起了卷子，改累了便丟下筆起身走動，看見小孩在大床上爬來爬去，見一平過來便嘻嘴笑。他把玩小孩的小手小腳、白胖的關節、圓咕碌的小腦袋。小孩開始咊嗤咊嗤噴起口水，噴得一臉都是，一平被逗笑了，想起小孩出生那天正是學校的春季遠足，他一早帶著全班學生往西貢走麥里浩徑，金鑽比預產期早了兩天破羊水因此他沒事先請假，下午回學校接到通知才趕去醫院，雨天交通中只能蝸牛步的計程車上望著一窗的清明雨雲，那幾度想跳車奔跑的心情是連他自己都驚異的，然後是在醫院產房外見到的于太太的笑臉、病床上金鑽的笑臉、嬰兒房裡剛出世的小男孩的臉等連串的臉……

在床上越躺越舒服便不知不覺睡著了，再睜眼時發覺身上蓋著被，小孩不在床上了，想是被抱到另一房間跟他嫲嫲睡。每次要是于太太在這裡過夜都是這安排，他知道是讓他們夫妻倆有點私人空間。

「我看你睡得香沒叫你，去洗個澡睡吧。」金鑽說，坐在床沿剪腳甲。

但他懶懶的不起來，從躺臥的角度正好是個香豔鏡頭，鵝黃毛巾料子浴袍裡面丘陵隱約，蒸發著熱水浴後的熱氣。生小孩後她豐圓了些，像羅丹的女體雕塑更有線條美。他內心有個小聲音對他說：你真傻，自尋煩惱做甚麼？一個美滿家庭應有的，這裡現成都有了。嫵媚的嬌妻供他合法而盡情地享有，可愛的小孩讓他一嚐為人父的滋味，他還耿耿於懷甚麼呢？

他知道他在懲罰她，也懲罰著自己。他對她的愛忽來忽去像個不定期過境的旅客。就因為他無法心安理得用冒充者的身分來享有這一切？就因為她做錯事，他不再愛她了？因為他不能接受她和程漢好過？果真是這樣，這整個婚姻是一場誤會，是他將愛與愛情幻想混淆了。依照當初的約定，他隨時可提出離婚，但他不提她也不提，也許雙方都在等對方先提。

佔有是一件奇妙的事，一樣東西一旦屬於了自己，不管它帶來多大的不快樂，人會發明種種理由繼續保有它。

他起身去洗澡，金鑽跟進浴室吹頭髮連刷牙，兩人在浴室裡一個淋浴一個吹頭髮，差不多同時回房間。他開始收拾桌面的課本作業，便聽見在整理床鋪的金鑽說：「跟你說個事，爸爸下禮拜做心臟搭橋手術，醫生說做完手術要休養一段日子，爸爸想我回公司替他坐辦公室一個月……」

一平停下手中動作。「他還好吧？」

「要開胸，也算大手術吧。他說有個人坐辦公室好過沒有，柳伯會幫我，他會從家裡遙控。他想我星期一就到公司跟我交代點事，剛剛在外面我跟媽說了，她答應這段時間幫我帶小龍。」

一平到床前調鬧鐘，藉這動作來消化金鑽告知他的消息。這是說黃景嶽向他們這邊開門戶了。表面是小事，實則是可大可小。黃景嶽該是慎重考慮過的，對金鑽來說也是個好機會。

「為甚麼他不找靜堯暫代？」他放下鬧鐘說。

「哥哥哪有空，搞地產又搞新珠寶店，而且他自從搬到淺水灣，爸爸難得見到他，跟我說要見個面都要透過秘書約時間。」

聽來是父子自掃門前雪。

「我去幫幫爸爸你不介意吧？」

「你爸需要你，當然你該去幫他。」

「你沒有不開心就好。」

「我怎會不開心？」她這麼一說他反而有點不開心了。

「希望不要像上次那樣丟人。」

「不懂多問問，沒事的。」

「其實有柳伯坐鎮就可以，不知爸爸為甚麼偏要我去。」

「總不能讓柳伯坐他的辦公室，女兒又不同。」

「最近覺得爸爸真是老了，山上剩下他一個怪孤零零的。」

「你想的話，等他出院你回去陪陪他，住一段日子，把小龍也帶去。」

金鑽正在梳妝桌前做護臉，鏡裡瞅瞅他笑道：「你好像還挺關心他，卻不肯跟他和好。」

「根本是兩回事。」

他上床蓋被，表示談話結束。

不一會兒床一陣波動，燈熄滅。

完全的漆黑是令人安心的，又令人有期待。這會是個怎樣的晚上，完全他們的掌握中。也許是那個香豔鏡頭引起的，他心情有種動盪，暗地希望她主動。他知道她不在月事中，他主動的話，她該是不會拒絕的，但是不知為何，他只是背向她裝睡。

終於聽到她的聲息時，她是說：「你快樂嗎，一平？還想跟我在一起嗎？」是他再想不到的。

「結婚前我答應過你的。現在小龍已經兩歲，你想的話，我可以帶他走。」

片刻後他說：「你呢？你想嗎？」

「我不想看見你不快樂。」

「你覺得我不快樂嗎？」

「至少我不覺得你快樂。」

「你呢？你快樂嗎？」

「我怕將來有天你會討厭我，那還不如現在就分開。」

「我沒甚麼，你別亂想。」

已經變成這樣了嗎？他成了吝於施捨一點點慰藉給妻子的冷漠丈夫，而她成了賠盡小心取悅丈夫的哀怨妻子。為了證明不是，他翻身向她說「對不起」，她哭著說其實剛剛她很怕他說要離婚。

次日一早搭火車去到粉嶺和合石墳場，兩個女的大袋小袋提著香燭祭品，一平抱小孩，先去一塊半山腰的墓地祭拜一平祖父祖母的合冢——祖父的是個衣冠冢。陰霾的釀雨天，山色鬱蒼，漫山的墓碑如同白色枯骨向四野綿延，拜山的人一撥一撥穿過墓碑沿山階蛇行。一平每年來都覺得拜山的人又多了。

金鑽有過兩次掃墓經驗已經熟手，清理碑石周圍的雜草垃圾，設祭品燃香。手抱孫兒的于太太指指碑上的相片對孫兒說：「這是太公、這是太嫲。」

然後一行人去骨灰樓祭于強，仍然是于太太先拜，合什喃喃著「家宅平安、夫妻和睦、快高長大」之類。山上和尚做法事的誦經聲搖鈴聲隔著山坡傳來聽得人心裡發空。他想起那個有時會在課堂上講起的古老數學題：一個旅行者帶著他的所有財產來到河邊。一頭狼，一隻羊，一顆椰菜球。唯一的渡船工具是隻小舢舨，一次只能帶一樣東西過河。他必須想個萬全之策，在兩岸之間來回多次方能避免任何錯失，否則狼會吃了羊、羊會吃了菜。故事說到這裡他會問學生一個問題：旅行者要來回多少次，才能把財物一樣不少地運送到彼岸？

學期近尾聲的六月末，有天放學回家金鑽笑咪咪告訴他，很快家裡就要添人口了，因為她懷孕了。

2

暑假依舊回長沙。

未生孩兒帶來了新前景，夫妻之間出現了有史以來未有過的小陽春。黃昏去走沙灘，粗糙黃沙上的兩個大人一個小孩的足印彷彿接通了過去與未來。沙連海海連天的長沙風景裡，美好時光連成了恆河，依舊是相戀時的兩個人心連心。

一天金鑽在度假屋後的菜園摘菜時遭黃蜂螫，右手背紅腫，未幾開始胸悶不適。于太太著實把媳婦埋怨了一頓，有了身孕還去幹活要是動了胎氣怎辦。鳩嬸很有把握說童尿能驅毒，一喝就好，拿個杯子讓小龍往杯裡撒尿，金鑽向一平施眼色求救，一平便拉著她逕去梅窩的西醫診所求診，不巧那醫生這天不開診，只得坐船到港島，在中環找了個西醫看，等到啟程回島已是晚飯時分。

船到半途下起大雨，俄頃間風急浪高，人坐在艙裡被拋起拋落，好暈船的金鑽皺緊了眉頭。大部分乘客跟他們一樣，滿以為是個晴天都沒帶傘出門，下船出了閘口都東奔西走，停在碼頭的幾部計程車立被搶空。一輛空車開來，一平正要迎上去，卻有個女孩打橫裡冒出來將它截去，撐傘開車門讓同行的兩個人上車，自己卻不上，只從其中一人手裡接過一把傘，砰的關上車門，隔窗跟車裡的人揮手道再見，回過身來才看見一平夫婦，笑笑道：「你們等車？」

「就是呀，明明我們先的。」金鑽生氣道。

「不好意思沒看見你們，不然讓兩位跟他們一路。」女孩一臉歉意。

「沒關係，等等就有了。」一平道。

「吃晚飯沒有？我們飯店在那邊。」往碼頭的另一邊一揚手，「來過嗎？」

一平這才知她是那家碼頭飯店的女侍應，來送顧客上車的。「還沒有，」他笑。「老說要去都沒去。」

「來吃個飯？回頭就有車了，不吃飯喝杯熱茶，我打電話給你們叫車，」女孩熱心道。

一平回頭看金鑽，看她無可無不可，向女孩道：「也好，你帶路吧。」

「哪，這傘給你們。」女孩道。

兩人撐傘尾隨那女孩沿港邊欄杆的行人道向飯店走去。巷頂的塑料篷是漏的，不斷有髒水成串的掛下來落在傘上，那女孩活潑地邁著褲管高捲的腿在前面領路。

飯店裡燈火通明別有洞天，倒有半數桌子坐了人，廚房嗤啦嗤啦的炒菜聲夾帶菜肉香使人精神一振。女孩安排他們坐在靠窗的四人方桌，觀賞銀礦灣雨景是不錯，卻是海風冷颼颼的。

「挺會拉生意。」金鑽淡批了句。

「這裡從前沒生意的，轉手好幾次。」一平視察著環境。

「地方髒了些。」

「下次不來了，我是怕你餓了。」

「肚裡那個要吃。」她領情地笑笑。

「還頭暈嗎？」

「下了船就好多了。」

他點了珍珠鮑和芥蘭牛肉，兩碗白飯。那女孩端熱茶來，擺碗筷，又跑去用大碗裝了例湯來，說是玉米鬚冬瓜排骨湯，沒加味精的。金鑽把那熱湯喝得一滴不剩，飯菜來後兩人悶聲不響的吃。「你點得好，」金鑽笑對一平說，看來心情好多了。

那女孩不時過來照料打點說笑兩句，住哪裡？來度假？她聽說過長沙的度假屋，那沙灘她很少去，想游泳她去杯澳。這爿店是她姊夫的，除她外有個中年男樓面，隨著晚市進入高潮兩人忙得滿場跑，而她更忙活些，寫菜端菜之外更每桌都打打牙骹，笑容可掬又嘴巴甜，顯然受顧客歡迎。埋單後她送來紅豆沙，指指金鑽紗布包紮的手問是甚麼事，聽說是黃蜂螫就說小時也給黃蜂螫過，母親給她用新鮮荔枝去殼擦傷口，第二天便消腫。「今天剛來了新鮮荔枝，給你們帶一紮回去試試？」

沒一會女孩拎著一紙袋荔枝回來交給一平，說替他們叫了車，五分鐘到，因又有新客進店就沒送，將一把傘往桌沿一勾叫他們拿去用。

當晚金鑽便發病，發燒腹瀉不止，也不知是吃錯東西或雨中著涼還是那隻黃蜂害的。次早燒還沒退，這次採用了鳩叔的意見，請來個退休前掛牌做中醫的相熟棋友替金鑽把脈，批了幾句外感內虛血氣不調，開了帖感冒兼安胎的處方，一平便帶著處方到碼頭搭船準備到上環余仁生抓藥。

斜風細雨裡來到梅窩。他有意無意往那家飯店所在的巷口看一眼，因為匆匆出門忘了拿那把借來的傘，因此也沒法去還，過海抓了藥回來，到家把藥交給于太太他便到二樓看金鑽，她正靠著枕頭跟小龍玩。他滿床跑，追著一隻塑膠球。一平把手伸到金鑽的頸窩探熱度，問她覺得好些沒有。

「好些了，其實不喫藥也可以。」

「買回來了，媽在煎呢。」

他一把抱起小孩：「叫爸爸。」那小孩便「打、打」地叫起來。

「這個語言學家！」他拖過張椅子坐下，讓小孩坐他大腿上。「喫了這劑藥不見好，明天還是出去看西醫，我看叔公那個棋友也是個半桶水。」

「睡兩天就好了，左看右看幹甚麼？」

看見床頭的荔枝原封未動，他拿了一顆剝肉餵小龍，金鑽一把搶過來，「別亂給他東西吃。」

「不要緊吧。」一平笑。

「我看是那晚吃的珍珠鮑不新鮮，要不就是玉米鬚太寒涼。」

一平剝了一顆吃。「是糯米糍，挺甜的。」吐出小核。

「荔枝肉擦一擦會消腫？土方真這麼靈醫生都要失業。」

「人家是好心。」

「哪天去還傘謝謝她就是了。」金鑽道。

因為說過這話，一平再去梅窩就沒帶那把傘，免得金鑽發現傘不見了問起。雨後放晴，這世界洗了遍塵，亮晶晶像個剛刷乾淨的鍋。到了梅窩，沿港邊步道走到那飯店，一眼看到那女孩坐在店門前的太陽地裡，板凳上蹺起了二郎腿讀報。

她立刻認出他來，笑著道聲「早」，折起報紙起身過來。「你太太好些嗎？」

「好些，不知怎麼謝你好，路上看見這個剛蒸出來，」一平說著把一個紙袋遞過去。

女孩打開紙袋看。「哎呀太好了，我最喜歡吃白糖糕！」立刻拿塊放進嘴裡大口吃。

「吃過早餐沒？」

「家裡吃過了。」

「進來喝杯茶？」直爽得讓人難拒絕。

「不阻你？」

「還沒開始忙。」

到了裡頭，她說奶茶好嗎？這間店奶茶有名的。一平說好的。
店裡的景致與那天完全兩樣。雨帘高捲，大塊陽光落在大半空置的桌椅上。
女孩很快端來一杯奶茶擱他面前，「請你的。那荔枝有用嗎？」
「有用，當飯後果吃了。」
女孩笑。「真的不吃點甚麼？給你來份三文治？」
一平笑笑道：「不用，謝謝，怎麼稱呼？」
「我姓徐，叫我嬌妹就好。要上船嗎？」
「嗯，去上環余仁生。」
「你太太？不是說好些嗎？」
「大概那晚上受了涼，有個長輩朋友開了張方，她服過覺得爽一些，我去給她再抓一劑。」
「哦，你太太看來身子很弱，不像我們這些耕田的，壯得牛似的，」她叉著腰笑，露出白白的牙。
「她身體本來挺好的，生小孩之後差一些。」
「你們幾個小孩？」
「一個、零多點兒。」
「哎呀，恭喜，那真要好好補身體。」
跟這女孩談金鑽，他覺得不自然，但是已經說了。

有客來她便跑開了。一平的一杯奶茶喝完她仍在忙，放下十塊錢逕自離去，沿港邊長堤向碼頭走去。沒走多遠，嬌妹從後面追上來。

「我說請你的。」把十塊錢塞還給他。

「你太客氣，那把傘我忘了帶來。」

「噢不用還，是哪個顧客留下的，船還沒開？」瞄了瞄碼頭閘口。

「快了，你回去忙吧。」

「現在不忙。」

看她不走，一平道：「你是這裡人？」

「是不是我土頭土腦像鄉下人？」笑個無機心的笑。

「只是跟城裡的女孩不一樣。」

「我這裡生這裡大，開始工作才出城，剛辭掉上一份工。」

「甚麼工？」

「在幼稚園做，美其名是教師其實是保姆。」

「我以為你一定是運動員或舞蹈員之類的。」

「因為我膊頭寬嗎？像個大坦克似的好難看。」

「是走路的感覺。」無意中透露曾注意對方的身體，不覺微窘。

「你做哪行的？」

「我們同過行啊。」因告訴她在中學教書。

「我就想你可能是教書的。」

「是嗎？這麼容易看出來？」

「只有你這一行才暑假這麼閒。」

他笑。他覺得跟這女孩聊天很愉快。

「打算在這店裡長做嗎？」

「要是姊夫肯長期僱我也無妨。」

「不回城裡了？」

「不知道，有個朋友邀我去考空姐，你說做空姐好不好？」像是認真徵求意見。

「聽說有年齡限制，你幾歲？」

「我才不上你當！」

兩人都笑，帶著笑意望向銀礦灣。

「明天初十五，我初一和十五去拜神。」

「去寶蓮寺嗎？」

「我家附近有間小廟，白銀鄉那邊。」

「在哪裡？」

她便手向一個方向指著好比牧童遙指杏花村，告訴他她家從這條路走，過小橋，沿銀河向北，過舊更樓，再往前……

船開了他也沒走，她也沒催他走，就這樣站在堤上聊。她倚著欄杆，風揚起她的衣髮，後面是銀礦灣的鱗波鱗紋和玻璃藍的天，而有她在這景致裡面，這小小的不起眼的灣也成了西湖。

日後他不止一次自問，倘若金鑽不曾流產，他們的小孩不曾在孕期的第十週便告流失，他和嬌妹會開始嗎？倘若這件事沒有發生，他和嬌妹就不會開始嗎？這是個不可能有個確鑿答案的問題，因此他甚至無法用這樁不幸做藉口。一次次當他負疚地對金鑽撒謊說接了份補習是在梅窩那邊，一次次翻山越水去見嬌妹，他能做的只是不去理會良心是怎麼想的。他驚異於那個夏天自己的驚人魄力，搭車到梅窩之後徒步，走過夾道竹叢的鄉村路，越過菜田越過果林，穿過古榕蔭下一座白色水泥門樓，便是個小村落。屋舍井然，村狗徜徉，有條排水溝流水汩汩。一次次他穿過一扇木柵門，又穿過一院子的貓狗和雞隻來到一間立在圍牆犄角的磚砌小屋，嬌妹就住在這裡面，滿室雜物裡嵌張小床，吊個蚊帳，幾件夾板或塑料製的廉價家具，只有那橢圓鏡的鏤木梳妝台一望而知是上代遺留物。忙完午市她有兩小時空檔，這屋裡都沒人，兩個小孩住在九龍親戚家上暑期進修班，就算姊姊姊夫回來午睡或做點甚麼，無事也不進院裡這小屋，他懷疑嬌妹的秘密反正是個公開的秘密。她彷彿是他青梅竹馬的小表妹，蚊帳垂落的房間裡，一整個夏天的下午連續成一個長而傷感的永晝。床板咯吱，蟬鳴轟炸個不斷，橢圓鏡映著半格窗子的花飛花落雲來雲往。

他喜歡聽她亂講些不緊要的，講赤腳的童年、一起長大的夥伴們、對城市生活的嚮往、最近騎單車認識的男生。他喜歡她的單純易滿足，她的嬌柔可親清甜如橘，共度光陰時的無過去、無前景，像服用維他命不怕傷身。很久他沒有這麼好睡過，手棲在一個潮濕溫潤如梅雨季的所在沉沉入眠。

3

金鑽流產後打消再生育的念頭。小龍三歲那年，她應父親之邀回黃氏珠寶正式任職，自此從主婦搖身一變為一間大公司部門的主管，考到駕駛執照後買了部小甲蟲代步，過起了朝九晚五的上班族生活。全家的日常也隨之改變，常常一平放學回家她加班或應酬未回，晚飯就父子倆吃。從前小龍都習慣了有母親督促他做作業或洗澡，這會兒都由女傭代勞。因住處沒有工人房只能僱個鐘點的，金鑽若晚歸就由一平帶小孩。適應初期小孩常找媽媽，一平陪看電視或有時帶他上街，去公園散小步或到快餐店坐坐給他買杯好立克，睡前講故事，講他小時喜愛的七俠五義、桃園結義、伍子胥過昭關。小孩開始不找媽媽而找他，而有時仍不免他會想起那個只差一點點就降生在他家的孩子，那個連性別都未知便夭逝、因而沒機會認識的他的親骨肉。如果那孩子順利誕生，一切會兩樣嗎？他的所作所為會兩樣嗎？

只有靜堯一週一次的週末網球局是夫妻倆共同的活動。三次有兩次一平都藉辭推託，但是被金鑽數落多了也偶爾聽命一次去報個到，當個讓太太贏球的好老公。球局完了有飯局，連換場地去聽歌喝酒消夜不到夜半不散。後來即使金鑽有事缺席他也單獨去，跟自己說一週放鬆一次不過分，不過是為了減壓充電，而不是因為菸酒都沾上了之後他上了癮，這些他從前認為浪費時間的聚會成了他的兔子洞，至少洞裡的幾小時他可以盡情迷失甚麼都不想，好過在家裡清醒白醒作困獸鬥。

是他的空虛吸引了她？抑或彼此的空虛互相吸引？當靜堯忙著談生意無暇下場而由他臨時上陣去充當他未婚妻的球伴，又或者飯局中當靜堯有了八九分酒意拿未婚妻或妹夫當發酒瘋對象時，那些似有如無的眷顧眼神使彼此有會於心了？打從一開始他便知在玩火，失心瘋了或者腦死了才會去碰朋友的未婚妻，何況那個朋友是他的大舅。或者長達六年的馬拉松訂婚在球友圈裡都被拿來當笑柄很多次了，讓他有園地開放的錯覺，又或者是嬌妹那次之後他需要更大的刺激？

是小龍四歲那年的夏天開始的。靜堯那圈子突然有兩對夫婦同時移了民而場面變冷落，又因為一平要主持個給來年會考生惡補數學的暑假補習班而待在九龍沒同金鑽回長沙，靜堯知他在城裡便頻密約他打球或飯聚，有次是紘蒂開她的橙色愛快羅蜜歐來接，半路突然說帶他去個地方便開去了萬宜水庫，兩人坐在車裡看了半天的水庫景色。這是他們第一個共有的秘密。

夏日的球局特別有種近身肉搏的能量，太陽的酷烈紫外線烤灼球場硬地，汗水滴在上面發出沸油般的嗞嗞嗞，然後黑夜蕩來，飽吸了太陽能的城市像個大烤箱，兩杯下肚酒精上腦，桌子底下他跟紘蒂像每人多長出兩條腿般老是腿碰腿，聽到甚麼好笑的她花枝亂顫倒在他身上，她這人便像個他抱個滿懷的滾燙的火球。某晚靜堯有事要早退，他護送她去停車場取車，她說送他回家他便跟她上了車，結果過了他家門口她沒停，逕直開到她住的座落中環半山的豪宅大廈，她說「喝點醒酒的再回去？」，他便跟她下了車，從地底停車場乘電梯上到頂樓，看著數字板上的數字不知跳升到海拔幾百呎，塵世沉到了腳底。

她那葡國色彩房間總是薰著精油，牆上掛滿閃金閃綠的織錦。血液與神經輕快歌吟，在靜堯也肯定是常客的四柱大床上，他們是神魂顛倒的癡男怨女。而明明這事情是如此荒誕又危險，但那一刻他只知他很想要這個女人，再感受一次欲罷不能的感覺。偶爾她讓他留宿，燃一室燭火，蜥蜴黑影四壁晃蕩，他是阿西斯而她是他的加拉蒂亞，又或者她是他的拉妲而他是奎師那，半明半昧中恍若半獸半人。有時她取出個不鏽鋼小盒子從裡面勺出白色粉末，用信用卡分成一行行，鼻子湊上去嗤溜溜吸掉一行且邀他共享。他驚訝自己竟不拒絕，覺得壞事多做一樁沒分別，反正都自甘墮落了又何妨徹底一些。

原來犯罪都是不知不覺的，一步步誤入歧途。他覺得他做的事和犯罪沒分別，和一個人去販毒、去偷去搶都沒有分別。跟她他有種明知故犯的快感，像去地心探險去到無人生還的絕境，讓事後的疲倦和厭世有個充分理由。每次離去他都說不再來了，一次都嫌太多。他想她不過是百無聊賴貪新鮮，靜堯忙著拚事業無法滿足這蜂后女人的需要，而他不介意暫充拜倒裙下的雄蜂。不談感情不談私生活的不明文規定彼此都覺適用，亦因此他放心在必要時他們都能做到快刀斬亂麻乾手淨腳，不拖拉不牽扯，將這一段視為彼此解悶的露水緣。當她一次次打電話相約，他心如鹿撞受寵若驚地一次次赴約，就連不潔感犯罪感、對靜堯的內疚感、大堂護衛員的路人甲目光——全部這些都不能令他卻步。

就這樣夏融入了秋，秋融入了冬，他們誰也沒叫停約會。他沿舊習用家教做藉口，折騰於妻子與情人與工作之間，而他知道她也一樣，周旋於工作與未婚夫與情人間。兩個世故都市男女如同戰時間諜擁有雙重身分，用謊言掩行藏，偷打電話約時間地點，約定緊急狀況需用的暗語。金鑽以為他在學校或在給學生補習時，他正搭乘金屬玻璃電梯直穿摩天建築直達城市上空，腳下人間哆嗦的燈芒將明將滅，是他靈魂的夜景。事後降落回街上，人是個從母體脫落的空殼，從極高極高墜到了絕低絕低，走在茫茫人海裡他是僥倖逃生的人。

有年暑假他回大嶼山時順道去找嬌妹，她已不在那飯店，收銀櫃檯後面的生面孔女人說不知誰是嬌妹。他去了那棟村屋，只見門庭依舊，但他遙遙望了一眼便離去。白銀鄉那段插曲，如童年時代的兒歌很久沒聽也就忘了。然而有時當景致恰好時，當路過銀礦灣時，記憶會舉起一面亮鏡招呼他進去，他又看見那鄉間路，那白門樓，那雜物房，房間裡的兩人。然而那些已是鏡中花了。

4

終於東窗事發。

次年清明過後的某夜，他回到家裡發現屋裡沒人。平常要是金鑽和他都晚歸，菲籍女傭泰安會延遲下班，把小龍交給他們其中一人才走，可是今天泰安跟小龍都不在。屋裡靜悄悄的，客廳飯桌上有做好的三菜一湯，用碟子蓋著，都涼掉了，就像剛要開飯發生緊急事故人都匆匆走了。

立刻他感覺不對，桌前呆立好一會才發現湯碗下面有張字條，是金鑽字跡的兩行字，寫著說她帶小龍回山頂，別找她，她不會見他。

直覺告訴他是他跟紘蒂的事發作了，除此沒有別的可能。他剛見過紘蒂回來，而金鑽彷彿心有靈犀選了這天，他跟她說過會晚歸的這一天，正是表示她洞悉了晚歸的內情。字條上的每個字都是控訴，他先是震動，其後受傷，最後是氣憤。寧可她跟他吵跟他鬧，而不是不聲不響連個最後通牒都不給。幾乎他就想立刻衝出門口衝到山頂，可是見了面又如何？說甚麼？在姑丈面前對他女兒大吼大叫？而即便現在打電話去她也多半不會接。不辭而別就是因為不想見他不想跟他說話，逃避難堪的攤牌場面。平日只求相安無事，真的需要溝通時才發覺坦誠相對的困難。

這三菜一湯又是怎回事？想是泰安不知就裡像平常那樣做四人份的飯菜，要不就是金鑽在泰安做好晚飯、久等他不回之後臨時決定發難的，任由做好的飯菜留在飯桌上就走了。

他去每個房間檢查。屬於金鑽的衣物化妝品大部分都還在，床上整齊疊放著他的換洗衣服，都熨好折好。小龍房間的搬運工程大規模些，衣服課本玩具好些都不見了。她一定走得匆忙，來不及收拾太多東西。她怎麼跟家裡說的？怎麼跟黃景嶽解釋突然回娘家的原因？他回到客廳，感覺到屋裡的靜，彷彿向他示範沒了金鑽沒了小龍的屋子就是這個樣子，就是這個靜悄無聲的樣子。深心裡他知道紙包不住火，他不可能永久享有雙重生活而不被發現。有意無意他似乎在等待著這一天，而終於把它等到的那天，那感覺好比一腳踏空往下急墜。

他還沒想到對策，卻是在第二天便有了金鑽的消息。下午她打電話到學校，約他放學後見面。

「我想還是見個面好，」她說。

約在離家不遠一間新開的西餐廳，平常少經過的一條橫街上。他想她是避免碰到相熟的侍應，所以挑一家沒去過的。不知她怎會知道那裡有家新開的，但她向來有那樣的神通。沒幾個顧客。她坐在卡座裡，面前放著一隻咖啡杯。

等他也點了咖啡，她說：「我把泰安辭了。」

「辭了？」

「她這人嘴多多，我怕她到處說我們分居了，搞得整棟大廈都知道。」

這是間接告訴他，她是打定主意分居了。

「小龍呢？」

「我讓阿材先送他回家——爸爸家。剛剛我回家又收拾了些東西，阿材一道幫我車走了，其他的改天再來收拾。」

「你怎麼跟爸爸說的？」

「就說想分開一陣子，他沒問太多。」

他所能做只是低頭，機械地攪咖啡。

「你沒話說嗎？」

「你都定了罪了，有甚麼好說的？」

「你可以否認啊。」

她這話，好比用槌子在嵌入肉裡的釘子上再敲兩下。

儘管已不重要，他還是問：「你怎麼知道的？」

「阿蒂的葡國人體臭很重，用很多香薰，你身上有香薰的味道，我在哥哥身上也聞到過。」

紘蒂其實告誡過他，氣味最會背叛人。他已經很小心每次之後都淋浴，一回家就把襯衫扔進洗衣機洗，還是露馬腳。

「還有去年聖誕節阿蒂家的派對，有人找開瓶器，你馬上知道在哪個抽屜，你對那地方很熟悉。」

當時他馬上警惕了，以為逃過了金鑽的眼睛。

「你好能忍。」他苦笑。

「一開始懷疑就到處是線索，領帶上的咖哩汁、衣服上的香水味、頭髮上的洗髮精味，去家教回家怎麼像是剛洗過頭？起初想過了年再跟你說，免得老人家問長問短，後來又想不如等小龍過了五歲生日，讓他好好過個有父母一起慶祝的生日，再後來又想等過了清明再去掃次墓。」

小龍生日是在一家金鑽有折扣券的酒店西餐廳慶祝，唯一令他印象深的是她想要叫酒，是他提醒她說給孩子慶生不宜喝酒她才沒叫。

「真怪，」她笑著苦澀的笑。「好像如果是別人還能忍受，是阿蒂就不行。」

「是誰都不行吧。」他說。

「你愛她嗎？阿蒂？」

他笑起來。「講愛不愛的有點遠吧。」

「是不是因為小孩沒了？你怪我是不是？」

「怎麼會，你別亂想。」

「阿蒂是甚麼人你知不知？不過跟你玩玩，拿你當消遣！這些年拖著不跟我哥定下來，表面上為了拚事業實際上是她太愛玩了，難為哥哥對她那麼專一。」

跟他得到的印象不一樣。紘蒂暗示過他們都是各玩各的，但他不想跟金鑽辯論。事實是金鑽自從上班，不論是信心或應對都突飛猛進，但他覺得跟她越來越難溝通了。

「我不會告訴哥，萬一你不放心。」她說。

回報他曾替她保密，一恩還一恩。

「我不是想破壞他們，也不是想傷害靜堯，這個希望你相信。」

「我信不信又怎樣。」

「我會跟她分手，以後不會再有這樣的事。」

「這已經不關我的事。」

「小龍上學怎麼辦？」

「暫時我自己或阿材接送，明年他上小學，我會給他找個港島那邊的國際學校。」

「你都想好了。」他笑笑。

「小龍跟我，你想媽會反對嗎？」

「就算她反對會有用嗎？」

「我會常帶小龍去看她。」
「你怎麼跟小龍說的？」
「外公想他，去陪陪外公。」
都被他搞糟了，連母親晚年的幸福也剝奪了。他手扶額頭，彷彿身體的左邊和右邊不對稱。也許不是身體，是這世界。
「我不是想事情搞成這樣，不是想傷害你。」他說。
「是不是都沒關係了。」聽來是真的心平氣和。
「你有甚麼打算？」
「能有甚麼打算？暫時住在山頂，繼續在爸爸公司上班，儲點錢買個房子就帶小龍搬出來。」
「你很理智。」他帶著嘉許說。
「是不想在你面前崩潰。」
言盡於此的，兩人靜默致哀似的相對，像兩面鏡子照映彼此的悽慘。此刻也只有這悽慘將他們連在一起。
「我能打電話給你嗎？」
「暫時先不要，過一陣子吧。」她看看錶。「我停車的咪錶[2]一個小時。」
他舉手叫侍應埋單。
她取粉盒補粉，臉對著粉盒裡的小鏡子說：「來這裡的路上我還想呢，要是你留我我要不要答應，看來是我多慮了。」

她聲音裡有了個小裂縫，他聽見了，不想破壞她苦苦支撐到現在的平靜外殼便沒說甚麼，有點倉卒地掏錢付賬。

到了街上天已擦黑，寒風颼面，兩人不約而同緊了緊衣領。他陪她走到停車的地方取車，看著她上了車。她按下車窗說拜拜，風颼進了窗，她眼半瞇用手按住頭髮。然後車就開走了，離開路肩駛入車流，他立在街頭，望著車尾燈閃了幾閃逝入燈叢裡。

他還不想回家便順著大路走，茫無目的不知走了多久，春初的冷空氣一絲絲鑽入心室。不一會兒看見彌敦道的燦爛霓虹，連成一條彩龍盤在行人的頭上，而俄頃間自己也在這彩龍的下面。事情怎會變成這樣？有罪的人本是她，怎麼現在變成了他？倘若他們是在正常情況下結婚，今天的局面會兩樣嗎？是因為他從一開始就不信任這婚姻，要在它毀滅他前先把它毀滅？

不知多少個街口之後，他想起該給紘蒂個電話告訴她剛發生的事。辦公時間早過了，但她從不準時下班。看到有間涼茶鋪門口有投幣電話便投幣試撥她的辦公室號碼，只響了半聲便聽見她明快的答應聲。

「她走了，帶小龍走了。」他告訴她。

那邊一個長頓。

「要不要過來？我等你。」

即便是現在，對她這樣的一句話他仍然毫無抵抗力，很花了點力氣才說：「不了，不來了。」

「超過半年就危險，我該早點叫停。」

「你為甚麼沒叫停？」

「忘形了啊。」

明知是逗他開心的話，他還是感激。

「你跟她好好談，她會回來的。」

「我看沒商量。」

「沒甚麼是沒商量的，讓她冷靜個幾天，好好道個歉。」

「這樣也許更好，她可以找個更合意的人。」

「你要是真這麼想，那麼愛她也有限。」是她一貫的直話直說。

「這樣聊下去，我會忍不住過來的。」他說。

那邊傳來她的招牌豪邁笑聲。他會懷念這笑聲，不覺喉嚨緊了緊，有個哽咽在裡面。

「送她個小禮物。」她給他出點子。「名貴點的，她想要很久又捨不得買的，女人總有那麼一兩樣。」

「有個問題一直想問你，為甚麼選中我？」

「因為你安全，」她回答說。「我知你不會蠢到愛上我離開你老婆。聽我的，回去她身邊。」便斷了線。

他掛回了話筒才意識，她沒有跟他說再見。

5

于太太打電話來想跟孫兒講電話才知金鑽回了娘家，次日搭船進來盤問究竟。一平和盤托出事故起因，只除了紘蒂的身分沒有說。

于太太聽了半晌沒說話，接著告訴他個壞消息：「你叔婆得了胰臟癌，已經是末期，醫生說最多三四個月。」

一平哭了，抱頭痛哭。于太太也陪著掉淚。

過後于太太問：「那個女人是甚麼人？她知你有老婆？她有老公嗎？」他知道母親的觀念。如果那女人未婚是被他騙，如果她已婚是他被騙。

「不用提了，媽，我們分手了。」

「你黐了哪條線[3]？這樣的事能做嗎？你小時候我少打你了是不是？」于太太數落起兒子。

一平悶聲不吭，于太太又說：「你打算怎麼做？甚麼時候去接阿金？」

「我是想，分開一下不是壞事，給大家一點時間。」

于太太敏感地盯住兒子。「你不是想就這樣算了？想不要老婆孩子了？」

「我沒這麼說。」

「阿金也是的，就這樣一走了之，電話也沒打一個來嗎？」

「她暫時不想跟我說話，我不想勉強她。」

于太太回頭待要再說甚麼，看兒子一副俯首認罪的樣子，像個漏氣的汽球萎在那裡，到了嘴邊的埋怨話便說不出口了。而且想是老婆走後沒吃過頓正經飯，臉頰凹了下去，下巴都尖了。接著又發現他的襯衫領子少了個鈕扣，那襯衫看著也有點舊了，穿在他近年長結實了的身架上也有點緊，該買新的了，大概是少逛街也沒機會買。自從金鑽流產後復出工作，似乎一心一意忙事業，不像從前那麼顧家了。就算兒子去找別人也是因為在家得不到安慰，被冷落。于太太越想越覺得不能完全怪兒子。她問兒子吃過晚飯沒有。

「樓下麵館吃了。」一平答。

「泰安呢？她沒給你做飯吃？」

「她不來了，我一個人也用不著工人。」

于太太歎口氣。「去洗個澡，衣服換下來我給你洗。」

從這天起于太太大嶼山九龍兩邊跑，既要照顧鳩嬸又不時來看看兒子。一個星期、兩個星期過去，一平發覺不管他願不願意，他開始心情好轉，接受現實，復原神速地找到一個人生活的規律，心無旁騖上班下班，午飯在學校食堂解決，晚飯就家附近隨便哪家茶餐廳或粥麵館。五百呎蝸居全是他的，累了倒頭睡，一覺到天亮連夢都不作。怪的是他連思念都沒有，回復婚前在舊居的單身漢狀態，安享獨處帶來的安寧，無妻一身輕，假如不是于太太時不時嘮叨：「長此下去怎麼收拾呀，你幾時去接阿金呀？」又說：「你們兩公婆吵架，難道也要我見不著孫兒？」——他想他會在這狀態裡長此以往安頓得很好。

半個月後鳩嬸因併發症嚴重，在兒女的安排下轉到九龍伊莉莎白醫院，也不過是進行減輕痛楚的治理罷了。于太太為了就近照顧到一平家暫住，向兒子發出最後通牒：「你叔婆的事得告訴阿金，你不去我去！」

他還真怕母親趕在他前頭去找金鑽把話說僵，當機立斷行動，第二天在學校打電話到金鑽的辦公室，秘書小姐說她去見個客，今天未必再回辦公室。一平跟這秘書略打過交道，說有急事非要馬上找到她不可，知不知哪裡找到人？秘書小姐很幫忙說要不要到幼兒園試試看？通常五點半她一定去接兒子。一平謝謝她放下電話，心想早該想到去幼兒園是個辦法。縱是金鑽不願回家，他也可以跟她打個商量，讓他帶小龍回家見見于太太，想金鑽該不會反對。

來到柯士甸道的幼稚園門口時正是那校區的放學時間，校門前許多計程車私家車東歪西斜違例停泊，把一條街堵得大塞車。他想金鑽多半是把甲蟲停在附近然後徒步，看見他在園門口也許會迴避，離太遠又怕錯過，便站在對面馬路一棵樹下，用泊在路邊的汽車做掩蔽物。五點未到已不少家長群聚園門口，門一開便紛紛進去領孩子，他發現多容易他就可以帶走小龍，也不必徵求金鑽同意，把小龍送到母親那裡讓祖孫倆見個面再送回去給金鑽。正想著便看見金鑽了，不是開著小甲蟲也不是徒步，而是從一輛寶藍色寶馬下來，新剪了個一邊厚一邊薄的時髦髮型，駱駝色巴貝利風衣像是新買的，短短一個月她變了個樣，高貴大方得像有錢富豪的太太。寶馬的司機亮著緊急燈大模大樣停在園門口毫不理會後面那些猛按喇叭抗議的司機，一夫當關支撐到金鑽牽著小龍出來便連忙下車給母子倆開車門，一平只大約看到是個西裝革履富商模樣的人。

不容自己多看一眼他便轉身向反方向走。他不是不知這樣像通緝犯一樣逃走有多可笑，但他不願在外人面前與金鑽交涉。等他走得夠餓夠累時，夜已經來了，看見有個電影院便鑽了進去，坐定後才發現在放鹹片，但他需要個地方讓他歇腿和閉一閉眼。聽了半小時的呻吟嬌喘聲他跑了出來，信腳走進砵蘭街的一間酒吧，坐在吧台前叫了杯瑪格麗特又叫了杯伏特加湯力，回到青山道已夜闌人靜，大廈管理員在電視機前打鼻鼾。家門的鎖孔變了形似的插不進鑰匙，他看了看是自己的單位沒錯，還要再試門已從另一邊被打開，金鑽站在他面前，穿著睡衣睡袍彷彿剛從床上下來。他愣著看她，有一刻他真怕澎湃的心情會使他吐得她一身都是。

「老婆都不認得了？」她瞅瞅他，轉身進睡房。「你哪裡去了？小龍想等你回來但撐不住睡了，媽陪我等門，剛剛才睡。」

就是說母子倆都回來了。直到在床沿坐下，他還不確定不是夢境。

「小龍說在學校門口看見你，怎麼跑了？」

「你有朋友在。」

「熟客，談事情談晚了，一定要送我接小龍，說用他的車不用找位泊車。」

「看來不錯，跟你很登對。」

「人家有老婆的！」她失笑，湊近聞聞他的衣服。「一身酒氣！」

「我驗證過了，酒能澆愁是騙人的。」

她睨睨他。「還去了哪裡？沒去找你的老相好？」

「看鹹片簡單些。」

「早知你這人這麼花心……」

「就不嫁給我是嗎？」

「本來，是我對不起你在先。」

她還是那樣想，以為小龍非他親生是他們之間的問題根源。事實上他早就覺得一點關係都沒有了，但是也許讓她這樣想仁慈些，好過告訴她其實他開始覺得跟她性格不合。

「去洗個澡吧。」她說，開始幫他脫領帶。

他從口袋摸出個咖啡色方形盒塞到她手裡。

「給你的。」他說。

她一眼認出盒蓋上的十字星商標，發出一聲低呼，打開盒蓋，看到是前些日子她在置地廣場看中但終於決定不買的玫瑰金栢德菲臘錶。

「你瘋了？買這麼貴的東西！」

他替她解去手腕上的舊錶，戴上新錶。

「講和？」

「有時真想永遠不理你。」她舉手抹眼淚。

小別後的相依中他比過往任何時候都更知道，他又錯失一次逃出的機會，而這牢籠只會越來越堅固。

他告訴她關於鳩嬸的事，她說于太太已告知她。

「明天等你下班，去醫院看她？」

「我開車到學校接你？」

他就知是沒事了。幾乎像是天意似的，他失而復得這個家，母親也失而復得她的孫兒。鳩嬸在暑假前過世，葬在大嶼山的墳場。暑假夫妻倆回到沒有了鳩嬸的長沙，對他們來說是具有重新出發的意義的，亦因此與嬌妹在寶蓮寺的乍逢愈發顯得是命運之神的作弄。

金鑽特別請了一個禮拜假，全家包括鳩叔在內在于太太動員下去逛寶蓮寺。天壇大佛已接近落成前的最後階段，基座四面的圍板尚未拆卸，已經可以想見建成之後，巍峨佛像背靠藍天趺坐的磅礡氣象。

上過香，佛前祈過願，一行人步出大雄寶殿，就在寺前台階上，一平看見嬌妹從下面拾級上來，與一年輕男子手拉手，陽光下一身紫衣十分亮眼，臂上挽著個籐籃、籐籃裡堆滿染紅的包子。兩下裡一照面，儘管立即擦身過，但那四目交投的極短一瞬，在一平來說已嫌太長。他不知走在他身後的金鑽看到了沒有或猜到了多少，但是因為兩邊廂都猝不及防難保沒有洩漏一點形跡，而他內心泛湧的震蕩餘波那麼久久不散，使他很難相信附近的人沒有感應到。

整個下午他心神不寧，腦海裡反覆重播大雄寶殿廣場上的一剎時光凝止，透過記憶的特效剪輯有如蒙太奇，女子的笑臉、紫衣裳、與男子比肩的身影，紛亂急促交錯放映。晚飯後金鑽推說頭痛回房間，不跟他們一起看電視，他就知預感應驗了。他延遲半個小時才進房間，看見金鑽已洗過澡換了睡衣，坐在妝檯前用吹風筒吹頭髮，房間充斥高壓電器的焦臭與噪音，因此也沒辦法說話。他去牆角點蚊香。

終於吹風筒熄滅，她拿起刷子梳頭。

「我認得她，碼頭飯店那個女孩，送過荔枝給我們的。」

他不說話，不說話好些。如果能變成化石他會的。

「幾年了？一年？兩年？港島一個離島一個，新界九龍有沒有？你告訴我沒關係啊，怎麼不說話？你不信我不生氣？但我真的不氣，不值得。」她始終面朝鏡子，彷彿這些話都是對著鏡子說。

「我多傻！一直我怪阿蒂多過怪你，以為都是她不好！我信錯了你。」

「已經過去很久了，好幾年了。」他乏力道。

「現在人家有歸宿了你也別失望，像她這樣的女孩滿街是，還真不知你這麼不挑揀。」

諷言諷語不像她，但他不怪她，是他把她逼成這樣。

「為甚麼這樣對我？為甚麼？」她尖叫，抓起梳妝檯上的甚麼東西向他擲來。那東西朝他直飛來，沒打中他，越過他的頭頂打中了牆，啪一聲落在地上。是那隻栢德菲臘錶。

他依舊在那裡蹲著，看著蚊香煙扭成筆直的一股上升，辛辣的煙薰得他冒眼淚。

註釋

1 封了大利是，利是封是紅包，這裡指包了大紅包。

2 停車的咪錶，咪錶為碼錶，這裡指停車計時。

3 黐線，言行舉止不正常之意。這裡指你在發什麼神經。

第六章

1

一九九二年秋，在啟德機場的接機大堂，一平夫婦等在閘口通道前留意著推行李出來的抵港旅客，卻誰也沒立刻認出那個長直髮齊瀏海的大學女生髮型的女人便是于珍。從寒冷的蘇黎世來所以是穿著絨料子秋裝，擁抱時一平聞到她鼻息裡的輕微酒精氣息，便知于珍依舊是于珍。

那寒暄是帶點災難味道的，閒話都省略而直接跳到黃景嶽的病情，聽一平說「姑丈手術順利，可以吃流質了」，于珍拍拍胸口說：「我魂都沒回來呢，飛機上心一直跳。」

「實在是那天情況危急才打電話，想姑丈會想你在他身邊。」

金鑽說她去停車場取車便自去，一平替于珍推著兩隻路易威登皮箱向外走。

「金鑽現在真能幹。」于珍望著快步走去的背影。

「她開車技術不錯的。」一平笑道。

「我不是說這個，哄得你姑丈把代理董事這位子讓她坐！」

「除了她也沒別人。」

「靜堯脫離黃氏也好，你老婆可以上位，將來阿寶回來也少個對手。」

「阿寶還有幾年畢業？」

「唉別提了，突然說不念企管要唸藝術史，氣得我！」

自動門一開一闔，兩人進入香港的立秋暑氣裡，並立行人道上等金鑽開車來。于珍解開外套鈕扣，把登機證當扇子撥，這才想起好好看看侄兒。「你瘦了，家裡沒人煮飯？」

「胖了才真，姑姐老說我瘦了。」

兩年前寶鑽從英國轉去瑞士上大學、于珍回香港小住的那次見面，她也說他瘦了。

「姑姐氣色好，簡直脫胎換骨。」

「你現在也變得會說話了。」于珍笑逐顏開摸摸臉。「跟阿寶出街都說我們像姊妹。」但他說不出來哪裡不對。也許是化妝過濃，又或者是那異國感的染棕頭髮或那排齊瀏海，清純裝扮與多皺褶的臉孔不相襯。他希望是他多慮，她真是「已經從厭世的邊緣走回來」——正如她曾在一封信上聲稱的。

「你們兩個沒問題吧，你跟阿金？」

「我們甚麼事？」裝傻的口吻。

「大嫂在電話裡跟我唉聲歎氣的，你姑丈也看出來了，他自責呢，跟你關係很僵那兩年，他覺得影響了你們夫妻的感情。」

車來了她便打住，不是以前的小甲蟲而是勃根第紅活動篷積架，把車開到薄扶林山上的瑪麗醫院放下他們便回公司，一平陪于珍越過多個大堂和過道來到K座高層的私家房，下半天便忙著給病人和于珍安頓。病房許多人進進出出，阿材、全伯、銀姐全來過探病，送衣物送用品。昆姐去年退了休回江門鄉下，新僱的菲籍女傭娜拉在病房裡幫于珍。

靜堯紘蒂下班後先後來了，金鑽去接了小龍放學也過來，晚飯大夥兒在醫院的餐廳吃，雖人口不齊也自有濟濟一堂的氣象。于珍剛下飛機又病房裡折騰了半天，非但毫無倦容反精神抖擻，像是很高興終於有機會證實她也可以是個床前侍候湯藥的賢妻。

一平再來探病是第二天陪于太太來。房間看來像個花果攤，都是探病的人送的。黃景嶽已能下地，大概難得這麼清閒，表情愉快地坐在高背椅裡吃粥看電視，看于太太帶了一袋水柿來，哈哈笑道：「大嫂啊還是你帶的東西得體，其他人不是送人參就是送燕窩，我這病都是吃太好吃出來的，要靠起博器來穩定心律你說可怕不可怕！我的好老婆還給我燉了鮑魚雞粥，你看我這肚腩裡的肥膏！以後我要學你清茶淡飯吃田裡種的菜。」

又不知第幾次講這次入院的驚險經歷：「虧得娜拉聽見我咿哇鬼叫，進來看見我躺在地上叫白車，要不第二天早上她進來是看見我條屍啦。」

于珍正指揮娜拉把殘花扔掉。

「嘿那小白花別扔啊，挺香的。」他嚷起來。

「哪有送白花的，多不吉利。」還是叫娜拉拿走了。

病人轉頭向于太太佯抱怨：「被兩個女人管著，醫生姑娘跟前我一點男子氣概都沒有。」卻分明很享受被管束的樂趣。

不斷有執勤護士進來量血壓探熱打斷閒談。不一會兒柳伯來探病兼滙報公事，姨嫂倆和一平避到外面走廊，只留娜拉房內侍候。于太太支使一平去買奶茶他便走開了，搭電梯到一樓餐廳，買了票到櫃檯前領茶，眼角掃到離他不遠有個戴鴨嘴帽穿夾克的身影有些眼熟，及至聽見他跟服務員說了聲「唔該」便確認無誤了，是程漢。相隔只半個櫃檯的距離，假如不是程漢正低頭小心著剛領到的熱飲和三文治，一平相信已經照了面。

來不及有第二個想法在腦子裡誕生他便尾隨那身影，心跳卜卜，人來人往的走廊上盯著前面的背影緊跟不捨。幸好他那夾克是反光的黑膠料子因此是個特大目標，落後一點也不怕跟丟。一平告訴自己只是想確認他沒有看錯，那人真是那個曾在山上暗襲毒打他的人。但他知是程漢沒錯。那走路姿勢、那帽簷壓得低低的形像，已深烙他腦海裡。

監獄令他從一個小伙子變成個成熟男子，這是適才的短短一瞥所得的印象，此刻從後面看他身形比起當年有種硬朗的感覺。出了這棟樓又進入另一棟，穿過長長的過道來到另一電梯大堂，他就知程漢是來探病的，熱飲和三文治是給病人的午餐或下午茶。兩部電梯前擁擠著人。同乘一部電梯一定被發現，搭另一部的話，又不知程漢在幾樓出電梯。幸好這醫院的老爺電梯有名的慢，又剛好是家屬探病的繁忙尖峰，程漢不耐久等改變主意走樓梯，一步跨兩級。他立即跟上去，想證實一下程漢是不是去女病房。

吵吵鬧鬧的大工廠一樣的大病房裡，他看見程漢一直向裡走，直走到最裡面靠窗的一張病床。儘管隔很遠，而他只是小時候見過她兩面，但他知床上那一臉病容的婦人是翁玉恆。

頭髮脫落，皮包骨，但那優雅的輪廓還在。記下床位編號是三十他便離去，經過護士站靈機一動問一個年輕女護士說，我是三十床病人的家屬，想去買點吃的給她，不知她那病需不需要戒口？那護士翻了翻記錄說三十號是腫瘤科轉介來的，感冒併發肺炎，甚麼都可以吃最好不要煎炸，清淡點就好啦。一平謝謝她離開了病房。

他不過為了證實自己的猜想，那種形銷骨立他見過，與父親將離世時一樣。他差點忘了他的任務，回到餐廳買了兩杯奶茶帶回K座病房，卻是于太太和于珍都不知所蹤，走廊上只有黃景嶽一個人撐著手杖踱步，病人袍鬆垮垮掛在變瘦小的身上，看見他「咦」了聲說：

「你還沒走？不用回學校嗎？」

「今天禮拜天。」他說。

黃景嶽慢慢「哦」了一聲。「你姑姐回家洗澡換衣服，你媽陪她去了。你那是咖啡是奶茶？」

一平說是奶茶，給他一杯。

「太好了！」黃景嶽在一張椅上坐下，呼嚕有聲喝起來，看一平還杵在面前便說：「你要是不急著走就坐一會，我們聊聊。」

一平便坐下，喝著甜甜的奶茶。儘管近年翁婿關係正常化，他仍然不慣與黃景嶽獨處，而且適才在女病房看見的一幕令他分了心。內心的翻騰那麼劇烈，他信不過自己的眼神或表情沒有洩漏機密。

心不在焉間聽見黃景嶽恭喜他，說很高興聽大嫂說他新學期升主任。

「也是上一個主任移民，剛好有這麼個缺。」

「也要你自己肯爭取。看到你們年輕人有成就，我就是退休也退得安心。」

「姑丈要退休？」

「不止退休，關門大吉。」

一平大為意外。「你是說關掉？」

「八七股災之後市場有過次大調整，生意越來越難做，當然多撐個幾年未必沒有轉機，但我快七十了沒有那魄力了，身體又不跟我合作，乾脆把它收了算了。」

雖然黃景嶽的退休之念不是始自今日，一平卻是第一次聽他說要解散公司，想這一場病儘管有驚無險，卻令這位長者有了收山之念，不免也有些感觸。

只聽老人家又道：「再大的輝煌也只是一段時間，終歸會過去，我這點小局面算甚麼。從前總想留點甚麼給下一代，現在我覺得也未必是兒孫之福，這幾年我觀察阿金，雖然是個好幫手，不是個領袖人才，留這麼副擔子給她反而害了她。而且自從老柳去年退休我像少了條臂膀，許多事力不從心。想來想去不如拆散套現將財產均分，讓他們幾個想做甚麼做甚麼，你認為我這主意怎樣？你有想法的話我想聽聽。」

這一問令一平又意外一次，想了想道：「做生意的事我哪有想法，姑丈按自己的意思做就好。」

「你不會怪我害你老婆失業吧。」黃景嶽笑道。

原來他有這層顧慮，一平想。金鑽開始上班後他們的確寬裕了許多。養樓養車、僱幫傭、小龍的國際學校學費、動不動五星級酒店中菜館或高級西餐廳吃餐請客，生活水平整個提高了。他不介意回到當初那樣，但他不能假設金鑽和他一樣。

「我不能替金鑽代言，不過她今時不同往日，只要她願意不愁找不到工作。」

「阿金回來公司幫我，有利益也有代價，有時我反倒擔心她過分投入事業，忽略了家庭。」

一平想起兩年前因嬌妹的事，他和金鑽處於冷戰的那段日子，是雙方都寄情工作才度過難關。基於這種心情他說：「我一直就想找機會跟姑丈說，其實你幫了我們很多。我是因為看見金鑽的改變，被她的事業心帶動，工作上才變得積極一些，不然我還是像以前那樣得過且過。」

「聽你這麼說，我心裡好過多了。」

「其他人知道了沒有？」

「目前只有老柳跟你，等我出院再跟大家說。我想你姑姐不會太高興，當年我答應過她阿寶回來讓她接手。那時我有個想法，讓他們幾兄妹合作，現在看來完全一廂情願。去年我去瑞士看阿寶她就跟我說，對珠寶生意沒興趣，想學藝術品鑑賞，將來在博物館或美術館工作。她是個很有想法的女孩，她這個志向我非常支持，但你知你姑姐的個性，多半她只會怪我說話不兌現。」

「姑丈好好跟她溝通，我想她會了解的。」

「我做事不需要人了解，」黃景嶽發出哈哈的兩聲笑。「另一個會怪我的人是靜堯。雖然他已經自立門戶，又有了施老頭這個大靠山，他多半還是會怪我把公司解散而不是交到他手上。你知他的新首飾店就開在我尖沙咀總店的正對面，不知是想跟我打擂台還是想向我證明他能獨當一面。退一步想也是好事，這說明我還是夠資格做他的假想敵，我該感到榮幸才是。」

然而一平聽得出豁達底下的沉痛。自從三年前靜堯創立「浩天國際」，父子間關係日益疏離，在圈內圈外已是公開的秘密。據一平所知，外界對於靜堯的離巢是認可多於不認可的。

「本來我一心培養他做接班人，」老人家言猶未盡。「他剛從英國回來我就放手讓他幹，他要大革新大整頓，大開門戶做旅行團生意，我都沒有反對，想著年輕人該讓他去嘗試去歷練，的確他也做出了成績，營業額有了增長，但是自從他跟那幫姓原的鄉親扯上關係，開始有些莫名其妙的想法，跑來質問我收養他是不是為了他生父的股份。慢慢我看不透他的心。他跟阿蒂訂婚之後，鴻圖大計一個接一個，打著黃氏的招牌集資，要轉行搞地產要開發內地市場，要在南海他生父的家鄉建商廈建住宅，我都全力支持，調過好幾次資金給他。他受到同鄉擁戴，在南海的項目賺了大錢，可以說一炮而紅。但是前兩年內地政局不穩，有幾個項目被擱置，他認為是我扯後腿；他要求我上市招股，我拒絕，他又認為我不信任他。他開始自把自為，老柳提醒我注意，但我怕傷感情避免過問他的事，久而久之連話都少說了。」

沒想到父子間有這許多曲折，一平覺得是第一次窺見這位長者的內心。因不忍老人家說下去勾起更多心事，也怕久坐於病人的病體不宜，便說：「姑丈要不要回房休息？我們可以在房間繼續聊。」

但黃景嶽像是沒聽見似的接著說：「到現在我不知錯在哪裡。當年我收養他是不顧母親反對的，我想社會讚揚我，說我有義氣，忘記了其實我不大了解原清浩的背景。讓靜堯從我的姓是表示當他親生兒子，考慮到他要是保持原姓，在家在學校會受歧視，結果反而落他口實，一番好心被當狗吠，實在都是我自作聰明、愛面子之過。」

可是在一平看來，靜堯的罪行的嚴重性還不及自己。至少他是公然為之，至少他的叛逆是為了證明自己，不像自己是戴著小龍生父的假面取信於人。要是這位長者有天知道他是個冒牌父親會怎樣想？

一個護士推著滿載藥瓶儀器的手推車從面前過，發出玻璃晃動的哐啷哐啷，之後的走廊顯得更岑寂。只有日光燈照明也不知已經聊了多久，但一平相信時間不短了。

正要再催老人回房，卻又聽見他說：「趁這機會我有些話想跟你說，其實想說很久了。對你我有一份歉疚。當年我太武斷，沒把事情了解透徹便下結論，錯怪了你。幸好女兒的眼光比她老爸好，你能接受我的道歉嗎？」

這番話來得那麼意想不到，一平羞愧交加，惶恐道：「姑丈別這麼說，是我該道歉，其實我做錯很多事，不誠實的事，我和金鑽……」

黃景嶽搖搖手截住他話頭道：「你不用告訴我，你們夫妻間的事，我不用知道。婚姻這件事我也是個失敗者，沒有甚麼忠告好給你的。」

相識以來從未有過一刻，他覺得與這位老人如此接近，平日覺得身為後輩不該問的問題也問了出口：「如果你認為是失敗的，為甚麼跟姑姐在一起那麼多年？」

「因為婚姻不是個物件，壞了就扔掉。」黃景嶽回答說。「有句古語說：夫妻本是同林鳥，我和你姑姐是被利害關係拴在一起的，分也難合也難，只好學習和平共處，彼此討好安撫，倒也相安無事過了這麼多年。」

然後冷不防地，黃景嶽披露了另一秘密。

「歸根究柢，是你姑姐認為我心裡有別人。」

「有嗎？」一平問，隨即又道：「對不起，也許我不該問。」

黃景嶽只是低回，視線定在扶著拐杖柄的雙手上。在一平以為他不會回答的時候，便聽見他說：「我認識那個人的時候，她有丈夫我有太太，明知不可能結合，但我越來越沒辦法忍受我的婚姻，我要求對方和她先生離婚，我也答應離婚之後娶她為妻……」

「後來為甚麼沒有？」

「剛好那年有台灣之行，我打算回來之後向太太提出離婚，結果在台灣發生車禍，我太太死了，我內疚，覺得她的死是我造成的，因為我想離開她而上天答允我的所求。我萬念俱灰，開始酗酒，有天半夜醉酒回家，我去她房間……強迫了她，我竟然不顧一切佔有她，那個我愛的女人——」

一平心跳怦怦毛管直豎，很確定這個女人就是自己心中想的那個。他不知哪樣令他震驚些，是這段秘辛本身，還是黃景嶽竟會推心置腹對他說出這樣的秘辛——一個多次獲罪於他、曾被他逐出家門的人。

黃景嶽爆出一聲像哭又像嗆咳的笑。「埋藏幾十年的秘密，想不到今天說了出來。這就是我的真面目，很嚇人是不是？」

「有點。」一平直言。

「第二天她向我母親請了長假，我知我把事情搞衰了，很頹唐，這時候起常藉故外出公幹，就在這樣的一次公幹中在巴西遇見你姑姐。」

「你心裡有別人，為甚麼還要同姑姐結婚？」

「你說我意志薄弱也好，是命運開我玩笑也好。那女人後來雖然回來了，但我傷透了她的心，我們不可能再像以前那樣。我在你姑姐身上找到活下去的希望，可以說她的適時出現救了我，及時把我從深淵拉回來。當然，那時我不知那是另一個深淵。」

一平說不出心裡是甚麼滋味，既為于珍感到不值，同時又覺得責備黃景嶽不如責備命運。

「結婚沒多久我就發覺跟你姑姐性格不合，可是又能怎樣？離開她只有多傷害一個人，而我傷害的人已經夠多了。你以為你姑姐為甚麼願意在外國待那麼多年？」

「為了照顧阿寶不是嗎？」

黃景嶽目光含笑看他一眼，「看來你不是太了解你姑姐。其實是我和你姑姐達成了協議，因為我不希望阿寶在沒有父母親在身邊的情況下長大，她答應我在外國守著女兒，我答應她不去找那個女人，所有外國戶口現金和物業歸她和阿寶，還有一樣是阿寶畢業回來讓她直接成為公司董事——當然這一樣我要食言了。」

一平憬然，覺得正是自己和金鑽的寫照。

看來夫妻達成協議不是甚麼大不了的事，即便是幸福婚姻，或許也是基於某種妥協。

「對不起，是不是令你失望了？」老人微笑。「活到我這歲數不能不認命。我已經準備好將一生的遺憾全部帶進墳墓，連那個女人是生是死我也不知，因此也不可能求得她的原諒。我把這故事告訴你只是希望你可以從中汲取教訓，你和阿金之間不論是甚麼問題，逃避不是辦法，要不認命要不面對，你總要揀一樣。」

老人站起準備回病房。「謝謝你聽我嚕嗦了這麼久，就當是瀕死的人的特權吧。」

一平要送他進房，老人做個驅趕手勢。「你走吧，時候不早了。」撐著拐杖向病房轉身。

一平立定踟躕。

「那個女人還在世，就在這醫院裡。」他說。

「如果你說的那個女人是翁玉恆，她就在這醫院裡。」他又說一遍。

2

解散公司的決定震動了全家。出院次日黃景嶽便召開了其實只有家庭成員出席的股東會議，讓投票結果記錄在案，決策便算通過。除于珍外其他人都無異議。自此黃景嶽也不回公司了，一應事宜交給了柳伯與金鑽，買了隻紅嘴相思掛在書房窗口，過起了種花養鳥的閒居日子。

另一大事是黃景嶽與翁玉恆的「重逢」。一旦黃得知翁玉恆就在同一家醫院裡，隨之而來的連串動作一樣比一樣出人意表，使黃家的這個秋天成了多事之秋。行事一向審慎的這位商場老將這回像是豁了出去似的完全不避嫌疑不避非議，不但親自辦手續將翁玉恆轉去住院費昂貴的私家醫院，公開表示負責她治療所需的全部醫療費，尤有甚者是認程漢做乾兒子。

金鑽就不只一次向一平嘀咕「爸爸不知怎麼了！簡直失心瘋了！」——而說這樣的話或有這想法的人不只金鑽一個。

翁玉恆這些年的境況點點滴滴曝光。原來程漢坐監後，為了替兒子還巨額賭債被迫賣掉美孚的房子，在該區一所兒童特殊學校當清潔工，住在學校的宿舍裡。程漢坐了四年監出來，在旺角一間桌球室當了一陣子看場，其後拿到港粵駕照，由翁玉恆出資給他買了輛一噸承重量的貨車，當起了跑港粵線的運輸司機，為了上班方便偕女友住在上水。半年前翁玉恆確診患乳癌便辭掉工作，從宿舍搬出在油麻地賃屋住。

金鑽成了中間跑腿的聯絡人。因黃景嶽吩咐她負責處理有關翁玉恆做療程的事宜，這期間辦公室與醫院兩邊跑，難免與程漢頻密接觸，一度引起一平的不安，但是金鑽再次見到前男友似乎沒半點感情上的衝擊，倒是對他的現任女友有較大的興趣：「原來是個金毛女，長得不怎麼樣。」又有次說：「在桌球室陪打桌球的，我不知原來有這種職業。」諸如此類——

十月尾的週末傍晚，一平一家三口來到尖沙嘴，在滿街璀璨華燈中看到黃氏珠寶總店在進行結業大減價。店裡人頭湧湧市集一般，然而多半是衝著櫥窗裡橫七豎八張貼的「大平賣」、「一件不留」等招徠廣告進去的。

他們此來卻是應靜堯之邀來參觀他的新店「金銀島」，與黃氏珠寶隔條馬路斜對，門口的開張誌慶花牌尚未撤去。金銀兩色為主的店面裝潢是花了本錢的，既有時代氣氛又有高級名店的格調，以太空金屬為主題的櫥窗設計也別開生面。正瀏覽著，立刻有幾個年輕貌美的女店員笑盈盈從店裡迎出，卻不是迎接他們一家，而是迎向一輛剛在路邊停靠並開始落客的旅遊大巴，操著不純熟的普通話招呼魚貫下車的內地旅客，原本小貓兩三隻的店面一下子鬧哄哄的。

隔櫥窗看見靜堯出現了，跟帶隊的導遊和遊客們親切握手像個在拉票的政客。小龍飛奔入店叫「舅父」，靜堯便迎了出來。一平看到一度發福的他清減了不少，聽金鑽說他一週三次去健身室，夜生活包括菸酒都減到最少，顯然付出的努力有成效。他知道靜堯其實是出來招呼旅行團的，便說：「你去忙你的，我們看看就走。」

靜堯卻連聲「進來進來」堅邀入內。「我就是在等你們，」牽著小龍在前頭帶路。幾個櫃檯都給旅客擠滿了。僅只是他們站著閒談的這幾分鐘便看到有不少成交的，女店員們眉開眼笑收錢開單。

「值得自豪啊。」一平帶著恭喜之意說。

「剛好有團到才這麼忙。」靜堯輕描淡寫。

儘管極微妙，一平覺得靜堯的姿態裡有種虎視眈眈。也難怪他看得重，辛苦經營多年才終於實踐理想開自己的店。

之後靜堯領路到一扇重型玻璃門前，鍵入密碼開鎖引三人進入一個小電梯到了地底。步出電梯是條鋪著玫瑰紅地毯的長走廊，隔若干距離有個門，標識著休息室經理室等。一平咋舌，暗忖這種規模要多少資金？

「有地牢[1]的鋪面不好找，」靜堯邊走邊道。「最大投資是保安系統，這年頭劫匪都用自動步槍。」

去年跟今年都有劫匪持自動步槍搶劫珠寶店的案子。

靜堯問一平今晚阿蒂家的萬聖節派對真的不來？

「跟姑丈說好了去吃晚飯，」一平道。

「我帶小龍去怎樣？阿蒂家的場面值得見識的。」

夫妻倆一個說「好啊」一個說「不好」。

靜堯哈哈笑問小龍：「小龍你自己說，想到公公家還是阿蒂阿姨家玩？是化妝舞會啊。」

一平有點氣惱靜堯來這一著，金鑽向他打個眼色說：「當然喜歡跟舅舅玩，讓他住一晚吧。」

「我要扮飛虎隊！AK47！」小龍擺姿勢作掃射狀，嘴裡發出砰砰砰砰。

「喂！」一平喝止。

「飛虎隊可不是拿AK47！」靜堯哈哈笑。

走廊盡頭是個雙葉門，也是密碼鎖操控。小龍立即給那五星級酒店裝潢的豪華房間、那些看來都是高級品的玻璃組合櫃、酒櫃、沙發軟椅、音響組合、掛牆大電視，弄得瞪大眼睛每樣都跑去摸一摸。角落有兩座多屜鋼櫃，想是存放貴重首飾的。

「貴賓在這裡招待，上等貨色在那裡面。」靜堯手掌一拍目注一平：「入寶山怎可空手回，給老婆挑件首飾做萬聖節禮物？」

「哥你幹甚麼！」金鑽笑啐。

「那就看看吧。」一平道。

「頸鍊？耳環？戒指？」

「都看看吧。」

靜堯用內線電話發號令。等店員拿東西來之際，靜堯笑道：「說個新聞，前兩天那姓程的小子帶女朋友來揀戒指，看來好事近，我在閉路電視上看到去招呼，打個八折，算是優惠乾弟弟。」

「說不定同時喝你們喜酒。」金鑽笑道。

「嘿，我這事你別張揚，阿蒂要怪我的。」靜堯講起婚事眉飛色舞。

「神神秘秘幹甚麼？巴巴的跑到葡萄牙求婚，又怕人知！」

「阿蒂最怕記者聽到風聲給盯上，誰叫她是名人。」

「阿漢揀了只甚麼戒指？」

「第凡尼一卡拉的，挺大手筆。」

「有次我去看恆姨碰見那個阿雯，木口木面不睬人，比明星還架子大，我看恆姨跟她沒話講。」

「跟爛女有甚麼話講，進過少年感化院的。你知她怎麼認識阿漢的？她父親在流浮山有家藥店，賣假藥喫死了人被抓，在壁屋服刑，那姓程的也在壁屋，我猜他們是在裡面認識的，阿漢出來之後就跟阿雯交往了。」

「倒是天生一對。」金鑽笑道。「你知道這麼多，查過家宅？」

「我是怕老爸被騙，僱人查了下。他要給恆姨治病我不反對，可是認個前監犯做契仔？那小子說他戒賭戒毒了，你信嗎？那只戒指折價都要一萬，他說買就買，就憑他的運輸司機薪水？」

「那你說他錢哪來的？」

「誰知道。再說個好笑的，二媽有天來問我她不在香港這些年，老爸跟恆姨是不是暗中來往。我說我怎麼知道啊二媽，我又沒在老爸的房間裝竊聽器能知道他的一舉一動？其實也難怪二媽這麼想，她在外國一住多年，那時我就想她怎麼放得下心？」

「要是一直有來往，恆姨也不用住大病房了，爸爸早就送她看私家。」金鑽分析。

「我有個理論，」靜堯道。「甚麼久別重逢根本是演給二媽看的戲，趁機公開戀情，老爸就可以公開給恆姨治病，公開有來有往。不然也太巧了不是嗎？醫院那麼大，他們的病房又在不同的樓，會有這麼巧在餐廳碰個正著？」

「巧的事也很多。」金鑽表示中立地說。

「我看二媽現在是忍著，遲早有次大吵。」

「你想爸爸下一步會怎麼做？」

「最壞的情況是把恆姨接到家裡來，和改遺囑。」

「爸爸會那麼不顧一切嗎？」

「我看老爸這會兒眼中只有舊情人。」

一平不置一言聽兄妹倆一唱一答，旁觀者清地察覺到對話底下的暗流。顯然翁玉恆母子的出現令到黃家這條船起了大動盪，一場家庭風波在醞釀中。他心頭五味雜陳，想到若是兄妹倆得知黃翁重逢，是自己當天在醫院裡的一句話促成的，不知會怎麼想。對於黃景嶽的行為，他因為知悉較多內情也就多一分諒解，然而也不免覺得黃景嶽處置失當。即便他對翁玉恆有情，良心受責多年突然有了補償的機會令他失了分寸，還是難以解釋為何他會如此不顧大局。唯一讓一平感慶幸的是，黃景嶽還沒有糊塗到忘記一切，至少還有那清醒編套「巧遇」的謊言來掩飾女婿在此事裡扮演過的角色，不然黃家上下包括于珍在內都會視他為罪人。

有人推門進來便打住了。一個女職員推了部小車子進來，放下一托盤曲奇餅和有氣礦泉水，此外將多個絨墊銀盤放在玻璃桌面上。

「我推荐這個。」靜堯拈起一對淚滴形鑽石耳墜耳環，說是戴安娜王妃拍二十一歲生日照戴的那款。「當然我們改動了一下，」他說。

那職員正要離去，靜堯叫住她說：「瑪姬你留下幫幫眼。」

金鑽揀來揀去試戴。靜堯趁這空檔湊前悄聲對一平說：「那姓程的小子問起你呢，當然我甚麼都沒說。」

一平的心叮咚一下。「問些甚麼？」

「孩子多大了、在哪裡上學之類。」

一平眼角掃了掃正吃著曲奇餅看漫畫的小龍。「你看他是甚麼意思？」

「想讓你知道他記得你。」靜堯道。「這小子現在認了老爸做乾爸，誰知他心裡打甚麼主意。」

靜堯是想拉他到同一陣營，一平開始有點明白。於是說：「我看他未必有惡意。」

「你不犯人，人未必不犯你，小心點提防就是。」

這時金鑽說揀好了，還是要了靜堯推荐的耳環。

「還是你哥的眼光好吧。」靜堯有點得意。

瑪姬問金鑽寶石要哪個顏色，有紅色藍色和綠色。

金鑽問靜堯揀哪個顏色好，靜堯給意見說紅太豔、綠色較多人揀，金鑽便揀了藍色的。

一平取出皮夾。「現金沒帶太多，先付個訂金？」

金鑽打開皮包取信用卡，對一平說：「回去你還我也一樣。」

靜堯揮揮手不接她的卡，卻收了一平的現金，把耳環交給瑪姬去包好。

回到外面夜更斑斕，一條彌敦道壅塞著週末尋歡的人們。因小龍稍遲要隨靜堯去紘蒂家，因此夫妻倆走時沒帶著他，三人行成了二人行都微覺不慣。

一平低著頭走，手插到口袋裡觸到那隻裝著耳環的扁方盒子便取出交給金鑽，金鑽隨手塞入手袋嘟囔：「其實多餘買，哥哥硬要我挑。」

「他的店開張也該幫襯。」

話雖如此，回想適才在店裡，靜堯好像有意為難他似的。是覺得金鑽跟他太委屈了，要為妹妹抱個不平嗎？他但願是自己多心。

「價錢嚇死人，我已經是揀最便宜的。」

「你哥也是給我們最便宜的挑，剛開始他說上等貨色都在那房裡你記得？結果還是叫人從外面拿貨來。」

「剩下的我來付。」

「這沒甚麼，我也好久沒給你買過東西。」

自從那隻被摔壞的栢德菲臘錶。

「你覺不覺得那個瑪姬怪怪的？那眼神！」她故意講些小八卦搞氣氛。

「是嘛，有甚麼特別？」

「我看她跟哥哥不是普通關係。」

「我倒看不出甚麼。」

「不知阿蒂知不知。」

不知是否這話題起作用，尖尖的手指伸來握他的手。

「別去爸爸家好嗎？難得就我們倆，兩公婆撐枱腳[2]。」

一平就算動了心也只是一兩秒。「突然全都不去不大好。」

「我跟你呀，就是沒一次一致的。」金鑽微嗔。

「其實你剛才幹嘛同意讓小龍到阿蒂家？姑丈兩個星期前就約了我們了。」

金鑽當場變臉，鬆掉握住的手。「當時你怎麼不說？這會兒來怪責我！」

「那種派對多亂七八糟你又不是不知，甚麼人都有的，講粗口吸可卡因甚麼都來。」

「又是我錯！噢我差點忘了你曾經是阿蒂家的座上客。不，床上客！」

「你這是找架吵。」一平也拉長了臉。

他不是不知是自己不近人情。妻子的要求並不過分。少去山頂一次，兩人找個地方吃頓好的，正表示她心裡有他，而他卻不領情。他也不是不知自己有點喜怒無常。自從程漢再度出現，一些稀奇古怪的想法開始無端困擾他。比如程漢跟小龍會不會無意中碰上，而程漢一眼認出自己的兒子，即使他並不知自己有個兒子。儘管明知是焦慮感作祟，但他深信血緣關係有種神秘力量，就像隱形墨水寫的字，看不見摸不著並不等於不存在。但他沒有跟金鑽說過這些，多半她只會說他杞人憂天。

餘下的前往停車場、以及前往山頂的路程，夫妻倆沒有再交談一句話。

3

一平在學校接到于珍的緊急約見電話，是在黃景嶽做七十歲大壽那天。她說要見他，要立即見，不能等到晚上的壽筵。

年年黃家在冬至這天為黃景嶽慶生，為了紀念他是冬至生的這件事，不論冬至落在陰曆或陽曆幾月幾號。往年多半在酒店或酒樓辦一桌壽席，今年黃景嶽力主從簡，不去酒樓也不僱廚子，「就一家人吃頓簡便的生日飯，」他堅持。

「別跟人說你來見我，你老婆也別說。」于珍在電話上叮囑。

一平多少猜到是與翁玉恆有關。聽金鑽說她已做完一個化療療程，黃景嶽在金鐘一間五星級酒店開了個房間讓她養病，病情有沒有獲得緩解她也不甚清楚。幸好期中考的緊張高峰期已過，還有兩天便放聖誕假，不難找到老師替他代個一課，讓他可以在三點鐘提前離校，趕往于珍指定的沙田一間三星級小酒店的頂樓酒吧，說是這裡比較不擔心碰見黃家的熟人。

是那種專做內地客生意的近年林立的小酒店，一年中最旺的旺季，即便非週末的非繁忙時段也幾乎客滿。他遲到，視線尋覓了一會，在滿室聖誕裝飾與嘈吵談笑的下午茶客中看到吸菸區只有一個客人是單身貴婦，椅背上搭著貂皮或某種皮毛的外套，頭部周圍煙霧瀰漫，走到近前看見是于珍沒錯，手裡轉著杯馬丁尼。

他一坐下于珍就身體前傾怕被竊聽似的說：「你姑丈瘋了！跟我吵，要離婚！」

一平吃一驚。「離婚？」

「你沒看見他那樣子，像要殺人似的！」于珍眼睛瞪得大大的猶有餘悸。「我心慌慌的不知到哪裡好，姑姐心好痛啊平。」

「只是氣頭上的話吧。」

侍應來寫單他便隨口點了咖啡，于珍又多要一杯馬丁尼。

「怎麼吵起來的？」

「在他書房抽屜找到張開好的支票，兩百萬！抬頭寫那賤人的名字。不知給過多少次錢了，票根上寫得明明白白，幾十萬幾十萬的，背著我送給那賤人花！治病用得著這麼些錢！二百萬呀，買豪宅都夠了！我問一句他就發了火，我就把支票撕了，支票簿也剪碎！看他敢怎樣！這個家的錢我也有份的，以為鎖在抽屜裡我就看不到，我早知有天用得著我這備份鑰匙！」

終於爆發了，靜堯預言過會有的大爆發，一平想。從黃景嶽與翁玉恆重逢的那一天起就有個計時炸彈在滴答倒數。

當務之急是穩住于珍的情緒別出亂子。

「姑丈知道你出來了嗎？」

「我溜出來的，沒人看見。」

「姑丈找不著你會著急的，我陪你回去，有甚麼話回去再說？」

「他打我！舉起拐杖想打我！我說你打呀，打呀！罵了他的心肝寶貝他就心疼了！背著丈夫偷人，不是婊子是甚麼？不是臭貨是甚麼，我偏要罵！臭婊子！臭貨！臭鞋！子債父還，他說。你懂嗎？子債父還！程漢根本是他的種，是他跟那賤人的種！那臭雜種爛賭，那些錢是給他還債的！」

一平只覺兩耳轟的一響，腦子嗡嗡嗡的，像耳邊有個試音叉一下一下敲擊玻璃杯的杯緣。就是說，程漢是黃景嶽與翁玉恆的結晶——此一驚人的事實敲擊著他的心。

「藕斷絲連不知多少年了！孩子都長大成人了！」于珍極力壓低聲量因此憋著嗓門。「我恨自己蠢！早幾年他做手術我勸他退休，他口口聲聲活到幾歲做到幾歲，不就是為了有藉口上班好去跟那賤人幽會？讓我去英國近著阿寶，其實是嫌我害事把我擱得遠遠的。當初他答應把公司留給阿寶接手的，這會兒情婦得了重病就急急的把公司收了，不就是為了套現金好給她治病好跟她雙宿雙飛！他對得起我對得起阿寶？剛嫁進黃家的時候那賤人的老公還沒死，信了你姑丈的鬼話以為是那賤人自作多情黏住他，那時候老太婆每次給我氣受她來討好巴結，我就覺得這人城府深，表面老實心裡不知打甚麼主意，但還沒想到她背著丈夫偷人，還偷的是自己的主子，可憐她那短命老公不但戴了綠帽子還替她養了人家的孩子！」

侍應端來咖啡和馬丁尼，一平心亂如麻加糖加奶，潑了滿桌糖粒。

更多的氣話連珠炮而來：「活在這牢獄裡幾十年都為了甚麼？我知道我不是好老婆，但我對他沒有過二心，我這病還不是他那死鬼老母給逼出來的！他不想想是誰一下飛機二十四小時床邊侍候給他端屎端尿，是誰在外國搓凍搓麵包守著孩子？跟我指天誓日說不會再去找那賤人，原來都是騙人的！想離婚？沒那麼容易！我要是讓那賤人搶了我的老公，我就白做二十幾年的黃家媳婦，我就白做人了！」

一平半聽不聽，所有句子進入他耳裡化為一個單一重複的訊息：程漢是金鑽的同父異母的弟弟。就是說，小龍是一對同父異母的姊弟的結晶。這改變了一切，他只希望小龍永遠不知自己的身世。

于珍開皮包找手絹擦眼淚，一平才有機會插嘴：「吵架說的話不能當真，姑姐還是回去好好跟姑丈談談。」

「完了，平，我跟你姑丈完了！你看著吧，下一步就是離婚，再下一步就是將那賤人弄到家裡！我不會讓他如願，我不會讓那賤人得逞！」

一平覺得不過是于珍的恐懼在說話。

「我看姑丈不會的，那女人又病得這麼重。」他終於找到自己的理智聲音說。

「乳癌死不了人，捱個十年二十年的有的是，這會兒不是已經出院了？怕她在家養不好病讓她住酒店，這不都是花錢的事？當初他要給她治病我都沒說甚麼，我不是那麼惡毒心腸容不得別人多活幾年，可我好心有好報嗎？要不是找到那張支票我還蒙在鼓裡！」反來覆去是洩恨的話。

「姑丈怎麼知道程漢是他的，有證據嗎？」

「有封信，那賤人寫給她的死鬼老公的，承認了整件事。誰知是不是捏造的，說不定他們兩母子打聾通[3]，造封假信出來有多難！」

有信為證！一平深吸一口氣。

他的第一個反應是贊同于珍：當然是假信！是程漢想出來的敲竹槓主意，做乾兒子還嫌不夠，想做親兒子！

然而另一個念頭立刻推翻了前一個：黃景嶽不是個好騙的人，何況現在有基因鑑定技術，程漢就算再笨也該知道，血緣關係不是可以做假的事，一個不好連被認乾兒子的特殊待遇都斷送。倘若那封信是唯一證據，必是極為有力，有著足以說服黃景嶽的力量的證據。

另一可能是，黃景嶽本就疑心程漢是己出的，是翁玉恆那次被他姦污種下的果，那封信不過幫他確認而已。想必黃景嶽認得翁玉恆的筆跡或筆觸，以致他讀到那封信覺得事實俱在不容否認。他問于珍看到那封信沒有？

「只給我影印本看，小心得甚麼似的怕我把它撕掉！其實有沒有信都一樣！這會兒還不是那賤人說甚麼你姑丈信甚麼！這不都已經親口承認是他的種了！」

「可是為甚麼翁玉恆不早點公開程漢的身世？為甚麼等到現在？」

「你怎麼知道你姑丈不是早就知道？說不定這些年一直暗中接濟他們兩母子！會有那麼巧他在瑪麗做手術，那賤人也在那裡治病？那時候不顧我反對一定要僱那小子做司機，你想想看不都擺明在那裡嗎？」

「姑姐，你知道我是站在你這邊的，」他用自己有時用來哄小龍聽話的聲音說。「姑丈住院的時候我跟他有過次長談，我沒辦法複述那場對話，但我聽得出來姑丈是有反省的，他還是很珍惜姑姐你的，他不會輕易放棄這一切，他解散公司主要是因為後繼無人，跟翁玉恆沒有關係。」

「傻子！你甚麼時候成了他的信徒了！他知你同我親，會跟你講真話嗎？他想不要這個家跟他的老相好去過，他會告訴你嗎？」

他試著提出另一角度：「假如姑丈一早知道程漢是他親生子，當年就不會解僱他，程漢也不會搞到要坐監！」矢志想擊破于珍的邏輯。

「好吧就算那賤人真是個聖人守秘密到現在，在病床上還不是都說了出來，快死的人說的話又特別讓人相信！這用心多毒啊，為了讓兒子在她死後有個大靠山就這麼不要臉！我不會讓她得逞！老公是我的，誰也別想搶去！」

他不知于珍有沒有意識到自己的話有多自相矛盾，一會兒認定程漢的私生子身分無可疑，一會兒認為是冒牌的；一會兒認定翁玉恆還能活個十年八年，一會兒又認為她是瀕死的人。可想而知她六神無主的程度，但他自己也心裡亂得很，沒心思在這些問題上跟她糾纏。

他竭力回想那天在醫院裡與黃景嶽的對話內容，但那天談了太多了，只記得黃說過：「結婚沒多久我就發覺跟你姑姐性格不合」，此外也說過：「離開她只有多傷害一個人」，此外還披露了姦污的事——

一平豁然明白，為何他與于珍對事情的理解有分歧。因為于珍不知有過姦污的事，因此將丈夫的行為理解為舊情未斷或舊情復燃，而他因為知道姦污的事，因此從一開始便理解為贖罪、補償。可是不管哪種看法都有可能流於片面，因為誰能保證贖罪不會演變成舊情復燃，又或者不是因為舊情未斷所以想贖罪？就連黃景嶽自己也未必清楚界線的起點和終點——

他無法向于珍說明這種種，便用過去式說：「就算他們曾經有過感情，也是以前的事了……」不料卻觸動了另一次爆發。

「感情？那是愛情！是愛情呀！」于珍低嘶，要瞪裂眼眶一般瞪著眼，一平還真怕她爆血管。「他沒有愛過我，他愛的是那狐狸精！不是一年兩年呀，是幾十年呀！為了那賤人他想老婆孩子都不要了，祖宗基業都不要了！活該他的心肝寶貝得這麼個病，是老天爺有眼，是她勾人老公的報應！我恨不得那賤人慢點死！死得慘些痛些！哪天看見她躺進了棺材，我要掐住她的脖子往她臉上吐口水才解恨！」赤裸裸的怨毒形於色。

一平情急地越過桌面握她的手，也不知是想撫慰她還是制止她說下去，那骨棱棱的手凍得不帶人氣。

這一急倒急出個靈感來：「如果真像你說的，姑丈心裡只有那女人，他大可以一早就跟你離婚跟那女人在一起，為甚麼他沒有這麼做？為甚麼他選擇跟你在一起而且在一起這麼多年？」

似乎這幾句話奏了效，至少于珍做點別的事比如用桌上的小蠟燭點菸。燭光映著的臉是個老女人的，所有她花錢花力氣維持的年輕，全被這一個打擊毀掉了。他趁這空檔招手叫服務員給她點了杯熱飲。

于珍吐著煙圈，承接上文道：「你姑丈愛面子，他知我可以把他整得很慘，他有痛腳[4]在我手裡所以他不敢。」

一平挫敗無言的片刻，服務員端來他叫的熱咖啡，他加了大量的糖和奶，于珍雙手掬住杯身咕嘟喝了下去，喘口氣又說：「是的，我怎麼沒想到？我還是可以把他整得很慘，他們黃家列祖列宗的蘇州臭史多的是，他那死鬼老爸在淪陷時期跟日本人做生意發國難財，死鬼老母用傳譯官的身分做晃子跟多少高官睡過，不然你以為她的五國語言哪裡學的？這些見不得光的事，只要我張嘴跟哪個記者抖出那麼一丁點兒，看你姑丈怎麼丟臉去！」

「可是這樣好嗎？這樣一來你跟姑丈……」

「那就撕破臉吧。反正你姑丈也不會放過我，他早就預備了一手，我在他抽屜還找到個檔案，全是我這些年的病歷、藥單、看醫生的資料，想起來每次他都一定記得問我要，說是關心我想跟進我的進度。現在想來都是有預謀的，我看過的那些醫生，只要找任何一個開個證明說我是瘋子、神經病，就可以申請把我關起來。配偶有權的。慢慢再想辦法向法庭申請推翻以前的協議，我的所有東西他都可以拿走！你以為他做不出來？你以為你姑丈是善類？

他上海租界長大的，跑過江湖做過走私，甚麼場面沒見過？殺過人也不一定的！但我可也不怕他，他要拚我就跟他拚了，不能好來好去就同歸於盡！」

看來這回真是鬧大了。他沒看見過于珍這個樣子，沒聽見過她說這樣的話。但是也不能說于珍的顧慮全無根據。僅僅是于珍此刻這副瘋言瘋語歇斯底里的狀態，要說服任何人她是個精神有問題的人不是太難的事。早知如此當初該讓她待在瑞士，不該把她從瑞士叫回來。

忽然他又有個主意，這回他確信是個好主意。

「你看這樣好不好？到長沙住些日子？我跟媽商量，叫她整理出個房間。她不會不願意。今晚先好好給姑丈過個生日，明天我來陪你去長沙，住些日子散散心。」

他目注于珍暗禱，看到她心動、考量，最後拍拍他手背說：「你別介入，我不想你介入，也不想大嫂介入。」

「姑姐……」那一刻他幾乎說了，幾乎就告訴于珍黃翁「重逢」背後的真相，而他可以證明黃景嶽這些年確實沒有去找過翁玉恆，因此他沒有違背信諾。

于珍反倒安慰起他來：「你姑姐不是站著挨打的人，我有辦法對付你姑丈。」

她叫侍應埋單，取出粉盒補粉，彷彿修補壞掉的面具。「我先回去，你等一會再過去，不能讓他們知道我們見過面，知道嗎？」

她又是好人一個，披上皮草走了。

一平獨自坐在那裡，剛剛那一場經歷的重量壓住了他。先前因過分聚精會神沒注意，周圍許多桌子都空了，重新擺上燭台、聖誕裝飾與晚餐餐具，就像置身的劇場換了個佈景。荒誕煽情的鬧劇演完了，接下來的燭光晚餐戲沒他的份。

早上出門前就與金鑽約好了壽禮由他買，因此離開餐廳後去附近商場的酒莊買了瓶茅台。之後那段搭火車、地鐵、巴士、小巴的路程，看著這城市的初冬天色從半黑成了全黑，他感覺那外面的黑夜也來到了他心裡。倘若時光倒流讓他可以改變點甚麼，他但願那天不曾在醫院見到程漢，不曾跟蹤他去到那個女病房，不曾因為與黃景嶽的一時投契而冒失促成他與翁玉恆的重逢——

是他造成的，于珍陷入這痛苦深淵是他造成的。

4

一平去到黃家，看到金鑽在大柵外面等著他，一顆心便提了上來，以為又發生了甚麼事。

金鑽一見到他便快步迎來：「你別進去，阿漢在裡面，跟他的女朋友。」

原來她等在門口是要攔截他。

一平打個突[5]。「他怎麼來了？」

「他知道爸爸今天做生日來賀壽，你進去就撞個正著！」

一平想了想。「要來的躲不掉。」舉步要進屋。

「不！」金鑽手一伸拉住他，直拉他到離屋子有段距離的一棵樹後，湊到他面前悄聲道：「你們最好別碰頭！」

「為甚麼？」

「家裡現在亂得七國似的。聽銀姐說二媽跟爸爸吵了場厲害的，下午我在辦公室接到爸爸的電話叫我提早來，有話要跟我和哥哥說，但我得先去接小龍放學，來到發現阿漢已經來了，我看爸爸要談的事跟他有關，等我先了解情況，這時候你別攪進來了。」

一平一聽就瞭然。于珍黃景嶽吵了那一架之後，夫妻倆都各自有行動。于珍約他在沙田見面，黃景嶽則緊急召見兒女。他唯一能想到的召見理由，是黃景嶽決定公佈程漢的私生子身世，讓兒女從他口中得知，好過從于珍口中，趁于珍還沒把事情鬧大向兒女做個交代。說不定程漢也是他叫來的，而金鑽因為來晚了尚未知程漢身世的詳情。倘若真是這樣，于珍的恐懼便不是毫無根據，黃景嶽有可能真的是在考慮跟她攤牌談離婚。

他該預見事情一旦爆發必定火燎原似的，因為人的情感本就是火一般的。他慶幸樹蔭裡暗，不用擔心自己的詫異表情不夠逼真，因而暴露他已然知情。

「我不是更應該留下幫忙？」其實他是掛慮于珍，怕再有一次大吵。

「我就是要你幫忙，我想你帶小龍走，你不是怕他跟阿漢碰頭嗎？」

「都已經碰上了，帶他走不是太遲了？」

「你不介意他們相處？剛剛阿漢教他李小龍功夫呢，還說待會兒帶他騎電單車遊車河，你都覺得沒關係？」

當然有關係，這是他一直不希望發生的事。可是一旦發生了，他發覺自己不是想像中那麼不能忍受，也許因為久已有了思想準備。

「這會兒爸爸跟哥哥在書房裡不知講甚麼，我聽見吵架聲，我不想小龍看見這些。」

倒是這個考慮比較合他心意，夫妻倆平日有爭執都是避免在小孩面前。而靜堯與養父起爭執，會是因為知道了程漢的身世嗎？突然殺出個與黃景嶽有血緣關係的私生子，身為養子的他想必會有各種的想法吧。

「看見姑姐沒有？」他問。

「銀姐說她出去一下午不知去哪裡，一回來把自己關在房裡，晚飯甚麼的全沒管。」

「至少讓我跟姑丈賀個壽。」

「不用了，我會跟他說小龍感冒不舒服要趕緊回家，反正今晚這頓飯也未必吃得成。」

樹影深深裡對視，她眼神裡有一百句話。「也許是我神經過敏，看見他摸小龍的頭就全身毛管豎……」

「我明白。」

他把茅台交給金鑽，留在原地等她帶小龍來。他看著她進屋，有個衝動衝進去跟程漢面對面，想著會是怎樣的一場會面。是握手言和，還是仇人見面？捱打之仇他早已淡忘，卻不知對方有沒有忘記被炒魷魚之仇？然而他當然應先顧及金鑽和小龍的利益。

不一會，金鑽一手牽兒子一手提書包從裡面出來，小龍鼓著腮幫一副不情願狀，投訴說媽媽不讓他騎程叔叔的電單車，直到一平應他所求帶他到太平館吃西餐才有了笑容。回到家裡他督促兒子洗澡，陪他看完《歡樂今宵》又看了一會超人漫畫，看著他上床睡了才回到客廳打電話到山頂，問金鑽那邊是甚麼情形。

「還好，剛吃過飯。」金鑽的回答很含混。

「姑姐跟姑丈都沒事？」

「沒事，都回房休息了。」

「那你怎麼還不回來？」

「回家說好嗎？電話裡說不好。」

「沒事就快點回來。」

「知道了，別等門。」便掛線。

金鑽的態度讓他覺得自己的猜測沒錯，她該是已知程漢的身世了。儘管她叫他別等門，他還是延捱著不睡等她回來。改卷子改到睏倦，起來走到小露台上抽菸吹風，看到一勾斜月顫危危低懸，底下是深水埗的萬戶千門。如今也只有這深宵才能享有這份寧謐，若深巷裡傳來一兩聲小販的叫賣，他會想起小時候的深水埗。這幾年高樓越起越多越建越高，那些一柱擎天的建築改變了地貌，叫賣聲也早已聽不見了。

金鑽說了很久想遷離這區，找個有傭人房的大點的房子，以便僱個全職住家女傭。夫妻倆在這問題上長期拉鋸，一個認為小孩自小有傭人服侍會養成少爺脾氣，一個只求有人全職代做家務代管小孩讓她可以專心事業。金鑽不理他自顧自聯絡經紀看房子，卻遇上黃景嶽說要解散公司，前途未定便暫時擱置。這會兒從這七樓俯瞰這荒涼夜景，他覺得也許是時候離開這裡，反正他和父母一起生活過的那個深水埗已經不存在了。

他終於去睡，床褥一陣波動才知金鑽回來了。幾點了？他呢喃。

不好意思吵醒你，睡吧。他聽見金鑽說。

剛洗澡過的沐浴露芳香是他熟悉的。不用看床頭鐘，窗外那勾月牙的位置告訴他已經是下半夜。想她是累了，很快便聽見細若游絲的鼻鼾，只好帶著滿腹疑問重入睡鄉。

5

他在睡夢中見到父親，在長沙海邊，還是他生病前的姿態樣貌。他是個少年，與父親同行於海邊，手裡握著本書講著甚麼數學理論講得興高采烈指手劃腳。是烏雲滾動的陰晦天，他衣裳單薄但不覺冷。他很快樂，因父親在他身邊而感到溫暖安適。

少年回頭看父親，想看他對自己的陳述是否滿意，但父親默默望海，臉瘦如鶴。忽然他知道這是死去多時的父親，是再也聽不見他說話的父親，而他不再是少年而是成年的自己。就在他意識這一點時他發覺他是一個人，海灘上只他一人，大風捲起了沙，他想叫，叫不出聲，一大群烏鴉呱呱呱從他頭頂飛過——

不知哪來的刺耳聒噪的聲音響個不停。他掙扎想回到夢裡找父親，但他醒了，客廳的電話在響，噹啷啷噹啷啷火警鐘般。金鑽背向他仍睡得沉，他翻身下床，光著腳板跑到客廳接電話。

天剛濛濛亮，滿廳漾著淡白的晨曦。他懷著疑懼拿起話筒。

「我在醫院。」靜堯說。「爸爸出了事。在泳池裡找到他，已經遲了。」

註釋

1 地牢，指地下室。

2 撐枱腳，意指夫妻或情侶一起進餐。

3 打聾通，聾人溝通的簡寫，意指暗地裡不作聲色地跟對方溝通。這裡為串謀之意。

4 痛腳，把柄。

5 打個突，遇上意想不到的事物，而不知所措，不如何應對的感受。

第七章

1

時間還早沒多少交通，整條公路都是他們的。但一平寧可塞車，讓金鑽開不了那麼快。他不好提醒她危險駕駛沒有用，靜堯在電話上說得明白，救護人員到場施救無效，送到醫院已經不治。

前一晚的月牙猶在，在初藍的天際像個淡淡的指甲印。卻是少一個人看見它了——這樣一個感想掠過一平腦海。

上回見面是甚麼時候？他費了點力氣才想起是兩個禮拜前去參觀靜堯的新店、而小龍跟靜堯去了紘蒂家的派對、因此沒跟他和金鑽去山頂的那晚。結果當晚的晚餐誰也沒吃好。他和金鑽本就吵了架，于珍一味拿翁玉恆做話題奚落丈夫又猛喝酒，黃景嶽吃到一半便找個藉口離開飯桌回書房，銀姐特為小少爺做的煎牛扒誰也沒吃完。臨走他到書房告辭，老人家正喝悶酒喝得臉通紅，一定要他進房間看他在養的紅嘴相思——

他覺得自己完全是依賴身體腦子的自動駕駛功能來應付一切，被動地隨著事件轉，驚魂未定以死者家屬身分親歷著曾經在新聞片或電影見過的突發事故現場種種。先是在醫院大堂看見眼睛哭得紅紅的全伯，從他那裡得知于珍因激動過甚由銀姐娜拉先陪她回家了，歐陽醫生也已接到通知會到家裡看她；隨即看見靜堯，在跟一個醫生講話；最後在急症室一個用布簾隔開的小隔間裡看見了黃景嶽的遺體。一平的第一個感覺是不能相信，不能相信躺在那裡的人便是自己認識的那個人，那麼瘦小蒼老，像個體重輕十磅又老十歲的人，完全寂然的神情變得毫無內容，血色退去的臉卻光潔透明如同羊脂白玉。金鑽伏在遺體上哭而他只是呆立，腦震盪狀態的思想空白著。

靜堯突然出現拉他到一邊講話，說因為是非自然死亡，院方依程序報了警，稍後會有警察來錄口供，說不定還會到山頂蒐證。

「蒐證？」他訝問。

「我看只是例行公事，確認一下沒有可疑。」

聽見「可疑」二字，一平更覺得像是進入了迷離時空。

已經有駐醫院的記者收到風聲來問東問西，靜堯又說。他已經跟全伯銀姐都溝通好，說甚麼、怎樣說，不管是對警察對記者都大家要口徑一致，昨夜的家庭風波就不必提了。靜堯給的理由是保護隱私，家庭裡的事保留在家裡就好，不然只會使事情變複雜。

一平說不出甚麼意見便只是唯諾。以身分論他沒有發言權，他知道靜堯也不是徵求他同意，何況昨晚自己並不在場，除了知道程漢曾到訪賀壽外並不知其他詳情。他慶幸有這麼個頭腦清醒的人為黃家主持大局，也幸好靜堯昨晚壽筵上酒喝多了，不想醉駕便沒有開車下山，因此是在山上過的夜，可以第一時間危機處理。而他完全做到鎮定自持，只是微有哀容而已。

事故就此進入制度化流程。遺體被移送至停屍間。快到中午才有警務人員到場，向最先發現事故的全伯錄了基本口供，通知案件將被送交死因裁判官，由裁判官決定是否委託法醫剖驗，完成剖驗之後才能領屍辦喪事，期間會有警方人員隨時聯絡跟進。之後大家分頭各忙各的，靜堯要去通知未來岳家，金鑽也要回公司料理善後以及據說已在辦公大樓等候採訪的傳媒。

一平照舊回學校，放學後上山頂看于珍。上山的那程小巴上他聽見了車上的收音機新聞廣播：「今晨港島一所半山住宅發生罕見泳池遇溺事件，死者為七十歲姓黃戶主，由花王從泳池救起時陷昏迷，送院後證實不治，警方暫列作有人遇溺案處理。」

一隻大手攫住了一平的心。黃景嶽死了。廣播員專業聲音的報導似乎比任何事物都更有力地說明這是不爭的事實。

回到家裡，只見于太太小龍都在家。早上出發去醫院前他便致電于太太告知噩耗，拜託她去四樓黎太太處接小龍，幫忙接送上下學。于太太見到一平就告訴他說小龍知道外公的事了。與其讓他在電視上看到不如由親人講，她就自作主張跟他說了。一平還沒時間想這事，不由得感激母親體貼地代勞了。

他陪小孩做了一會英文生字的作業，小孩也沒問他甚麼。大人世界裡的事似乎不大影響他，只要有遊戲機玩，有卡通片有漫畫看，有愛吃的零嘴吃，他好像就自給自足。他已忘記自己七歲時腦子想些甚麼、有過甚麼盼望，不知是否也這樣凡事漠然，眼睛是大人們無法洞識的兩個黑白球體，通向大人不可理解的七歲孩童世界。

然而說著臨睡晚安時，小孩抽噎起來了，說「我忘了跟外公講生日快樂。」

一平想起自己也沒說，昨晚他跟小龍看超人漫畫看得忘了時間，也忘了打個電話讓小孩給外公祝壽。

後來他一個人在客廳看夜間新聞。事故被排在本地新聞的第一條，是比小巴上聽見的較詳細的報導。提到是本地老字號珠寶店黃氏珠寶公司的董事長，與太太及四名僱傭同住港島半山該址，昨晚與家人慶祝七十歲壽辰，今晨六時許被花王發現身穿睡衣睡袍浮屍住宅內的花園泳池，警方正調查死因，遺體已交法醫官檢查死因云云，螢幕先後映出山頂黃宅前門、與尖沙嘴黃氏珠寶總店的畫面。

夜深人靜金鑽方回，看到他不開燈坐客廳裡，過來踢掉高跟鞋脫力軟癱他旁邊，一平立刻聞到一股酒氣。

「你喝了酒開車？」他說。

「搭的士回來的。」

「搞甚麼搞到這麼晚？」

「訃聞、喪事、公司的事，多少事要安排，晚飯都在哥哥的辦公室吃的。一整天有記者打電話來，有個問爸爸有沒有留遺書，是不是因為公司財困要結業所以自殺，簡直離譜！」是他完全沒想過的角度，黃家上下基本都認定是失足墜水。

「昨晚究竟發生甚麼事？」

「昨晚……只是昨晚嗎？」金鑽像是恍惚。

一平多少有同感。感覺上昨晚已是那麼久以前，彷彿是一個永恆以前。

但他等她回來就為了問個明白。昨晚她夜歸，而今早一早就接到噩耗電話，夫妻間的這場對話延遲到現在。

金鑽點了支菸提神才說：「我發誓昨晚聽爸爸說我才知，程漢是爸爸的私生子，他跟恆姨的。」

果然他的猜想沒錯。

「是個大笑話不是嗎？那爛仔是我的弟弟！」金鑽猛吸兩口菸又說：「聽他講了半天陳年舊史，說年輕時有段日子很頹喪，做了錯事，之前因情況未明朗所以先認了乾兒子，現在證據確認過了，願意承擔一切後果，左道歉右道歉的……哼道歉有甚麼用！他承擔甚麼了！我寧可他不要告訴我們！我才不要知道他跟誰睡過、跟誰有過孩子！」

聽來餘怒未消，哪怕她父親人都不在了。

「也許他希望你們從他口中聽到，好過從姑姐那裡。」

她扭頭看他，掂量他的這句話。

「你都知道了？」

「我昨天下午見過姑姐，她約我見面，都告訴我了。」

金鑽回來之前他便決定了，事到如今已無保密的必要。

金鑽聽了他的簡述之後說：「也難怪二媽生氣，爸爸做得太過分了。」

這是一平第一次聽到金鑽站在于珍這邊。

「其實她白擔心，爸爸不會跟她離婚，恆姨活不了多久。」

當然離不離婚的問題不復存在了。

「姑姐提到一封信，你看到了嗎？」

「爸爸叫阿漢到家裡來就是叫他帶原件來，恆姨發現懷孕時寫給她先生程楚山的。通篇『對不起』、『我不好』的，說甚麼自己不守婦德跟第三者有了骨肉，一直想要孩子想留下這孩子，提出離婚。我簡直不相信！原來恆姨也想過做黃家的少奶奶，程楚山沒答應離婚她才做不成罷了，我想他是怕離了婚恆姨就不養他了，那男人沒甚麼工作能力的。」

「想離婚，也未必是想做黃家的少奶奶。」一平道。

「你倒知道！」金鑽瞅他一眼。

「我只是想，起碼這些年，她沒有利用兒子的身世來得好處。」

「你怎麼知沒有？我已經不知甚麼是真甚麼是假！哥哥當場炸了，說信可以偽造，但恆姨的字我認得。當時她先生在石壁水塘做地盤工，信封面有公司代收信件的印鑑，回郵地址上有個深水埗郵局的日期郵戳，那時恆姨的家在深水埗。想起來我真是信錯了她！跟主子有了孩子，還厚著臉皮在黃家待那麼多年，口口聲聲要服侍阿嫲到她終老，不就是為了分她的遺產！」竟是對翁玉恆完全倒戈。

這是因為她不知姦污的事，一平想。一個父親是不會願意在兒女面前承認這樣的醜行的。金鑽單憑主觀詮釋，對整件事的理解自然有誤差。何況她與程漢鑄成大錯而有了小孩，翁玉恆多少有責任，是因為她保密兒子的身世而間接導致的，因此金鑽懷恨翁玉恆也是情有可原。

「程漢一直不知自己的身世嗎？怎麼現在才把信拿出來？」

「阿漢的說法是恆姨住院的時候想整理舊信，叫他到她家去拿，他在父親的遺物裡無意中發現那封信，拿去問恆姨才知身世，反正他是這麼說。」

一平再次回想醫院裡與黃景嶽的那次對話，按黃的敘事推想，翁玉恆該是向黃老太太請長假之後發現懷孕、利用長假期生下小孩，對外謊稱是程楚山的。也許出於被姦污的羞愧，於是寫信向丈夫坦承並提出離婚。程楚山保留了信，是希望留一絲線索讓養子去發現嗎？給他留一線轉機，讓他有天可憑信與生父相認？又或許是他尚未決定如何處理，便因地盤意外猝死。可惜如今已不可能知道程楚山的真正心情。

這樣一路想下來，程漢在養父遺物中發現那封信的話是可信的，不然他會早點跑去認生父。

「看來翁玉恆不知她丈夫還留著那封信。」

「那麼阿漢找到信之後，她幹嘛不燒掉或者撕掉？不就是想阿漢得些好處。她真是那麼偉大，那就該守秘密到底。」

「她希望讓兒子知道自己的生父是誰，這也很正常，這是做父母會有的心情。」

這回金鑽不作聲了。

「靜堯跟姑丈吵架是為了這件事？」

「也難怪哥哥覺得不公平，前陣子他有個貸款要還，一時周轉不來想跟爸爸借爸爸不借，這會兒卻又把程漢的事攬上身，幫他還債又幫他去加拿大……」

「去加拿大？」

「我不知道爸爸想怎樣把他們搞過去，阿漢有案底，正常渠道行不通的，多半是先用旅遊簽證過去再想辦法吧。爸爸有個同鄉在那邊開餐館，願意讓阿漢跟他女朋友在他那裡落腳，當然要給些好處。」

「你當然是向著你哥哥。」

「不是我不體諒爸爸，可是他這樣倒水一樣把錢送出去，不是幾十萬是幾百萬呀！二媽撕掉支票的事你知道吧，換了我也會這麼做，公司在清盤中還有貸款未還清呢，哥哥不過是好心提醒爸爸要先顧著這個家。」

這不是一個女兒在談論身故不到一天的亡父時該用的語氣，可是回頭想想便覺得不能深責。突然發現跟一個有血緣關係的人有過關係，而一向視之如母的長輩又是父親的情婦，突又遭喪父之變，想想她實在已飽受刺激，或許她的忿怒正是哀痛的另一面。

至今她未曾提到小龍。也許是故意不提，他覺得反正不急在這一時。在他而言，小龍是個健康的小孩已是不幸中的萬幸。

後來也就沒事了，金鑽說。銀姐開出飯來，黃景嶽把程漢支走了，說有他在于珍不會出來吃飯，程漢倒是聽話的帶著女朋友離開。黃景嶽吃了很多喝了很多，大談中英關係和基本法和彭定康政改方案，席間靜堯宣佈他與紘蒂決定半年後結婚，黃景嶽一高興把那瓶茅台也開了，感慨繫之說了些回顧的話：「事業不算太丟人，家庭也算三代同堂，等靜堯結了婚這個家更熱鬧，我的最後心願是看著阿寶畢業，還想看看九七後的香港——」

金鑽說到這裡掩臉涕泣，「別以為我不內疚，跟爸爸說了那些不客氣的話，我只是為媽媽覺得不值，媽媽在世的時候他就跟恆姨好了，那我媽媽算甚麼？她這樣死在台灣太可憐了……但我走時他還好好的，一個人在書房自斟自飲……」

老人家想是有苦難言吧。突然冒出個私生子來把這個家搞得失去重心，兄妹倆聯合起來對抗老父一定大大傷了老人家的心。也許為了不讓銀姐娜拉白忙一天才勉強打起精神享用生日飯。他自斟自飲了多久？也許一夜不曾好眠，早上晨運時猶自宿醉，不知不覺踱到泳池邊……

一平想著那連串的「如果」。如果于珍與黃景嶽不曾爭吵，如果黃景嶽不曾被迫在這天向兒女交代過去的「愚行」而引起家庭爭執，如果這天不是他的壽辰而他百感交集之下貪杯——

如今基於家醜不外揚的理由，他們要團結起來，服從兄妹倆的指示對外做情節一致的口供：不提黃景嶽與于珍的爭吵，不提程漢曾偕女友來過黃家，不提父親與養子間的爭執。「我們有權保護私隱。」金鑽重申。「要是昨天的事曝了光，想想看會有甚麼後果！你想爸爸會想看見自己的私事給記者亂寫？你知道會被加上甚麼樣的標題？前管家私生子、爭風吃醋、財困！記者會在門口等，我們像嫌犯似的東躲西藏。二媽已經打擊很大了，你想她受得了嗎？」

一平忍住不譏刺她說她幾時關心過于珍，恐怕是擔心于珍在媒體前亂說話多一些。當然他自己也不是沒有這個擔心。昨天下午他人在沙田與于珍私會，這件事便不是他想張揚的。因此他其實別無選擇，為了保護于珍他非與兄妹倆聯盟不可，與他們對立只會傷害到于珍。

聖誕元旦假便在這件事的陰影下度過。不論是靜堯的封嘴策略奏效，還是蘭桂坊除夕倒數夜的人踩人事故搶去了風頭，除事發當天幾份報紙的社會版有個小段落略作報導，整件事就像那張荷蘭名畫〈伊卡魯斯墜水之風景畫〉裡所描述的伊卡魯斯墜水情景，人們各自忙活的尋常日子，沒有人注意平靜水面曾經綻起一朵不起眼的水花。

一週後才有一張大報的經濟版用較長篇幅專題報導略述黃景嶽的生平與成就，追溯黃家祖先的傳奇史，由此引申到施黃兩家的瓜葛等。金鑽笑說「是沾了施家的光」，也的確內容側重於黃靜堯與施紘蒂的羅曼史與馬拉松婚約，扯上黃靜堯在地產界奇蹟般的崛起、養父養子不和的傳聞，此後只有八卦週刊偶爾報導紘蒂的消息時才附帶一筆提到。剖驗報告並沒有驚人的結果，因此只有一兩份報紙有跟進。

出殯那天下陣雨。一平醒來時金鑽已經出門，提早到靈堂打點。他躺在床上聽雨的淅瀝、雨天交通的低吟、于太太哄小龍吃早餐的聲息。烤多士香熱牛奶香讓他肚子咕咕響。衣櫃外面掛著前一晚金鑽替他準備好的深色西裝和白襯衫，暗藍暗綠菱形格圖案的領帶是他三十歲生日金鑽送他的禮物。他起身梳洗穿衣，繫領帶，在全身鏡裡看了看自己，無端的有種怪異感，彷彿鏡裡的人不是他，是個酷肖他的兄弟在模仿他，又或是他在模仿酷肖他的兄弟。

殯儀館前水洩不通，計程車在距離門口稍遠把他們放下，三個人擠到一把傘下走。各色房車接連載客到場，黑衣肅容的人們從車裡下來，由助手撐傘護送入靈堂。弔唁花牌連綿不絕從靈堂堆到了行人道邊。

于珍遲遲未至，于太太囑他去門口等著，萬一需要幫忙撐個傘甚麼的。他便走到了街上，倒趕上太陽露了臉，淡澄的光落在馬路心，等了一會不見蹤影，便信腳踱到附近花店，主要都是白菊黃菊白玫瑰馬蹄蓮一類的喪禮花，一地碎花碎葉被行人踩成了渣，經雨一洗，散發著甜腐的氣味。一個十五六歲的少女蹲在店前地上，兩頰的蘋果肌凍得通紅，戴手套的手熟練地將白菊除枝去葉，見他看花便笑笑，雙手依舊忙個不停。

「你好忙。」一平道。

「年頭特別忙。」少女笑出兩個小酒渦。

「天氣冷，怎麼在這外頭工作？」

「外頭涼爽，今天天氣特別舒服。」

「送殯的好天氣。」一平講了個感想。

「你送誰？」少女問得直率。

「我岳父。」

女孩哦一聲笑道：「是不是花牌最多那個？好多都是跟我們這裡訂的。」

「的確很多花牌。」

「你岳父很有名啊，好多大名鼎鼎的名字，有明星有官。」

「他是生意人，本人不有名，只是認識很多人。」

「那麼他一定是很好的人。」少女一臉天真。

「看你問誰吧。」一平道。

花。

菊花剛一弄好便有人搬走，又送來一籃白花，小朵密生，香氣清新。他問女孩是甚麼花。

「丁香。」她說。「這季節很少有，有客人要我們才訂。」

一平只是看著那花。

「你想要？」少女看看他。

「有客人訂了不方便吧。」

「有多的。」少女隨手捆了一束給他，他堅持付錢才肯收十塊。

一平道了謝，拿著花往回走，想著靈堂上多擺一束花該不算犯規，算是他自己對逝者的心意。這時天又嘩啦啦下起了雨，正走著便看見阿材開著那輛丹拿在殯儀館前停靠，西裝筆挺的全伯從前面下車，跑去後座開車門，阿材下車開了另一邊的門。于珍、銀姐、娜拉相繼下車，全是黑衣黑裙。最後下來個短髮纖瘦少女，在雨傘佈成的傘陣裡只見到個不完整的背影。他知道是寶鑽，因為只能是她。她長大了那麼多，倘若是在別的場合，他一定不會認得她了。

2

吃過英雄宴全體回山頂。靜堯訂了當晚在麒麟金閣為寶鑽接風，索性全都回山頂稍歇再出發。

寶鑽回來好幾天了，卻是這天才兄妹幾人湊到一塊，一到山頂便三個人跑到黃景嶽的書房關起門來不知商量甚麼。于太太照顧小龍午睡後回到客廳與于珍聊家常。喪事期間一直依賴鎮靜劑支撐的于珍在喪禮上表現得體，是一個未亡人在公眾場合有權表現的適度的眼淚跟傷心。姨嫂倆聊了一會便各自回房歇息。

一平落了單，信步至園中。雨早停了，但滿園花木仍在滴水，從枝下走過只覺淅瀝有雨。他每次來都覺得這庭園又荒蕪了些。他心戚戚的，無端想到這房子初建成時，想必也曾蓬勃一時熱鬧一時，想必人們也對它有過期盼有過憧憬。它始終沒有成為人丁興旺子孫繁衍生息之地。它的歷史貧乏蒼涼，短暫的興盛之後是漫長的凋零，往後它只會一天天的黯淡下去荒蕪下去，住在裡面的人一天天蒼老下去。

泳池邊，全伯正雙手執著撈網打撈水面的甚麼。

「下過雨全是蟲屍。」全伯略作說明。

「聽姑姐說你下個月走。」

「我早該走了，眼不好又風濕痛，老爺留我才沒走。」

「還不知你今年貴庚？」

「七十三，比老爺虛長幾歲，照理他比我長命，結果我先送老爺走。」

這兩年他鬍鬚全白了，笑紋加深，眼有紅筋，原來喜氣的臉變得有些苦。

「姪少爺你是讀書人，你信命嗎？你說有因果報應這回事嗎？」

一平被問住，想了想說：「我媽會說冥冥中有定數，也許我從前相信過，可是現在我覺得一點意義都沒有。」

「我一直想，是不是我有錯。」全伯搖著剃平的頭。

「怎麼會？你已經盡了力。」

「本來每年這時候，這個池已經排空了水，今年水泵壞了一個又一個，我去跟老爺說要換新的了，但老爺說先別換了，讓它去吧，我就沒理……通常要是這泳池排了水，我會在周圍豎起欄杆……」

「姑丈為甚麼不想換水泵？」

「他說不想在這泳池上再花錢，想好怎樣處理它再說。」

「這是他的決定，你沒有錯。」

老人的痛悔感動了他，似乎比自己這代的任何一個後代都深切。

「你退休後有甚麼打算？」

「我那嫁到深圳的女兒說接我過去。」

「那很好，是時候你該同親人過。」

「姪少爺你多保重。」

「你也是。」

一平離開了池邊，原是打算回屋裡，臨時改了主意折向屋後花園。鳳凰木結滿纍纍的豆莢，樹下的布布的墳久已失修，雜草叢生滿地枯葉，那塊充當墳碑的木牌早已不知去向。

一縷淡淡菸草香引領他一路尋去，看到樹的另一邊，寶鑽坐在一截橫臥的斷樹上，正吸菸眺遠，聽見腳步聲回頭笑笑道：「我猜到是你，信不信？」

「剛剛在那邊跟全伯聊了兩句，他下個月走。」

「他不走也只是白支人工，你看這周圍，一點沒打理。」主子批評偷懶員工的聲口。

他微頓。「你們事情談完了？」

「跟他們有甚麼好談。」

敵視的語氣令他一怔。

「你剛回來，大家都需要時間。」

「你找姊姊嗎？她跟哥哥在書房整理爸爸的文件，大概想看看爸爸有沒有甚麼寶貝藏起來吧。」

「我不是找她。」他說。

「不好意思，我說話太直了是不是？這脾氣總是改不掉。」

「幸好你沒改，不然我更要認不得你了。」他帶笑道。

「我想像過很多次再見到你會是怎樣的，沒想到是爸爸的喪禮。」

「你要是想一個人靜靜，我可以走。」

「隨便你。」冷冷一抬眼。

他其實是失措，可是怕她誤解又未忍即離。如果世上有所謂陌生的熟人，或者熟識的陌生人，也許他和寶鑽便是最好的例子。他不知他期待個怎樣的寶鑽回來，只知不是眼前這女孩。不是這個耳翼穿釘、菸不離手、短髮參差像個龐克男生、牙尖嘴利得厲害的古怪女孩。

不是的。

「看見牠沒有?」寶鑽說,眼睛望著前面的樹。

「看見甚麼?」

「爸爸那隻鳥,我剛剛把牠放了,看見牠飛向那邊。」她向前指指。

「你找牠幹甚麼?你放牠不就是想牠飛走?」

「你想牠能活嗎?」

「至少一段時間。」

她把菸頭丟到地上踩熄,起來向海的方向走。好像太白然了他過去與她並肩走,兩人緩緩踱過濕草地一直走到圍欄處。青灰的天空像塊玻璃橫在前方,四面山色逼近眼前,雨後分外青翠。倚欄遠眺,浩浩陽光裡的海灣是種銀藍,風從那上面吹來,她的一頭碎短髮被吹得椏杈豎起,只看側臉像個十五六歲清秀男生。

十年的空白,欲說無從,他問她甚麼時候回瑞士。

「先陪媽媽一段時間,反正五年內隨時可以回去讀完學分。」

「外國的生活怎樣?還喜歡嗎?」

「有甚麼好喜歡的。」

「有沒有交到好朋友?」

「我不交朋友的。」

這回答很乾脆。他不知真是這樣,還是她只是這麼說。

「你呢平哥哥，這些年過得好？快樂家庭？」

普通的久別的人會問的話，由她問來只覺不一樣。

在她澄亮目光的逼視下，他發覺撒不了謊，然而甚麼是真話？

「生活有起伏，過得下去就可以。」學她一樣帶著笑，淡化氣氛。

「聽起來好認命。」

「認命沒甚麼不好，往往也只能這樣。」

「不是我不想交朋友，」她回應之前他的問題。「可是整個生活圍繞著怎樣應付媽媽的動不動就來一次的狀況有點難度。怎樣當有人說你媽是神經病時只是笑笑、等那人落單再教訓他但要懂得避要害；怎樣當心理醫生說你媽是抑鬱兼焦慮兼人格失調兼濫藥濫酒時只是笑笑、不睡覺在她床邊打地鋪怕她萬一仰藥；怎樣假裝一切很正常、假裝跟自己的母親一起生活再幸福不過……」

「情況有這麼壞？」他訝然。

「你以為是怎樣的？很美滿很甜蜜？假日去郊遊去的士高？媽媽很照顧我給我很多母愛？你是不是想聽見這些？」始終帶笑。

他的確有點以為是那樣，以為外國高等學府裡唸書的家境優裕的學生理所當然便是無憂無慮，忘記了即使是正常家庭的孩子，青少年期也是煩惱最多的時候。何況寶鑽有個情緒常在不穩定邊緣的母親。他一直以為于珍長期居住外國是為了陪伴守護女兒，看來是寶鑽守護她多一些。

「媽媽都告訴我了，爸爸和恆姨的事。」

他很難相信于珍會告訴女兒一個不經染色的版本，基於一種模糊的保護逝者形象的用心，他說：「姑姐認為姑丈一直背著她和翁玉恆交往，想和她離婚娶翁玉恆，但據我所知不是這樣。」

「我寧可媽媽的懷疑沒錯，寧可這些年爸爸一直跟恆姨在交往，這樣至少我知道爸爸的生活裡有過快樂，有個人真心愛過他。」

這女孩又一次令他驚訝，看來將許多事情錯誤詮釋的人是他。

「不管怎樣，姑姐現在就你一個了，恐怕以後更加離不開你。」

好一會不聽見她說話，及至看見她眼裡有淚花轉才知她不說話是因為在忍淚。

「對不起，是不是我說太多了？」

便又聽見她說：「我不過生自己的氣。我沒待爸爸好過，很多年我怪他偏心，把我跟媽媽送到外國眼不見為淨。去年有陣子媽媽天天打電話跟我哭，說爸爸要跟她離婚，我受不了她這樣，明明都沒意思了還要死抓著不放。我說你們活該，這個婚本來就不該結，我這樣說是不是很差勁？」

「你不過說你的感受，」他說。

「爸爸出院之後有天打電話來跟我講了很多，說對不起，考慮了很久不得不關掉公司，其實很想保住它讓我回來發揮所長，又說一生做了很多錯事，但是從來沒有不愛我過，很抱歉因為跟媽媽不和讓我受苦，臨掛線他說好好唸完書回來陪爸爸，只要爸爸在的一天都會幫你……為甚麼總是來不及？事情總是來得太快？」

他因為沒有答案所以無語，也怕話說出來被當成答案。

忽然他就懂了，為甚麼對這女孩依然感到一種無法形容的親切。在她所有的憤世者的尖酸刻薄和倔強武裝的底下，骨子裡她依然是那個天真又真性情的十二歲小女孩。

「我希望發生得很快，我希望爸爸沒有痛苦。」

「剖驗報告說是墮水引發心臟病發，我想該是很快吧。」儘管他覺得不會沒有痛苦。

「爸爸怎會走到泳池邊的？我想不通，他從來不游泳。」

「他前一晚喝了酒，又一早起來晨運，也難說。」

圍欄燈突然亮了，是自動照明系統啟動。突如其來的亮光讓兩人一驚，像被凍結在車頭燈裡無所遁形的動物。

「很高興再見到你，阿寶。」他說。

不先走他會不想走。一個人越過忽然覺得好大好寂寥的草坪。

3

生者的年月在忙中繼續。新學期一平正式獲委任為校內的數學部主任。靜堯放掉淺水灣豪宅遷入紘蒂的中環寓所，另一方面繼續他的多元發展大計，高調宣傳與四海金曦合作的廣東南海大型住宅村項目。金鑽在靜堯的遊說下加盟金銀島任職行銷經理，雄心勃勃銳意改革，與瑞典設計師霍姆合作重新打造品牌，去世界各地參加展銷會做推廣。寶鑽則遲遲未回瑞士，與母親在山頂大宅相依，過著據說是不斷謝絕追求者的日子。

宣讀遺囑那天一平缺席，事後才從金鑽那裡聽說經過。所有動產與不動產分為香港與海外兩部分。香港部分的所有資產包括銀行戶口現金、寫字樓物業、黃氏企業名下的資產包括內地廠房等，由金鑽與靜堯均分。由於遺囑是在兩年前更新的，而黃氏珠寶當時尚在營運並且佔香港資產總值的頗大比例，受其結業影響，這一部分等於整個縮小了。海外部分包括所有海外物業及戶口現金則歸寶鑽，卻是要等她滿二十五歲那年才能繼承，條件是奉養母親至終老。其他就是一些瑣碎末項，如字畫骨董由靜堯跟姊妹倆協商按件數均分、書籍文獻等歸一平、小龍則繼承由信託公司獨立監管的一筆基金直至大學畢業，全伯銀姐均獲贈優厚長期服務金。

然而山頂物業才是眾所注目的焦點。當大家發現原來這物業一直是在于珍的名下，就像一直期待的禮物打開之後發現是個空盒子。

「哥哥黑了臉，一聲不響起身走了。」——金鑽這樣形容靜堯的拂袖而去。

五月初，施紘蒂在九龍塘的婚紗店試婚紗被拍到照片，秘密籌辦婚禮的事曝光，面對記者追問時的回答十分得體：「未來家公生前一再表示希望我們早日完婚，很遺憾他老人家不在了。中國人有守喪的習俗，但我們考慮過後決定不延期，算是給他老人家在天之靈的一點安慰吧。」

暑假初一個早上，一平正要與小龍出門去海洋公園，卻接到寶鑽的電話約他和金鑽去打網球。「哥哥的球局，」她聲明。

一平解釋說正要出門去海洋公園。「你姊姊不舒服，今天也去不了打球。」

「那我能參加嗎？我還沒去過海洋公園。」寶鑽說。

「你不是約了打球？」

「不要緊呀，少我一個無所謂。」

一平自然不能說不許她去，約她在中環天星碼頭小巴站。正歪在沙發上看電視的金鑽聽見了對話，懶懶說：「你們吃了晚飯再回來，我不煮了。」

「到時給你電話，一塊吃吧。」

「到時再說。」

一平走去摸摸她的額頭。「真的不來？散散心也許好些？」

「好了長氣，走吧。」起來送父子倆出門口。

突然又叫住他們，說天氣預報說可能有驟雨，一定要一平帶傘。病殃殃挨著門框看著一大一小離去，揮了揮手。

結果是陽光豪放的一天。碼頭的攢動人頭裡看到寶鑽的笑臉，他心中一亮。不過是普通的T恤牛仔褲裝扮，卻是青春逼人。

公園裡遊人如鯽，三個人把機動遊戲玩了個遍，又去看鳥看動物。小龍難得碰到個能跟他做玩伴的大人，坐機動遊戲不喊頭暈，吃零嘴又好胃口，兩個人跑來跑去玩得滿頭大汗，餓了就買各種小吃。之後又去看海豚表演，入口處擁擠，一平習慣地向後一探手牽住小龍，摀著嘴笑。

好一會才感覺不對，是個大人的手，柔若無骨的女子的手。他回過頭來，看到小龍寶鑽兩人

「噢對不住。」連忙鬆手。

寶鑽小龍都爆笑。

看完表演出來，三個人並坐在花圃旁的長椅吃雪糕，寶鑽向小龍說起小時候去荔園玩的事，「你爸打爛我房間的玻璃把我救出去的啊。」

「為甚麼要打爛玻璃？」小孩問。

「我給你外公罰關禁，那個管鑰匙的老巫婆不肯交出鑰匙，你爸一生氣就把露台門砸個大洞，滿地玻璃啊。」

「用甚麼打爛？」

「用張鐵凳，慢吞吞姐手姐腳，我看著都急死了！」

「我哪有姐手姐腳，我是像飛虎隊一樣英明神武從天而降的！」

小龍正嘎嘎笑聽兩人鬥嘴，便聽見有個聲音說：

「甚麼事那麼好笑？講來聽聽。」

一個人濸到他們面前，牛仔褲運動夾克鴨嘴帽，帽簷下的臉是程漢的。

立刻有三種反應同時發生，一平站起相迎，寶鑽板臉，小龍跳起來叫「程叔叔！」

「海豚好看嗎？你知道海威其實是條殺人鯨。」程漢伸手正要摸小龍的頭，一平把他拉回自己身邊。

「你怎麼找來的？」

「我也喜歡看殺人鯨啊。」程漢笑笑，瞄一眼寶鑽：「寶姑娘好久不見，真是女大十八變！怎麼是小姨陪你不是你老婆？」末一句拋向一平，笑個不懷好意的笑。

寶鑽一直在打量程漢身後的女孩，這時候說：「不介紹一下你的女朋友？」

程漢把女孩摟到身邊，「莫綺雯，不是女朋友是太太啦，上個月註了冊。」回頭跟女孩說：「我妹妹，人家可是瑞士留學生，交朋友你是高攀不起的。」

那女孩文靜黑瘦，卻穿著大大的男生衣服，濃眉大眼，尖下巴臉頗俏麗，半長不短的頭髮有一束是染黃的，不言不笑看人。

「借一步說話？」程漢對一平說。

一平知道程漢必是有話急著要說才會專程找來，大庭廣眾也不怕他會怎樣，便向寶鑽笑笑囑她看好小龍。莫綺雯留在原地沒跟來。

兩人走到附近一處有樹蔭的牆角。一平第一次用「黃景嶽私生子」的角度看程漢，發覺那粗眉和臉形確實帶有黃景嶽的輪廓，眼睛與高顴骨是翁玉恆的，還有那種纖細與神經質。不知他現在過著怎樣的生活，人瘦得兩頰無肉，灰啞無光，只一對眼睛炯炯的。

「有個忙想你幫。」他開門見山說。

「甚麼忙？」

「給黃靜堯傳句話。他不接我電話，身邊隨時有兩個保鏢護駕根本近不了身，你跟他講他還欠我一張支票。」

「甚麼支票？」

「契爺……黃老闆……他生前答應我一筆錢，說是給我和阿雯去加拿大用的，去賀壽那天黃老闆本來要把支票給我。」

接下來程漢都用較疏遠的敬稱「黃老闆」，反而聽起來自然些。

結果那晚他到了黃家，他說，黃老闆告訴他說支票開好了但是被他不小心當成廢紙撕了，又剛好是支票簿的最後一張，叫他等幾天，當時在旁的靜堯主動說可以先開張支票墊付，程漢拿了支票離開房間——

「第二天我拿支票到銀行，銀行說接到戶主的截票通知。」

其實程漢剛一提支票的事，一平便猜到是于珍在黃景嶽的書房抽屜發現並撕掉的那張。支票跟支票簿都被于珍毀了，因此黃景嶽無法即時再開一張。而黃一死，靜堯覺得不必兌現便通知銀行截票。所有的情節在腦子裡一串起，他覺得程漢說的是真話。

「支票的事我知道，但抬頭好像是寫你媽的名字？」

「我媽只是替我保管，我到了加拿大她會匯給我。」

多半是怕錢到了他手中，他又回到賭桌上輸掉——一平猜想是這樣。

「這筆錢是給我跟阿雯到加拿大安家用的，還有給擔保人的費用，黃老闆一出事，黃靜堯就變卦截票，他這樣做分明是玩我！」

一平卻另有看法。他認為靜堯主動開支票墊付其實是緩兵之計，根本沒想過付錢。當然這點不必讓程漢知道。

「就算這樣他也沒錯，他有權這麼做。」

「我不管他有權沒權，黃老闆答應我的！」

「就算姑丈答應過你也是口頭的吧，黃靜堯沒有責任要兌現。」

「這個我不管，我要他再開張支票。」

「就算我去跟他說，他可以不認賬。」

「你沒聽見我說話嗎？那兩百萬是我的！」

「你大聲夾惡也沒用！黃靜堯一通電話打到警局告你勒索，你等著回去蹲監牢！」

程漢往地面吐口痰，發兩聲乾笑。「信不信由你，黃靜堯會僱人在哪個後樓梯口放我冷槍但不會報警。他不會想警察近他的身，過問他的事，因為他知自己周身屎，說不定他老子就是他幹掉的！」

「你說甚麼？話不能亂說。」

「那晚兩仔爺在書房吵架我都聽見了，第二天早上黃老闆就出事，你不覺得太巧？推一個有心臟病的老人進泳池有多難？你以為那反骨仔做不出來？」

一平望著程漢，不確定自己在跟一個理智的人說話。

「你沒懷疑過嗎？黃老闆酒量那麼好，就算喝多了睡一晚也就沒事，好端端怎會掉進泳池？」

「黃靜堯犯不著。」一平搖頭。「他不會做這樣的事。」

「黃老闆為甚麼解散公司你知不知？為了毀滅證據，替他兒子掩飾虧空！偽冒簽名做授權書，挪用公款支付旅行社的回扣！」

這又是一枚炸彈。

「你怎麼知道這些？」

「黃老闆跟我媽講的時候被我聽見。你以為錢那麼好賺？那麼奉公守法住得起豪宅開得起藍博堅尼？我敢寫包單黃大少爺早就鋪好後路，哪裡有個保險箱塞滿了現金，要不瑞士或百慕達有個秘密戶口是他的名字。他新開張那間店你去過沒有？幾乎全是做旅行團生意，到廉政公署告他一狀他就一身蟻！」

一平不想相信，但他覺得自己在動搖。本來黃景嶽結束公司的決定就有些突然，也說不定真是另有隱情。可是不管怎樣，他覺得基於程漢的過往行為，以及自己的立場，任何程漢的指控都必須存疑。

「沒證沒據，說甚麼都是假的。」

「你以為他們住豪華大屋身光頸靚就不做壞事？他們家從上面壞到下面，黃大少爺施大小姐都做過我客戶，我大把故事可以講，我不信會沒有記者想聽！」

「甚麼客戶？」一平問。

「那些我在黃家打工時的紅酒派對白酒派對，我是他們的可樂熊，懂了嗎？而我說的可樂可不是那種裝在罐子裡的有氣可樂！幾個月前那個鬼佬鬼節舞會，黃大少爺請了我去，以為我還做這行，我說我沒碰很久了他還不相信！」

「他們叫你去了？」一平想起那晚，為了覺得不該讓小龍去那個派對還跟金鑽吵了架。

內幕一一揭曉，不想相信卻由不得他不信。在紘蒂的中環寓所，不就看見過存放於不鏽鋼盒裡的可卡因？她不也邀自己淺嚐過？原來供貨源是程漢。不想不覺得，但是一經提起便覺得理所當然。一平覺得自己是站在深不見底的黑洞邊緣，只要往前一步便要掉下去。

斜角度陽光把那牆角切成陰陽臉，兩人在陰影那邊，背靠牆，就像兩個老友打牙骹。摸菸包彈出支菸劃火柴點菸的連串動作之後，程漢講起跑港粵線之後生活本已回正軌，卻有舊日兄弟看中他的港粵車牌邀他入夥，他貪賺快錢走過幾趟私貨，有次險些被抓，想抽身不幹，那幫兇神惡煞不放過他，藉口說一批走私菸不翼而飛誣他監守自盜，逼他做車手走私還債。他走投無路，連貨車都賣了也還脫不了身，這時候翁玉恆又病倒，卻是因禍得福遇上黃景嶽，之後才有了轉機。

程漢聳聳肩、不自然笑笑。「說是生父，沒認過我也沒養過我，連他的喪禮也沒我的份……但我當他是恩人。本來機票都買好了，去銀行那天，出來經過電器鋪看見新聞才知出了事。」

語調裡有種天性流露的甚麼令一平看他一眼，也或許只是頓失靠山的徬徨。生金蛋的鵝死了，財源中斷，移民的計畫也泡了湯，一切成了空想。

「我媽這輩子就是想不開，早點讓我們父子相認不就好了？她就不用捱窮，不用賣房子賣首飾做清潔工！哼，人家的兒子她當心肝椗，做他媽媽多過做我媽媽。他是瓷器我是缸瓦，他是少爺我是野種，可現在人家是怎樣對待她的？她躺在醫院做化療他一次沒來看過她。他現在有的東西全部該是我的！他開的車他住的樓全部該是我的！」

這人的內心有太多的憤怒，一平想。他可以想像身世大白，對程漢來說有如中彩票。他一定認為交上了好運，撥雲見青天。黃景嶽那樣厚待兩母子，只有更助長了他的期待，他一定認為他終於等到了好運——

「你怎麼找到那封信的？真是在你養父的遺物裡嗎？」這一直是一平心底的存疑，因為時間上太過巧合。

「我逼她講的！黃老闆把她轉去私家醫院，又給錢讓她做化療，這不是普通的感情，我說她不講我就去問黃老闆，她才把那封信找出來給我看。」

因為她怕兒子會問出她曾遭強暴的秘密，引起他更大的不平更大的怒火。只有這個秘密她必須守護到底帶進墳墓。她是犧牲一個秘密保住另一個。

「可是現在沒有我姑丈幫忙，你能去哪裡？」

「台灣、泰國、越南，東南亞哪裡都可以，有錢我就有辦法。」

「怎樣保證你不再找上門？」

程漢失神的撣了撣落在襟上的菸灰。「阿雯有小孩了，我要帶她走，重新開始，我不能回去蹲監牢。」

意外的訊息給一平解了惑，明白到為甚麼程漢無論如何都想得到這筆錢。看來他雖然流氓性不改，似乎還真是想認真做人起來了。心裡盤算之際向海豚館那邊望去，只見小龍拿著剛剛在玩具攤買的水槍跟寶鑽追逐玩鬧，而長椅另一端坐著莫綺雯。只要想起從前程漢對寶鑽做過的事就覺得不該幫這種人，可是轉念又想，倘若能說服靜堯用錢把程漢打發走，就再也不用看見他這個人，亦不用老在精神緊張不知他哪天會發現小龍的身世，對自己和金鑽也是一勞永逸。

最後他說：「話我可以幫你傳，錢拿不拿得到是另一回事。」

「你去跟那衰仔講，他姓原不姓黃，我才姓黃，我不過要回我的東西。我爛命一條不怕同他鬥到底，他想風風光光做施家的女婿，兩百萬最好一毛都不少！」

他不知程漢眼裡閃過的一絲利芒是不是凶光，只覺那一刻，那個多年前對他施襲的人又回來。顯然這筆錢已深深烙進他腦海，是他全部希望之所繫。

對峙中有個聲音說：「要不要我報警平哥哥？」

一平回頭給寶鑽個安撫的笑。「沒事，剛談完。」

「這號碼找到我。」程漢從褲口袋摸出張皺紙團給一平。

望著程漢阿雯雙雙離去的背影，無常感向他襲來。似乎隨著黃景嶽的離世，他付出一生努力建立守護的富足安穩正分崩離析。混凝土龜裂，石灰剝落，牆縫裡的秘密暴露光線裡。

天色還亮，可是誰都沒有心情再逛。向園門口走去的路上，一平扼要向寶鑽說了與程漢的談話內容。

「阿漢怎麼找你不找別人？其實他可以去找姊姊。」

「我想也許因為我不姓黃，他覺得我會幫理不幫親吧。」

「你會嗎？幫理不幫親。」

「還真難說道理在哪邊。」

「其實你大可撒手不管，叫他自己想辦法去。」
「或許這樣做聰明些。」
「那次你被他打得這麼傷，一點不記仇嗎？」
「你知道是他？」
「你以為我不知？」
「誰告訴你的？」
「他被爸爸辭掉之後去車房拿電單車，我在花園裡看見他，跟在他後面，他氣沖沖對我說：『叫你的于老師小心點！』晚上全伯扶你回來，我就知道是他做的。」
「你爸為甚麼要他走，你也知道嗎？」
「阿漢走了之後我給爸爸叫去吼了一頓，想不知都難。」
「你懂嗎？他對你做的事？」
「半懂不懂吧。」
「怎麼都不跟大人說？」
「我好像不覺得有甚麼大不了，而且很想跟他學游泳啊，還有幫我捉刀做功課的人也是他，大概我覺得是種交換，他幫我我也給他回報，他被爸爸趕走，我有點內疚，你被他打傷我就更內疚了。」
「所以那個晚上你到我房間來？」
「我不知會搞得這麼糟，阿漢那句警告話我也沒聽懂，你來上課也忘了告訴你，我覺得全是因我而起的。」

「有段日子我很不安，不知這件事對你有甚麼影響。」

不沾塵的目光看看他，「也沒甚麼，只是更希望快點長大。」

其實她從前就早熟，而這番交談讓他覺得她完全是大人了。

「程漢這件事你想你哥會怎麼處理？」

「多半叫他滾蛋！」她笑。

「兩百萬該不是他付不起的數目。」

「不是你的錢，你當然大方！」她調侃他。

「程漢告訴我說阿雯有小孩了。」

「難怪他想去加拿大，小孩在那邊出生自動有國籍。」

「現在此路不通了。」

「你好像挺同情他。」

「論血緣他也是黃家的後代，那未出生的小孩也是。何況誰都該有第二次機會不是嗎？我想姑丈決定幫他也是想給他機會。」

還有個原因他沒告訴寶鑽，即程漢是小龍的生父這層關係。彷彿是自己的另一化身，他不希望見到他落個悽慘的下場，可是就連他自己都覺得這心理很荒謬。

中途蕩開去排隊買棉花糖的小龍拿著枝粉紅色大棉花球邊吃邊走回來，兩人便終止這話題說些別的。坐小巴回到早上會合的碼頭，置身滾滾人潮，黃昏的柔光將他們裹在當中，空氣裡鼓盪著完美時光過後的空虛。

話別是匆匆的，他問她「要不要一起吃晚飯？」，而她說「跟媽媽說好回家吃飯。」把一直替他拿著的雨傘還給他，抱了抱小龍講拜拜，向父子倆揮揮手擇一個方向走去，晃眼已不見她的身影。

小龍抱著水槍十分安樂地等待著接下來的節目。一平慶幸他不是個嘵舌的小孩，否則回去見到母親不知會怎樣描繪今天的情形呢。於是牽起兒子的手走到碼頭邊的電話亭，掏零錢打電話給金鑽。

4

次日傍晚，寶鑽打電話到家裡來是金鑽接聽。正在沙發上看電視的一平旁聽到是關於星期六打網球的事。金鑽說：「我以為哥哥都打高爾夫球不打網球了……感冒沒事了，不過好久沒打了，球拍都不知放哪裡了……還有些甚麼人？……」

講到一個段落回頭叫一平，把話筒交給他說：「阿寶要跟你講。」自回廚房繼續做晚飯。

他接過電話「喂」了一聲。

有個短暫無言的片刻，他以為她掛線了，然後才聽見她說：「你不會覺得我多事？幫你約哥哥。」

「謝謝你。」他小聲說。

「那星期六見。」她用普通的語調說。

他也說「星期六見」，但那通話器像知道甚麼秘密似的，彷彿它也有個心臟在噗噗跳動。

晚飯當中，金鑽淡淡問：「阿寶跟你說甚麼？」

他早有準備。「她說姑姐想我去一趟。」

「有特別事嗎？」

「沒甚麼，我也好久沒去看她了。」頓了頓他說：「你也來？」

金鑽不諱言地說：「爸爸不在了，那地方我去了只是難過，你代我問候二媽。」

談到程漢索款這件事，金鑽沒太放在心上。「交給哥哥處理得了，他有主意的。」顯然不覺得有多難解決。

然而夫妻倆都同意以後要做好防守措施，將程漢視作「危險人物」而斷絕所有正常來往，並叮囑小龍不要再跟程叔叔玩了。一平也是回到家裡跟金鑽講了經過才知原來程漢曾打電話到家裡，從金鑽那裡得知父子倆去了海洋公園，可見程漢是極有決心的。

接著金鑽跟一平又說了個消息，今年的十大傑出青年選舉靜堯給提名了。

「你是說我該多拍馬屁是嗎？」一平笑道。

「我是說他現在對阿漢很大反感，你說話經大腦一點，別掃了他的興。」

「我平常說話不經大腦嗎？」

「不過叫你看著點。」

「其實我有件事想跟你談，你在金銀島做得怎樣？還順利？」

金鑽對他突然問起工作似是意外地呆了一下，「挺好啊，就是那個霍姆放假多過上班，一半時間我不知他在幹甚麼。」

「還是靠旅行團生意？」

「光靠本地客哪裡夠。」

「旅行社回扣這種方式恐怕有問題，我怕將來反彈到你身上。」

「現在誰不這麼做？也沒看見有誰出事。」

「我是為你想，你非要在金銀島做不可嗎？」

「再去找工哪有這樣的好工。」

「你不去找，怎麼知道沒有。」

「你怎麼了？非要我辭工。」

一平見她在發火邊緣也就不往下說。

那個週六的午後一家三口來到西貢的俱樂部，兩個綠地球場已經有激戰在進行。久疏練習的靜堯顯然不敵紘蒂，另一邊是寶鑽與紘蒂的弟弟施典朗對打，球來球往打成平手，原有些暮氣沉沉的球局因這對生力軍的加入而有了生氣。

一平因心裡有事，跟金鑽打了幾合便叫停，讓她跟紘蒂對打，跟靜堯在露天茶座坐下叫飲料。有一老一少兩個戴墨鏡的西裝男人各執一杯果汁類飲料從酒吧出來，佔坐靜堯身後不遠另一張檯，拿在手裡的無線通話器不時嘁嚓響。老的那個有五十來歲，牛高馬大橫眉冷目，兩頰有痘疤，當保鑣高齡了點，卻有股懾人威勢，一平覺得面熟，卻想不起哪裡見過。

「正仆街！」靜堯聽過一平的簡報後猛地詛咒，暴怒的程度令一平一驚，卻馬上又帶歉意道：「這麻煩我給你惹的，他來找我碰了釘子才去找你。」

一平來此前就想好了策略，截票的事當作沒有發生過，完全是情商的態度。

「好像姑丈寫過張支票，他沒跟你談過這件事？」

「是聽說有張支票，但我沒見過。那小子想要討錢花，最好有白紙黑字證明，」

「我想只是口頭承諾。」

「那就不用談了，就算有過一千個承諾，爸爸人不在了就不算數了。」

「我是想，如果姑丈生前確實表達過這樣的意願，或許我們應該參考？」

「要是遺囑裡寫明的，當然要參考。沒有寫，憑那小子一句話，就該受他敲詐？」

聽見靜堯這麼說，一平就知談判要比想像中棘手。站在靜堯的立場，他這麼做沒有不對，不論法律上道義上都沒有不對。

一平只好打另一張牌。「程漢說拿了錢就離開香港，對我們是好事不是嗎？所謂一勞永逸。」

靜堯眉毛揚起。「你怎麼知道他會離開香港？那都是用來騙爸爸的鬼話！那小子好食懶飛，會去人生路不熟的地方捱世界？跟他這種人沒有一勞永逸，後患無窮才是真。」

「他告訴我阿雯懷小孩了，他多少會為老婆孩子著想。」

「有了小孩？」這情報讓靜堯小小意外了一下。「難怪那麼猴急，要不到就想搶，還獅子大開口。」

「我是怕把他逼急了，不知他會做出甚麼來。」

「他能做甚麼？翻櫃桶底找到一封皺巴巴的舊信就以為可以討價還價，你不要給他兇幾句就嚇住了！」

「他提到找記者爆料。」

靜堯嗤之以鼻。「找記者爆料得有料可爆，兩個沒有多少人感興趣的人的陳年羅曼史，他要唱由得他唱通街，看哪個腦子正常的記者會相信一個前監犯的話！」

談判至此完全無功。一平發覺他錯估了情況。倘若靜堯一直持這種論調，對於不論是黃景嶽的意願抑或程漢的要脅都只有輕蔑，談下去也不會有結果。

遮陽傘下，喝著無酒精螺絲起子的兩人一時都無言，只有球拍擊球和球觸地的一聲聲噗咯——噗咯——打破各懷心事的岑寂。桌上的天地線適時響起，靜堯走到一邊講電話，一平也正好藉這空檔整理思緒。他還有兩張牌可以用，一是有關靜堯虧空的指控，一是程漢揚言向施伯祺以及媒體踢爆他和紘蒂做過他「客戶」的事，但他想來想去覺得這是兩張不能用的牌，一個不好會適得其反。心念轉動間望向網球場上的戰況，他忽然有個靈感，等靜堯回來坐下，他問：「婚期定在甚麼時候？」

「九月。本來想等爸爸一週年，可是禮堂酒席包括蜜月旅行的機票住宿全付了訂金，延期的話要付一大筆罰金太划不來。」

「所以這件事最好趁早解決。」一平趁機道。「萬一結婚期間哪個不識趣的記者踢爆姑丈私生子的事，你未來丈人一點也不介意嗎？他不會很樂意看見未來女婿跟女兒的名字跟一樁私生子醜聞連在一起。」

「施伯祺又不是沒見過世面，這年頭誰家沒有過一兩樁抹黑報導？他們施家也沒少鬧醜聞。」

但一平聽得出來他口氣已經鬆動。

「還有你被提名十大傑青這件事，避免負面新聞比較好不是嗎？很難說還有甚麼八卦被記者挖出來，要是害施家受連累，這筆賬會記在你頭上。」

靜堯皺起眉頭，緩緩點著一枝雪茄陷入沉思。是用改吸雪茄的方式來戒菸？

「真是個掃把星！」他沒有幽默感地笑出聲來，含嘉許地看看一平，「倒是找了個好說客。」

「當然決定權在你。」

「真不懂幹嘛盯上我，黃家最有錢的人可不是我！」

一平不敢接他丟來的這個球，因為勢必涉及黃景嶽的遺產分配問題，而他不想捅這個黃蜂窩。

結果還是沒躲過，接著便聽見靜堯說：「你知道爸爸這些年一直暗中調錢到海外，他收掉黃氏的時候，黃氏只是個空殼！」

又說：「還有山頂那房子也一直是二媽名下，將來就是阿寶的。我不是對二媽或阿寶有意見，但是凡事有個先來後到的，假如有誰該得到那房子該是阿金，她媽媽是元配而她是黃家的長女。」

「我想姑丈當時是考慮住的問題，金鑽早就離開了山上，但姑姐不一樣，她會一直住在那房子裡。」

「你是說怕我和阿金會趕二媽下山，把房子都給了她！真是這樣的話還真是夫妻情深！」顯然不相信是這樣。

「我們誰也不知姑丈怎麼想。」

「你這話沒錯，這世上誰又了解過誰。」對一平淡笑笑。

「你要我怎樣答覆程漢？」一平回到正題。

「就說手緊要籌錢，拖他幾個月，現在我實在沒心情去想這件事。」靜堯心煩地說。

「南海那邊的周轉最近出了狀況，有筆預期會有的資金沒有兌現，馬上有好幾張單要找數[1]，搞婚禮多出許多額外開銷，爸爸的遺產又還沒辦下來。」

靜堯這樣一喊窮，一平就知費了半天唇舌都是白忙。再說，養得起高級寫字樓、開藍博堅尼上下班的富家子拿不出兩百萬來，連他這個妹夫都覺得很難相信，更別指望程漢相信。

「或許我可以試試看講價。」儘管他一點不樂觀。

「我就知你有辦法，五十萬我大概還張羅得來。」

「差距遠了點吧……」

「你還真是挺熱心呀。」靜堯表示了不悅。

「我不過想解決問題。」

「你是在替他解決問題！」

粉紅飲料在手的紘蒂出現桌子邊，立刻感應到兩個男人之間的張力，打圓場道：「談甚麼這麼入神？」

她剛沖過澡，像裡裡外外洗刷過的不銹鋼器皿全身散發光澤。

「談今晚誰請客。」靜堯換上笑臉。

「聽者有份啊。」

「你來跟一平說，我現在手頭一點現款都沒有，還欠了一屁股債，哪有多餘的錢送人。」

「送給誰？」

「那個硬說爸爸是他老子的人。」

「哦，那個私生子，他要多少錢？」

「兩百萬！以為我開善堂！」

「他不過想討兩個錢花，給他十萬八萬打發他得了。」

「爸爸的感情債要我來扛，你說有這道理沒有？」

「叫洪哥出馬，跟他講講理！」紘蒂瞄一眼那中年保鏢。

「講理的人在此！」靜堯笑指一平。

這時一平忽然想起在哪裡見過那中年保鏢。是在靜堯訂婚宴上，有幾個衣著土氣的人在角落喝酒，說是靜堯的原姓鄉親，當中有張臉是洪哥的，如今改頭換面穿西裝戴墨鏡，已無當日的鄉氣。

金鑽帶著小龍從裡面出來，一場小僵局就在重新叫飲料、談笑打岔中混了過去。球場上的一對年輕人不知何時停打了，在網邊站著談天，因是背向西斜的光線，那兩人便浴在那光輝裡。一平不知其他人有沒有跟他一樣的感覺，覺得自己是隱身暗處在看著亮地裡的一對璧人。這明暗的對比既是處境上的也是心境上的。他記得第一次見到施典朗他還是個長手長腳的害羞少年，此後在不同場合見過不同人生階段的他，報考大學時他與施家同輩殊途地拒讀商科而選讀醫科，學成歸來即應某大醫院之聘任職腦外科，論學歷論職業論儀表都堪稱出眾，女友這空缺長期空置，自然招來許多提親的人。這天與寶鑽同時同地亮相，在場所有人的目光都聚焦在他們身上。

「阿典幾歲了？」他聽見金鑽問紘蒂：「快三十了吧？還沒交女朋友？」

「爸媽將候選人從葡萄牙空運來，他一個看不上。」紘蒂道。

「也許他喜歡我們香港女孩，」金鑽笑道。

「阿寶有沒有男朋友？」紘蒂不問靜堯而問一平。

「呃，沒聽說。」一平道。

「有的話該會陪她回來給她精神支持，家庭變故是獻殷勤的最好機會。」金鑽分析。

「來個人為干預怎樣？」靜堯道。

「伴郎伴娘團已經有他們的份，還能怎樣干預？」紘蒂道。

「我這週末網球局一直辦下去你說怎樣？」靜堯道。

「舉手贊成！」金鑽附議。

「你們兄妹倆要聯手也該在球場上啊！」紘蒂笑罵。

一平早已看出紘蒂對這樁撮合不甚熱衷，正狐疑著其中原因，卻聽見靜堯接下了挑戰：

「聯手就聯手，輸的一方請吃飯，你跟誰聯？」

「你有妹妹我有妹夫！」紘蒂不由分說硬拉了一平下場。

於是四人分成兩對，紘蒂靜堯的卓越球技很快把球局逼向了酣戰。一平覺得手裡的球拍有千斤重而兩條腿也是，機械地舉拍揮拍、接球發球。想起來其實他從未真正喜歡過這個球類，不過是為了跟金鑽有個共同活動、為了被這圈子接納、為了證明他也學得會這貴族運動，他勉強了自己這麼多年，而方才與靜堯的一番交接也正反映了他的逆來順受。對方不過耍幾下太極，就把對付程漢這個災星的任務交給他扛了，是真的手緊還是其他原因？一個多月後施黃兩家便正式成為親家，靜堯身為四海金曦董事長的女婿，有整個施家集團做他的後盾，再多十個程漢來勒索都不怕了，是因為這樣靜堯想拖延到那個時候嗎？他知道程漢一定不會喜歡自己將要給他的答覆，可是事情至此已不可能期待更進一步的結果。

5

程漢的暴怒反應一如預期。一平已經是費了點腦筋粉飾過他的回答：「先籌五十萬給你、餘款分期付」，立刻遭到對方連串火爆的「仆街！冚家剷[2]！」噴射而來，繼而是「他要玩我陪他玩到底」的狠話，最後是電話筒被大力一擲所發出的一聲嘭。

兩天後一平家裡出現了怪電話。都是在晚上打來，這邊一接聽那邊便掛上，又或是不掛而這邊的人只是聽見一片威脅性的死空氣，而小龍也接過一次之後夫妻倆便禁止他再接電話。

家裡從前也不是沒有接過這類電話，不良青少年或病態失眠者的惡作劇，通常三數次便自動消失。但是好多年沒接過這類電話了，而近期交惡的人只有程漢，夫妻倆不免疑心是他或莫綺雯或他們兩人共同所為。「自己行衰運也要全世界人沒好日子過就是這種人」——這是金鑽的理論。雖然在一平印象裡，程漢不是那種有耐性玩這種慢性虐待遊戲的人，可是對莫綺雯他不敢說同樣的話。會不會她用這個方式來替丈夫出氣或慫恿丈夫這麼做不得而知，他對她不夠了解，因此連直覺都沒法有。只能說，如果以排除嫌疑人的方式，除了不知名的滋擾者，他們夫妻倆排在首位。

有天，全家已就寢的深夜，將睡未睡之際他聽到電話響便跑到客廳接，拿起話筒喂了兩聲，那邊的人不說話，也不掛。他也不掛，聆聽那邊的低迷呼吸，聽不出是男是女。

「程漢是你嗎？」他試探道。又說：「你想怎樣？」

那邊依然靜著，像是對峙又像是有意引他說話。他努力去感覺那存在，蜿蜒電線的另一頭是個怎樣的病態的人，怎樣的恐怖動物藏匿在黑暗深處。

「你想怎樣你說！」他對那個存在說。

那邊「嗒」一聲掛斷。

他慶幸金鑽這時候有個長旅行要去，並且是帶小龍同去。是計畫已久的先公務後遊玩的旅行，先去新加坡、印尼，然後澳洲、德國，最後遊美加順道探望幾個中學老同學。他因為暑期裡有幾個校內校外的會要開便不同往。臨行金鑽做了件事就是替家裡安裝一部電話錄音機。其實早在黃景嶽剛過身、有記者打追訪電話到家裡來的那段日子她就說過要安裝，因各種原因無暇顧及耽擱至今，這次趁著要遠行便付諸實行，一來可地毯式代接所有滋擾電話，二來可解決旅行期間越洋報平安電話的時差問題。很快一平體驗到電話錄音機的諸般優點，按一個鍵聽留言按一個鍵刪，金鑽可以任何時候透過錄音報平安，而因為她留言過了也就覺得責任完成，並不期待他回電。他不知那些不留言的來電中有沒有滋擾者打來的，反正不明來歷的電話一律按刪除鍵便可以。

就這樣他有天傍晚回家，按鍵聽到了紘蒂囑他回電的留言。交往時期他們曾約法三章絕不打電話到彼此家中，即便分手了也遵行至今。因此乍然聽到留言，他的第一個感想是一定是紘蒂知道金鑽去了旅行所以打電話到家裡，第二個感想是難道她想續前緣？光是這麼想想他都覺得犯罪。她留了個手提電話號碼，他依號撥過去，她一聽是他便說：「我要見你。」像是知道他可能想岔了又說：「有重要的事，我來接你。」

一平花了半個小時亂猜這「重要的事」是甚麼事，終於看見她的座駕出現，向他站立的街燈緩駛過來，那鮮橙色愛快羅蜜歐在那舊唐樓與工廠大廈林立的街道上觸目得像《星際迷航》裡的太空船。他上車後她立即來個大掉向，卯足了速度車群裡左穿右插，轉入界限街往城裡去。

「去哪裡？」他問。

「機場。」紘蒂說。「我去英國，今晚飛，行李在車尾箱。」

他莫名地心慌，她這是來跟他道別。若是短期旅行又何需道別？

「去多久？」

「不知道。」

「走得這麼急？」

「決定了就一刻都不想待。」

倒是她一向的作風。

「你一個人走？」

「我先走。拜託你誰也別講，尤其靜堯。」

「他不知道你走？」

她的回答是：「我不會結婚了，我和靜堯。」

那心慌感又回來。他望著擋風玻璃外的路面不斷向後倒飛，想起幾天前在西貢會所看見他倆還好好的，從太平無事到災難原來只彈指間。

紘蒂接下去說原委：「過兩天你會看到新聞，四海金曦會從香港遷冊，對外我們都這麼說，事實上是撤資，總部遷到英國，是徹底的連根拔。」

他不知哪樣令他吃驚些，紘蒂逃婚抑或施家撤出香港。兩件都是大事，後者更是對整個香港而言。

「是因為撤資所以不結婚？」

「是兩回事。本來我就不打算結婚，撤不撤資都一樣。」

「為甚麼還辦婚禮？」

「我沒辦法。撤資這件事因為牽涉股價上落極大，要絕對保密，這是公司決策我也沒辦法，爸爸叫我穩住靜堯，免得他起疑心，怕萬一他知道了打草驚蛇，對我家對四海金曦都可能造成很大傷害，我做得不對我知道，但我不得不把公司利益放在前頭，想事後再向他好好解釋。」

「結果靜堯知道了？」

「不知誰洩漏了風聲，也許他早就佈置了眼線，他發了癲，瘋了似的跟我大吵，看成是我對他的背叛，我逃到阿典那裡，阿典給我出主意叫我先去英國，我想也只好這樣，這個婚反正是結不成了，不走的話，始終沒法斷得乾淨。」

逃到弟弟那裡還不夠，還要逃到英國，可見不是小規模的爆發。他不敢想像婚事告吹對靜堯來說會是多大的打擊。距離婚期只半個月，請柬都發了出去，婚禮婚宴場地都預訂好了，一切已經就緒，但是馬上要被拋出軌道。

車子沿界限街向九龍東疾行。天燠熱，開著冷氣都冒汗。她嘴裡銜支金邊臣叫他幫她點，他用車裡的點火器，順手點一支給自己，但一吸菸就要開窗，低氣壓熱風湧進車廂。

她利用停紅燈的空檔斷續說著：「也許是射手座的幽閉恐懼症，同居沒有多久我就覺得不行了，越來越受不了他的控制狂、多疑症、雙重標準。以前不是沒有察覺，但是總想著誰沒有缺點。合作搞南海項目之後許多問題浮上了表面，想要做到公私分明原來很難，然後有天你發覺，只有談公事的時候才有話講。」

「但我看到報紙說工程還在進行？」

一年前就滑鐵盧了，紘蒂告訴他說。

這項目得來不易，可以說是兩人共同爭取的。三年前靜堯拿著「南海理想花園住宅村」計畫書來見施伯祺的時候，儘管在南海已經做過兩個風評很好的住宅項目，但是行事保守的施伯祺未被說動。是紘蒂說服他不妨藉此一試內地房地產水溫，另一方面也考驗一下未來女婿的實力，並毛遂自薦負監督之責，施伯祺才應允注資。

最初半年進展順利，之後開始紕漏不斷。工業事故、建材偷竊、貨不對版，害工程一再延宕，超支又超支，恰又遇上政治更替，新上任的官員諸多刁難，靜堯擅自撤換法人代表，進度簡報不盡不實，工程停頓、私自向銀行借貸等皆隱瞞不報。

「我太相信他，盯得不夠緊，不懂看中文，所有報告要靠翻譯，又不熟悉內地情況，一發覺不對派人去調查，那個人剛抵步便給蒙眼擄去丟在野狗山，差點沒命回來，簡直是土豪惡霸的手段。靜堯否認知情，我親自帶核數師又去了一趟，才發現半年沒發過工資，十幾座水泥架子杵在那裡沒開工，根本這項目已經爛尾了。」

她說話速度極快地一句一句毫不停頓，用她的第二母語英語。一平只覺太多情報要吸收，心又太亂，臨別的時間又太短，然而那個核心的事實他是捕捉到的——靜堯奔走多年並視為個人代表作的南海花園項目胎死腹中了。

「以靜堯的經驗，怎會搞成這樣？」一平半是不解半是惋惜。

「野心害的。不只是他的責任，我也有份。你知道超支了多少？三億！爸爸把我臭罵一頓，他懷疑靜堯勾結同鄉將項目壟斷了去，錢都落到他的族人手裡。」

「真是這樣嗎？」

「我一直還是相信他。」紘蒂苦笑笑。「我想他一定是說服了自己一切在他掌控中。你知道他為甚麼選中南海這地點？就因為是他生父的出生地，那裡有條原姓村落。後來我才發現大部分建材訂單的接單公司，幕後持股人都是原家的人，這些同鄉父老控制了項目的大部分環節。我相信靜堯是被利用的，他不會冒這麼大的險得罪四海金曦，這一年他到處撲水，淺水灣豪宅也賣掉搬來我家。爸爸那邊不斷施壓要我跟他解約，靜堯求我暫緩，給他時間想辦法，我都快要爆炸了，他還跑來找我爸爸求他替他還債，當然不可能了。」

一平遂想起靜堯曾因借貸不遂與黃景嶽起爭執，以及程漢說的關於靜堯偽冒簽名虧空的指控，想來前後情節吻合，如此一來「手緊要籌錢」的話未必是謊話。紘蒂的敘事呈現了事情的橫剖面，替他填補了空白，也這才知道原來靜堯過去一年的人生那麼不順利。

「我心情壞透了，去葡萄牙探望祖母兼散心，」紘蒂接著說。「靜堯追來葡萄牙向我求婚，遊說我回去參加金銀島的開幕。我看出他情緒很不穩，要是拒絕的話不會善了，不但項目爛尾的事曝光，萬一引起股價波動就更不得了，一切維持穩定假象——這是爸爸給我的命令，所以對外都說項目還在進行。我想靜堯急著讓金銀島開張是為了挽回面子，覺得這樣我會比較容易接受求婚。」

「他欠了債，怎麼還能開張？」

紘蒂微笑。「我相信金銀島根本不是他的，他最多是小股東。金主是誰我不知道，南海項目垮了之後很多事他不再跟我商量。但你要知道他是聰明人，人緣也廣，不然也不會搞到個十大傑青提名。這樣一家珠寶店有多重用途，它是很好的洗錢工具，這一向是珠寶業的特色。我想金銀島的開張救了他，至少給他個喘息機會。」

車疾馳，因車速過快而前面的路像是向上直豎彷彿四十五度傾斜，剛要轉入九龍城便有一輛剛拐彎的觀光大巴斜刺裡衝來，千鈞一髮間兩車猛按響號交錯，一平隔窗看見一車廂的觀光客都面露驚容。

紘蒂面不改色只稍為減慢車速，深吸幾口菸鎮定神經，能分神說話時又說了些遷冊的前因後果：華資英資的新仇舊恨只是冰山一角，最大原因是施伯祺看到施家在香港大勢已去，自兩年前起便開始部署撤資，轉移投資重心，向亞太新興市場發展，從家族企業走向國際。換言之，棄一城而保江山。

「將來你會聽見許多人說三道四，說我們見風轉舵落荒而逃。其實爸爸為香港人做了多少事，他不像有些人只是把『我愛香港』掛在嘴邊當口頭禪，是真的把這裡當他的家，但是他也說過，像我們這種不葡不英不華的族類不管到哪裡都是異鄉人。」紘蒂少有地感慨系之。

「要是南海項目成功，事情會兩樣嗎？」他這麼想著就問了出口。

「這問題我也問過自己但沒答案。」她輕喟著說。「是他讓我逃過了媒妁之言的婚姻。

我想多享受幾年單身生活，延遲做黃太太生孩子那套，自以為瀟灑，以為這叫『活過』，這一拖就太遲了。從前喜歡過的品質不再喜歡，當初為甚麼選中他都想不起來了，不記得喜歡的感覺是怎樣的。我早就該硬起心腸跟他斷了，總是在關節上硬不起來，答允他的求婚是個錯誤，不忍心在他父喪期間離開他是另一錯誤。也許因為我不想承認看錯人，不想落入『因了解而分開』的俗套，不想給機會爸爸說『我早說過你』，不想給機會那些妒忌我的人幸災樂禍，又或許某部分的我仍然愛著那個倫敦國王學院高材生，太多的悔不當初太多的早知如此。」

這句低回語中，車子駛近了機場。停機坪的點點燈光映入眼簾，映著夜空分外閃爍，與她的淚光相映。未來的記憶中會有這一刻裡的她，他知道，眼含淚花堅定不屈、緊握駕駛盤目注前路茫茫的逃婚女人。

十餘年感情毀於一夕，再強的人也不可能全身而退。

她轉著駕駛盤開進機場停車場的龐大多層建築，一層層繞圈找車位。在靠近電梯處找到車位泊好，熄引擎，突如其來的寂靜有種終結性。

澎湃的甚麼湧上心頭，說不出是往日情懷抑或是離情。不斷有車從外面經過，輪胎磨擦地面發出刺耳的吱吱，車頭燈光不住掃過使車廂裡一陣暗一陣明。

「不過我來見你主要是想告訴你一件事。」

「甚麼事？」

「靜堯好像是知道了我跟你的事，吵架當中他說了句話。」

「他說了甚麼？」
「難聽到我不想複述。」
「說來聽聽。」
「說某位仁兄自以為是大情聖該被閹掉甚麼的。」
「不會是說別人？」
「沒有別人。」她說。
但他其實早已假設靜堯或許已知情或總有一天會知情。紘蒂一定是覺得事情有相當的嚴重性，才覺得有必要在臨走見他一面，給他個警告。或許還有其他引起她隱憂的話，更難出口的。
「或許我該向他道歉，開誠佈公，你說呢？免得老有個疙瘩在那裡。」
「千萬不要！這樣做沒好處，相信我。」
她不放心又說：「答應我你不這麼做。」
一平看她如此慎重便說：「我勢死不道歉就是。」
「跟他可別來誠實那一套，你要做的是相反，我告訴你這些只是想你心裡有數。」
「你看他知道了很久嗎？」
「有可能。」
「但他一直忍著？」
「因為他想做四海金曦董事長的女婿，想做到不得了。」

「我以為你們都……半開放的？」
「我們有我們的規則。」
這回答很籠統，他也就識趣不問。感情這種事本來就不足與外人道。
「還有件事，我偷聽到一通電話，是靜堯跟歐陽之間的，他們是老校友你知道？」
「你是說歐陽醫生？」
「這陣子來往很密，老是一起打高爾夫球，我沒聽見全部內容，只聽見靜堯問關於你姑姐的精神狀況，你最近有沒有見到你姑姐？」
「很久沒有。」他沒說是因為避開寶鑽。「靜堯跟我姑姐關係一向不錯。」
「他這人不會平白無故關心人，目前他又正缺錢。」
「你覺得他有企圖？」
「總之叫你姑姐提防。可以的話，叫阿寶帶她回瑞士，離開這個是非地。」
「這麼嚴重？」
她眼裡有事，他望進她眼睛裡。
「是不是你還知道甚麼？」
「我知道的都告訴你了。」
「沒有別的？是不是你懷疑甚麼？」
「懷疑甚麼？」
「我岳父的死。你是不是懷疑靜堯跟我岳父的死有關？」

話說了出口才覺得震驚。她立刻受感染，密閉車廂裡的沉默被放大。四面八方的停泊車輛也在靜靜呼吸，彷彿車裡都有人，有幾百個人屏息等待她的回答。

「你懷疑甚麼嗎？」她反問。

「他曾向我岳父借錢被拒絕，出事前一晚吵了架。」

「他犯不著。」她終於說。「他不會做這樣愚蠢的事。」

兩句話都避重就輕，但一平不忍問下去。

她看看錶笑道：「再不走要走不成了。」

兩人下車，他幫她從車尾箱提出一大一小兩件行李。

「這車怎麼處理？」

「阿典會來送機，拿車匙。」

他去找了架推車將行李放上去，正要推著推車向電梯走去，她阻止道：「你別進來，我這張臉太好認，一個不好給你惹麻煩。」

他知道她對。要是被好事者或嗅覺靈敏的記者撞見他們在一起亂編故事，搞不好又是一樁緋聞，她目前最不需要的。

深目峻鼻的美麗葡國臉，是今生再也忘不了的。

「再見。」紘蒂說。

「還會再見嗎？」

忽然這女人的重量就在他臂彎裡，以熱吻代替了回答。長長的吻別中他們像搭檔多年的舞伴跳著告別式的慢舞，記憶等量對稱的兩個人，她對他的情意平衡著他對她的，不多也不少。

然後重量離開了他。他看著電梯門闔上，小小的金屬盒將她帶往他方。

註釋

1 找數，埋單或結賬。

2 冚家剷，咀咒全家死光光。

第八章

1

不數日，四海金曦撤資遷冊的消息見報，全城皆知。港島香格里拉酒店舉行的中期業績報告記者招待會上，施伯祺親自向媒體宣佈：註冊地將改為百慕達，公司總部遷往英國。

整個香港商界為之地震了一下。在投資環境看好、外資湧入、各界菁英正要一展身手的時候，這個極不尋常的逆流決定，意味著自十九世紀中葉在香港落地生根繼而繁衍逾一世紀的這個中葡英望族的輝煌時代結束了，也意味著在幾代以前由施家四房兄弟創立的四海金曦王國、一度象徵香港的穩定繁華的這棵百年巨樹要倒了。

儘管施伯祺一再重申此舉非關九七、非關對一國兩制沒信心、非關悲觀，更改註冊地只是策略性部署，減持香港資產是為了重整投資組合，可見的未來將繼續在香港聯交所掛牌，已經開展的項目不受影響云云，仍然難以杜絕「棄船逃生」之譏。媒體溫度持續數週不減，有評論者分析，兩年前施家集團在搜購行動中遭到華資公司狙擊以致損手爛腳可能是個遠因，加上九倉與和黃遭華資收購的恥辱前車可鑒，高瞻遠矚的施伯祺不會不考慮到九七交接後的一個必然結果，是香港未來的利益分配將愈趨本地化，外資公司勢將逐漸失去從前在香港享有的優勢。又一說是施伯祺的政治取向過於親英，近年發表的一些言論得罪了中央，逐鹿中原夢破，與其將來落個喪家之犬的下場不如急流湧退。

一平旁觀者清看著事件掀起了滿城風絮，從各大報紙雜誌，到各種嚴肅時事評論節目，到早晨股市行情報導，到夜間的清談秀，到八卦報刊重新將「靜紘之戀」擺上頭版、被冠以「情變疑雲」之類的標題，而施紘蒂的突告「芳蹤杳杳」也提供了絕好談資。透過媒體的鏡頭看去，就像一齣肥皂連續劇如火如荼上演。他唯一的感想只是，希望程漢倘若有留意新聞，至少有那個聰明知道這時候去找靜堯索錢只會自討無趣。

隔天，便在電視新聞節目中看到靜堯在浩天國際辦公室所在的怡和大廈門前回應記者提問說：「未來岳父的決定我自然支持……南海項目不受影響，這樣有質素的項目絕對堅持到底，只是內地政策最近有些小調整，我相信很快會追上進度……」當被問及是否如期行婚禮，他斷然說：「這個當然……未婚妻只是去了旅行，全女班的告別單身旅行當然沒我份，到時請大家務必來喝一杯……」——

然而次日，便有某報引述四海金曦內部知情人士稱，施伯祺與黃靜堯這對未來翁婿其實早在一年前便告關係破裂。多天後某大報刊登一篇關於南海項目的深入報導，儘管通篇空泛的「據傳」、「消息稱」、「知情人士指」，末尾附個「未能與浩天國際負責人取得聯絡求證」的聲明，然而僅僅是「停工」、「負債」、「欠薪」等字眼，便知爛尾的事實瞞不住了。

這一來連金鑽也遭到追訪，記者的電話從金鑽的辦公室打到家裡，幸好有電話錄音機替他屏擋，而湊巧地金鑽不在香港。

就連于珍都關注起來，一天早上打電話給一平問：「有沒有聽見阿金說甚麼？婚期很近了啊。」

一平告訴她說金鑽帶小龍去了旅行。

「這麼巧！不會是她事先知道甚麼，故意走開避記者？」于珍道。

「不是的，她這旅行計畫很久了。」

「家裡你一個人？那晚上來吃飯吧。」顯然想進一步細問。

一平想想也是很久沒去看于珍了，便說：「下午回學校開個會之後過來？」

那邊的話筒轉手，便聽見寶鑽的明亮聲音說：「我買了部車，我來載你？」她氣喘喘的，說剛跑步回來。

「不用了，不知搞到幾點。」

「掛三號風球啊，不過天文台說該不會掛八號。」

「要是改掛八號就改天好了。」他說。

「我叫天文台別改，晚上見。」

就在這一句話上掛了線。

結果天氣在短暫轉晴後便一直壞了下去。開會當中風就壓境了，透窗可見漫天的橫風橫雨，未幾校工來報說天文台掛出八號風球。學校立即疏散學生，所有活動即時停止，在上課的暑期班即時下課，校務處立刻變成了災難救助中心擠滿了排隊等打電話的學生。直到這一刻一平才向自己承認，一天下來隨著天氣惡化而心情持續轉壞是因為預料到見寶鑽的願望將落空，而這場颱風讓他認識到這一點也許是件好事。

一層灰霧籠罩他的心。他打電話到山頂向接電話的銀姐說改天來，便留守學校幫忙，陪學生等家長來接，直到學生全部被接走了他才離校。快走到校門，校工追上來叫住他說：

「有電話找你于老師，姓黃，說有急事！」他以為是寶鑽便折回接聽，不料是靜堯。
「總算找到你！」
「甚麼事？」
「我約了程漢交錢。」
「交錢？」
「他收錢我交錢。今早闖到我辦公室，揚著刀，癲佬似的，我看是吸毒吸瘟了。」
「你沒報警？」
「最近夠煩的了，南海那邊搞得我一頭煙，阿蒂又跟我玩失蹤。我要他給我兩天籌錢他不肯，我欠了很大人情才籌到兩百萬，但他要求你在場。」
「要我在場？為甚麼？」
「誰知道，怕我搶劫他吧，雖然是他搶劫我！你能來一下嗎？」
「約了甚麼時候？」
「就今晚。」
「那麼急？」他望望外面的夜和雨。
「八點鐘在深水埗碼頭，地點他選的，我沒反對，哪裡交收還不是一樣。」
一平放下電話，覺得不對勁卻又說不出來是甚麼，也許這種鬼天氣叫人先自有了心理陰影。但是這個忙他覺得不能不幫，儘管見過紘蒂之後對靜堯的觀感在變。
路邊等了好半天才截到輛車，想起忘了問靜堯是從哪裡來，要過海底隧道的話可能遇上大塞車。一切發生得太快，腦子亂糟糟的也在打颱風。

還有四十分鐘便八點，卻是雨天交通走走停停。車沿亞皆老街慢吞吞往西九龍去，司機嘀嘀咕咕好心提醒他說那碼頭去年就關閉了做填海，巴士總站該也停用了，又問他是不是追風族，看一平不答便不再說話，不時呈憂色往倒後鏡裡一瞥彷彿疑心接載了鬼魂。一平望著窗外街景轉換，風雨交加中赴這樣的約會，不免心頭惶惶的。

進入深水埗車行漸暢，沿途景物都是他熟悉的橫街窄巷、舊唐樓、店家，不覺想起小時候去深水埗碼頭搭船，一出北河街便遠遠看得見碼頭的白色拱頂映著天，渡輪鳴笛的嗚嗚嗚的背景聲上，打魚回來的漁家搬一籃籃魚鮮上岸，野小孩不顧危險跳到水面竹排上亂跑追逐——

七零年代那年碼頭遷到現址之後他就沒來過，只見是現代化的灰水泥平頂建築，氣派的有蓋長廊和圓形廊柱。司機在閘口前放下他，收了費便急急駛離。站在烏燈黑火的碼頭遺址四顧，望著鋪天蓋地的銀雨，四下就他一個孤魂。

靜堯還未到，也不見程漢。交錢收錢的人都沒來，他倒先來了。要等嗎？等多久？這處境太荒謬。八月颱風天，全世界人都躲在家裡避風雨，他卻一身濕在這水簾洞裡牙齒打顫，背後是颱風天的驚濤駭浪，前方是巴士總站廣場的大片空曠，停車坑裡有幾輛雙層大巴漆黑一團蹲伏不動，濕淋淋淌著水，所有直立之物包括候車亭與站牌像是站在水裡，雨裡看去影影綽綽像有人影。就連遠處馬路上的疾駛車輛、大型屋村的樓群燈光，隔著雨都像幻覺。他還真想能看見一兩個追風族來這港邊拍攝風浪，至少那樣的話他會知道自己在人間。

九點一刻了，就算被交通延誤也該到了。程漢不可能爽約，怎麼到現在不現身？他為甚麼要約在這偏僻地點？當然因為他熟悉深水埗。據靜堯說他是極度狂躁的狀態，假如他是程漢會怎麼做？他會時刻提防被襲，提早到場挑個好據點遙遠監視，隱身在安全暗處等目標出現，選擇這空曠之地就是因為怕對方有埋伏不是嗎？這關閉的碼頭人煙稀視野廣，任何動靜一目瞭然，萬一出岔子，四面八方都可逃，狂風驟雨雖然遮蔽了視線也有利於掩蔽行藏……

這麼想著他意識到一件事，程漢必定就在左近窺伺，一定是！他會隱身哪裡？廣場外圍的那些樹叢後面？附近他看不見的某電話亭？或馬路另一邊那些新建大型屋邨的某層有窗的樓梯間？靜堯呢？有可能他也是故意不現身嗎？隱身暗處保持優勢，等看見程漢才現身？兩人都在玩手段，他夾在中間只是個扯線傀儡！一想到可能有不知多少對眼睛或望遠鏡在那外面頓時頭皮發麻，頓覺自己像支明晃晃的大蠟燭是個又大又赤裸的目標，有個聲音叫他趕快遠離此地，越快越好！

忽然天助他似的，有輛巴士大放光明，車頭燈車廂燈大亮，緊接是氣壓門發出吱啞聲、機器發動的咳嗽伸懶腰聲。那的士司機情報錯誤，這巴士站還未停用！候車亭側有個小小的站長室透出燈光，先前被停泊巴士的車身遮住了，所以他沒看見。眼看巴士要離站了他卻打不定主意，想著靜堯有可能馬上到，萬一他來了找他不著，跟程漢碰個正著？這一耽擱巴士已駛離站牌向廣場出口開去，有可能是八球風球全面停駛前的最後一班……

去它的！他想。不管他們這筆爛賬！他追上巴士拚命拍車門，那司機像是不能相信此時此地突然有人出現在車門而且要求上車，那驚疑表情就跟先前的計程車司機一樣。一平問明是去屯門的便知是西行車，不管是去哪裡先離開這見鬼的碼頭再說。

揀了靠車門的座位坐下，看著碼頭退入距離，他有逃出生天的感覺。不一刻來到長沙灣道，巴士一靠站他便下車向家的方向走。通衢大道上風更猖獗，傘一撐開便有條鐵骨給風吹折了，索性扔到路邊垃圾筒裡，揀樓簷下走以避開路過車輛濺起的坑渠水，雖然其實已全身濕透。走過屋村和工廠大廈的路段便是舊樓區，一路上黑森森行人絕跡，正走著卻看見對面街有家粥麵鋪竟還亮著燈便不覺住足，看到店主模樣的人跟一個店伙記忙著給櫥窗封上硬紙皮，他想了想要不要去借個電話打給靜堯問究竟，隨即想起沒把他的手提電話號碼帶在身上，而他沒法憑記憶背出那號碼。可以打給寶鑽問，可是颱風夜致電求問未免小題大作，也會令對方掛慮，還是先回家換下一身濕衣服再說，於是又往前走，抄捷徑轉入小街，有個建築地盤擋路，供貨車進出的過道因地勢斜，黃泥水像小河汩汩淌流直把行人道淹沒，不想淌水的話得繞行，差點撞在一輛停靠路邊的電單車上，他失重心滑倒泥潭裡，正掙扎起身，有隻手揪住他的頭髮將他的頭揿進水裡，他猝不及防喝進泥水一陣嗆咳，那隻手按住他不放，他閉氣到快不行了那手才鬆開，他昂起頭大口吸氣，頭昏腦脹間聽見程漢的聲音問：「錢呢？」

「我沒有。」他迸出三個字，熱切希望答案是相反的。

「黃靜堯呢？」

「我不知」三字剛出口，頭又被揿進水裡，他本能閉氣但還是吸進了水，這次又更久些，肺快要炸開了，手一鬆他急忙翻身好一頓嗆咳，透過滿眼水霧看見並立的程漢莫綺雯，都戴著騎電單車用的安全頭盔，穿著皮夾克。才心生一念想逃，腹部已捱了兩下重的，他伏地嘔吐，然後感覺衣領被揪住，人被沿地拖行，拖過泥水河，驟然眼前一黑，地盤圍板有塊被撬開了或是掰斷了，他一直被拖到圍板裡面，無力反抗地任由程漢將他架起，倒掛在他的堅實肩膀上挾往工地深處，被扔在一堆沙包上。他剛要坐起便被一腳踹倒，粗壯有力的兩隻手把他翻轉面朝下，膝蓋壓住他的脊椎骨，領帶被解下來，手臂反扭到背後，雙腕反剪用領帶纏繞綁緊。然後褲子的皮帶被解下，腳踝被並在一起用皮帶束緊。同一雙手搜他全身，錢包、鑰匙、錢幣、地鐵票，搜一樣往地上扔一樣，一系列動作俐落完善，然後衣領又被揪住，他被拖往工地更深處，被架起靠在一條鋼柱上，他感覺領帶跟皮帶都勒得緊緊的，雙臂雙腿一動都不能動。他意識到自己處境多麼糟，手腳被縛，被禁錮在這幽黑如洞的地方。俎上肉板上魚就是這感覺，任人宰割就是這感覺。冰涼的感覺從腹部以下開始往上竄，他知道那是恐懼，像有條蛇悄悄竄進了身體從下面爬上來。他叫自己要鎮靜，程漢對他能做的最壞的事不過是把他毒打一頓像當年在山頂那次，發洩一頓之後知道靜堯失約不關他事自會放他，他這樣給自己打氣。

藉著四面縫隙透進的微光，他看見自己置身幾條粗大鋼柱之間的乾爽處，周圍是沙包磚頭鋼筋鋼管之類的建材，仰望只見鋼筋水泥重重疊疊不知有多少層。某種防護膜包裹整個結構，因受風鼓脹如帆，便如同有座隔音牆將呼嘯風雨隔在外面。

程漢摘下頭盔露出平頭，一平這才看見他臉上帶傷，右邊臉腫起老高，眼睛被水腫組織逼得睜不開，成了怪相的獨眼人。他點了根菸吸口長的，打量腳下的俘虜，而他的拷問是帶凌虐性的，一記千斤力的耳光把一平摑得向一邊歪，脖子像要斷掉般。
「我再問一次，黃靜堯在哪裡？」
「我不知……」
換另一邊臉被打，一平嚐到了血味。
「他說在碼頭會合，等了一個鐘頭看不見人，我跟你一樣不知發生甚麼事。」
「我約他在碼頭等，就這麼簡單！」
「颱風天的交通你不是不知，也許只是遲到。」
似乎不管他說甚麼都只是捱打。
「那你為甚麼不等下去？為甚麼搭巴士走？」
一平答不出來。這次是一個猛踢，他痛叫。
「我看不見他又看不見你，怎麼知你們搞甚麼鬼！」
「你當我白癡！你幫他引我現身，你們一夥的！」
「現在我跟你一起回碼頭去，看他在不在！」
「你當我笨柒！剛才在碼頭，我一出現就沒命！我會被斬件，被扔進鹹水海！」
「你是說他想殺你，他要你的命幹甚麼？」
「他要斬草除根，要他老爸唯一的親生兒子人間蒸發，證明他才是名牌正貨，懂了嗎？」
「闖到他辦公室用刀恐嚇他的人是你！」
「是他逼我的！是他先派兩個人到我家，挾持阿雯要脅我，好在我媽剛好回來大聲叫

『差佬』[1]把他們嚇跑了！」

「你怎麼知道是他派的人？」

「他們想要那封信！以為我會那麼笨柒，放在自己家裡。黃靜堯以為狗怕了就不追來，他不知我是隻打不跑的狗！」

像是被自己這句話的氣勢所激勵，他來回踱步，被雨水濕透的球鞋擦過地面發出吱吱聲。忽然一平希望靜堯真是有埋伏，而他的人手正在附近搜索他和程漢的蹤跡。然而畢竟希望渺茫，想活著離開就要自求生路。跟他扯，不要停下來，他腦裡的小聲音說。

「信還在你手上，可以再來次談判。」他說。

「我已給過他機會，貓捉老鼠我玩夠了！」

「那兩百萬你不要了嗎？」

「我為甚麼要信你？」

程漢踱步中的少許停頓給了他希望。

「你不信我，為甚麼叫我來？」

「我以為有你在場，至少那衰仔不敢耍花樣，我錯了！」

程漢回來蹲到他面前，完好的左眼灼灼睖著他，「你知我怎麼想，教書佬？我想你大舅根本不打算來，騙你來做替死鬼，我想你跟我一樣給那臭小子耍了。」

一平回望眼前的獨眼，「你不能確定他沒去碼頭，說不定這一刻他就在那裡。」

頭皮一緊，五隻粗手指抓草似的抓起他的頭髮，頭被扯得後仰露出脖子和亞當結，滿是菸味的口臭氣噴到他臉上。「你以為那件事我忘了嗎？在黃老闆面前說我非禮，跟你那大舅聯合起來對付我你還記得？你跟你那大舅一樣乞人憎，好眉好貌生沙虱[2]！」

「我沒有冤枉你，你做的事你自己知。」

程漢說發作就發作，抓住他被綁的雙腕用力上提。

一平尖叫。

「叫啊！叫大聲點！看你大舅會不會來救你！」

他又叫，每根神經都在尖叫，手臂要和肩關節分離了一般。

「叫救命！叫！」程漢又加把勁。

一平大叫，然而聽來更像呻吟。

「說你冤枉了我！說！」程漢嘶喊。

「我冤枉了你，冤枉了你。」他呻吟。

「道歉！跟我道歉！」程漢低嘶。

「我道歉，我道歉。」他說。只要痛楚停止就可以。

「搞甚麼鬼？殺豬似的。」一個嬌脆聲音說。

人影閃了閃，阿雯從一堆沙包後面現身，手裡拿著小手電筒照明。

「是殺豬。」程漢笑。

「錢呢？」

「錢不在他這兒，他屁也不知。」

「那跟他囉唆甚麼？」

她外表看來還是那天在海洋公園見到的女孩，但感覺上是完全不同的一個人，冷硬的底質露出來。

電筒光落在地上一平的錢包上，她上前撿起，打開掏出兩張鈔票揚了揚。「兩舊水[3]，夠買兩天的！」

「死女包，陀小孩[4]還吸！」程漢笑罵了句。

阿雯不理他將鈔票塞入口袋，又從皮夾抽出張銀行卡向程漢道：「跟他要密碼去提款！」

「風大雨大通街找提款機？而且提個幾千有甚麼用！」程漢顯然不認為是好主意。

「要不打電話給她老婆，叫她拿錢來贖人！」

這驚人的話一出口，現場立刻有種死寂降臨。一平只覺墜在冰窖裡般五臟六腑都凍結。程漢的獨眼打量著俘虜，像是掂量這塊肉有幾斤重。一平不敢發一語，生怕錯說一個字會將那個掌管生死的秤傾向不利他的這邊。

「割下一隻耳朵，讓那女人知道我們來真的！」阿雯又道。

「他們家就在附近，要不要去住一晚？」

「好主意，我可不想在這裡待下去。」

「你先出去，外頭等我。」程漢回頭對她說。

「外頭大雨呀！」

「叫你出去！」

阿雯瞪眼不動。程漢先軟化，把她帶到一邊講悄悄話。

一平用盡聽力想聽，但是狂風暴雨消滅了一切聲音，大雨落在棚頂上竹架上如同許多小鎚子小釘子，整座鋼筋水泥結構在發抖。他渴望樓塌下來，把他們活埋在這裡。渴望昏迷，失去知覺，靈魂出竅，甚麼都好，甚麼都好過這樣活受罪。反綁的雙臂難受得要命，領帶的尼龍料子嵌進手腕的肉裡，越扭動嵌得越深。原來有種地獄是這樣，坐以待斃無計可施，在這離家咫尺處，這幾百萬人呼吸的城市，縱使叫破喉嚨也不會有回應，跟置身荒郊野嶺沒兩樣。

不一會他的俘虜者回來蹲在他面前，幾乎是和他打商量：「你說阿金會拿多少錢贖你？」

「她不會贖我，我們已經沒感情。」

「你說笑吧，我看是相反才真。」

「你不是看見了，那天在海洋公園。」暗示他與寶鑽出遊另有內情，一方面暗禱著金鑽和寶鑽會原諒他撒這個謊。

程漢半信半疑道：「我還真的想知，你老婆聽見你這麼說會怎麼想。」

「我也想知，你回去坐牢的話你老婆會不會等你。」

這次的耳光是挾真怒的，有好幾秒他完全失聰。然後下巴被捏住，鋒利的甚麼抵住了頸側的大動脈。程漢甚麼時候拿刀在手的他都沒看見。

「死教書佬，你知我最憎你甚麼？就是你這張嘴！你聽好了，我告訴你我們怎麼做，回去你跟你老婆說邀我們作客，招待我們住一晚，早上你招待我們吃早餐，八號風球一下來你去銀行提款……」

他剛想說金鑽去了旅行不在家，便臨崖勒馬想到絕不能讓程漢知道金鑽母子不在香港而家裡只有他一個。這樣一來程漢一定更加肆無忌憚，到他家免費住宿幾天，把他禁錮起來，舒舒服服等金鑽旅行回來。他不能想像做這兩人幾天的俘虜會是怎樣的比死還可怕的經驗，就算他們不殺他也會把他折磨到死。而且他不能讓金鑽小龍走入這樣一個陷阱，無論如何不能讓他們到家來！

「大廈有管理員，我們家還有個工人……」他說。

「還有甚麼？閻羅王嗎？」

「就算讓你得手，阿金會報警的！」

「你最好勸她別報，我可是知道你們住哪兒，你兒子在哪裡上學。」程漢發警告。

「阿金一直待翁伯母不錯不是嗎？不管靜堯對你怎樣，起碼阿金幫過你。」

「她知道我身世之後就變了，你們這些人都一樣，狗眼看人低。」

「你有沒有為老婆孩子想過？你想阿雯做逃犯？孩子在監獄裡出世？」觸怒對方也不管了。

「死教書佬講夠了沒有！」程漢鬆開他腳踝上的綑綁，「起來！」

但他全身麻木根本站不起來。程漢過來揪他的西裝領，他往後掙，雙腿猛蹬，兩人一起滾倒。

「你這蠢材！」一平罵。「小龍是你兒子！聽見沒有？小龍是你兒子，你想他看見你打劫，看見你拿著刀的樣子。」

就這樣他說了，真相出了牢籠，想要把話收回已經太遲。

黑暗裡看不清表情，但一平感應到眼前的身影蹲著不動。他心裡忐忑，反正都說了便說下去：「我們結婚的時候她已經有身孕，跟我說孩子是你的，求我當孩子的父親……她說你離開黃家之後有天找她介紹工作，一起去酒吧喝酒……她知家裡一定反對，當然那時她還不知你和我姑丈的關係……」

死寂延長下去。也許是過度震驚，也許他在吸收掂量。

然後他聽見笑聲。吃吃的，調侃的，想到了好笑的笑料似的。

頭髮又被揪住，汗津津的帶口臭的臉湊近，「你的大話講完沒有，吓？你當我三歲小孩？還有沒有大話要講？」

程漢根本不相信他！

「我講真的！小龍真是你的！我沒騙你。」

程漢放開手。又是那吃吃的笑聲。

「你是說你幫人養細路[5]養了十年？而你一直以為那細路是我兒子？」

「你是說不是你的？」

程漢搖頭憫笑。「幸好我這人偏食，對年紀大的女人沒胃口，不然跟自己的姊姊生個小孩豈不好笑！」

一平渾身發冷。就是說，金鑽是騙他的！根本沒發生過那種事。程漢跟她壓根兒沒有過那種關係！整件事是金鑽的虛構，打從一開始她就在騙他，沒說過一句真話，一個謊言套住另一個。一時間他只感到暈眩、胸口作悶、腦袋像要炸開。

那麼真爸爸是誰？金鑽不惜漫天撒謊都要保護身分的真爸爸是誰？

「有時我真不知我們兩個誰倒霉些。」程漢還在笑，還沒笑完，彷彿是一輩子聽過最好笑的笑料。顯然他跟一平一樣有著同樣的疑問：「你說真爸爸會是誰？多半哪個有老婆的高官或者哪個世叔伯，有身分有地位又有老婆所以見不得光？那時候不少這種人出入黃家，說不定我媽會知道點甚麼……」

似乎這男歡女愛的話題讓他心不在焉起來，捨不得讓它結束似的又說：「想起來有個時期黃大小姐——啊不，于太太——還真的待我不錯，說不定真的曾經對我有意，承蒙她這麼看得起認我是小孩的爸爸，乾脆我就跟我的親兒子相認……」一面說一面刀尖晃晃下移，「看在你向我道歉的份上本來想放你一馬，可是總不能讓我白忙一場，多少得讓我留個小紀念，反正你這支傢伙看來不怎麼管用，沒用的東西留著做甚麼……」

一平感覺褲拉鍊被拉開，刀鋒的寒氣透到裡面，憋了許久的尿意再也憋不住，一股暖流沿大腿向外溢流，迅速浸濕他靠臥之處，尿的臊味充滿了空間。

程漢吃吃笑，很高興有了新笑料似的，正笑著卻反手就是一巴掌猛刮過來。一平痛歪在地，用盡餘力在口腔裡凝聚一口唾沫朝外吐，聽見它「噗」一聲命中目標，落在程漢臉頰上。

以為到頭的屈辱沒有到頭。他被臉朝下按倒在那灘尿裡，沾了滿臉滿嘴滿頭髮的尿，但他一點不介意。膀胱輕鬆了他覺得可以面對一切，樂意忍受所有憤怒的詛咒辱罵拳打腳踢。樂意死。寧可死。

他分不清是自己失去了意識抑或程漢真是停了手。無論如何襲擊停止了。有人在說話，有男聲有女聲。腳步聲靠近，他感覺雙腳腳踝又被綑綁，身體被沿地拖回那條柱子，胸口又被繩索纏縛，有對手揑住的腮骨要他張嘴，另一對手往他嘴裡塞布條，他們要封他的嘴！要殺他嗎？不想聽見他垂死的動物叫聲？

求生意志促使他亂滾亂動，不讓布條被塞入嘴裡。

「死佬！」阿雯咒道，給他一腳。

「十萬！」他忍痛道。「放我走我給你們十萬。」

那兩對手停止了動作。

過了一會，他聽見程漢說：「二十萬。」

「三十萬。」阿雯馬上說。

「好的三十萬，再多金鑽會發現的。」他聽見自己的畏怯聲音說。

「我給你次機會，少一毛錢我們去跟你老婆討。」程漢來個例行公事的狠話。

一平聽著兩人的腳步聲由近而遠，馬上卻又聽見腳步聲由遠而近，是阿雯折回來，喉嚨咳咳有聲，「噗」一聲，一口痰落在他臉上。

「幫阿漢還給你的！」阿雯道，這才轉身追上程漢。

這次真的走了，他一顆心倒懸聽著腳步聲消失地盤外，之後是電單車疾馳而去的聲音。終於他可以休息，任黏稠的痰液順頰淌。偶爾有警車或救護車的哇嗚長號劃過外面的風雨，這工地裡卻墓一般靜，或許極樂是這樣一種靜——

醒來他發覺自己蜷在冰冷地面，身體像條肉蟲扭曲顫抖，那男子呻吟聲是他自己的。回家的路向黑夜最深處無盡延長。他慶幸是個風雨夜，雨水沖掉他滿身泥滿臉血，沖淨傷口，即便人們看他走路怪模怪樣也只當是個醉漢。

一個紅衣人影坐在他家門口的走廊上，紅色斗篷雨衣上滿是水珠。

那人站起叫「平哥哥」，驚呼一聲過來攙扶。

「走開。」他暴躁推開那人。

那人又過來，他又推。

「走開！」

腫脹的手指握不牢鑰匙，一整串晴呤嗆哴掉地上。那人撿起鑰匙替他開了門。他怎麼進屋的，後來他完全不記得了。

2

睡睡醒醒不辨晨昏，痛醒夢醒時有隻涼手摸他的額。垂簾的房間有刺鼻的西藥味消毒藥水味，有女子的身影來去，有個男子來過幾次給他打針敷藥又離去。他耳畔有女子的聲音說話，女子的手放探熱針到他舌下，給他換塊新的涼毛巾放額頭上。有時女子拉開窗簾放進一線光。

慢慢他能聽清女子說的話比如「覺得好點嗎」、「燒退了點」、「餓嗎」。有次睡了個長覺醒來，聽到廚房的廚具乒乓聲，背景裡是個耳熟的男子聲音說：「泰莎目前集結西南偏西，今天凌晨改掛三號強風，預計在廣東省沿海登陸……」

恍惚間他以為金鑽回來了，彷彿又回到從前某個尋常夜晚，他在房間改卷等開飯，小龍開了客廳電視看卡通片，金鑽連聲催小龍洗澡……然後心臟的一個痛楚間，他知道不是的，不是那樣的夜晚，不是那時候的他。

女子退去衣服鑽進被窩，小心著不碰他的傷偎他身側，彷彿是最自然的事。伸臂讓女子睡到懷裡，也彷彿是天下間最自然的事。他放心讓這女子給他喫藥打針、餵他喝粥、扶他起身如廁、替他解衣換藥、洗身抹身。黎明前的微光裡細看她的臉，從眉毛眼睛到飽飽的額、到微翹的嘴角、到下頦的線條，視線輕撫每個細節像在畫她，彷彿小時鍾愛的洋娃娃變成了真人，彷彿癡心凝望的畫上美人走下來成了血肉軀陪伴他治癒他。受傷的身體以全新的韻律顫慄，一次次當他睜眼醒來，一次次他感覺到痛楚變鈍，迷霧散去，所有感知官能未經他同意開始復甦。然後有次睜眼看見一室的迷離陽光，衣櫥鏡子的反光裡，寶鑽在退衣穿衣，那麼自然毫不羞怯，彷彿從來是他的家人。

「紅衣人。」他微笑。

她過來床前，眼睛轉著奇異的光芒。

「我以為你會死。」她說。「你不肯去醫院，我只好叫阿典幫忙，這會兒總算燒退了，你覺得累是因為打了好多抗生素。」

靜堯和金鑽都來過好幾個電話並留言，她告訴他。「我跟哥哥通過電話，跟他說你感冒發燒，媽媽把你接到山上養病，這樣說可以？我是怕他突然上來這裡按門鈴。」

「可以。」他說。「他相不相信是另一回事。」

「信箱裡堆了太多郵件所以我擅自幫你開信箱拿了，放在這裡你有精神再慢慢看。」她去把郵件拿來放在床頭櫃上像個勤快的秘書，流連不去說：「那年寫給你的信，你收到？」

「甚麼信？」

「我只寫過一封信給你。」

他想起來了。「你是說七個字那封嗎？」

她笑。「你數了有幾個字？」

是他寫信通知她他和金鑽的婚事、而她寫給他的回信。他那封信有一滿頁紙，問候學業狀況生活狀況等，信末順帶一筆提到婚禮日期。寶鑽的回信是非常老成的七個字：「是我先愛上你的。」

「小妹妹吃醋呢！」金鑽拆信後笑道。

兩人當成小女孩的階段性情意結，隨著她長大自會過眼雲煙。

能下地時，她扶他到窗前看風災後的市容。石屎[6]剝落的外牆、變形的店家招牌、堆積路邊尚未清理的垃圾和玻璃碎片。在這一切之上是正常世界的紛繁倥偬，他覺得自己像個囚徒自鐵窗內外望，陽光烘熱了臉的感覺彷彿是長久以來的第一次。

金鑽的留言內容則是說想提早回來，但是暑期末連商務艙都客滿，已登記排隊輪機位，但是多半無望，依原訂計畫這個星期五回……

「今天星期幾？」他問寶鑽。

「我們有三天。」她說。

當晚兩人並枕絮絮聊了徹夜，她問他颱風夜究竟發生甚麼事，阿典說他的傷勢像給誰凌虐毒打了一頓。他凍結住，思想只要一碰觸那晚的地盤經歷便自動凍結。後來他還是告訴了她，選擇性地說出大部分經過而保留了有關小龍身世和三十萬的情節。

她的憤怒除了針對程漢也是針對她哥哥。

「電話留言裡哥哥說車在紅隧口死火你信嗎？」又說：「不管哥哥打不打算付錢，叫你去碼頭一點作用都沒有！」又說：「阿漢要求你在場完全不合理，哥哥為甚麼要答應？」

「不用費神研究了，怎樣都好吧我沒興趣知。」一平道。

事實是這場經歷令他身心皆疲。只想遠離人，和人的一切想法、動機、打算。有點甚麼改變了。從前以往他理所當然便接受並賴以建立他的人生觀的、對世事的理解和詮釋，他發覺全是他的想當然。可以說他從未理解這世界，而這個發現過程也許從很早以前便開始，也許從金鑽的第一個謊言便已開始。

風雨在四面築成了密林，他們是森林裡躲避巨人的小動物，瞌睡懵懂中碎碎細語說著心事。她說你知嗎我等你等了多少年，長大就是為了這一天，留在香港不回瑞士也是為了這一天，有陣子我失控到打滋擾電話給你……

「那個人是你？」

「對不起，那陣子我好低落。」

「把我一家搞得多神經兮兮你知不知？」

「可是誰叫你避開我。」

有次路過學校打電話給他想約喝咖啡，又有次想約他去看油畫展覽，他都婉拒。

「難道我不該避開你？」

「你信不信一個十二歲的女孩也能愛上一個男人？」——執著癡迷的表白輕得只是空氣的震顫。

後來也就沒有其他可能了，過往他信奉過的所有禁忌所有條框、所有的「不該」與「不可」變得毫無意義。她的年輕他的衰老，既是相對的也是共有的。已不是他的初次也不是她的。從心深處發出的哭泣、被身體煮熱的淚水、自窗外斜斜傾入的晴光與月色、是他們共有的罪孽——

我一直想把第一次留給你，她帶著遺憾說。十四歲她有了初體驗，是住在同一條街上的開影樓的攝影師，灰髮茂密文質彬彬的中年人，最初說想拍一輯東方女少寫真約她上他影樓，其後又說角色扮演可增加靈感，於是開始玩公主與騎士的遊戲，她飾演被囚禁的公主而他飾演勇救佳人的「白騎士」，公主要蒙眼因為城堡裡有吃人的妖魔鬼怪。

為了逼真地演好角色她不介意新奇的體驗，包括把衣服脫光光、擺他想她擺的姿勢、任他綁縛、任騎士撫摸她的乳和私處、依騎士吩咐舔他下體、任騎士將柔軟的墨魚狀物體放進她嘴裡。有時在榻榻米上有時在一張極大的灰熊皮上，他們進行各種寫真實驗。是秘密，他叮囑她說。妖魔鬼怪隨時監視，洩密的話便不好玩了。她完全相信，愛上這個秘密，喜歡現實與虛構的對調替換，喜歡與一個異性的肌膚緊密接觸的刺激感，喜歡白騎士的藝術家手指的愛撫並開始期盼這些約會——

「每次我想像是你，想你老了就是那個樣子，我要為你準備自己。」

因此允許遊戲繼續，寧願欺騙自己不想醒來，就像小孩相信聖誕老人會騎鹿橇從北極帶禮物來。

白騎士後來有了新歡，比她年歲更小的模特兒——「恨不得殺死他！」她說。

他看見她腕上的疤，彎曲凹凸的暗紅線，像有條小蛇順血管爬向手掌，上面一排齊整的十字形縫針痕跡，平日有衣袖或皮箍飾品或手鍊遮掩因此他第一次見。

「怎麼做這種事？」他抓住那手腕痛心問。

「像不像紋身？」她當笑話講。

「答應我不再這麼做。」

「這種事怎能答應你。」她說。

又聊起很久以前，她第一次看見他，一個拘謹認真的青年，不知他不同在哪裡，就是知道他不同，與她之前之後所有遇到的人都不同，好像她天生特別能懂得他的好。往後的人生她也遇過彼此有好感的人，也跟男生交往過，也想過去愛他們，可是不管怎樣努力就是沒辦法，也不知問題出在哪裡，就是覺得有件事未了，有個人在某地等著她。於是她游離在過去與未來之間的中間地帶，而中間地帶是漫長無盡的歲歲年年。不管她怎樣想把他從記憶裡抹除，不管她回頭看或是向前看，都只是看見他站在時間的遠端。是這樣她知道，她心中只他一個容納不下第二人，縱然走得再遠遇見再多的人都永遠是他好——一日如千年，該發芽的發芽，該滋長的滋長，像豆子迸破長出了綠莖，長出巨型的花瓣將他們包覆在核心。

沒來由地小學聖經班唱過的聖詩歌詞浮上他腦海：前我失喪，今被尋回；前我瞎眼，今我看見。原來有種執著是超越對錯的。年齡差距、血親關係、現實桎梏，所有所有都一剎那間溶化掉。此刻在發生的事不可被理解或被解釋，如果真要有個解釋也只有奇蹟能解釋。他覺得一切都值得了，所有吃過的苦受過的難包括地盤裡那場可怕的經歷，都值得了。抱她在懷裡他知道他們無縫吻合，從身體的每個曲線到內心的每個痂，彷彿有某種黏性的物質將他們膠著在一起，有時讓他覺得是超過他這身體所能夠承受的。繞了這麼一大圈，哀樂中年的他終於嚐到情愛的滋味，然而是何其短暫的情愛。

最後一天他們去了大帽山，開著她新買的紅色本田，走青山公路入葵涌，沿著蜿蜒上盤的山路直開到峰頂天光最亮處，剛趕得上看一眼最後的日落餘暉。觀景台上遠眺，風從海角天涯吹來，吹得人栩栩欲飛。荒草懸崖之外是天地，平地之上是塵世，塵世之上是天，中間是重樓與層山，突出雲靄的峰頭是仙島。

回到車上，她告訴他她決定回瑞士，帶同母親一起。

「這樣也好，房子怎麼處理？」

「哥哥想要就賣給他，隨他想怎麼做就怎麼做。」

「這樣很好。」他說，放下心頭石。

這一來就一石數鳥好幾個問題都一次過解決了。既可滿足靜堯的覬覦心，亦可免母女倆被捲入紛爭而受傷害。當然最重要最核心的是，杜絕自己的妄念。他此後的路既已選定了便只好走下去。寶鑽還年輕還有大把青春找個年齡相配的人談個正常戀愛，身為有婦之夫和姊夫的他不該也不能讓彼此錯下去。在他心中無比神聖美好的三天，他決定塵封記憶裡。

3

開學後生活又墜入舊時常軌，周而復始的上班下班、上課下課麻痺了他的神經。夫妻倆照樣結伴出席小龍學校的家長活動，照樣週末互相協調安排小龍的興趣班接送。小龍照樣迷他的任天堂和日本科幻漫畫和超人片集。金鑽照樣一門心思打造金銀島品牌改善業績，積極進行她的理想家居獵屋。

她沒太詳問他的傷勢怎麼來的，完全相信了他的話，只當是「莽撞電單車司機撞人後逃逸的小無妄之災」的說法，陪他看醫生諮詢有關傷癒後的一些症狀如頭痛複視、夜夢盜汗，聽了兩耳朵醫學名詞如「創傷後症候、腦震盪、自主神經失調」等回來，拿回來一堆助眠藥鎮靜劑和維他命之類，之後便放心讓時間治療丈夫。

一平一直未與靜堯聯繫。事實是自與紘蒂一別又聽她說過那番話，加上深水埗碼頭失約的事，他對靜堯這人已有了戒心。至於靜堯為何也不主動找他，連個為失約表歉仄的電話都沒有，他雖是納悶卻也正中下懷。其後聽金鑽說靜堯連月來留守內地，為南海項目籌集資金而奔波，便樂得用此作為雙方疏於聯絡的理由。

直到中秋節郎舅倆才見了面。那天一平夫婦帶同小龍到長沙與于太太鳩叔過節，甚少在島上出現的靜堯應金鑽之邀居然也來了，很晚才到，大門敞開著沒關，客廳裡抱著鳩叔的小外孫在玩的一平一回頭看見他立在門口燈光下，一眼看到他的淡鬍青、黑眼袋、皺西裝，一副風塵奔波的樣子。兩個人只點頭招呼，短短一剎的眼神接觸輕若無物卻又別有底蘊，一平被一種陌生感阻隔，覺得靜堯的眼裡飽含個甚麼訊息，但是未及捕捉便已散去。于太太過來寒暄，靜堯遞上手裡提著的人頭馬，道歉說來晚了因為談生意剛從南海趕來。

整頓飯靜堯顯得心事重重懶講話。起初說戒酒了不喝酒，因眾人勸酒又喝起來，比誰都喝得多，看有誰的酒杯空了便勤快續斟，偶爾發揮幽默插句嘴，但一平有個感覺他一直留神著自己，一對倦眼不時掃來不知何意的一眼。一瓶人頭馬喝完了又開了其他酒，連鳩叔收藏的五加皮也被于太太找出來待客，被鳩叔笑斥：「阿芳這苦力喝的酒你怎麼拿來招待貴賓，阿堯可是喝慣來路酒的！」

「舅叔公我現在不是甚麼貴賓是落水狗，何況在內地待多了愛上國產酒！」靜堯笑著接口。

座上客都是鳩叔的家人包括兒子兒媳女兒女婿，兩杯下肚舌頭的螺絲鬆動了，做公務員的那兒子向來是個講話不分輕重的，先是他批評了兩句紘蒂悔婚做得太差勁了，其他人基於與靜堯的親誼關係立刻異口同聲敵愾同仇，說著表同情的話如「太豈有此理」、「不是個人嘛」……

酒意本已不輕的靜堯給這一撩撥便來了火：「別以為那國的女人老實，當年還是她追我的，一對葡國眼還真能放電！」

看滿桌哈哈便更起勁，一傾如注又說：「不就是仗著她家有錢有勢，都算是老夫老妻了還發這種小姐脾氣！不就是想我吃醋，著緊她，不想想我都是為了誰！一天工作二十個小時，做乖仔孝順仔乖女婿，服侍那些老廢柴老骨董！也不照鏡子看看自己老大不小了，再怎樣的大美人都已經是二手貨，玩夠了瘋夠了看她怎樣跑回來求我要回她！」

在座諸人都被靜堯的借醉吐真言弄得有點尷尬，靜堯猶自不覺，一時彷彿忘記有滿桌聽眾在那裡，繼而大放厥詞議論施家：「撤資不過是個晃子，施老頭心裡有數得很，英女皇的照片一撤下來他們就玩完，沾殖民地祖宗的光養得一身肥膏，香港不再需要這批死淨雜種！」

剛好這時金鑽端來拿去重熱過的雪梨豬心湯，看鳩叔的兒子又要往靜堯杯裡斟酒便奪去酒杯，「喝夠了喝夠了，大家喝點熱湯！」往靜堯碗裡舀了勺熱湯又夾了幾大筷子菜，「你不是還要回南海？吃飽了快走吧。」

「這麼晚還去南海？」在座有人問。

「有個酒店集團看中哥哥那塊地皮，要建五星級酒店。」金鑽搶先代答，分明想替靜堯挽回顏面。

靜堯懶懶一笑道：「因為地點靠近西樵山風景區，而那附近缺高級酒店，不過我看是放空炮居多。」

「只要是炮就是好炮！」鳩叔豎起大拇指。

一桌子人都笑了。

飯後于太太在沙梨樹下擺上月餅和柑橘葡萄沙梨等水果，又泡上一壺普洱濃茶讓年輕人邊談邊賞月。這時沙灘已十分熱鬧，陸續有居民或遊客一家大小帶著毛氈在沙上席地坐，小孩一人一支燈籠跑來跑去跑得燭光朵朵明滅，歡笑聲與海浪聲混音成這中秋夜海邊的背景聲。

因眾人留客靜堯又坐了一會，再次起身告辭時大家也就不留他。于太太囑一平送到巴士站。沙地不好走又到處是連群結隊的提燈籠小孩，因此起先都只默默走路，沒多久來到通往馬路的那條斜坡，夾道有樹蟲聲唧唧，沙灘上的喧囂拋在後頭。

「這裡過節氣氛是不錯，」靜堯道。

「以往請你總是請不到，」一平道。

「今天來主要是見你。我知道你也許沒興趣聽，但是不講一遍我就白來一趟了。」

於是從頭解釋一遍深水埗碼頭那晚是如何失約的，是比電話留言較詳細的版本。「信不信由你，就有那麼巧車子在紅隧口跪下——我沒開自己的車，太引人注意，所以跟洪哥借了他的舊豐田，結果要找拖車公司來拖，我打電話叫洪哥來等拖車，然後搭的士去碼頭。」

一平緘默著不表示信或不信，聽靜堯說了下去：「可是到了碼頭已經看不見你人了，打電話到你家是電話錄音，上你家按門鈴又沒人應門，只好回家等你電話。我想多半你等不到我來就自己回家了，程漢沒拿到錢當然會很火大，我想他多半會找我再約時間。第二天再打電話到你家還是電話錄音，差不多中午吧，接到阿寶的電話說你感冒發高燒接你到山上養病，我想有二媽和阿寶照顧你也沒甚麼不放心，反正知道你平安就可以，覺得讓你安靜一下不要打攪比較好。」

合情合理，一平找不著漏洞。倘若靜堯是在撒謊，那麼當晚他其實有去深水埗碼頭，而所謂汽車失靈全是虛構的；倘若靜堯沒有撒謊，那麼當他到自己的住處按門鈴的時候，正是自己在地盤受程漢拷問的時候。想是他按鈴後不見有人應門便離開了，停留的時間不長，跟寶鑽前腳後腳的錯過了。而大廈的夜間管理員又都是些做兼職的退休年齡人士，沒有哪個住戶會期待他們在崗位上不打盹、而盡責地登記每個出入的人。

靜堯問他當晚究竟發生甚麼事，一平便將當晚經過——怎樣被半路攔截，被擄到地盤受一頓拷問——簡略說了一遍，比他告訴寶鑽的版本較詳細，但是同樣略過有關小龍身世的情節。

「他認定被你耍了，認為你帶了人手在碼頭埋伏，把氣出在我身上。」

「埋伏？」靜堯冷笑。「真是那樣的話，我不會失手讓他跑掉。」

「他說你派人上他家恐嚇，為了那封信，有這事嗎？」

「差點得手了，洪哥找的那兩個人太沒水平。」靜堯直認不諱。

一平忍住不批評他說，要不是他一味拖拉不肯正視問題，便不致落到今天這樣冤冤相報。他思量著要不要說出那三十萬的事，說出來有損自尊，然而如今正該團結起來對付程漢，要是他和靜堯缺乏共識也許會損害大家的利益，衡量之下他決定說出來。

「當時的情況沒辦法，撿回一條命算幸運。」他說。

「這個當然，換了是我也會這麼做。」

靜堯問他怎麼交錢的，他說是對方在信箱留字條，他按指示將裝著三十萬現金的手提袋拿到深水埗公園放進指定的垃圾桶。但他沒說是怎樣半夜裡起床、躡手躡腳生怕吵醒熟睡的金鑽、越過死寂的街道走到公園的。如今想來仍疑幻疑真。

「要是你跟我商量再給錢，說不定事情已經解決了。」竟似是怪他處理不當。

一平也懶得解釋說因為對方失約在先，便對他失去信心了。而且也怕程漢真是找金鑽，想著自己靜悄悄的解決算了。

好一陣子兩人只是走路，只有偶爾從身邊過的小孩笑鬧聲打破寂寥。

「這樣也好，三十萬能讓他們撐一陣子，給了我們時間找人。」靜堯沉思著說。「這小子狡兔三窟的，上次能找到他是因為他那陣子搬去跟恆姨住，這會兒恐怕連恆姨也搬家了。」

「為甚麼要找他？還是想要那封信？」

「那封信沒有多重要，我只是不喜歡我在明他在暗。」

「找到他之後呢？你打算怎麼做？」
「甚麼都不做，等他主動。」
「你是說他還會找你？」
「也說不定找你。你以為花錢真能消災？只會養大他的胃口。現在他嚐到了甜頭更不會收手，以為我們這家人的錢都是隨便他花的。」
「我不了解你的想法，這樣拖下去沒好處。」
「這句話你怎麼不拿來跟他說？」
在他來說是場遊戲，一平開始有些明白。面子攸關自尊攸關，血緣與非血緣之爭。他是不會讓程漢得逞的，打從一開始就不曾有過這打算，因而一而再用拖延的策略挑戰對方，自己夾在中間只會兩頭不討好。
這時他們來到了大馬路，巴士站擁擠著等車的人群，為了避開走到稍遠的芭蕉叢旁。秋夜的風將那大葉子搧得直搖，就在那黑扇子似的芭蕉葉影的掩護下，一平說出了縈繞心底多時的疑問。
「那晚上你到底有沒有去碼頭？」
靜堯給他個謹慎目光。「怎麼這麼問？」
「你到了碼頭卻不現身，用我來引程漢出現？」
「你怎麼會有這想法？我為甚麼要這麼做？」
「也許你不甘心受他鉗制，想不費一毛錢就拿到那封信。」

「看來那姓程的真的把你打很傷，你有沒有聽見自己說的話多離譜？」
「剛剛你不是承認了？你不認為花錢能消災，又怎會帶錢去赴約？」
「你覺得我是這樣的人？把朋友當豬骨頭扔給野狗的人？」
被靜堯這麼一問，一平頓時覺得自己的指控也許是真的有點離譜。
「老實說我也先禮後兵了，」靜堯略為緩和口氣道。「那小子不識好歹，你倒認為是我不對？我也想花點錢就能把那瘟神送走，可事情有這麼簡單嗎？所有我做的事都不是為了自己，是為了保護這個家的所有人包括你和你的老婆孩子。今天我特地跑到這裡來向你道歉，你還要我怎樣？我一直當你是朋友，但有時我真不知你站在哪一邊。」
一番話說得一平默然。難道真是自己疑心生暗鬼？是他自從聽了紘蒂的一番話便先入為主、用紘蒂的觀點來看靜堯？然而紘蒂是曾經信賴靜堯的人，該不會生安白造[7]中傷他？疑念就像種子，一旦在腦子裡植根便無法消除，他但願有法眼能助他看穿對方內心的底蘊。
儘管氣氛有異，兩人還是正常地作別，一平目送靜堯上了巴士又目送巴士遠去，感覺上那巴士是載著他和靜堯的友情遠去了。自個兒沿原路回去的路上，回味著適才的對話，他不覺回想起這些年和靜堯，儘管不論價值觀、志趣、對世事的看法都大相逕庭，然而透過歷年的年節家庭聚會、週末網球會、飯聚與酒聚，或多或少累積了不薄的交情，既是親戚的又是同輩的，同樣有著獨生子孤僻性格的他們也並沒有交到除彼此外更要好的朋友。假如他早點認識到這一點，或許他與紘蒂的第一個幽會便不會發生，而他也不會因為負疚而選擇與靜堯疏遠。他從未忘記是他先虧負了朋友，讓這友誼遭腐蝕，讓這關係變成了有毒。也是在今晚他第一次體會，靜堯重視自己多過自己重視他。又或許可說，這份友誼在靜堯心中的份量遠超過在自己心中的。這麼想著他幾乎就寧可靜堯是故意失約不去碼頭、又或是去了碼頭而不現身，這樣一來他們之間便一怨還一怨扯平了。

睡夢裡他會回到那地盤，四肢被縛躺在冰涼地上，耳朵被切掉或利刃割喉，又或者走在街上會無端地後脖子上一陣寒意，前後左右都是戴灰面具的人彷彿有千千萬萬張面具包圍著他。有天放學回家他在深水埗站下車後，藉著當晚經過的那家遲打烊的茶餐廳作為地標，不費甚麼力氣便找到那地盤所在地。他知道是那位置沒錯，光天白日裡看得分明，瘦高的一棟半完成結構杵在舊樓群間，想是已經又增高了，地基上是個四方鋼架，八爪魚般伸出一條條粗大柱子深入地底，那個颱風夜他就是被擄到那個大架子底下，被禁錮在幾萬噸鋼筋水泥的腹部。在那晚之前他從來都覺得那樣的事不會發生在自己身上，那晚之後他忘不了那件事。

時序進入秋冬交，某日下午後半的回家路上，他見到了絕沒想到會見到的一個人。那是在離地鐵口不遠的北河街街市的一間水果鋪前，店老闆從裡面追出來叫住一位顧客：「大嬸，沒找錢呢！」那位被喚「大嬸」的顧客轉過身來，不知是店老闆沒遞好還是她沒接好，零錢掉了一地，有幾個滾到一平腳前，他幫著撿，那大嬸連聲謝謝接過零錢，照面間一平心跳停止了一拍，因為那張臉他認得。雖然去年在醫院裡看見她是那麼遠距離的短暫的一瞥，而她又是穿著病人袍，但那深秀的輪廓不易忘記。她略顯匆忙地轉身走了，沒留意那個給她撿零錢的青年的異樣目光，也沒留意那青年跟在她身後。

一平感覺裡像是被一雙腿帶領著走，跟在翁玉恆身後。模糊的「萬一找到程漢的藏身處」的意念驅使著他，目注前面那瘦挺的背影亦步亦趨。不是太難跟，因為她走得慢，而且那一身打扮實在獨特。他無從得知她是因為病窮抑或其他原因使她變成這副狀貌，大熱天穿件蓋過膝蓋的深棕色絨大褸，底下露一截藍碎花裙又一截綠碎花裙，小腿密密層層套著緊身襪褲和厚毛襪，平底布鞋舊得裂了口，頭上罩頂尼姑帽樣式的絳紫毛線帽，整個地使人想起那些流落街頭撿汽水罐維生的丐婦或露宿者，奇怪的是那破衣敝履的邋遢外貌，並不能完全掩蓋那獨特的孤矜氣質。只見她人潮裡怡然步行，一邊肩頭掛下一隻洗掉了色的藍布袋，裡面贅著圓圓的東西，想是先前在水果店買的水果，對她來說似嫌過重，眼看她步子慢下來，為了不超前他只好時停時走，利用沿途之物做掩護，假裝瀏覽店門口的貨品，或隨便找個廣告招紙或海報看個一會。就這樣兩人一前一後走了一個街口又一個，經過一個大型屋村，又經過一間薄荷綠牆的學校，便是綠化較多的長沙灣。看她站在一個繁忙的十字路口等燈號轉換，他便落後一些站在牆角側，看到馬路對面是個大型唐樓群，是這一帶最大規模的戰後樓群，向有龍蛇混雜之譽，他聽說過但是從未進去過，心想她會不會是住在那裡？靜堯預料到她會搬家，是不是搬到了這裡？換綠燈，她穿過馬路，果然是向那樓群走去。兩排樓中間有條小巷，巷口有個紅布篷遮頂，她穿過紅布篷底下消失入巷內。

他緊隨不捨跟入小巷，眼前驟然一暗，夾道是八九層高的舊唐樓，一棟連一棟從這頭延展到那頭。此刻走在這裡面才知密度有多高規模有多大，數不清有多少棟樓多少戶人家，簡直是個小型九龍寨城，天光被遮掉以致大白天都黑沉沉的，仰望是椏杈重疊的晾衣竿、魚骨天線、冷氣機殼、各色飄揚衣物，一叢叢一簇簇，而這一切之上是樓頂處的一線天。他沿小巷往裡走，地面都是些小店小鋪，裁縫的補鞋的賣盜版碟的賣粥賣豬腸粉的，卻已不見那婦人的身影，不知她進入哪棟樓了。巷裡來回走了一轉看不見她，正不知何去何從卻見她從一間店出來，正將個小紙袋往布袋裡塞，一看是家賣蜜餞零食的。看她向另一頭走去便不敢耽擱，跟她走進靠近巷尾的一棟樓裡，下一刻便發現自己在一條窄樓梯上，梯很陡，又髒又臭，有股像是殘羹剩飯的貓飯氣味，黃昏的半透明光從樓梯轉角的窗戶過濾進來落在污垢厚積的磁磚牆上。他放輕腳步，憑聽覺聽見上面一層的軟底鞋聲。這樓內不全是人家也有做生意的，沿牆橫拖的電線亂插著各行各業的名片，按摩指壓、治癬治瘡、改衫鑲牙、一樓鳳[8]之類。開飯前的時段，梯井闃靜的，卻有剁肉聲鑊鏟聲罵孩子聲電視聲洗牌碰牌聲，自家家戶戶的門後傳到這樓梯上。

是怎樣一條路讓翁玉恆走到了這裡？這貧民區裡的舊唐樓。一個失神間他發覺像是有一會沒聽見腳步聲了，轉過梯角，看見她扶欄喘息的背影。一時他卻步不前，不知進好退好。那婦人歇了一會再舉步，吃力地走一級，又走一級，一平再也硬不起心腸不上前。

「我幫你拿。」他走到婦人身畔，立刻聞到極強極臊的體臭。

翁玉恆讓他拿去藍布袋，禮貌的望著眼前的青年顯然已經不記得先前在街上照過面，溫靄微笑道：「謝謝你啦，你真好人，我太久沒下樓，兩條腿都不懂走路了。」

他要扶她但她搖手止住。「不不，我身上髒。你住幾樓？我阻你回家吃飯了。」

「不阻。」他說。

走兩級她又要停下來歇，不好意思笑笑說：「剛搬來這裡還挺有腳力的，以為這些樓梯難不了我，異想天開！」
「你家人呢？」
「有個兒子，但他不同我住。」
「你一個人沒問題嗎？」
「一個人好。」
「吃飯怎麼辦？」
「打電話叫人送——最近裝了電話。今天是覺得口乾，想吃水果，下樓買兩個柑。」
「你兒子常來看你嗎？」
「有時通個電話。」隨即覺得要捍衛兒子似的：「他很忙，他做運輸的，香港大陸兩地跑。」
似乎她以為程漢還在做運輸。
「有件好事，我媳婦懷頭胎了。」
「啊，恭喜你。」
「是個男孩，不知看不看得到他出世。」儘管是悲觀話卻是帶笑說的。
這樣閒談著一級一歇的，走完第三層樓開始走第四層，她問：「你住幾樓？我好像沒見過你。」
立刻一平警覺到她語氣裡的戒慎。是他問了太多問題嗎？一個長年為兒子擔盡心事的母親會有的戒慎。

「我不住這裡，我來給個學生補習。」他說。

「哦，你做盛行[9]？」

「我教書的，在中學裡教。」

「教書好，是好職業。」對他另眼相看似的。「我以前認識個朋友是教書的，少見的好人，可惜英年早逝。」

一平不覺留了神，心想她講的人是父親嗎？難道她認出他來了、所以講起父親試探？

「我總遺憾書讀得少，我們那年代吃得飽就不錯了，我先生倒是讀了很多書，來到香港也沒用……瞧，我淨講自己！」發噱的自笑自。

那一刻他有個衝動想向她坦言自己的身分，可是這樣一來她勢必告知程漢他來過，也許引致不可預計的後果。而且現在這樣，跟當年在黃家院子的玉蘭樹下、與父親有過次邂逅的翁玉恆，這樣一起走著這幽暗的樓梯這樣說話太過超現實，像夢中的情境，而他不想破壞這情境。

走到第四與第五層之間的轉角平台，翁玉恆停下來，轉身微笑道：「送到這裡吧，我自己可以了。」

「你住幾樓？送你到門口吧。」

「本來應該招待你，」她拘謹笑笑。「但我那地方亂得不像話，也實在不該再阻你了。」

一平尚未答話，翁玉恆已伸手取回藍布袋。

「太久沒跟人講話，謝謝你聽我雞啄不斷。」

儘管仍笑著，但一平感覺到那姿態裡的堅決。

「我留個電話，有需要打給我。」他打開書包找紙筆。

「不用麻煩。」為了阻止他，她握住他的手。

乾枯的手像樹皮，但他覺得溫暖。

「有緣相見已經很高興。」

「再來看你可以嗎？」

「我不會在這裡多久了，隨時覺得是時候了就到醫院，我倒是希望能快些。」毫無哀戚感。

忽然他都瞭然。在她一切都成過去，夢幻泡影全無重量，程漢是她最後的牽掛。倘若為了兒子她想保密這地址，他不該為難她。

於是他告辭，轉身下樓梯，走向梯井深深。

天黑下來了。巷裡的小店大半打了烊。他回到巷口，發現那紅布篷是一家理髮店懸出的，單獨一張理髮椅放在篷下巷側。他穿過紅篷回到外面的世界。

4

一週後，他向金鑽提出離婚。

是兩人在港島干德道一幢新建豪宅三十一層高的露台上、遠眺港島北的金色黃昏海景的時候。

他後來想，這想法必是在他心裡已久，必是有他與金鑽的整個婚姻那麼久了。自從金鑽向他提出「交易」那天，或許這意念就被放在潛意識裡像個被放在架子上的備用物品，而毫無預謀毫無預警地，他一念之間拿來用了。

領他們上來的一男一女兩個地產經紀熟背如流背著樣版台詞：坐北向南，十一呎樓底，義大利雲石廚房，附設私家泳池、花園、健身室；入伙才幾個月，推出不到一個月便售罄，原來的買主撻訂[10]才突然有這單位騰出來，住客都是中環上班的專業人士，下樓就有專線小巴到中環和銅鑼灣，半山行人電動梯剛剛開通，上下山極方便……

其實他們大可不必硬銷，一平看出金鑽已經鍾意而且決定買了，叫他來看不過是想說服他點頭。

「看過那麼多就這家大小跟價錢都合適。」她說。

他聽得出來她覺得他一定同意。之前她看的房子都集中在港島區是跟他講過的，說還是港島好住，又說住膩了舊樓想住新樓，看過七百呎、八百呎，九百呎的，從北角到跑馬地到薄扶林。一間比一間大，一間比一間豪華。每回聽她講看樓心得他都表示支持，鼓勵她拿主意，說相信她的眼光。也的確他不反對搬家，想著搬到港島也好，遠離青山道那裡等於遠離程漢，因此也不能怪她覺得他一定會同意。來到這裡他卡住了。太大，太豪華，太貴。即便兩人合供，他這公立學校中學教師跟這樣的九百萬海景住宅不配。或許如金鑽所說她父親留的資產讓她有能力負擔全部供款，正因如此他心理上更覺得難以接受。

露台的護欄是鋁框雙層玻璃的，卻也沒讓他覺得安全點，只覺人站在那裡離天空太近。

「這裡可以弄個燒烤爐做燒烤，假日在家請客也地方寬敞些。」金鑽的口吻已是以屋主人自居。

顯然她腦子裡都有藍圖了，家具怎麼擺顏色怎麼襯。

兩個經紀識趣的待在客廳沒跟過來，讓夫妻倆密議。

「現在也許你嫌大，但小龍長得很快，加上女傭是四個人，其實也剛好，多出來的那個房間可以做客房，媽媽將來不想住大嶼山了可以搬來跟我們住。」金鑽描繪著這樣的未來。

「我不會搬來。」話說了出來，他覺得是真的。是他早該有勇氣說的話。

「是嫌遠嗎？」

「不是。」

「因為價錢嗎？你不供我也能應付。」

「不是這問題。」

「你不喜歡沒關係，我們去看別的地方。」已經準備好吞嚥失望，順他的意。

「不用看別的地方，你喜歡的話就不要放棄。」

「你要的話我們還是在九龍找……」

讓她說下去太殘忍。

「我是說，你和小龍搬來，我不來。」

含在她嘴角的笑意開始凍結。

「我們分開吧，金，是時候了你不覺得？」

他看著這句話的涵義進入她的神智，往下沉，沉入了心底。她懂了。因為正在倚欄望景便維持那姿勢，恐慌與迷惘與不信，全部一起的總和反而使她木無表情。

看到她這樣他心如刀割，可是傷害已成，所有他能想到的安慰話或舉動都嫌虛偽。

「對不起，我不該在這時候講。」

她給他個不了解的眼神。

「這是真的？你想分手？」

她從他臉上看到了答案。

「你有這想法多久了？不會是剛剛才有的？」

「我只是沒辦法這樣下去。」他說。

「這回是誰？單身的還是有丈夫的？」

他該料到必有此一問。

但他知道嘗試解釋只是徒然。怎樣告訴她其實他越來越無法忍受目前的生活？怎樣告訴她她越是努力他越是煩惱？

「我去了旅行那段時間是不是？回來之後你就怪怪的，原來心裡有鬼！」

他想著要不要誠實到底說出和寶鑽的事，可是這樣一來等於將問題界定為一個第三者問題，而事實上他覺得不是。何況與寶鑽反正已結束，沒必要拖她下水，於是終究沒說。

「今晚我就搬出來。」

「搬到哪裡？那女人那裡嗎？」
「你怎樣想都好吧，我沒甚麼好說。」
反正在她眼中他就是這樣一個男人，她不知自己這種反應正說明了他們之間存在的問題。
「哪裡認識那麼些勾人老公的女人！是校務處那個新來的單親媽媽？常跟你通電話那個教育署秘書小姐？」
「你冷靜些。」
「怎麼冷靜！你突然跟我說我要沒老公了，要沒家了，我怎麼冷靜？」
她說得對。他揀錯了時和地，他的衝動壞了事。
「你的新女朋友知道你的蘇州史？大舅的未婚妻？飯檔妹？她知你有天會厭了她？」
「回家再談好嗎？」他湊近低語，眼角餘光瞥到那女經紀開始向這邊張望。
「你都決定了還有甚麼好談？談你這些年多不快樂？談那女人怎樣令到你快樂？」
他看見她在抖，身體和聲音都在抖，她在氣頭上說甚麼都徒然。
「我不回家了，你自己回去吧。」
「那何必。」
「房子是媽給你的，該我搬，今晚我先到哥哥家，過兩天來收拾東西。」
小龍的撫養權不用說是歸金鑽，原來他們之間就這麼簡單，是真的沒有甚麼需要商量。
「你要怎樣就怎樣，但是今天先回去吧，我們慢慢談。」

兩位經紀向這邊走來，金鑽深呼吸轉身，所有情緒從臉上抹除，用快樂的聲音說：「都給這海景迷住了，訂金多少？」

兩位經紀喜出望外簇擁著她回地產公司辦手續簽臨時合同，她不再看一平一眼也不再跟他交換一句話，因此他也沒機會勸她多考慮兩天別急著下訂金。

他一個人搭地鐵回家，與以往同樣長短的路程變得漫長。終究他做了，吉凶未卜的不可逆轉的一步，三言兩語間毀了他的家。

他回到一個完全不一樣的家。這看看那看看，不過是昨天他們一家三口還在這裡生活。最後他坐在小龍的小床上四顧，一個八歲男孩的內容豐富的小局面，書籍文具、音響、電動遊戲機、鐵甲人玩具、漫畫，野生植物般凌亂自由茂長。如果這孩子長大後覺得自己的童年溫暖快樂，可以說完全是金鑽的功勞。他算是個合格的父親嗎？他只知道即便小龍是親生的，他也只能做到如此。

第二天他依照與金鑽的約定，入長沙接在那裡度週末的小龍，順便將他和金鑽的決定告知母親。他在度假屋後的菜園找到小龍，跟鳩叔兩個在水龍頭前，手忙腳亂幫一隻長得完全像狗玩具的白色鬈毛小狗洗澡。小龍告訴他說是嫲嫲牌友家的馬爾提斯母狗生了一窩小狗送他一隻，他給牠取名「波波」，因此父子倆離開時是帶著波波。

對於兒子與媳婦分居的決定，于太太只歎息說：「也許你們是真的沒緣分。」——用平常心接受了整件事。

5

十一月中旬當青山道上的僅餘樹木開始飄墜亮銅落葉的時節，寶鑽帶著行李來到一平家，也帶著三個月的身孕。

「要是我沒跟你姊姊分手你怎麼辦？」他問她。

「回瑞士把孩子生下來，」她說。

事情就這麼定了。他不再問為甚麼。他是背叛髮妻的不忠丈夫，她是背叛姊姊勾引姊夫的小姨，這是他們命定要背負的罪名。

奉子成婚的污名他已不陌生，這次罪名更大因為共犯是小姨。他向金鑽提出離婚也被認為是有預謀的，為了與小姨雙宿雙飛，辯白無用因此乾脆不辯白。

無可避免地當他們與所謂的「外界」、「輿論」交集，包括樓下管理員、四樓的黎太太及其他左鄰右里、小龍學校的老師與同學家長、這些年他和金鑽共同的朋友圈或相識圈，若有若無的陪審團目光跟隨著他們。

就這樣他滑出了多年來賴為常軌的軌道，進入另一軌域。偶爾與小龍通個電話，聽他滿口「舅舅這舅舅那」，顯然新生活內容與色調很得他的歡心。短短一個月，他這父親成了閒角。

有天金鑽突然致電給他個驚喜，說諮詢過律師，可以走捷徑聲稱已分居一年，用「雖同住卻各自生活形同分居」為理由提出共同申請，若雙方無爭議很快能領到離婚令。

他感激她沒有諷刺他說「還說沒有第三者」，反而恭喜他快做爸爸，設想周到地說：「我想你或許也想盡早給阿寶一個名分？」——胸襟廣闊得逸出了他對她的了解範疇，使他懷疑氣消之後其實她暗地裡同意離婚是明智的。

當然他求之不得。儘管寶鑽自言不介意，倘若在她產前給她個正式名分想必她也會歡喜的。

十二月初，在皇后大道中的律師樓簽離婚呈請書，九年婚姻畫上了句號。一平不能不感到一絲微痛地彷彿又重歷一次分手，摸不透金鑽有說有笑的夷然態度是她真的做到無痛還是強撐。

事畢，走向畢打街地鐵站的路上，兩人才有時間交換近況，包括于太太的健康狀況、小龍很喜歡新家等，比半生不熟的朋友間的寒暄還要淡而無味。她以有約婉拒他共進晚餐的邀約，關於紘蒂的消息留到最後，告訴他說「有朋友在倫敦看見她，跟個有世襲伯爵頭銜的銀行高層走在一起，哥哥好像也想開了」——

行人道上分手時她說：「元旦搞個入伙聚會，到時你和阿寶也來？」

好奇心與關心驅使他問：「跟甚麼人在交往嗎，所以想快點辦手續？」

「你就不能相信一次我是大公無私的？」金鑽佯惱。

「你就不能相信我也會為你高興？以朋友的身分。」一平笑道。

「真的沒有啦，再聯絡！」揮手別去。

天壇大佛開光後的元旦除夕，于珍難得肯下山來，隨一平寶鑽入大嶼山，加上于太太四個人一起去了趟寶蓮寺。

大雄寶殿裡上了香便去逛大佛。只見廟宇之旁的地勢高處，一青銅佛背倚藍天低眉盤坐，莊嚴氣派莫可名狀。

晴朗無雲日，通往蓮花座的長階梯人頭湧湧。寶鑽撇下了眾人一鼓作氣衝刺，四個月身孕的她仍舊是少女的身段少女的心性，不消一會兒已經完成了梯級。于太太也沒落後兒媳太多。這些年她早睡早起天天晨運，筋骨鍛鍊得十分硬朗，健步如飛不輸給年輕人。倒是一平這些年少運動，從前還非定期地下場跟學生踢次足球，但是自從升任主管就根本沒時間，自覺步履蹣跚完全跟不上母親和妻子，索性落在後面陪于珍，兩人有氣沒力又喘又抹汗的，一步一停老半天才爬到階梯頂端。

人在那高處是在人海之上眾峰之間，繞蓮座一周可盡覽島南島北的山色海景。是于珍第一個觸景生情說于強過世十八年了，而于太太附和說真是眨一眨眼一般。

不是第一次，于太太勸于珍搬來島上住。

「我們姑嫂倆作伴不好嗎？現在阿寶也搬了出來，你身邊沒個親人我心掛掛。」

一平寶鑽都幫勸，一個說「兩家合一家，以後一次過看到你們兩位多好啊」，一個說「把房子賣了吧，從前不是說過賣給地產商建別墅？」

一平猶記得十年前于珍給他描述過的別墅村願景，兩排獨立屋背山面海，花草樹木環繞。當時他覺得那舊時代情調的山頂大宅拆掉可惜，現在想法不同了，他不願看見于珍在那大宅裡孤獨終老。

「我不搬，房子也不賣。」于珍說得很堅決。「房子是你爸給我終老的，你要賣等我死了再賣吧。」

末兩句是單單對寶鑽說的，表示這是身為母親的她的心願。現場自有股愁雲瀰漫，感染在場的每一人。大家不好再勸，一平暗暗寄望小生命的誕生會令于珍改變心意走下山來。

一九九三年在另一次倒數煙花中邁向尾聲。更多的中英政制會談、更多的熱錢湧入、恆指升跌、新官上任、新公路開通、新建設動工，標示著十年過渡期過去了一半的這個小城的盛世與末世。

為了早日註冊，一平委託律師樓代為辦理。拜九四年是盲年所賜，幾個婚姻註冊處的排期表略有些空隙，便趕上農曆年前，在兩位律師的見證下、和于太太的憂傷祝福中，在大會堂的婚姻註冊處與寶鑽行了婚禮。于珍沒來，推說下山太累、不想見人。對於女兒出嫁此舉不過淡淡叮囑：「以後不用來看我，小孩出生後抱來讓我看一眼封個紅包得了。」

蜜月旅行地點選了兩人都沒去過的日本，趁著年假的十二天連假去的，初九回香港，讓一平至少有個週末可休息備課，準備初十二的開學。

後來寶鑽總是記得那是開學後的第二天，是個太陽起著毛邊的冷灰的天。她因為旅行玩癲了，回來被長輩們告誡小心動胎氣，便只是懶在沙發上翻報紙看電影廣告。電話響時，是正在廚房做飯的一平出來接的。寶鑽繼續看報，卻也留意到一平那邊有些異常。他沒叫別人聽電話又沒掛線，可見致電者是找他的，但他在「喂」了一聲之後便緘然了。若是打來拜年的電話該是嘻嘻哈哈說一些吉利話，而不是這麼嚴肅安靜。她抬頭，一平正站在電話所在的客廳一角，那表情是她沒在他臉上看見過的，彷彿剛剛有人在電話上告訴他有人死了，或有誰患了癌症，或更壞的消息。她起身走到一平面前。

你姊姊，他說。小龍給程漢帶走了，要我們拿五百萬去贖，敢報警的話便撕票。

註釋

1 差佬，警察的俗稱。
2 好眉好貌生沙虱，意指有些人長得相貌堂堂，卻是滿肚子壞水，專門幹缺德事。
3 一舊代表一百，水代表錢。
4 懷孕。
5 細路，小孩的貶意用法。
6 石屎，混擬土。
7 生安白造，指在毫無依據的環境下胡編亂造。
8 香港性工作的一種，指一個住宅單位只有一名妓女。
9 做哪一行。
10 在損失訂金的情況下取消已簽的臨時合約。

第九章

1

入夜的干德道有許多菲籍或印籍女傭出來遛狗，街燈樹影下三五成群，不同膚色深淺的棕臉女子操著方言談天說地。金鑽在電話上說小龍是下午三點半左右在學校附近被帶走的。他想程漢必定是踩探過的，知道小龍這個時候放學。他怎麼知道金鑽搬了家、又怎麼知道小龍轉了學校的？想想不是太難。只要他知道金鑽在哪裡上班，就可以跟蹤她到這裡。

金鑽來開門，波波從門縫裡竄出，人來瘋的繞著他的腳轉來轉去。金鑽帶路進屋，把波波安置在露台狗屋，倒碟狗糧放牠面前，回客廳拉上滑門說：「滿屋團團轉找小龍，平常這時候小龍會帶牠到樓下花園逛。」

油漆氣味未散的客廳裡佇立，一平茫然想著這就是金鑽的理想家居或近似。淺色為主的牆面地板和家具，許多的鏡屏與玻璃，高級藝廊品味的掛畫與擺設，看得出是合潮流的貴東西卻以清雅為主，代表著職業女性兼單身媽媽的優雅人生。這些年跟他擠在那五百平方呎的蝸居實在是委屈了她。他想交往之初她喜歡看報紙上的招租廣告幻想獨立生活，假如今天是在較愉快的情況下見面，他會恭喜她願望成真。組合櫃裡有幾張她與小龍與波波的生活照，也有小龍單個的，沒有全家福。他的存在的抹消工程在進行。

「靜堯不來？」他說。

「他剛走，去忙錢的事。喝茶？」

她招呼他坐，用威治活德瓷杯盛了兩杯茶包泡的花茶端來，目光輕掃一下他無名指上的銀製婚戒。她替他加蜜糖，立刻那花蜜味讓他想起久遠以前與她一起吸大紅花汁的事。茶煙影裡看她，只見她薄施脂粉，面容清減了些，紅腫的眼睛顯示一度有過的焦急徬徨。新剪的中分燙直短髮，使她看來年輕了又有時代感。手指沒戴任何戒指。離婚似乎適合她，抑或小別之後他看她的目光異於往日？三十一層高的客廳裡對坐，深澄的冬季銀河就在窗外。

金鑽表現出非凡的鎮靜向他詳述經過。下午三點多艾米如常帶著波波去到堅道小龍上學的學校接放學，順便遛狗散步回家。

「平常都這樣走？放學之後？」一平問。

「都這樣走，從堅道搭扶手電動梯回干德道。」金鑽道。

據艾米說離校門不遠便遇到個男子來搭訕，小少爺叫那男的「Uncle」，有說有笑明顯是認識的，或許因為這樣艾米放鬆警戒。小少爺要求跟叔叔去坐電單車遊車河，艾米勸阻說不行不行、要問過太太，那男的說：「Ten minutes, you wait ok?」她說了很多次「不ok」，她對金鑽強調說。但那男的拉著小少爺便走，把小少爺抱起來讓他坐在車後座，她追上去想要攔阻，小少爺笑著跟她揮手，就這樣被帶走了。艾米抱著波波站在路邊等了十分鐘又十分鐘，都不見小少爺回來，惶急萬分回家向金鑽報告經過，金鑽正不知所措便接到程漢的贖金電話。在金鑽被允許與小龍講話的五分鐘裡，她安撫他，叫他好好跟叔叔玩幾天，她會跟學校請假。小龍只當成歷險，興高采烈說騎電單車好好玩將來也要買電單車，又說程叔叔帶他吃麥當勞——

他想一旦小龍發覺不對又或者想回家而開始鬧彆扭，程漢便不會這樣優待他。多半優待已經結束了，但這只能暗地裡想而不能對金鑽說。

「聽見甚麼背景聲嗎？」他問。

「有個電視開著，有種聲音像炮仗聲，我當時還想怎麼這時候還放炮仗。」

他想可能是郊外哪裡，某個離島村落或新界村屋。鄉下的年比城市長。他知道是想像力作祟，某荒山野嶺或某路邊垃圾桶發現小龍屍體的情景不受控浮現腦海。小龍落在程漢手裡這個事實正隨著每一分鐘的過去加添它的重量。

「艾米在哪裡？我想跟她談談。」

「我讓她放幾天假，她情緒不大好。」

「我太大意，」一平說。「以為程漢那麼久沒消息，或許已經去了外地。」一廂情願以為也許他得到那三十萬便滿足了。

「是我不好。」金鑽面露愧色。「小龍都交給傭人帶。」

所有自責都太遲。分手之後他們像驟然解脫了似的耽溺在新得的自由裡各忙各的，她忙裝修忙搬家，他忙結婚忙度蜜月，偶爾通個簡短電話講講小龍的近況。元旦日金鑽家的入伙聚會，他和寶鑽終究覺得不便婉拒了沒去。之後連電話都少通，雙方溝通不足以致日漸脫節，只要有那麼一丁點可能干擾新生活的或引起不快的人或事一概不想不提——

「他不會傷害小龍的，是嗎？阿雯快做媽媽該是心腸軟？不會想傷害小孩？」驚弓之鳥的眼睛看著他。

「當然，他們只是想要錢。」

他慶幸從未告訴金鑽颱風夜遭程漢俘虜的經歷，現在更不能說了，不然她會更驚慌。

「甚麼時候交贖金？」

「他說再打電話來，要你去交款。」

一平心底一個寒慄，另一方面他又情願是自己。他不信任靜堯，而程漢也許跟他一樣。

「不考慮報警？我們自己應付，一個不好會出事的。」

「不，不能報警！答應我你不報警。」她急出了新的淚。

做母親的極力反對，他也無法堅持。報警一樣有風險，像去年的王德輝案並不因警察的介入而票參得[1]以安全回家。

他取出銀行存摺放茶几上。「我在想，不夠向姑姐借。」

「不用你的錢，也不用借。」她手放在存摺上往他推了推。「哥哥代我們付。」

「靜堯付？他有這麼多現金？」

「這會兒去見一個人，好像是能即時調到現金。」

「是甚麼人？」

「反正是有錢有背景的人，哥哥用南海項目的股權做抵押。」

看他皺眉，她補充道：「南海項目的股權是浩天國際跟四海金曦共同持有的，幸好哥哥還有這股權在手上，兩千五百萬價值的股權換五百萬。」

「你不該讓他這麼做。」一平皺眉道。「我們兩個總可以湊合的。」

「怎麼湊？我現金都砸在這房子上了，拿去抵押也來不及。」

一平知道是她當時受了他提出離婚的刺激，不顧一切來次豪購，一次過付現金買了這房子。

「你要是先跟我商量，我跟姑姐借一點沒問題的。」

「借這麼多，你用甚麼理由？」

「就說想換個大點的房子要付首期，她不會不借。」

「銀行過戶要時間，反正哥哥已經在談了。」

「將來怎麼還給他？」

「總有辦法，這房子拿去抵押就有了。」

「這樣你負擔太大。公司清盤的錢呢？」他想起來問。

「還掉債款其實沒剩多少，那時又剛好哥哥有急用……」像是難以啟齒。

「你是說都用到南海那邊去了？你那份都給了他？」

金鑽的表情默認了一切。「那項目非保住不可，偏偏哥哥這一年運氣都不好，連十大傑青都落選，老聽他說找到新資金了，等等又沒消息。」

看來遺產都用來填那個無底洞了，而那是多少錢都不夠填的。

「說沒錢還這樣的排場！」他忍不住說了句，想起那中環寫字樓、那豪宅那藍博堅尼。

金鑽變色，用辯護的語氣說：「你不做生意不知道，月月有開銷，要養員工要付燈油火蠟，哥哥怡和大廈那裡是預付了兩年租金才租到現在，也馬上要搬了。爸爸的資產分配一點都不公道你又不是不知，錢都給他調到海外給二媽跟阿寶，香港這塊根本是空的，好歹我跟哥哥幫了他這麼多，到頭來在他心目中不如一個阿寶！」

一平簡直不相信會從金鑽嘴裡聽到這些，這樣的積怨這樣的扭曲邏輯，將自己和靜堯描摹成受害者。

明知說下去會演變成吵架他也顧不得了：「姑丈立遺囑的時候還沒想關掉公司，留一份事業給你們經營，這也是他的苦心，來不及改遺囑就出了意外才有這情況，你就不能多相信他一些？而且靜堯在做甚麼你都一清二楚嗎？就連我這外行人都知道，一間公司的賬面進出跟公司老闆的個人戶口有多少現金不是同一回事。你有沒有想過金銀島的資金是哪來的？他為甚麼叫你在金銀島把關！」

金鑽面紅耳赤。「你在說甚麼莫名其妙的！你知不知阿蒂一走了之害哥哥的公司差點垮了，費了多大的氣力才撐過來。年節上籌現金你以為容易，要是賣樓賣地能解決，你以為我們捨不得賣！」

「這點我不懷疑，你們一個是小龍的親媽媽，一個是親爸爸。」

不該說的話在這一刻脫口而出。

他看著她的臉崩潰，像牆壁一般白堊龜裂，油漆剝落。她一隻手下意識舉到喉嚨，像是要窒息似的。

「對不起，我不該這種時候講。」

「你知道多久了？」

「你去旅行那時候，我問過程漢。」

「你見過阿漢？」金鑽詫問。

「怎樣見到的不重要，他否認跟你有過男女朋友關係。」

這就是了，一平心裡一動。也許就是從地盤那個晚上起，程漢跟他自己一樣開始有個疑團在腦裡成形，對「真爸爸」的身分百般琢磨。那晚程漢是怎麼說的？——「多半哪個有老婆的高官或者哪個世叔伯，有身分有地位所以見不得光？那時候不少這種人出入黃家，說不定我媽知道點甚麼……」他雖然沒猜中卻也不完全錯，這個「真爸爸」根本是黃家的人。

金鑽開始說那段往事。剛得知懷孕時六神無主，去找翁玉恆商量，想她也許能幫忙找個黑市醫生，怕靜堯反對也沒告訴他，一個人去到恆姨當時的美孚住所。

「翁管家知道？」他打斷金鑽問。

「她第一個知。」

那就更不用懷疑。一定是程漢回家就向母親求證，從而懷疑到靜堯身上了。倘若這個猜測沒錯，程漢的索錢計畫為何突然從勒索升級到綁架，便明白不過了。是因為他知道了小龍的身世，自信掌握了靜堯的致命弱點，而他之所以找到這弱點，自己是幫了他一把的。

「恆姨最疼哥哥，」金鑽接下去說。「也知孩子生下來是個麻煩，要是給爸爸知道了會很糟，哥哥在黃氏就玩完了。」

翁玉恆輾轉打聽終於在旺角找到個醫生，約定去診所那天，靜堯突然出現在美孚，給了金鑽一巴掌硬把她帶回家。

「我想是昆姐告的密，那天早上晨吐給她看見。」

剛好那時黃景嶽偕于珍寶鑽到英國去了，家裡就金鑽與靜堯，才成功地瞞天過海。

「為甚麼靜堯想留著孩子？他都已經訂婚了，明知不可能公開認這孩子的。」一平不解道。

「因為是他的骨肉，他的財產，他的東西不會讓別人佔有。」

「所以找我頂替？是他的主意，還是你的？」

「是恆姨的。她知我喜歡你，幫我說服哥哥。」

他也沒感太意外，或者只是下意識選擇痲木。太多的秘密，太多恣意的決定。

「而你居然也喜歡我，我不敢相信，想全心全意跟你過。」

當時她的打算是，混個一年半載辦個離婚手續，金鑽接下去說。最壞的情況是一平不接受假結婚的建議、或者是結婚後很快離婚、又或者是孩子生下來後得不到他的歡心，不管哪樣都強過做個身世不可告人的孩子的單身媽媽。

他跟程漢的過節給了她方便，不必費力他便相信了程漢是那個佔她便宜的「壞蛋」。程漢因販毒罪坐牢更是天賜的好運，一平會去找一個被關在牢裡的人追根問柢的機率是近乎零的。

「我問你小孩是不是程漢的，你就將錯就錯。」

「我想讓你那樣想也好，就沒有否認，後來也沒辦法改口了。」

「姑丈做壽那天，你不讓我跟程漢碰面……」

「我怕你跟他說甚麼，或他跟你說甚麼，我不知道會發生甚麼事。」

「你們『借』程漢來做小龍名義上的爸爸，翁管家知道嗎？」

金鑽搖頭。「阿漢坐監之後她搬了家，我沒再看見她，直到爸爸在瑪麗醫院碰到她。她住院的時候有次叫我帶小龍讓她看看，問我你知道了沒有。」

「你怎麼說？」

「我說還沒告訴你，她勸我還是早點告訴你的好。」

如今一切水落石出，來龍去脈清晰可見。很久以前那天，金鑽為何突然來學校找他，靜堯為何到大嶼山來、在長沙海邊的岩石上跟他講了那些話；為何在他對金鑽一再不忠之後她仍然一再容忍，為何她像是內心有塊禁地不允許他進入。他無法想像靜堯這些年的心情，聽著自己的兒子喊別人「爸爸」。難怪靜堯的感情生活那麼不透明像蒙著一層霧，口口聲聲說想定下來，打著新派愛情的幌子，利用大舅的身分與小龍接觸，一身兼演多個角色。一向他覺得靜堯對待他的各種示好中包含著那麼點不真誠，這會兒他知道原因了。假如角色調換，他沒有信心他能忍得住不認自己的兒子。至於金鑽是怎樣懷孕的，他實在沒法想像，只知金鑽有個時期對兄長有種崇拜心理，從兩小無猜青梅竹馬到啟蒙與被啟蒙，這距離有多遠？

「哥哥訂婚之後其實壓力很大，施世伯對他就像對待下屬諸多苛求，他很苦悶又沒處可以說，有時來找我喝悶酒談心……」

原來找她喝酒的人是靜堯不是程漢。

「你們兄妹可真是一對好搭擋，合作無間操縱別人的人生。」明知是殘酷的話也不在乎。

「我想跟你說，又怕你知道之後會離開我，日子久了便心存僥倖，想著只要忍耐些日子，等我跟你生個孩子就好了。你跟阿蒂那件事之後我想過離婚，但我捨不得我們這個三個人的家庭，而且以哥哥的個性，一定會強硬干預我和小龍的生活，我又想著再忍耐些日子，等哥哥跟阿蒂結了婚有了自己的家庭就好了。總之從一開始就錯了，以後怎麼弄也弄不好，爸爸叫我回公司幫忙還真是救了我。」

茶在他們中間早就涼了，坐在那裡只覺無風自寒。金鑽將衛生紙揉成一團按住鼻子一個勁兒抽泣，哭的是覆水難收的淚水。

他們是怎會來到這裡的？是人為的、抑或當中有天意？是否所有錯誤都其實可以避免？他只是沒想到翁玉恆涉入這件事這麼深，不但是同謀者且是策劃者。細想也是有跡可循的。對幼年失恃的金鑽來說，翁玉恆無疑是她啟蒙期的重要女性長者，恐怕曾經也是重要的傾訴對象。他想起那個數月前莫名其妙跟蹤了一段路、一起走過一段梯級的孤矜身影。就是她在幕後獻計，間接促成他和金鑽的姻緣，那麼深切地影響過他的人生。卻不知她有沒有想過，金鑽在她的引導下走向與她自身相同的命運，承擔了身為非婚生子母親的果。也許就是因為她有所悟，才會勸金鑽早日向他坦誠一切。真相最後會找上門來，所有牽涉在內的人都逃不掉。

「前些日子我碰到翁管家……」

他開始告訴她在北河街水果鋪前的那次巧遇、並跟蹤翁玉恆到那棟舊樓裡的經過。

「她這情況實在不該一個人住，但她好像很不想被打擾。」

「爸爸死了之後我就沒理她，想想我也有不對。」

「她不認得我，我送她到五樓她就不讓我上去，像是不想我知道她住第幾樓。」

「沒理由啊，那時我去探病給她看過你的照片，還是近照。」

一平心裡打個突。這麼一來整個經過便要重新審視。即使他給她撿零錢時她不曾看真切，一起上樓梯的那段時間她都知道他是誰。也許因為他不表明身分，她不知他來意便假裝不知，彼此不說破對方身分的情況下走了那段梯級。那麼她說的每一句話都是有意說的，包括她「以前認識個朋友是教書的」，是向他表達她對父親的懷念……

「你想小龍會不會在那棟樓裡？」金鑽忽然動容地說。

「我想過但不大可能。她以為程漢還在做運輸，而且程漢也不會蠢到牽涉有重病的母親。」

金鑽眼睛一亮有了個主意。「我們去向恆姨求情。去挨家拍門總能找到她，請她幫我們勸阿漢放小龍回來。」

「行不通。」一平搖頭。「去向他母親告發他做綁架的事只會觸怒他。何況驚動了左鄰右舍，萬一有人報警，他以為我們不肯付贖金，反而害了小龍。」

「看來除了付錢沒別的辦法。」

「要報警就現在報警，不然只能按程漢的指示做。」

經這番商討，兩人只覺更無助。

「我心跳快得很，」金鑽忽然撫住心口，臉刷白。

一平忙坐了過去，讓她挨他身上。
「我去給你倒杯暖水？」
但她挽住他手臂不放。「不要去。」
「要不要回房躺一下？」
「這樣坐一下就好。」
他只好保持姿勢不動。
「我好怕，萬一小龍回不來。」
「不會的，他一定回來。」
「我得去哪個廟拜個神。」
「你也想信佛了？」他笑道。
「我想信點甚麼也好。」
因為是從前那樣的夫妻談心的感覺，他不覺把心裡的事說出口：「你有沒有想過，將來讓他跟靜堯相認？」
這話題顯然不是她想談的。
「他還小，慢慢再說吧。」
「我只是想說，你要是想這麼做，我沒意見。」
「你覺得這樣做好嗎？」
「我不想將來出現兩個爸爸選一個的情形。趁他年紀小，讓他慢慢接受現實也好。」

「在他心目中你才是爸爸。」

「要是等他長大才發現，也許會怪你的，就像程漢怪他母親一樣。何況你能保證靜堯一定不說嗎？」

而由於此話的難以駁斥，金鑽也就無言了。

露台上的波波蹦蹦跳，前爪「剔剔剔」摳著玻璃門想進來。

「我看波波不耐煩了。」他藉機調整姿勢，拿開被金鑽壓住的手臂。「你沒事？好一些？」

「沒事了。」

他站起身，「你一個人可以？有沒有朋友可以叫來陪你？」

「哥哥等一下會過來。」說這話時眼睛不看他，起來去開了露台門抱起波波。

她說送他下樓，進房拿鑰匙外套時把狗交給他抱。小動物在他臂裡蠕動呼吸，毛茸茸的小球體很溫暖，可以想像牠將是母子倆今後生活的重要成員——兩人一狗，彷彿狗是代替他的。

冬夜的冷空氣扎臉扎心。波波興致高昂的邁著短腿跑在前面鼻尖貼地亂嗅。行人道彎彎窄窄，夾道高樓連棟，萬家燈火匯成燈光長廊，偶爾有老榕樹的枝葉遮天蓋地形成綠蔭隧道，間或可從樓隙間瞥到一眼港島西半山的山景。

她直送到通往山下的扶手電動梯口。他抱抱她，成了久久的相擁。所有的過去都成了過去，卻是在這一刻做到了彼此原諒。他重又看清楚了她，一個為孩子焦急徬徨的母親。

「剛才說了些不該說的話，你別介意。」
「沒有小龍我活不下去。」她泫然。
「我知道。」他說。

2

次日依舊是陰冷的天。一平請了半天假，在午後兩點來到怡和大廈四十樓的浩天國際辦公室。這次與靜堯的會面和以往任何一次都不同，他是抱著養父的心情去見小龍的生父。是有過一面之緣的金銀島售貨員瑪姬來開門。兩年不見漂亮多了，高跟鞋閣閣領他走過佔地極廣卻空無一人的辦公室。慘白光管下，一張張空置的辦公桌透著詭異。是放午飯去了？還是這公司其實已沒有員工？到處壘高著紙箱，確實是在搬遷中。

「搬到哪裡？」他問瑪姬。

「老闆還在找地方。」她說。

在一扇門上敲了敲她才推門。房裡空氣渾濁滿是雪茄菸味，坐在桌後讀著甚麼文件的靜堯抬起一對紅絲眼看了看來客又低頭。一平一眼瞥到桃花心木桌上的酒瓶和兩隻盛著殘酒的酒杯。

瑪姬向一平道歉說熱水器咖啡機都已經打包，飲料只可樂一樣，他便要了可樂。

「來兩杯，」靜堯說，轉向一平道：「摃通宵趕一個合同。」

之後兩人坐在那裡沒話說。

這辦公室一平還是第一次來。窗外就是昂貴租金換來的維港海景，靜堯從他的大班椅裡俯瞰全景想必有種雄視感覺。從一平的位置望去只看見大片的天幕，和印在天幕上的靜堯雪茄在手的剪影。

瑪姬捧托盤進來放下高玻璃杯盛著的可樂，靜堯對她說「辛苦了瑪姬，你下班吧，明天休息一天好了。」

瑪姬將桌上的酒瓶酒杯收去退出，靜堯鎖上房門，將一個簇新的印有adidas字樣的黑色帆布旅行袋放桌上拉開拉鍊，取出鈔票落成幾落，金澄澄的千元幣值鈔票，一落十疊排成五落，一目瞭然。

「要再點一次嗎？」

一平說不用了。靜堯將鈔票放回袋子裡，重新將袋子填塞滿，拉上拉鍊放地上。

接下來要做的只是等電話響。昨晚程漢透過金鑽傳達，三點整致電這辦公室給交贖金的指示。

靜堯取出小支裝的不知甚麼酒往可樂裡添加，向一平示意：「來一杯？武松去打虎都要喝兩杯壯膽，雖然你只是打野狗。」

「我喝可樂就可以。」

靜堯花了點工夫燃支雪茄，開宗明義說：「我把話說在前頭，這筆錢用過之後我要全數拿回來，讓那小子拿我的錢去歎世界[2]太便宜了他！」

一平當下一個錯愕，心想贖金哪裡能期待拿回來。他不知靜堯真是窮到這地步，還是他仇視程漢的程度已超越了理性。

「這是贖金，怎麼拿得回來？」他說。

「那小子向小龍下手分明是衝著我來，擺明車馬要將我的軍。」

一平自然聽懂了「衝著我來」的含義。公開宣示生父的身分，確立所有權。想必金鑽已將昨天他們之間的關於小龍身世的談話告知靜堯，而他預見與靜堯是遲早要有一次關於小龍的對話。然而今天不是時候，小龍脫出險境前都不是時候。

「現在不是下棋分勝負，是為了救小龍。」他提醒對方說。

「你都沒關係嗎？自己的小孩給人像塊豬肉一樣吊在鈎子上賣，『給他點教訓』這樣的想法一點沒進入過你的腦子？」

「現在最重要是小龍平安回家，之後你做甚麼我不管。」

「到時候有甚麼好做的，司法制度都是保護罪犯的。」

「程漢不過想要錢，不要節外生枝比較好。」

「你以為那小子拿了錢會乖乖放人？你有沒有想過他為甚麼非要你去交錢不可？為甚麼不是阿金？不是我？你說說看是為了甚麼。」

「誰去交還不是一樣？」

「會不會因為他知道你是條軟皮蛇？因為他知道你會手瓜向外拗乖乖聽他的話？」

挑釁來了，比預期中來得快來得狠。他確信靜堯是有心挑起爭端的，甚麼原因他還不知道。

「這五百萬我會還給你，你不會有任何損失。」他盡可能心平氣和。

「錢不用你還，但你可以幫我個忙，當我的過河卒。」靜堯說著拉開抽屜取出個簇新的手提電話放桌上。「已經放好電池設定了號碼，你帶著它，知道交贖金地點之後第一時間通知我，我就可以跟蹤這筆錢，隨時跟我保持聯繫讓我知道最新情況。」

一平望著桌上那淺灰外殼的電話，知道只要一拿起它來便等於答應靜堯的要求當他的過河卒，而靜堯似乎胸有成竹他一定不會拒絕。

但是只消想一想便知行不通，這樣做有太多機會出岔子。萬一程漢在附近跟蹤監視看到他打電話，又萬一，靜堯另有不曾透露的計畫，比如用激端手段對付程漢，他一露面把他捉起來帶到哪裡拷問諸如此類，這樣一來小龍的安全便沒有保障。

「這樣做會節外生枝。」他把手保持在椅子扶手上，碰也不碰那電話。

「你照我的話做，我有後援給你的。」

不用說是洪哥之流的人馬，他更不能答應了。

「小龍平安回家之後你做甚麼我不管，我只能答應你這個。」

靜堯不怒反笑，但那笑是發動攻擊前的笑。

「我真搞不懂你！你還說你不是站在姓程的那邊？」

反唇相譏很不智，但他說：「你只想出口氣，根本不在乎小龍的安危。」

「我想救小龍才覺得要採取主動，你以為給了錢那小子就會放小龍？你跟他打過交道，你該知道他甚麼都做得出來！」

「就因為我知道，一天小龍在他手上，他怎麼說我怎麼做。」

「死仆街太目中無人！」靜堯重重一拳打在桌面上，聲勢極大的一聲「嘭」令一平幾乎從椅子跳起。「你知道這錢哪來的？多大的代價換來的？」

「要是我事先知道，我不會讓你這麼做。我會想辦法還你。」

「你還得起！」靜堯語含輕蔑。「我損失的可是整個南海項目！」

一平不是第一次後悔，當初程漢索取兩百萬的時候就該去找于珍想辦法解決，而不是找靜堯。

「噢我差點忘了，你可是娶了個小富婆！還沒恭喜你新婚，一直等你的請柬沒等到，甚麼時候擺酒？」

一平摸不清他的用意，簡短答說：「不擺酒，不過註個冊。」

「幹嘛不擺酒？怕新娘大著肚子不好見人？你有過次經驗了還怕甚麼？」

這次挑釁更為貼身，一平頓時從脖子到臉一陣發熱發滾。

靜堯像很滿意這結果，深邃難測的目光盯著他。「你知道我研究過這問題，為甚麼女人都愛講你的好話。到處睡女人、精神虐待老婆、把老婆當破鞋一樣甩掉的男人，居然還有人說是好男人。你是怎麼做到的？娶了姊姊又娶妹妹，等阿寶二十五歲繼承遺產你就可以共享了！老爸要是知道你第二次結婚還是當他的女婿，恐怕要氣得在棺材裡再心臟病發一次，你說呢。」

這傢伙玩甚麼把戲？在這節骨眼上一再挑釁！一平暗忖。只因為自己不答應跟他合作嗎？還是徹夜未眠加上酒精上腦造成的情緒亢奮？當它醉話瘋話好了，一平心裡對自己說，看一眼桌上那一口沒喝過的可樂。在室溫放久了因此在桌面汪了灘水，高高的透明杯子就像穿了條珠片裙站在一池水裡，拿起來一定滴得到處是水。但他實在渴了，拿起杯子一口氣喝掉半杯。

「你喜歡阿蒂哪點，樣貌還是身材？」

橫空而來的一句話，一平如同受了一槌子一般。

靜堯好整以暇拉開書桌的小抽屜取出一隻小首飾盒，打開蓋，沿桌面滑向一平，閒聊天的語調說：「我把之前的那個拿去重鑲，換了這個更大卡拉的，我準備將它戴在阿蒂手指上。」

一平心頭打鼓，眼睛看著盒子裡那隻碩大晶瑩粉紅鑽石的鑽戒，起碼有十幾個卡拉。

「阿蒂要回來？」他問。

「我打算去英國接她。」

是靜堯一廂情願？還是已跟紘蒂達成協議？

「這件事是我對不住你，可是我跟她很久以前就結束了。」

「是嗎？結束了嗎？」靜堯拿起首飾盒把玩，依舊是老朋友閒談的語調說：「那又怎麼還那麼難分難捨？機場吻別的一幕還真是動人，是呀都看到了啊，雖然只是偷拍到的照片。朋友妻不可奪你沒聽說過嗎，教書先生？虧你為人師表！」

這段私情早被對方知悉或許是他有所預期的，然而這番戲劇性的揭示卻是令他震動的。就是說靜堯一直有派人盯著紘蒂。甚麼時候開始的？難道他跟紘蒂剛開始約會就開始了？

「那天我去機場不過是送行，沒別的。」

靜堯只是笑。「你活在象牙塔裡根本不知周圍發生甚麼事，卻又自以為是，誰都不放在眼裡。阿寶沒有幾個錢你會娶她？還有你那好姑姐，她是用甚麼手段把山頂的房子弄到手的？說真的你沒好奇過嗎？黃家的祖傳物業怎會落到她的手上？等這件事完了我們一起去看她怎樣？我好多事要向她請教，比如她打算甚麼時候把那個房子賣給發展商發筆大財！」

「據我所知是姑丈簽送贈契給她的。」

「但老爸為甚麼會簽那張送贈契你又知道嗎？她的日記你讀過沒有？女人版的《狂人日記》！二嗎還真是強人，老實說真讓我刮目相看，謀殺親夫可不是普通女人做得出來！」

「你說甚麼？」

當它是醉話、瘋話，他心裡跟自己這麼說，但他有個感覺未必全是醉話瘋話。他有個感覺這才是戲肉，這會兒才進入正場。

「歐陽醫生給我看的時候我簡直不相信，她的第一個老公也是她害死的你知道？怎樣謀財害命怎樣毀屍滅跡，源源本本寫了出來，爸爸死後這一年她反反覆覆都是寫這些，隨便翻個幾頁你就知我沒有騙你，照理病人跟醫生之間的談話是保密的，可是人命關天，歐陽醫生好心讓我欠他一次人情。」

「那些日記只是治療記錄，充其量只能說明姑姐在做心理治療罷了。」

「瞧，你已經在想該怎樣替二媽辯護了，想說她在丈夫死後舊病復發以致精神失常，幻想自己謀殺親夫！其實你心裡有數是不是？知道你那姑姐不是善男信女。要是我告訴你我手上有份全伯簽字的供詞呢？要是供詞上說，那個早上他看見二媽濕淋淋從泳池裡爬上來呢？要不是我叫全伯清理現場、做假證供，二媽有那麼容易混過警察的問話？當然做假證供有罪，但全伯到深圳跟女兒之後日子不怎麼好過，爸爸留給他的退休金都給女婿拿去亂投資虧掉了，讓他比較好商量，要是我叫他去跟警察改供詞他也不會不答應。」

這是比日記更有力的一張牌，一平坐在那裡如同坐在死囚椅裡。這時腦裡有個記憶碎片活動起來，是紘蒂臨走的那次對話，關於她偷聽到靜堯與歐陽醫生通電話的事，當時她告誡他，可以的話叫寶鑽帶她母親離開香港，離開這個是非地。

「你怎樣買通歐陽醫生的？賄賂？還是他有痛腳在你手裡？」

「在你眼中我就是專門用髒手段的人是不是？」靜堯似笑非笑。「英國學府的傳統很重視校友，而我跟歐陽是老校友。老實說我還著實考慮了很久，報官呢還是向法庭申請讓她入青山病院，到底我喊她二媽喊了這麼多年，她一把年紀又身嬌肉貴的，皇家飯哪裡吃得慣。」

一平目視眼前的人彷彿才第一次看真他，看不出這人有多醉或有多清醒、有多正常或有多瘋狂。從剛才他進來這辦公室到此刻，那大班椅裡的人已經變過好幾副臉孔、玩過好幾種把戲，像個耍雜技的人雙手同時拋接著六顆球而絕沒有一顆會掉在地上。他怪責自己為甚麼沒有早點看出來，一向靜堯在人前展示的克制其實是種壓抑，而他的聰明不過是種計算罷了。

「你覺得用這種手段，就可以得到那山頂房子？」

「不是房子，是那塊地。五萬平方英呎加列山道地皮，複式獨棟屋，港島西南海景——當初二媽跟我講別墅村構思的時候我還以為她妄想症發作！當然那時候誰也不知樓價會起到那麼高，你知道一座山頂的獨棟屋可以叫價多少？坐底一億！」

「你那麼想要，為甚麼不直接找她本人談？」

「去過了，年初一去拜年，神經兮兮跟我說要守在那房子陪老爸，聽過更好笑的事沒有？就好像她忘了她自己老公是被她推進泳池的，像她這樣的人真不知道當她正常好還是神經病好，你說呢？」

「你想怎樣？想我幫忙說服她？」

「不用勞煩，沒你我也能得手，我只是想讓你知道你樹了個甚麼敵人。」

「我真替你可惜。」他忍不住想戳破桌子對面那張自鳴得意的臉孔。「本來阿寶是想把房子給你處理的，本來我還替小龍有點不值，生在我家而不是你家，只有我這樣的平凡父親做榜樣而不是你這樣的優秀人才，可現在就算你想認小龍我也不會同意。」

看到靜堯的臉因惱怒而泛紅潮，一平知他被刺痛，心頭感到一絲快感。

「由得你同意不同意嗎？」靜堯的反擊又快又狠。「現在你跟他媽媽分開了，你怎樣阻止我認他？兩年三年之後，他有了新爸爸之後，你想他還記得你還知道你是誰嗎？」

一平心底靈光一閃。至此事情再明白不過，他們是敵人了。命運將他們帶來這個交會點，為敵為友，已經都由不得他。

三點整桌上電話響起時，他已做了個決定。

3

一平提著裝滿鈔票的袋子依指示沿干諾道向皇后像廣場的方向走。適才與靜堯的一番對話深深刺激了他，令他六神紊亂心緒不寧，邊走邊兩條腿微抖。他不能這樣，他告訴自己，在小龍最需要他的時候他不能失去冷靜。

程漢的指示是準三點十五分到皇后像廣場的公眾電話亭等電話響，很明顯是想要他遠離靜堯的辦公室才給真正的指示。他不時回頭留意有沒有盯梢者或可疑的人，也果然給他看到有輛深咖啡色車一路緩駛尾隨，有可能就是靜堯派來的。程漢也可能就在左近，多半在哪個據點或電單車上遠遠尾隨監視。

來到指定的電話亭，他把自己關在裡面躲開攝氏十二度的維港冷風，在透明罩的保護下有個安靜思考的空間。先前還在靜堯的辦公室時他就決定了，盡他所能將贖金送到程漢手上，反正靜堯已經說他「站在程漢那邊」就索性真的那麼做好了。他已不能信任靜堯會將小龍的性命看成最重要，為了保障小龍的安全只有這麼做。

電話準時響起，程漢給的指示是到大會堂高座大堂的公眾電話等另一個電話。他沒時間反對，提起手提袋趕到大會堂。幸好路程短，進入高座大堂他才知道程漢為甚麼選這裡。這是個監視者視線不及的盲點，而盯梢者要是徒步跟進來勢必暴露身分，因此會被迫留守外頭。在這裡他與世隔絕，可以安全講電話。

這次程漢給了較長的指示，他想不通程漢為甚麼要設計這麼一條繁複路線，但情況不允許他反對或發問，無選擇地只能充當程漢的傀儡不敢有一步逸出指示，萬一程漢多疑起來中斷聯絡，真不知到哪裡找小龍去。從大會堂他跑了好幾個點，乘計程車到林士街停車場一樓、走行人天橋到毗鄰的信德中心、經地下道到上環地鐵站搭地鐵、從港島到九龍又回到港島，一路上覺得自己像個荷李活片演員在演著劇情誇張的電影而且愈演愈入戲，自發性地利用一些電影上看到過的擺脫盯梢者手法諸如打尖搶的士、突然掉頭、或最後一秒衝進地鐵車廂之類。

個多小時後他來到北角——路線的最後一站。他沿著英皇道走了一段，轉入橫街，按地址來到春秧街市深處，只見是棟殘舊不起眼的瘦高的樓。入口極淺窄，上兩級樓梯便是電梯。搭電梯到二樓，出來是個暗暗的電梯堂，左右兩面都有走廊，右面走廊有扇鐵閘擋路，閘旁有塊亮了燈的小招牌寫著「春秧酒店」。他按了門鈴，不一刻便聽見腳步聲，一個菜花頭黃臉的半老婦人來開門，他說「訂了十二號房」，那婦人便放他進去。經過一個櫃檯是條極深極長的窄走廊，沿廊一個個狹窄小門，他走到最裡面的十二號房，門沒鎖他便推門入內。

房裡沒人，他開了燈，看見是個百呎平方不到的小斗室，倒是整齊乾淨，雙人床鋪了洗燙過的床單，有簡單的家具和家電，有附設的淋浴廁間。他知道是那種近年流行的長短租或時租皆可的家庭式酒店。腰果花圖案的布簾濾進黃昏街市的嘈吵聲和樓下雞鴨檔的腥臊味。

他坐在床上等，不一會有個女人開門進來，是阿雯。

是個樣子很不同的阿雯。肚子已經很圓很大，頭髮已看不見有染黃的，而且長長了，用髮夾別著朵花，氣質整個改變，是個少婦了。穿著黑色套頭毛衣、牛仔裙、毛領子的深咖啡燈芯絨連帽外套，腳上是毛襪和白球鞋，拖著個舊舊的手提拖箱。

看阿雯鎖上了門，他拉開帆布袋拉鍊，倒提袋子將鈔票傾出床上。阿雯點了點數目，將拖箱平放床上，一平幫著她將鈔票往裡放，打橫打豎一落落，差不多把箱子填塞滿。

阿雯扣上拖箱扣子，一平幫她把箱子放到地上。

「半夜兩點，會有人通知你去接小孩。」說完她就要走。

「等一等。」一平做個攔阻手勢。「是哪位貴親？」他用視線示意她頭髮上夾著的白色毛線小花。他知是女子戴孝用的，阿雯一進門他便留意到了。

「我家婆。」阿雯道。

跟他想的沒錯，是翁玉恆。

「幾時的事？」

「年三十晚，年初五火化的。」

一平默默消化這消息。

「三個多月前我看見你家婆，在深水埗一棟舊樓裡。」

「你沒理由碰到她，她都不下樓了。」

「那天她下樓了，去買水果。」

阿雯發了兩秒呆，「阿漢去到她已經死了幾天，甚麼都沒留就一屋子垃圾！」語氣有點悻悻然。她握著拖箱手挽又要走。

「等一等。」一平再度攔阻。「錢都給你了，為甚麼那麼久才放人？」

「我不知道，阿漢只叫我來拿錢。」

「讓我跟阿漢通個電話。」

「不是說了嗎？有人會聯絡你。」

「這不行，我要阿漢親自跟我講，我們去跟老闆娘借電話。」

「走開！」阿雯兇起來。

一平一著急也顧不得了，橫身擋在門前。

「你走開！我叫救命的！」

「你叫吧！我正想報警。」

阿雯的圓鼓鼓的肚子抵在他們的中間。一平知道她要是硬搶門，他其實一點辦法都沒有只有讓步。他連碰都不敢碰她一下，也真是怕她出狀況。

突然她就洩氣了，回去坐到床上彷彿方才的僵持耗了太多力氣，欲言又止像是衡量說多少、說甚麼。

終於她說：「我和阿漢約好了，到了安全地點就打電話給他報平安，他接到電話才放人，所以你早一分鐘讓我走、早一分鐘見到你兒子。」

「你們不是一起走？」一平詫道。

「阿漢覺得分開走比較好，我先走，他來會合。」

一平覺得有點了解程漢的想法了，為甚麼他要設計那麼迂迴的路線，要他把贖金帶到這裡。他是想藉助第三者的雙腿，將阿雯跟他自己之間的距離盡量拉遠。阿雯帶著錢先走，他自己留在後面應變和釋放小孩，信任他這個救子心切的家長會忠心耿耿服從指示將贖金送抵目的地。萬一黃家這邊有人報警，在警方集中警力搜尋小孩之時，阿雯可能已經走遠了。

看阿雯這一身裝束分明是出遠門的行裝，就是說她出了這房門口就上路了。程漢接到她的報平安電話後釋放小龍，自己才動身。

他發覺阿雯不說話有一會了，低著頭不知想甚麼，頭髮從耳後垂下露出瘦黃的脖子。

「你們會報警嗎？就算小孩安全回家？」阿雯問。

這倔強的女孩竟這樣問他，可知她實在為丈夫擔憂。

「你老公做了甚麼事你知不知道？」

阿雯不語。

「你該勸他去自首，好過一輩子做逃犯。」

「這錢本來就是他的，他也是黃家的人。」

有關這點，一平覺得有理講不清，這也不是辯論是與非的時候。

「就算我不報警，我不能保證我的家人不報。」他說。

「你以為我求你？你們黃家都不是好人！」

「你剛剛才說，你老公是黃家的人。」一平提醒她。

阿雯不認輸怒目相向，為了避開那目光他過去坐在她旁邊。

「回去跟你老公說，走得越遠越好，別再回香港。」

「你這是威脅嗎？」

「不是，是為你們好。」

阿雯又低頭。這次他發覺她低頭是為了看自己的肚子，手撫肚皮而透過這動作在撫摸孩子。

「阿漢總說人命賤過草，」她彷彿對肚裡的孩子說。「與其一無所有不如死了，無論如何都想給孩子留點甚麼。」

「他這樣想很傻，小孩需要的是爸爸，不是需要他留錢給他。」

「我不知道他會做這樣的事。這兩個月我都在流浮山我爸媽家待產，阿漢來來去去，婆婆死後他就沒回來，說要在他媽媽家整理遺物……」

這時候有個想法在他腦裡變清晰。

「你家婆死了，那地方沒人住……小龍就在那裡對不對？」

在他得知翁玉恆的死訊之後他腦裡就有這可能性在蠢動，而小龍正是翁玉恆死後才被俘虜的。看阿雯的神情他知道猜中了。

「幾樓？告訴我是幾樓！」

阿雯知道說漏嘴只是瞪眼。

「你說不說！」他站起逼近阿雯。

「我趕時間，我要走了！」她站起來。

「把話說完再走！」

「你找上去嗎？都到這地步了，阿漢不會手軟。」

他硬生生止住想抓住阿雯搖晃的衝動。

這回阿雯保持了冷靜。「要是我告訴你，就要通知阿漢你知道了，阿漢會帶小孩離開那地方，那麼你知道了又有甚麼用？」

一平知道阿雯說得沒錯。要是程漢知道地點不再是秘密，最可能的行動是轉移地點，反而令事情增加了變數，小龍可能陷入更大的危險。而從人情上來說，他不能要求阿雯幫他而不幫丈夫。

「何況阿漢說過他不會回去坐監，逃不掉就搏命。」

「搏命？」

「他不知哪裡弄了把槍，說要是被警察包圍他不會投降，殺一個不虧殺兩個有賺。」

一平心弦震動。從神情語氣判斷，阿雯不像是撒謊或博同情，也不像是故作驚人語，以這方式警告他別報警。她只是說明事實而已。不管怎樣他必須當成真話。也就是說，小龍的處境比他想像的更糟。程漢竟是抱著必死的決心，不惜付出同歸於盡的代價。

竟是走到了這一步嗎？他試著回想程漢這個人，想起初識時那滑頭世故的小伙子總讓他聯想到學校裡每個班都有的那些壞學生、世界仔[3]。是怎樣一條曲折的路使他的偏激變本加厲，讓這壞學生世界仔成為悍匪和亡命之徒的。是因為預見自己犯下大案反正不會有個好收場？還是為了這女人和未出生的小孩不惜拋開一切包括生命？為了這兩樣他認為是這世上他最後真正擁有的東西？

「你該勸他，阻止他走極端。」

「他不會聽我的。」

「他不是一無所有，他有孩子有你。跟他說他還年輕，就算坐監，坐個十年八年出來也還年輕。」他說著竟是激動起來。

阿雯笑笑，笑出為人妻的淒楚。

「你不了解，只有我婆婆的話阿漢會聽。」

一平不知還能說甚麼。

「我要走了。」阿雯把拖箱拖在身後。

這回她走他沒有阻撓，靜止不動聽著門關上，聽著莫綺雯的腳步聲遠去，帶走了五百萬也帶走他的希望。

回到街上已是華燈的夜晚。他走在英皇道的熙來攘往中，提著那隻空掉的旅行袋，風意寒但他滿頭大汗，心裡患得患失想著自己做錯了嗎，是不是錯失了救出小龍的最後機會？是不是該抓住莫綺雯立刻報警、交給警方處理？可是果真程漢抱著拚死一搏的決心，任何輕舉妄動都可能觸發不堪設想的局面。半夜兩點這時間，該是預計兩點前莫綺雯會到達所謂的「安全地點」而來的。這段時間程漢仍然有人質在手，就是為了確保莫綺雯可以遠走。報警既不是個可行的選擇，便只有被動地等待對方的消息。

他是在路上看見的一家7-11、用店內的投幣電話致電靜堯的。想到畢竟是靜堯付的贖款，總要告訴他一聲贖款交了。他沒提莫綺雯，與莫綺雯會面的整個經過都略過，另編了一套說詞說是將贖金袋子存放在大會堂高座九樓的投幣儲物箱裡，儲物箱鑰匙依程漢的指示放在儲物櫃的櫃頂。連程漢本人他都沒看見，他說。

他不知下午跟靜堯之間發生的事算不算決裂，而靜堯對自己的信任還剩多少。一面做著完全是虛構的匯報，他一面心虛地預期靜堯可能隨時拆穿他的謊言。離開那個酒店房間、走在英皇道上的路上他編好了這套說詞，盤算好即便靜堯明知他撒謊也未必會挑破，因為他不會想一平知道他不信任他、且派了人跟蹤。聰明如靜堯必定想到，重要的是贖金已交到程漢手上，至於怎樣交到他手上的並不重要。

究竟為甚麼要撒謊連他自己也不大瞭然，如果真要說個理由，或許是由於他了解程漢拚了命也想保護妻兒的心情。何況在靜堯作出對於于珍的威脅之後，在他暴露了他的叵測用心之後，他不再覺得對靜堯有誠實的義務。

「大會堂很近，怎麼搞到現在？」靜堯聽完匯報之後問。

一平已準備好了答案，說是程漢疑心病重支使他跑了好幾個地方，從中環到上環到九龍又回來港島，最後又回到大會堂。前一部分也是事實。

對於半夜兩點釋放小龍的這個時間點，靜堯的說法是：「幾個鐘頭他們可以走很遠了，拿了錢還會回頭放人？」似乎認為一平上了對方的當。

除此沒再說甚麼。

一平掛上話筒，又多投了零錢打給金鑽。金鑽一聽說還要許多個小時才知分曉便急得哭了，擔心小龍遭虐待，又怕他沒人照顧會生病——

「是不是我們錯了？是不是該報警？」聽來又在眼淚邊緣了。

這回輪到一平不想報警了，只是說：「我也急，再忍耐幾個小時？」

臨掛線他又說：「還有件事要告訴你，翁管家過身了，我想你也許想知道。」

金鑽就跟他聽到這消息時一樣只是默默。

他放下話筒向地鐵走，想著莫綺雯不知會怎麼走。他依稀記得航空公司不讓接近產期的孕婦上飛機的，而且搭飛機太容易被查到去向。多半是陸路或水路，搭火車先回內地，或到哪個偏僻海邊上船。程漢從前做走私想必建立了一些地下人脈，付點錢搭通一條來往東南亞海域的走私船大概不會太難。走吧走遠點，他心裡莫名地為莫綺雯打氣，為程漢的一家三口。

4

寶鑽聽見鑰匙開鎖聲便跑來開門，跟他抱個長長的擁抱像多久沒見似的。

「等急了？」他輕笑。

「媽媽的日記拿到了。」她告訴他。

他完全忘記了這事。是他叫她去拿的，在他離開靜堯的辦公室後，在樓下的管理處借電話打給她叫她去的。當時他便決定，有關靜堯用日記要脅于珍這件事不能瞞著寶鑽，一來關乎她母親的切身利益，二來他認為身為女兒的她該是較能判斷日記內容的可信度。現在想來也許有點操之過急，完全是當時的情緒反應，想儘快將日記拿到手詳讀，一時忘了考慮讓寶鑽獨自讀日記或許會有的情緒反應。

暗紅絨面日記被打開到某頁面朝下放在沙發上，他回來前她該是正在看。「姑姐知道你拿了日記嗎？」

「她正午睡，我溜進去又溜出來。」

他拿起日記翻了翻。「你讀過了？都寫甚麼？」

寶鑽從他手裡搶過來拿進房間，回來說：「你累一天了，明天看吧。」又說幫他跟學校多請了半天假。「我想你明早還有得忙的。」

他就想一定是日記裡有令人不安的內容，更急於想看看裡面寫了甚麼。但是理性告訴他事有緩急，無論如何先集中精神應付小龍這件事。

吃著泡公仔麵的簡便晚餐，一平把到靜堯處拿贖金及交贖金的經過都告訴了寶鑽，夫妻倆反覆商議，除了在家等消息沒有更好的辦法。

寶鑽鋪好床勸他睡個覺。事實上他累得能睡個一兩天，另一方面又怕睡。只要想到小龍此刻不知在何處、是否還活在世上，他便坐都坐不住。但他知道他不去睡的話，寶鑽會陪他不睡等電話，變得兩個人都熬累不得休息。不，是三個人。五個月的胎兒是個完整的小人了。他陪寶鑽去婦科復診時看見的超聲波影像裡的胎兒，已經有鼻子有嘴巴，手腳都長齊全了，心臟一下一下跳動，據醫生說對外界的聲音與光都有感應了。他就想他和寶鑽的對話胎兒都聽得見，而大人的心情胎兒也能有感應。

共一張被子的舒適裡，他看著窗外的夜深了下去。寶鑽的頭垂在他胸上很久沒動靜，該是睡了。他倦極了卻不思睡，看見那本日記在床頭几上便拿過來，翻開正想看，卻聽見寶鑽說：「我們走好嗎？離開香港？」她依舊把臉埋在他肩窩，只用平常聲量的一半說。

「離開香港？為甚麼想離開香港？」

「這裡發生太多事，到另一個國家去，英國也好瑞士也好，離開這地方。」

「日記裡寫了甚麼？讓你擔心了是吧？我不該讓你一個人先讀。」

不料寶鑽說：「我才不擔心呢。在英國我就偷看過媽媽的日記，那時候我就覺得很多是虛構的，讓醫生覺得她有病給她開藥。我覺得現在也是這樣，明知歐陽醫生會讀，怎會把真事寫進去？」

「但歐陽是她很多年的醫生，也許她信賴他，依賴了病人跟醫生之間的保密合約，沒想到歐陽醫生會外洩。」

「當然我們帶她一起走，那麼日記甚麼的都不要緊了。」

「只是你或許捨不得小龍。」寶鑽又說。「要是我說，其實你用不著捨不得他，以後他都跟媽媽生活了，又有靜堯替他安排一切，說不定過得比跟你還好，而我們又會有自己的小孩，我這麼說你會不會覺得我很差勁很自私？」

他知道她是叫他放棄小龍，也知道她的話有道理，可是連想一想他都覺得難受，為了忘記這感覺他說：「你想過怎樣的生活？」

「外國的郊區小房子有的不太貴，或許我們開家店，手工藝品店，或者書店連咖啡店，掛一些畫家寄賣的畫，以前我想過開這樣的店。你還不老，重新學一個語言可以的，不教數學可以教中文，哪裡都有想學中文的華人小孩。」她興味盎然描述著更多更遠的未來。

「你這麼說好像都很簡單。」

「你又想過怎樣的生活？」

他想了想說：「以前我浪費了很多時間在研究人生問題上，為甚麼是這樣為甚麼是那樣，老在追求著甚麼但從來不滿足。有了你我有了第二次機會。我只想過普通的生活，像現在這樣跟你在一起已經不能再好，我一點都不想改動。」

「這麼說，到哪裡都一樣不是嗎？不見得非要住在這裡不可。」她又說「雖然有點辛苦但我想多生幾個，我想我的家庭就像那首《甜蜜的家庭》唱的，『姊妹兄弟很和氣，父母都慈祥。』我跟你就是那對慈祥的父母。」

從未有一刻他如此愛她過，這個偏執癡情的她。

或許就順她的意嘗試一下外國生活也無不可，當作考驗或歷險。趁兩人都還年輕去闖一下，不喜歡的話還可以回頭。的確他想不出甚麼太大的戀棧香港的理由。固然他會牽掛母親，但母親早就有了自己的獨立人生。如今寶鑽和將出生的嬰孩才是他生命裡最重要的，他這家庭的幸福才是他的生命核心。

聊著聊著打起了瞌睡。他作著亂夢，一會兒在學校裡一會兒回到很久以前的從前，他還是小孩，在海邊奔跑，一會兒他又在那地盤裡，腳不能抬手不能動，一驚慌便醒了，原來半邊身體被寶鑽壓麻了。這回她真是睡了，他抽出枕在她頭下的手臂她都沒醒。他按摩著手臂坐起來，下床去小解，順手把几上那本日記拿起來，連同電話的子機帶入洗手間。

後來他坐在浴缸邊翻日記，凌亂潦草的細小字體像蛛絲一般密密麻麻，幾乎沒有標點符號，大半本簿子頁頁如此。第一個記錄是去年一月份的，日期正是喪禮那天，第一句赫然是：

「我是殺人兇手，這是我的自白書。」

立刻一平的心下沉彷彿綁了塊大石，沒耐心順讀而是跳著段落讀，驚心動魄的往事在字裡展現：

一九六七年二月四日嘉年華第二日的凌晨，在巴西里約城，我和我當時的情夫景將一個人的屍體棄在華人區一間酒吧的後巷。死去的人是我結婚五年的丈夫江亨利。景從他朋友處借來一輛VW，就是用這車子將屍體從他住的旅館運送到地點。我留在車裡把風，看著景把亨利架在肩上向小巷行，還就著那隻壞腿東歪西倒，從背後看就像兩個醉酒鬼勾肩搭背。謝天謝地是嘉年華，全城沒幾個清醒的人。約五分鐘光景他便回來，事情就這樣完了。景不熟路而又開不慣左軚，好一陣只是開車不說話。開過瓜納巴拉灣旁的長公路，他說暫時不要見面比較好，他要回去處理車子，之後他回趟香港再回來，又提醒我說等個一天便去報案說丈夫失蹤了，在警察面前少說話多流淚就好。我望著窗外的黑暗海灣，被他的冷靜商人口吻刺傷了。我說你不回來的話我就把你殺人的事說出去，說你為了珠寶而殺人。他只是笑。他說我為你殺了人而你也為我守了寡，我們是一條繩子上的兩隻螞蚱你還怕甚麼？聽了他這句話我更害怕，想起他那個車禍中死去的前妻。

早上我如常煮咖啡，做顧客預訂的蛋糕，提心吊膽等警察來拍門。景的理論是嘉年華這幾天日日有打架鬧事，一個當地華人給打劫死在酒吧後門口不會是多大的案子，多半警察會假設是癮君子或附近貧民窟的人所為，亨利是那酒吧的常客也符邏輯。不管他是有根據的抑或只是想當然，警察沒有來。我在空屋子裡待不住了便在下午去了科帕卡巴納沙灘。宿醉的人們陸續聚集繼續昨夜的狂歡，黑人樂隊奏著木管樂敲擊樂，有個自稱是詩人的勒腓西市來的青年來邀我跳舞我便跟他跳，搖擺的人體中瞥見有個撐手杖的身影，還未看分明便心狂跳。他對我仍有著魔力。原來他不放心回來看我來了，看到我留的字條來到那沙灘。那一刻我又重新墮入愛河一次，為他再下一次地獄都願意。突然嘩啦啦下起了驟雨，滿沙灘的人變落湯雞卻舞得更狂，淋著雨喝著甘蔗冧姆[4]，舞著森巴和波薩諾瓦。我快樂極了自由極了，忘記自己做了多可怕的事……

我認識景是因一次偶然。在里約的第三年我那不幸的兒子夭折的那年，有時悶起來我會一個人去里約動物園閒逛。我最愛看長頸鹿，而那天景也在那裡看長頸鹿。兩個在遙遠他鄉的香港人同時同地一起看了好久的長頸鹿，不是命中注定是甚麼？他問我里約還有哪裡好玩的便聊了起來，我當導遊帶他玩了幾天，就這樣開始的。隔兩個月他又來，逗留一個半月又走。來來去去中有了那些偷來的時光，拉帕水道橋廣場的漫步，海邊或湖邊看日落，巴西大道上的兜風，旅館房間共度的下午。有天我心血來潮對景說，你來我家看看我老公的珠寶吧，其中有顆鴨蛋大的黃鑽石看來很珍貴，你若是覺得可以便出個價。那時亨利雖已沒做珠寶但手上還有些存貨，那地方無人出得起價而他也怕惹麻煩，多年來脫不了手。我的想法不過是給亨利拉樁生意，算是我對他不忠的一點補償，另外我有個私心，有了錢我便可回香港並離開亨利……

景拜託一位當地有名望的老華僑作介紹人來到我家，豪闊地買了不少珠寶。亨利拿出黃鑽石時我留意景的眼神，就知他一見鍾情。但談價錢時他守得緊，用各種理由壓價。向來貪睡的亨利連夜睡不著覺，既想大賺一筆又怕失機會，發夢都想著錢到手後種種可做的事，買部車、買間鋪重開餐館、給我開家糕餅店等。我總想那天亨利突然造訪那旅館只是想跟景再談談價錢，我猜他是決定了要接受景的出價，然後和我去慶祝，所以穿上他最喜歡的那套白西裝。當然他推門看見我在那房間裡便一切都完了。到現在我不知是怎麼發生的，突然他就躺在地上了，頭部流血，景的手裡拿著個銅雕，是旅館裡的擺設。後來我去殮房認屍時看見的亨利，已是被雨水泡過被老鼠咬過以致全身疤爛發脹，頭部的傷口被老鼠咬了個大洞……

我是個有著醜惡靈魂的惡毒的人嗎，所以沒有去自首反而做了殺丈夫的人的妻子？結為夫妻便不怕彼此背叛，景也是這麼想嗎？世間正常的人生不該是這樣的，不該是背負著這樣的過往，這樣的包袱。人生在世不是要過這樣的生活，煉獄一樣噩夢一般的。被婆婆嫌棄，被丈夫冷落，被傭人譏笑，被管家偷老公。有次我撞見景從那女人的房間出來吵著要去找老太太評理，他發急了就兩隻大手掐住我的喉嚨，變了隻怪獸想殺我。我又氣又恨，可是我能怎麼樣？我已經懷孕了，我能去哪裡？哥哥是幫不了我的，他自己也身在困境裡。懷胎第九個月我用酒送藥差點死了也差點丟了小孩，這件事令我幾乎地位不保被趕出黃家的家門。景在這節骨兒上做了丈夫該做的事，跟他母親對抗保住了我。自此老太太對我仇視益深，我的恐懼與日俱增。未雨綢繆計，我開口向景要山頂的房子。我說我要把巴西的事告訴你媽，除非你保證我永遠不被趕出這門口。他竟沒拒絕但是提出了條件，要我到英國治療一段時間戒藥戒酒，不戒斷不能回來。除了答應他我能怎樣……

笑死人了，男人這種動物！靜堯的訂婚舞會上看到他把黃鑽石當作文定信物繫在未來兒媳的脖子上，我真不知該笑好該氣好。是他認為鑽石會帶來惡運，想趁此轉給施家？還是因為它勾起了他羞於記得的記憶，不想把它留在家裡？我該是為他的狡猾喝采還是為他的薄情而唏噓？甚麼傳家之寶結拜信物，甚麼紀念亡友精神長存。幹嘛不說是他睡人老婆得來的，幹嘛不說是他雙手染血得來的，我真想當場大喊「他撒謊！」

一九九三年十二月二十三日清晨，我從窗口看見景在花園裡。前一天我們為一張支票吵大架，我仍心有不忿，下樓到花園裡要跟他說個明白。他像是忘記了吵架的事，心情頗好地跟我說有事想同我商量，我們走著走著便到了泳池邊。他說我們和好吧阿珍，來日無多不要吵下去了，我知道我很多地方對不起你，希望你給我補償的機會。我昨晚想了一晚，我們移民到英國吧，反正那邊已經有物業，叫阿寶來跟我們一起，以後我們好好生活，安安樂樂過晚年，我跟你環遊世界，想做甚麼就做甚麼，這樣不是很好嗎？我一聽就火了。我說，安安樂樂過晚年？我說，你想跟我好可以，我要聽見你罵她，罵她是賤人，臭鞋，壞女人醜女人，你罵呀。我說她是你的心肝寶貝你捨不得罵嗎？撒個謊哄老婆開心也辦不到？說你討厭那女人，說那女人醜樣，你說呀。景為難地不出聲，從他嘴裡說出來的是這些話：珍你想我怎麼做？我說離婚你不答應，我說和好你又給我難題。你想要甚麼你說呀，要我怎樣做你才滿意？

我想要什麼？我說景啊我是怎樣一個人你難道不知？你知我當年是怎樣逼走翁玉恆的？我把她叫進房間指著桌上的兩杯茶說，你想坐我的位置可以，這兩杯茶的其中一杯有老鼠藥，我們現在就一人一杯，看運氣在誰的那邊。那狐狸精怕死，答應我辭工，我警告她要斷得乾淨，以後要是再敢露面勾引我老公我不會放過她。為了這件事你耿耿於懷你當我不知！對我冷言冷色，找藉口不回房睡，讓我獨守空房多少晚！為了她你想掐死我，你還記得！乾脆我們同死吧，一起沉下這水底就甚麼罪孽都洗清了，我們這樣的人也只配這樣的收場！

景說盡好話，但他越說我越氣。為甚麼是這樣我也不知。明明我想說好啊景我聽你的，我不生氣了，我甚麼都不計較了只要跟你在一起。我想說景啊，我好累，好好抱一抱我吧。

但是從我嘴裡說出來的話全相反，全都違背我心意。你不愛我！我大叫。我就是這樣一個人你受不了就滾蛋，滾蛋！我坐在池邊哭，景把手放在我背上像是想推我下水，他想殺我我想——

一平闔上了日記，覺得像是闔上一個潘朵拉盒子。不用讀下一段他也知發生甚麼事，一浪接一浪的震驚湧上心頭，同時「證據確鑿」四字浮上了腦海。儘管部分內容讀來像夢囈，又像情緒狀態下的歇斯底里，究竟有多少可信度還是要存疑，然而黃景嶽墜水是于珍造成的，這是已經白紙黑字寫在那裡了。唯其是以自白的形式寫成的，讀來有真實紀錄的說服力。

他沒法想像于珍數十年來忍受了怎樣的精神折磨。丈夫死後想必她內心產生了風暴，各種自責達致有史以來的頂點，不能在人前告白便只好寫下來，這日記便成了她的自白書。寶鑽非要說是虛構的，恐怕只是不想給他在這晚添煩惱所以這麼說，又或是身為女兒的她難以接受這些可怕的事實，寧可將日記目為一個精神病患失去自主下的產物。不能否認的是，縱使是夫妻口角造成的悲劇，縱使于珍並無殺人意圖，從法律上來說她最起碼是嫌疑人。

顯然靜堯也是這看法。姑勿論事情是否會去到于珍被捕、被庭審的地步，僅僅是黃景嶽的案件被重新立案調查，便不是于珍受得了的。靜堯料定他和寶鑽為了保護于珍會對他言聽計從，而于珍的日記正是他的保障。

那塊山頂地對他有那麼重要嗎？當然重要，一平自思自想。只要細想其中牽涉的金額便不能否定它的重要性。對靜堯來說是塊踏腳石，成功的話可帶來極大利益，讓他東山再起。

本來他就覺得靜堯不惜犧牲南海項目的控制權、大費周折籌措五百萬贖金的動機很可疑。靜堯大可以讓他和金鑽去想辦法，讓自己去向于珍借貸。若說是為了讓自己感他的情，一旦于珍的日記被用作進行要脅的工具，便所有情分都勾銷了，而靜堯必然預見及此。凡事利益先行的靜堯到底葫蘆裡賣甚麼藥？會不會他跟那些金鑽口中的「有錢有背景的人」有著更深更長遠的協議，也說不定靜堯對這些人作出了某些承諾，比如說他知道有這麼一塊山頂地，若干若干如何如何，很有發展潛質，有興趣的話可從中促成？……

不管他的推想有多對或有多錯，可以預見的是跟靜堯勢必有一番周旋。下午在怡和大廈的辦公室時心情太亂不及細想，沒有當場要求靜堯把全伯的供詞拿出來看看到底有多大的殺傷力，下一步該跑趟深圳找全伯談談，確認是不是真的有這麼份供詞——

他吃一驚，握在手裡的電話子機正在響。沒等它響第二下他便接了。

「來接你小孩，你一個。」是沒聽過的男子聲音。甕聲甕氣彷彿大感冒，低而急促講了個地址。

「程漢是你嗎？」

「漢哥交代我打來。」便「嗒」一下掛斷。

他回到客廳看到掛鐘上的時間是十一點五十五分，比預定的時間提早了兩小時。他回到睡房看寶鑽睡得正香，把寫好的字條放在床頭几上，穿上外套便出門。

5

一輪微胖月掛在當空。他估量著走了約莫十分鐘，沒走錯路的話該已經到了，正想著他便看到那樓群，紅布篷夜裡看去分外眼明，巷口停著輛電單車他認得是程漢的。

他再次穿過紅布篷走進那小巷。藉助若干樓梯口射出的燈光，他走到巷尾，認出那棟樓。樓梯迴旋而上，他一步兩三級向上急行，只有他的鞋子發出的細碎窸窣。一口氣跑到九樓頂樓，他微喘，看到最後一列梯級的盡頭有個鏽跡斑斑的鐵閘擋路，推閘出去，人就站在天台上。

他知道是這裡了，就是這天台。寧靜夜晚罩在四周，哪個方向望去都是樓，風從樓隙間吹來，空氣裡有股臭。他想起金鑽跟他轉述小龍被擄後她跟他通的五分鐘電話時說聽見背景裡有炮仗聲，來到這實地他想他有個概念是哪來的。因樓房密集，而天台都是差不多的高度，過年期間說不定有小孩在上面違例放鞭炮，也有可能是哪個人家的打麻將聲而金鑽誤以為是炮仗。

實在這偏僻所在是理想的藏參地點。這天台只一間違章屋，四方盒子形的鐵皮水泥砌的平頂屋，面積頗大佔掉大半個天台，屋前伸出個鐵皮頂的棚架，底下有個磚砌炊事台，鍋碗瓶罐和炊具俱全，爐頭連接個石油氣罐，但是全都看來許久沒用。另一邊亂堆著舊家具、爛磚爛瓦爛盆栽，植物都枯死好久了。四下無人聲。他看見窗戶都關嚴，漆黑無光，鐵柵沒拉露出裡面的木板門。想要揚聲報身分，又覺得狀況未明還是不要揚聲好，舉手想要敲門，門卻一碰就開。

立刻他便聞到了，血腥氣！伸手不見五指的黑暗裡極侵犯性的淹沒了感官。他全身神經拉起警號，思想狂亂起來以為是小龍遇害而幾乎心跳停止。他一陣亂摸摸到燈掣，大約只四十燭光的燈泡放出昏暗的光，卻也足夠讓他被眼前的景象嚇一跳。滿屋子一袋袋的垃圾，大袋小袋不知多少袋，堆沙包似的挨牆堆高，這屋子便完全是個垃圾房，只有兩條窄通道可讓人走。有的袋子裂了口淌出餿水和垃圾，因此地上有果皮果核、雞骨魚骨、髒紙巾、發泡膠杯麵盒之類的，一個依靠外賣與即食食物為生的人的垃圾，發黴中或腐爛中，先前在屋外聞到的臭味便是來自這裡，此刻他整個身體髮膚在吸這味道。是翁玉恆後期體力太差無法下樓倒垃圾，所以都堆積在房子裡面？看垃圾的數量有相當時間是這種狀態。臭味這麼大該有住客會投訴，也許投訴過只是她不理。這種舊樓都是把垃圾拿到後樓梯，自有垃圾婆或垃圾公每早來收，但這天台得下一層樓才能到九樓的後樓梯。其實她可以給點錢給收垃圾的人上來收，是不歡迎任何人上來除了送外賣的人？上次見到她她就很神秘，不願邀他上來也許是怕他看見這環境要干預，同樣的理由她也不讓兒子來看她。她就像隻塔頂老鼠住在垃圾堆裡直到死。

但那血腥氣仍在，幾百種垃圾味道都不能掩蓋。這時也無法後退只有向前，來到並排的兩扇虛掩的門，他提著一顆心推開第一扇，是個僅容一人的連花灑小廁間，污穢不堪糞臭薰鼻，馬桶裡有大便未沖，滿地用過的棉花球、橡皮管、錫紙鐵匙、菸盒菸蒂之類。沒看見小孩屍體讓他鬆口氣。

他退出來推開隔壁的門，是個小房間，家具除一張床墊一個櫃還有套桌椅，衣物雜物隨處拋置因此顯得亂糟糟，卻有種獨居人的窩居的舒適，想翁玉恆生前便是住這裡。他去打開衣櫃，每寸空間塞滿一團團的衣物，此外他看不見這房裡還有哪裡可藏人。

回到客廳他向垃圾深處走，幾乎踩在上面了才發現有對人腿，從腳上的球鞋他猜到是程漢，把垃圾袋撥到一邊便看見了他。半晌，一平只是屏息看著眼前的情景，那死灰臉那紫嘴唇、下巴上黏著的嘔吐物、襯衫上的大範圍血跡。帽子掉在他頭頂地上，沾血的手向上曲著彷彿是脫帽致敬的手勢。發生甚麼事？程漢是給誰傷的？莫綺雯打過電話來沒有？他掀開夾克才看到傷口，像是被利器所傷的裂口，但他看不到利器在哪裡。傷口還有血滲出，這表示人還活著嗎？他伸手探鼻息，感覺皮膚還是暖的，只是呼吸微弱到感覺不到，站起來想著去叫救傷車便聽見身後有微響……

「錢在哪裡？」有個聲音說。

他回身看到兩個人悄然立在那裡，靜堯和洪哥。他聽見的微響是腳步踩在垃圾上的聲音。他們定定望著他，他也定定望著他們，腦子鈍鈍的只覺兩人黑衣服黑手套的樣子有點古怪，為甚麼要戴手套？洪哥的宏偉身形像座大廈背光而立，和以往一樣黑口黑面，只是此刻看來更覺詭異。靜堯臉色蒼白，棒球帽壓到了眉毛以致有一刻他幾乎錯覺是程漢。然而吸引一平視線的是他手裡的微微反光的黑色物事，那形狀除了是槍不可能是別的。一平感覺自己在冒汗。

「那五百萬在哪裡？我找過這裡沒有。」

他們早就來了，藏在暗處，讓他自行發現程漢。

「你把錢交給莫綺雯了是不是？」

「是的。」現在說甚麼都沒關係了。

「莫綺雯在哪裡？」

「我不知道。」

「你跟程漢串通出賣我。」

「我說過會按他指示做。」

「你做錯了。」

一平悚然。一定是從程漢那裡沒問出結果，下毒手洩忿。同一時間他自身的處境清晰無比向他顯現，附帶著不祥的啟示。

「程漢你殺的？」其實他再無懷疑。

「明明你做的，怎麼說是我？」

他在說甚麼？這完全不對，不合邏輯！

「我不明白。」他茫然道。

「你當然不明白。」

然而目光對上的一刻他心底一個恍然。

「剛才是你打電話給我？」

他不知孰先孰後，平扁短促恍似爆車胎的一聲啪，還是高速子彈穿過身體的灼熱劇震。他向後倒在如山的垃圾袋上因此並未著地，眼球映入手槍的槍口黑洞、和黑洞之上的靜堯的放大面孔，隨著另一聲槍響那劇震又來一次，像有個黑色宇宙在他體內炸開一般，他無法控制任何一塊肌肉地彷彿從高空下墜，有一刻幾乎是滑翔，最後的知覺以近乎靈異能力的敏銳度在感知著，空氣裡的火藥酸味、垃圾山傾塌的微響、鐵皮天花板的鏽跡、靜堯的霧樣眼神、毛玻璃窗映著的光、光線裡一個小男孩在海邊奔跑、一個少女走過的身影，生命的僅餘時刻裡匯合成萬花筒一般的瑰麗通道，異常動人又空洞得令人心碎。

註釋

1 指被綁票的人質。
2 廣東話，意為「享受」。
3 香港俗語，指做人處世圓滑，善奉承不真心。
4 巴西知名蒸餾烈酒，冧姆即Rum。

第十章

一年後──

啟德機場離境大堂，航空公司櫃檯大半已熄燈關閉的長廊，施典朗匆匆走過，在閘口附近的等候區找到了她，腳邊一件手提行李，懷裡抱著熟睡的女嬰。陰曆年剛過的旅行淡季又是夜晚後半，空蕩蕩大堂裡的兩母女顯得瘦小孤伶。

她看見他便微笑相迎，騰出一隻手與他擁個抱。

「伯母呢？」

「地勤的人推她先去登機。」寶鑽道。

典朗抑制從心底浮起的失望，儘管已有心理準備不會奇蹟出現，她不會在這上飛機前的最後一刻回心轉意，對他說「我留下」而應允他的求婚。

「于伯母有封信給你。」他從西裝口袋取出個白信封。

她抱著孩子沒手接，他便替她塞到手提袋的外層格裡。

「支票沒肯收，我嘴皮都說爛了。」

「謝謝你。」也沒問詳情。

他想過買張機票陪她去蘇黎世，至少看著她安頓，但她一直保密行期，今早才致電通知說晚上搭瑞航離港，囑他保密別告知任何人。

他該想到她不過是等于一平的一週年忌日去掃過墓。等不及歐洲那邊天氣暖和些，等不及孩子長大一些，等不及于珍的復健有更多進度，隻身帶著女兒和因中風半癱要坐輪椅的母親，從香港的亞熱帶冬季飛入降雪溫度的北歐嚴寒。

不知是女性產後自然釋出的風韻，抑或是這一年的經歷令她添了深度，現在的她比他認識的任何時候都迷人。這一年頭髮長到了垂肩，沒化妝，眉毛烏黑眼睛水亮。

看她不急著去登機他便坐下，卻也不期待她會有甚麼要跟他說。她的寡言也是他這一年習慣了的，顯然她不知她愈是淡漠在他眼中愈是有魅力。

「我決定去英國，」他終於說。「有家醫院聘我過去，我想換個環境也好。」

她只是眉毛微抬，等下文。

是利物浦的腦神經科醫院，他說。去年開始跟他接觸，他一直舉棋不定。延遲到這話別的一刻才告訴她，可見是自己的去留影響了抉擇。她恭喜他，問他幾時走。

「六月，等參加過姊姊的婚禮。」

「啊，我都沒時間預備禮物。」

「你要的話我替你買？」

「麻煩你的事一樁又一樁。」

「是我的陰謀，要你少不了我。」

她笑，雖然聽得出是傷心話。

紘蒂是因為南海項目重新開發而回香港。由於四海金曦仍持有該項目的大比例股權，新加入的股東倘若要開發項目，必須透過股權併購或協同開發的方式。四海金曦看到這是個好機會，不但可彌補損失且有利可圖，於是將這差事交給紘蒂讓她將功贖過。她回港與該公司協商，達成共同開發的協議。

靜堯親赴英國與她同回，整個洽商期間陪伴左右，二人公開同進同出，紘蒂每被媒體問及與英國伯爵的戀情時即以「不置評」並附以神秘一笑回應，未幾更被偷拍到紘蒂出入靜堯的跑馬地住所照片，於是有「靜紘之戀死灰復燃」的花邊報導出來。

照片見報當天，施典朗拿著雜誌來找寶鑽講了許多洩忿的話，咬定必是黃靜堯收買記者拍那些照片的。他一向認定靜堯出售南海項目股權之舉是他拋出的餌，主要目的是引紘蒂回香港。令他氣結的是紘蒂這趟回來像是有意避開他這弟弟，對於靜堯的大獻殷勤則來者不拒，擺明不介意重修舊好。「我是一點都不了解，那時候逃命一樣要逃離那個變態狂！」他忿忿不平。沒幾個月兩人在媒體前公開證實復合，典朗又激憤一次，視紘蒂的再次接受黃靜堯為一種投降，舉白旗，吃回頭草。

婚期定在佳士得春季拍賣的同時，而拍賣品的一大宗，正是靜紘訂婚宴上由黃景嶽親贈未來兒媳的一百一十卡拉黃鑽石，拍賣圖冊上的名字為「傳奇之鑽」，創紀錄的六百萬美元開拍底價，加上靜堯高調宣傳拍賣款項全數捐給慈善機構，使事件成為另一媒體熱炒的話題。靜堯被傳媒問到鑽石的命名及拍賣的原由時說：「它象徵紘蒂跟我的傳奇，希望它未來的新主人藉助它打造另一個傳奇。」

這又惹得施典朗一肚子火，聲稱不去參加婚禮：「懶得看那兩個人的偽善嘴臉。」寶鑽卻知道必是靜堯讀過于珍的日記知悉了黃鑽石的真正歷史，急不及待要將這塊不祥石脫手。最後還是她勸典朗說：「或許你姊姊有不得已的理由，你該多相信她一些。」又說：「蒂姊姊就你這麼一個弟弟，你不去婚禮她多難下台。」

就是透過這些彼此充當聆聽者的時光，只在網球場上打過幾回網球的兩個年輕人拉近了距離。寶鑽看出這位青年雖是出身望族、成長於優裕環境卻沒有養成富家子的習性，保存了天真赤誠的本質。在她可以離開病母與女兒身邊一兩個小時的空檔，他們會去喝個咖啡或去兜個風，交往最頻密的時期會去蘭桂坊跑酒吧聽音樂，喝個一兩杯聽彼此的酒後牢騷。

對她來說，與典朗的友情是場及時雨。在她孤獨無援悲傷消沉到極點、在她承受著一樁兇殺案的受害人遺孀的種種壓力、在于珍中風而她又快要臨盆的日子，是施典朗陪她去辦所有她延遲不辦的手續包括死亡證及遺產繼產，陪她去婦科復診，陪她跑醫院看于珍。她被推進產房那天也是他握住她的手語無倫次講著打氣的話，護士把嬰孩抱來給她是他給母女倆拍第一張紀念照。但當她發現這位青年似是對她有了超友誼情愫的時候，她一方面說著「不過是你的英國騎士精神無用武之地」之類的玩笑話來化解，一方面有了離港他去的念頭。

另有件事讓她嚐到人間溫暖的，是喪禮上見到那些一平的學生。消息互傳來了不知多少，十年來一平教過的、補習過的、這學期他班上的，她租的最小的靈堂坐不下，且都一個個上來向寶鑽致以慰問。她沒想到會有這番哀榮，感動的同時也受之有愧，覺得于母或金鑽也該在場同享並答謝。可是她們沒跟她坐一起。儀式前她上前問候于母時，她雖也親切回應，卻是另擇座位與金鑽並坐而不是與她，她過去請于母過來見學生她也不過來。後來她靈機一動請了較年長的也是當教師的學生當眾說幾句話，得體的表追思致辭中技巧地提到于母和前師母。看到她們落下哀慟以外的淚，寶鑽覺得自己的心意沒白用。

喪事後她將青山道的房子授權經紀放售，帶著女兒搬回山頂，藉著照料母親和女嬰的瑣碎日常麻痺神經。有時她覺得好些，所有痛楚內化鈍化，又有時她覺得在某種邊緣，渾沌失魂的狀態底下有種瘋狂在醞釀，喉嚨被甚麼東西堵塞著彷彿她不小心吞了個汽球而它不斷在脹大，心底時刻有堆疑問在那裡發酵。一平去天台接小龍為甚麼會死在那裡？慘劇怎麼發生的？天台屋究竟發生甚麼事？每當「假如那晚我沒有睡著聽到電話響、假如我陪一平同去」這類的思想來侵襲腦袋，她便恨得想殺死自己。

是金鑽報警的，也有天台屋附近的鄰居聽見槍聲報警。警察與救護人員趕到現場，在睡房與廁所之間的夾板空間找到小龍——是用來包藏廁所喉管的結構性間格。小龍手腳被縛，嘴巴黏著膠紙，躺臥在自己的糞溺中。夾板門四周有縫幸未窒息，除了虛弱脫水和低溫症的一些症狀外無大礙。現場的兩個成人皆不治。

案件轟動遐邇。苦主遇害、綁匪身亡、綁匪配偶及五百萬贖款下落不明等情節如同黃金檔連續劇在媒體上演個火紅火綠。黃家幾代的列祖列宗被起底，新舊僱傭成了追訪對象，新仇舊恨被一一挖掘，包括兩位死者與黃家的千絲萬縷關係、綁匪曾是黃家的前司機、其母曾是黃家的前管家、一平與綁匪的一度交惡、一平先娶姊姊後娶妹妹的傳奇情史、黃景嶽泳池遇溺、一平曾是寶鑽的補習老師等——全被拉扯進來加上問號驚歎號和似是而非的詮釋。

為圖耳根清淨她避看避聽任何形式的媒體報導，深居簡出除了施典朗不見任何人不接觸外界，致力於將自己這個人的存在變成真空。只有這樣她才能面對媒體的連場鬧劇，才能無視於一平的人品遭曲解、人格遭誣衊，才能一次次去警局接受問話而不被逼瘋。

負責案件的西九龍重案組探員是個從警數十年的老差骨曹沙展，精瘦幹練型，椒鹽髮剃得短過耳朵，見過世面的眼神帶幾分倦怠，不知是來自看了太多的人性陰暗面抑或每次部門內有調遷都被越了頭，老是穿著同一件綠格子單調西裝，一支萬寶路夾在早被尼古丁薰黃了的手指間，搞得懷孕後便戒了菸的她每要強制住跟他要一支吸的欲望。也許因為她有孕又新寡，起初曹沙展對她還算客氣，但她總覺得和顏悅色底下隱隱有種輕浮與輕蔑，直到有天她無意間聽見兩個警察的對話才恍然，原來跟她與金鑽同一個丈夫有關，人們對待她的態度因此含有「就是那個搶姊姊老公的小姨」的笑謔意味。

每次重重複複都是大同小異的圍繞莫綺雯的問題：你確定你先生沒跟你提過春秧酒店？你確定你先生沒跟你說把贖款交到了誰手上？你確實不知你先生那個晚上見過莫綺雯？你先生是我們所知的莫綺雯失蹤前最後跟她有接觸的人之一，你一點也不覺得不尋常？

另一些問題是關於那五百萬贖金：為甚麼你先生要撒謊？為甚麼向代墊贖金的黃先生謊稱交贖金的地點是大會堂圖書館的儲物箱？為甚麼裝贖金用的袋子會在英皇道的垃圾桶被找到？程漢為甚麼堅持只跟你先生一個交涉？你在幫誰撒謊是不是？

此外總會提起一筆她所不知道的三十萬現金：你仍然堅持不知情嗎？銀行戶口紀錄顯示這筆錢是存進了莫綺雯的個人名義戶口，為甚麼你先生要付給她三十萬？你聲稱你先生曾遭程漢俘虜毆打，事後為甚麼不報警？你先生跟程漢夫婦是甚麼關係？你先生跟莫綺雯是甚麼關係？

從未有過一次她如此感謝曾在寄宿學校被欺凌，使她磨鍊出了厚臉皮，不那麼容易被權威嚇倒。當她發覺所謂「協助調查」其實是被問話，很快便克服了內心的震撼與憤怒，尤其她清楚知道自己不是犯人也非嫌疑人，而曹沙展的手法不過是種攻心術，恩威並施不時給她來點父性的慈祥、一個憐香惜玉刑警的人情味、一個人民公僕的正義感，又或是打起官腔擺上官臉拿出審犯的架勢。她的一問三不知和無知主婦的臉孔一度引起曹沙展的極大不耐，但也讓他覺得沒意思不逼得那麼緊了。

她最後一次去警局是應邀去確認一些供詞的細節，室內沒有慣常有的錄音器材或做筆錄的文書，她便知是意義不同的會面。辦過手續又簽過了名，曹沙展竟是客套起來謝謝她這些日子的合作，打發職員去張羅熱飲，等待之際用閒談的語氣告訴她說除非有新證據出現，可能有段日子不聯絡她了。說這話時給她個帶深意的她讀不出的眼神接著說，這案子唯一的嫌疑人是莫綺雯，但是因為證據不足從未發出通緝令，歷時八個月都找不到她的人或屍，上頭決定就此案所能調用的警力要調低。

「查案的過程大抵像砌圖吧，」曹沙展發表感想說。「把一大堆看似無關連的碎片組合起來看能砌出個甚麼來。隊裡有的同事主張『同黨論』，認為現場曾有個第三者甚至第四者，窩裡反殺人，劫款逃逸，莫綺雯是這人的同黨或是目擊證人，因畏罪或害怕被滅口而潛逃，但是這個理論沒有任何實證支持。當然現場環境惡劣增加了蒐證的困難，光是指紋就不知有多少個。我個人雖然也傾向於這個理論，但我總覺得還差點甚麼。當差幾十年我辦過的案子不在少數，這麼糾葛重重的沒幾個：香港老字號珠寶公司的老闆因為念舊情認了有販毒案底的前管家的兒子做乾兒子，黃老闆慶祝七十大壽的第二天在自己家的泳池遇溺，程漢向黃老闆的養子敲詐不遂，找你先生做中間人，這過程裡你先生、黃靜堯先生的私人生活都起了大變化——這裡面到底有多少個三角關係、有多少家族秘史、誰在說真話誰在說假話，假如我不是個警探而是記者或小說家可能會很感興趣追查到底。」

「可是怎麼說呢，有時候就是沒辦法有個你想要的結局，」曹沙展起身送客時說。「檢察官著意的是入罪問題，頂頭上司著意公帑，我們做警察的只想破案，可是這麼一樁無厘頭案子，除非所有人都決定說真話才能破案，而這是不可能的，于太太你懂我的意思？」曹沙展給她個隱晦的雙關意味的笑。「只可惜你先生當日沒有向警方求助而選擇了自己跟綁匪交涉，實在是非常遺憾。」

從警局出來她想找個地方大哭一場，可是連這樣一個地方都沒有只好在街上走，發瘋的亂逛不知逛了多久直到精力耗盡，雙腿累得走不動了還在逛。偶爾瞥到映在商店櫥窗上的影子她一點也不認得了，瘦得只是張薄紙，臉上兩個深黑的大窟窿，頭髮參差沒梳，睜著一對幽靈眼望著玻璃外的人，兩眼充滿控訴彷彿是一平的眼睛在看著她。

可是她不能說，不能說，因為真話不能說。何況程漢死後那封能證明他身世的信已不知落在何方，沒憑沒據的，誰會認真聽一個哀悼中的寡婦的話？何況她唯一能提出的自我辯護不過是：「我相信我丈夫」。

更何況她不能讓警方的注意力回到與父親相關的種種包括他的死因，不能讓精神狀況已脆弱不堪的母親再次承受被問訊的壓力，不能讓掌握她的弒夫罪證的靜堯有機會向她施壓。

因此她不能回到警局向曹沙展揭破一切，指著他的鼻子喊「笨蛋！所有人都在撒謊你知不知道？我哥哥我姊姊的供詞都通篇是謊言！你的碎片裡缺掉最重要的兩塊就是程漢的身世、那小男孩的身世！程漢是我爸的私生子，黃靜堯是那小男孩的親生父親！你完全錯了被誤導了！我丈夫沒有做錯事，他唯一做錯的事是當年愛錯了人！」

起先她跟所有人一樣相信案情就跟警察公佈和媒體上所報導的那樣：一平是接獲電話去到天台屋、跟程漢起衝突釀成慘劇的。根據她從曹沙展那裡陸續聽來的，所有環境證據都符合這個推論，包括電話紀錄、現場惡鬥痕跡、水果刀跟手槍兩件兇器上的指紋、程漢手部的射擊殘跡等。手槍查出是程漢通過地下管道購得。程漢頸部和身體都有刀傷，但是主要死因是海洛英過量。血液檢測顯示他死前曾注射近五百毫克的大份量海洛英，在現場也搜到約三十克海洛英。藥物作用下精神錯亂開槍，被認為是有可能的。所發的五槍只兩槍命中，最後一槍致命，一平負傷後用水果刀重傷程漢，而過程中近距離中槍，也被認為是有可能的。現場並未發現不該在場的、不可解釋的第三者指紋，或當晚曾有第三者存在的證據——

她開始有不同的想法是因為幾件事。有次她去警局在走廊上看見金鑽從一個問訊室出來，她特地過去問候，金鑽面左左[1]的不自然，說趕時間便匆匆走了像是不想跟她多談。後來她問曹沙展姊姊來幹甚麼，曹沙展倒是沒給她釘子碰，告訴她說你姊姊來給你哥哥做不在場證明。只是例行公事，曹沙展補一句說。當時她沒太在意為何靜堯需要不在場證明，反而是金鑽的態度啟她疑竇。固然姊妹倆談不上是閨密或朋友，但自從為了商量父親所留字畫骨董的分配問題而聚過幾次，關係塵埃落定於一種外交性質的往還，為甚麼金鑽像是不想看見她？自此便腦子裡有個疑團在那裡。

小女嬰滿月，金鑽帶著禮物來山頂拜訪，一反前次見面的冷淡態度，說是早就想來看看外甥女但一直忙，似有修好之意的把小龍也帶了來。

打發娜拉領小龍上樓看外婆之後，姊妹倆便坐在搖籃車旁漫聊。寶鑽勉強自己表示興趣地聽對方講近況：已經離開金銀島，有朋友邀她合資開時裝店她想試試看，在尖東找到個鋪位快開張了幾百樣事情要忙，說到小龍便流露母親的驕傲說小男孩長進了好多，不但得了校長表揚獎狀還當了班長——

有了交往對象的事留到最後，金銀島時期有次去新加坡出差認識的生意人，跟她一樣是離婚人士，有個小孩是跟媽媽，因此也不介意她有個小孩。的確她看來容光煥發又精神爽俐，人生進入風調雨順的階段。

講起靜堯，她講了些八卦說：「現在信風水信得要命。」

自從寫字樓搬到南海便轉運，不但西樵山的酒店項目順利談成，手頭上好幾個項目排著隊，資金源源不絕。這會兒另有個寫字樓在上海，只要是叫得出名堂的堪輿學家命相學家全被他請神一樣請回家。動輒算命批卦，僱員工要看八字，簽合同要擇日擇時辰。

「打算在這裡長住嗎？房子不嫌太大？」金鑽終於說了出口。

寶鑽一聽便知這才是她的真正來意，是代靜堯探她口風。

「還沒想好，媽說不想賣。」寶鑽道。

「你呢？你怎麼想？」

「我沒想，再說吧。」
「也得有個打算。」
「我想交給哥哥也不壞，可是他現在這麼忙，這破房子看不上眼吧？」像是跟她商量。
金鑽忙道：「妹妹你這樣說就太見外，自己人他一定幫，他不會虧待你跟二媽的。」
寶鑽覺得是時候了。
「有件事我想問你，聽曹沙展說哥哥的不在場證明是你給做的是不是？」
「你問這個幹甚麼？」金鑽強笑笑。
「你記得那個晚上我們通過電話？出事那個晚上？」
「那晚嘛……」金鑽支吾。
「你記得我們講過的話？」
「講甚麼了？老實說那兩天我喫安眠藥都只能睡一兩小時，整個人傻戇戇。」看看錶又說：「改天再詳細談，我去看二媽。」逃跑似的逃到樓上去了。
換小龍下來，寶鑽問他餓了沒有，叫娜拉拿茶點給他吃。他揀了塊馬利餅邊吃著邊攀住搖籃車往車裡望，專注著小女嬰的一舉一動。
「你可以跟她握握手。」寶鑽說。
小龍伸出三隻手指握了握女嬰的迷你小手，女嬰的小指頭捲住他的食指。
「表哥給你帶了禮物來啊。」寶鑽從茶几上拿起兩個禮盒中的一個拆開，是隻毛質的狗娃娃。「你挑的？你知她屬狗？」她笑問。

小男孩點頭，眉間烏雲散了些。

寶鑽把狗娃娃放女嬰枕邊，問小龍：「對不起你生日阿姨都忘了送禮物，聖誕節想要甚麼禮物？阿姨補送雙份。」

她再也沒想到會聽見小男孩說：「要爸爸。」不禁心痛襲來。

「過來。」她說。

她把小男孩抱起讓他坐大腿上，替他撥了撥衣服上的餅屑，暗悔曾經鼓勵一平放棄這小孩，而就在這一刻她突然意識，客廳裡就她和小龍和嬰兒，此外沒有別人。自從命案發生，身為命案現場唯一人證的小龍被重重包圍，各式各樣的執法人員、律師、心理醫生、媒體記者在他身邊輪番出現，金鑽靜堯嚴密監控所有程序，想要私底下跟他說句話根本不可能。但她一直就想，一平死在這孩子距離咫尺處，或許小孩曾聽見點甚麼或記得點甚麼，不管是多麼微小的毫不重要的細節她都想知道。命案剛發生時這欲望尤其強烈，苦於一直沒機會，而且又聽說小孩得了創傷後失語，有關遭綁架期間的情形一個字不肯說，久而久之她就把心給淡了。或許因為事情已經過去了大半年，金鑽比較放鬆了，這次為了示好帶了小龍來，她終於有了跟他獨處的機會。

可是該怎麼問？為了滿足自己勾起這孩子的必然是他害怕記起的記憶，這樣做對嗎？

「有甚麼話想跟阿姨說嗎？」她這樣開了頭。

只聽見小男孩小小聲說：「我不想有新爸爸。」

寶鑽以為「新爸爸」是指金鑽的新男友，便說：「有兩個爸爸沒甚麼不好啊，新爸爸也會疼小龍的。」

「我不想舅舅做我爸爸。」

寶鑽微征，看來已經父子相認了。

「舅舅怎麼會是你爸爸呢？」她試探地問。

「媽媽說他才是我真爸爸。」

寶鑽不由得憤慨，心想那兩兄妹還真是等不得。這孩子才剛喪父，突然舅舅變成了爸爸肯定會讓小男孩感到混亂的。

她想了想才說：「你不是挺喜歡舅舅？」

小男孩不作聲。為了真切地看見小孩的表情，她讓他下地面對她，這才看見他臉上的淚痕，忙拿紙巾給他揩臉說：「快別哭，你有話跟寶阿姨說就快說吧。」

小男孩卻緊閉著嘴。她有些著急，但也知如果過分逼迫的話，剛打開一點的缺口會關閉。

她想起小時候要是有話不想說，一平會用猜謎的方式，猜中點頭猜不中搖頭，不點頭不搖頭代表「猜對了但別逼我說」。

「你不用說話只是點頭搖頭，這樣可以？」

小男孩的批准式點頭給了她勇氣。

「是關於那個晚上的事？」

看到個點頭令她心跳加速。

時機稍縱即逝，她一連問了幾個問題：「看見了甚麼人？聽見說話聲沒有？聽出是誰的聲音？聽見說甚麼沒有？」

一連串點頭搖頭之後，小男孩說：「電話響過。」

「電話響過？然後呢？」

「有東西撞，砰嘭！」

「像有人打架嗎？」她想起媒體報導裡說的現場惡鬥痕跡。

點頭。「程叔叔叫了個名字。」

寶鑽只覺心版震了震像給電烙了一下。

「誰的名字？」

難言之隱的可憐樣子讓她覺得在重要資訊的邊緣了，小心翼翼問：「是你認識的人？是寶阿姨也認識的人？」

不點頭不搖頭。

樓上走廊傳來高跟鞋聲，金鑽要下樓了，她最多只有十幾秒。她換個姿勢背向樓梯。

「是那個要做你新爸爸的人嗎？」

金鑽在下樓梯了。小男孩眼裡含著個答案，是個令他恐懼的答案，這恐懼便飄在他們中間如同呼吸的空氣。

她沒時間再多說一句或叮囑小男孩保密，只能握握他的手傳達訊息。她相信小男孩選擇跟她說而不跟其他人說證明了他懂得保護自己。對於成人世界裡的事儘管一知半解，他已懂得觀察思考而不盲目信任，讓她覺得不需要太擔心。

從那天起她反覆琢磨與小龍的對話，覺得真是機緣湊巧讓她獲得了這片關鍵情報。程漢在那種情況下大聲呼出名字，也許是危急間向電話另一頭的莫綺雯發出的警告，聲音夠大讓廁所板壁裡的小男孩聽見了，只不知小男孩被問話時為甚麼沒跟警察說起。她知道兒童錄口供是有監護人在場的，而受害兒童又是受到法律的特別保護。如果小男孩因某種心理障礙而實施自我禁制，導致警方的調查有遺漏，並不是那麼不能想像。難怪靜堯急於父子相認，不是出於甚麼父子情，是怕萬一小龍當晚若是聽見了甚麼不該聽見的，他可就近監督，用長輩的權威來掌控這小孩。小男孩事後的自閉傾向給了他方便，找個醫生寫個小孩得了創傷症候的證明便如同有了正當的理由把小孩隔離，將他與外界的交集減到最少，但小男孩其實在等待著第一個能問對問題的人。他那句「我不想舅舅做我的爸爸」的真正含義其實是「我害怕舅舅」。

金鑽那麼怕她提起的那通電話，是發生在命案當晚。她一覺醒來看到一平所留字條便無法再睡，心焦又充滿期盼地等待著。約莫三點十分金鑽來電找一平，她告知一平留字條出門了，該是去接小龍去了。接下來的對話是這樣的：

「怎麼沒打電話給我？明知我這邊正等著呢。」金鑽抱怨。

「想是以為你睡了不想吵醒你，他先去確認。」

「我哪能睡，心慌得要命，已經過了三點了。」

「哥哥呢？」她問。

「下午來過，本來說吃晚飯，接到通電話又走了，多半到瑪姬那邊去了。」
「瑪姬？」
「他秘書，」金鑽草草說明。「我看再沒消息我得報警。」
「可是我們不知地址。」
「該就是恆姨生前住那裡，你知道一平碰見恆姨的事？」
「我知道，可是他不知在幾樓。」
「哥哥知道，是他想起來的，那些舊樓的收信箱都在大廈入口又大部分不鎖，看信箱有恆姨的信，信封上面就有地址。」

當時她沒太在意這段對話，可是這會兒它變得無比重要，因為裡面包含兩片重要資料：一是事發當晚靜堯並非整晚都在金鑽家、如金鑽的不在場證明所聲稱的，二是靜堯已然得知天台屋單位的地址。

假如將小龍給她的情報、與金鑽的這段對話並放一起，一加一等於二便可得出個結論：靜堯的不在場證明是假的。只要了解到這一點便豁然貫通。不管靜堯是臨時起意抑或有預謀，一平是被誘到那裡加以殺害的。行兇者將現場佈置一下，製造兩敗俱傷的假象，讓兩個死人頂殺人罪。除非那麼巧有人看到靜堯當晚曾在那棟樓出現而這人又願意出來作證，不會有人知道背後有個真兇。

另一疑點是一平離家的時間。一平在字條上寫明是十一時五十五分，比預定的兩點提早兩小時有多。然而程莫二人只會想推遲而不會想提早，好給自己預留多點逃走的時間。既然這樣，又何必提早叫一平前去天台屋？

但金鑽為甚麼冒著假證供被揭破的危險、也願意為靜堯做不在場證明？對了，因為她以為靜堯真是去了瑪姬家。想必靜堯早就預見會有這需要，行動當晚故意到金鑽家，在她面前放聲氣說他要去瑪姬家。只要靜堯事後來跟金鑽打商量說瑪姬因單身未婚、不願公開承認跟自己的男上司的戀情因此不願出面作證，心軟體諒人的金鑽不會拒絕。她跟靜堯一向感情好，靜堯又是小龍的生父，兩人利害相連，她會說服自己為小龍的父親做假證供是應份而正當的。這麼推想下來，在警局那次巧遇為何金鑽會是那樣的態度便很好理解了。她是心情緊張或心虛，怕自己會戳穿她的假證供。

靜堯在警方眼中嫌疑有多大？從曹沙展的問話方向她感覺到，莫綺雯和那筆贖金才是調查重點。一平為了保護莫綺雯對靜堯說了個假的交贖金地點，也許某程度上幫了靜堯，使曹沙展覺得這個家庭存在分裂、而一平有著不可告人的動機。靜堯作供時大可利用這一點佈煙幕，把罪責全推到一平身上。莫綺雯失蹤，程漢和一平又遇害以致死無對證，使案情顯得撲朔迷離，更有利於靜堯隱身煙幕後。

莫綺雯到底怎樣了？還活著抑或已遭毒手？那個跟自己同是在懷孕中喪夫的女人就這樣無聲無息了。可是倘若死了該能找到屍體，除非是給埋了起來或拋入大海。一平在告知她交贖金經過時也解釋了他的用心，因此在面對曹沙展的問話時她盡力保護了莫綺雯，有關程莫二人的逃走計畫包括報平安電話等，這些她全都隱瞞未說。警方憑線索找到了春秧酒店，卻不知報平安電話的事。小龍說聽見電話響，之後聽見程漢叫喊，可知莫綺雯致電時他還活著。電話另一頭的莫綺雯想是立即發覺出了變故，掛斷電話採取應急措施。警方當是已經調查過天台屋的電話記錄，知道了撥進電話的號碼。可以肯定的是，警方未能憑這個號碼捉到莫綺雯，所以有可能是外地號碼，中國大陸或者海外。莫綺雯自此失去蹤影，警方的龐大通緝網竟無法找到她的下落。

另一讓寶鑽覺得可疑的，是程漢血裡檢測到的海洛英。固然她這方面知識有限，也許一個癮君子的毒癮一旦發作便非解決不可，而程漢匆忙間不小心過了量便耽誤了動身的時間。可是她總覺得程漢費盡心思想了這麼個計畫，如此高度戒備如臨大敵，竟至不與妻子同行而要她先行，又怎會在關鍵時刻亂來？那麼會不會是別人給他注射？會不會是用這方式制服他？因為這樣可以不留傷痕，造成是他自身用毒過量致死的印象。不管怎樣她越來越覺得一平接到的那通電話的致電者未必是程漢。那麼是誰？會不會是靜堯？不會是他，因為一平和自己都認得他的聲音。除了他本人其實誰都可以，隨便哪個一平認不出聲音的人都可以。只要謊稱是程漢交代致電的，那種情況一平不會問太多。即便是自己接聽的也一樣，多半會當即把電話交給一平。而且為甚麼要懷疑有詭計？贖金已經交割了只剩下釋放人質，就算跟靜堯鬧了點不快也只是家人間的爭執，一平不會提防有人要對他不利，一定是放下了電話便趕往指定地點，不叫醒她是因為他知道她一定會想陪他同去……

如此反反覆覆自問自答推敲了幾天，寶鑽筋疲力盡至虛脫不得不臥床，卻是腦子益發像個熱鍋爬滿了螞蟻。知道更多只有讓她陷入更大的迷失中。有甚麼用？這些想法這些懷疑。跑去找曹沙展要求他再調查嗎？他會相信她嗎？即便他相信，又會是怎樣的局面？所有人再次被叫到警局問話，保護殼被揭開，每一句話被放在顯微鏡下檢視。小龍勢必要接受一次次的問話，一次次被迫回想不願回想的事，創傷之上加創傷，甚至被迫指證他信任依賴的長輩。靜堯花錢請個有辯才的律師安然脫罪，小孩卻帶著永遠的心理傷痕成長，還能有個正常健康的人生嗎？而萬一，小龍反口呢？怯於大人的嚴威改口供？她被指撒謊不要緊，這樣一來暴露了自己也暴露了小龍，以後想要佯裝無知就難了——

一向她覺得靜堯和她認識的那些夢想名成利就的人沒太大區別。貪婪躁動、求向前求向上、不計代價實踐所想。在她成長的世界裡這樣的人才合潮流，往往只有這樣的人被認可。她從來不覺得自己比這些人高尚，有時甚至覺得自己跟這些人有許多共通點。為了保護于珍她有需要撒謊，她也撒了，也沒良心不安。所有的童年創傷所有的成長經歷都告訴她，對人性最好別有太大期待。當遇到不幸、不如意事，適度的悲觀比甚麼都有用。失去一平將她推入悲觀的深谷，她也沒想過是誰的錯，要去找誰算賬，去喊冤，去討公道。一平死了她覺得自己也死了，但這死亡並非理念上或信仰上的。是她心死了，生命裡的光死了。是她的快樂死了，希望死了。不是一樣一樣死而是像生日蛋糕上的燭火被一口氣吹滅一般同時全部一齊死，黑夜驟臨來日悠悠，怎麼過下去？她這才知道是因為有了一平她才有勇氣、有生存的意志，她才有恃無恐覺得可以追求自己想要的人生。靜堯覬覦那塊山頂地，以掌握到的罪證作為權杖想控制她們母女倆，儘管她覺得討厭也不覺得不能克服。只要一平在她身邊跟她一起面對，她覺得可以征服全世界。可現在不是了。現在她一個人，完完全全一個人。母親與幼女都依賴她，而她面對的究竟是甚麼？想起父親在生時偶爾透露的對於這個養子的評價，她問了自己一個早就該問的問題：黃靜堯是怎樣的一個人？儘管在同一間屋子作為兄妹長大，聽他講過故事跟他玩過遊戲，共享過只有家人才會共享的秘密，然而她從未想過好好認識他這個人。倘若靜堯真是這樣處心積慮、這樣冷血殘忍，那麼她從前所知的有關他的一切都要當成過期失效。她和他之間沒有完也完不了，事情還沒有過去——

一九九四年在另一次放煙花中過渡到一九九五。關於涉案的天台屋，媒體上還有些後續的小篇幅報導：關於政府下令清拆該樓群的天台違章建築、業主組團抗議、命案天台屋的包租公向政府申請索償等。為了在那地方被拆前看它一眼，一月份某清晨她去到那地址，看到了一平跟她講起與翁玉恆的巧遇經過時就講過的壯觀樓群。果然如他所說是個奇景，樓連樓棟連棟，幾千人口轟轟烈烈生活的氣息與噪音集中在一條小巷的兩邊。

穿過紅布篷、小巷、污穢惡臭的陡梯，推開生鏽鐵柵，她便在天台上了。極強的一剎那似曾相識感讓她覺得這是個重訪，彷彿靈魂出竅來過，夢中追蹤著某種氣息來過，看見過這樣的天空這樣的天台，這樣的滿牆爬的水管和亂藤一般的電線，這樣的一望無際的樓房，而她彷彿在這些樓房的正中央，想像一平當日也是這樣站在這位置望著眼前這棟奇形怪狀的違章屋，鐵皮蓋頂，木板水泥房架，嵌著冷氣機、鋁框窗、門和柵，整個像是七併八湊瞎湊合的，卻也堅固耐用抵得住香港的颱風。

滿地磚頭亂瓦，清拆工程已經開始。有堵牆被鬫了個大洞，她從那個洞鑽了進屋。家具垃圾都已清出剩下個水泥框架，陽光還沒進屋來因此影沉沉的。她試試燈掣，沒亮，想是截電了。她小心著不踩到地上隨處都有的死蟑螂死蒼蠅，不經意瞥到兩個標示屍體躺臥位置的白粉筆人體圖形她呆住了，五臟六腑撕裂了一般。粉筆灰給亂踩過以致顏色脫落，但仍看得出一是描繪仰臥姿勢一是伏臥。圖形裡外有幾塊鐵鏽色痕跡她知道是血。是這裡，一平死去的所在。她知道伏臥那個是他，因為她從剖驗報告得知一平的中槍部位，而伏臥圖形的血跡部位相符。她低頭定定看著便彷彿分裂為二，從她身體分裂出另一個她另一對眼睛，回到出事一刻的時間窗口，站在這屋裡看見一平推門進來，看見他從她面前走過，中伏，中槍倒地；一次次她看見他，又進來一次，又中槍一次，想尖叫想吶喊，叫他別進來啊平哥哥別進來，但是喉嚨出不了聲，只能站在那裡睜眼看著無力干預無力阻止像個隱形的幽靈……

時間過了多久她不知，也許一生、一秒、或一眨眼。醒來時她在地上，蜷臥在一平曾經伏屍處，頭痛欲裂，毫無昏厥記憶只記得突然天旋地轉。一定是有些時候了因為四肢僵硬得伸不直，嘴裡有血味，掌心有指甲印痕，想是她曾經極用力握拳頭指甲割入肉裡留下的。她躺著沒有立刻動，手指碰著那圖形，心裡對那圖形說平哥哥我可怎麼好？一個人我走不下去呀，我不甘心，日日火燒心呀。你甘心嗎平哥哥？人生被搶走了你甘心嗎？而她清楚聽見那圖形回答：讓它去吧寶，振作點，你是個媽媽了，想耍賴嗎？我不在你得擔起全部啊，養育孩子可沒人能幫你捉刀……

鳥類的撲翅聲引她起身走到外面，不知何處飛來的一群鴿子在圍牆上踱步，有白毛灰毛褐毛的，扭動著脖子，眼珠子碌碌轉。一日之初的陽光照亮了世界，水泥地上極清晰印著她的投影——

陰曆年間靜堯帶了年禮來拜年，在她設於屋後小廳的先父與先夫靈位前各上一炷香，之後到樓上探望于珍又回到客廳。久別的兩人閒話家常。她恭喜他快做新郎哥、西樵山項目開鑼、獲頒十大青年傑出獎等連串好事，說很替他高興，又說他氣色好。他也說她氣色好，恭喜她生了個可愛女兒。

「沒想到二媽這麼嚴重，醫生怎麼說？」他皺著眉表示關心。

「好好做復建，大概能恢復部分機能吧，不過也只能兩三成。」寶鑽道。

事實上醫生說有機會恢復五成以上，但她故意說得保守。

目注這個從小一起長大的好看男人，她佩服他還能厚顏無恥來見她，坐在她的客廳喝她的茶，侃侃而談生意經、樓市股市、火熱的內地房地產。在與他對話的同時她心裡在展開另一場隱密的對話。當然是你，她在這對話裡說。只有你有動機，只有你有機會，也只有你有那能力。你的偽裝工夫真到家，只有爸爸看出你的本質，一直到最後平哥哥都不相信你會下手吧。

「你也別太悲觀，二媽是個強人。」

「我打算帶她去瑞士治療，那邊療養院設備好。」

「這是好主意，可是你跟典朗怎麼辦？你們不是在交往？」

「只是好朋友，好到他有時給我的孩子換尿片就給加油加醋了。」

兩人都笑，表示同意確實會這樣。

「聽阿金說，房子你決定要賣？」

「想是這樣想。」

「二媽現在這情況，你該是有代理權的，我可以替你問問看。」

「不用麻煩，媽媽右手還能寫字，文件拿來我叫她簽就是了。」

她不得不讚歎他的控制力，完全看不出來他有任何的雀躍。但他一定是念念不忘這房子，今天來是想看看于珍的中風有多嚴重，是否神智清醒，還能活多久。如今兩大阻力一個死一個廢，剩下一個在他眼中是微不足道的小妹妹，肥豬肉等於到手了。兩人都不提于珍有殺夫罪證在他手裡，不必提。

他告辭，她起身送客。

「真高興你今天來。」她說。

是真的高興他來，不然她還拘泥於無罪推定那套鬼原則，擔心是自己對他有偏見，過度詮釋以致判斷有差。現在她確定是他沒錯。她不懷疑他能殺人，她自己也能殺人，而她想殺的就是面前這個人。

到了門口他轉身說：「約個時間，就明天好嗎？吃晚飯詳談。」

她知道他是怕夜長夢多。

「我知道你做過的事。」她聽見有個聲音說。是她自己的。

「甚麼事？」

「你在天台屋做的事。」

「我做了甚麼事？」他困惑笑笑。

「我該恭喜你大獲全勝，你的眼中釘心頭刺都被你除去了，恆姨那封信想必也給你銷毀了？」

「妹妹你把我弄糊塗了，我真不知你在說甚麼。」保持著已經有點勉強的笑意。

「就不是你親自動手也是你主使的。我不知道你是錯手殺程漢還是有預謀，但你自願付贖金是想跟蹤這筆錢，讓它帶你找到程漢，我有沒有說錯？」

「妹妹你想像力過盛了，我付贖金是為了救小龍。」

「程漢棋高一著讓莫綺雯帶錢先行，鬼使神差平哥哥在那棟樓裡碰到過恆姨，把這件事告訴了姊姊，讓你找到那地址。」

「我沒去過那天台，那晚我整晚在你姊姊家，你去查一下她的供詞，警察也調查過了。」

「你要哄姊姊幫你撒謊還不容易，那天晚上你晚飯未吃便離開了姊姊家，去部署攔截程漢的事是不是？」

「妹妹，看來你對我真的誤會很深。」有口難言狀歎口氣。

「我只是有很多時間去想。姊姊有她的考慮，平哥哥不在了而你是小龍的生父，就算她有懷疑，也甚麼都願意為你做。」

「你這麼多理論，為甚麼不去跟警察說？」

「我多管閒事幹甚麼？警察的工作讓警察去做。」

「你是怕沒人相信你吧。妹妹你有沒有聽一下自己說的話，小心精神崩潰啊，可別跟二媽一樣變成精神病。」

總算他的武裝給她戳了個裂縫，棄用外交辭令進行人身攻擊。她為自己感驕傲。

「為甚麼？」她問出她的大問。「你懷恨多久了？就因為蒂姊姊跟他好過？因為你想獨佔小龍？還是因為平哥哥看到了你的真面目你無法忍受？」

「妹妹，你的平哥哥只在你心目中才重要，我犯得著為他犯殺人罪？」

「這問題我想過。程漢不過是個大配角，你真正想除去的人是平哥哥。他可以阻止你得到山頂那塊地，身為小龍的父親他也有權監管小龍繼承的遺產。你看出平哥哥不會被你駕馭，他掌握的東西可以左右你的前程。」

「妹妹你簡直把我當成三頭六臂，一個人放倒兩個大男人？」

「你有幫手。我僱人查過，洪哥本名原清洪，是你親阿叔，持雙程證來香港，事發當天下午搭火車回了廣州，他的南海地址我也知道，要我說出來嗎？」

靜堯戒慎起來，一種憎惡進入他眼神。

「還有你將自己的南海股權用五百萬出售，是想藉別人的錢起死回生這項目，這些都是為了引蒂姊姊回來，你知道她一定受不住誘惑，贖回小龍只是附帶利益。」

「你真的以為自己都對？你以為你真的了解我？」

「我當然了解你，我不會忘記你造成了多少傷害。」

「你不忘記最好。兄妹一場，我可不想你忘了我。」

當下她怒火焚心由裡燒到外。

「誰跟你是兄妹！」她怒叫。「你不姓黃！你早就把自己當原家的人！身邊圍著你原家的人卻來分我們黃家的財產！你騙了爸爸騙了姊姊騙了我！為甚麼你不認祖歸宗用你自己的姓？」

靜堯陰沉著臉不說話，注視她的眼神是黑色鏡面似的。

「你捨不得嗎？戀棧黃家這個姓給你的一切？你怕施家不接受你會認為你反骨？但你姓原不姓黃！以後你就是原靜堯！聽見沒有？原——靜——堯！」

她喉嚨都喊啞了，眼眶都要脹裂滴出血來，呼吸急促視線模糊，四面景物快速後退，像鏡頭失去對焦功能一切淡出，連同她自己在內化成了煙化成了霧，就像從來不曾存在過。

事實是從來不曾存在過。這場對話只是她心中的幻象。這場原告與被告的指控與辯護，不過是她腦海裡反覆重演的一幕二人劇，是她無數不眠夜的幻視與幻聽，她幻想有天會來到的審判場景。

事實是她甚麼都沒做、沒說，甚麼都沒有發生——

一個開眼闔眼間，她回到眼前的現實，保持著一臉客氣的笑送客，盡禮數送出大門，直送到靜堯新購的白色法拉利門前。

上車前靜堯回頭說：「明天訂了桌子通知你。」

而她說：「好的到時見，叫蒂姊姊也來。」

——一片祥和到底。

醒覺是痛苦緩慢的過程，但她終於也醒了。日夜煎熬，思想感情鎖定一個名字：原靜堯。

她沒有將自己的懷疑告訴任何人包括施典朗，這樣的秘密對於任何人都是個負擔。何況除非紘蒂第二次逃婚，靜堯將會是典朗的姊夫，日後總要相處，不擅巧言令色的典朗若是知道了會是很苦惱的，而她不希望給這位好友帶來苦惱。

悲憤是火的顏色，化成一縷橙色細線在她胸中細燃。不能讓原靜堯知道她懷疑他，不能讓他看穿看透。讓他以為自己獲得了最後勝利，瞞天過海逍遙法外。而即便他對她有疑慮，也要讓他捉摸不定，讓他將她的軟弱感恩當作弱勢者的投降，識時務者的順應妥協。讓他以為他重新獲得了她的信任，他們一個是好哥哥一個是好妹妹。

房子連地以二千萬的創紀錄低價賣給浩天國際，五萬平方英呎山頂地皮一夜間易手。律師樓簽買賣合約的第二天，她收到快遞寄來的牛皮信封，裡面是于珍日記的影印本磁碟，附張小紙說只此一份並無其他拷貝。寶鑽覺得自己小勝了一合。不是因為那渾蛋樂昏了頭歸還這把柄，也不是因為這表示她成功消除了他對她的戒心，而是她發覺即使靜堯食言而手上留有其他拷貝，即使靜堯袖子裡還有其他的技倆，她不再感到受威脅。就是說她不再害怕這個人，因此有條件做個與他同等級的對手。她誠心希望他得意，發大達，上富比士富豪榜。他爬得越高她越是鼓掌歡欣，因為將來他會摔得越重。

離港前她做的最後一件事便是完成青山道房子的交易，拜託典朗將所得款項拿到大嶼山給于母。她沒有親自去因為于太太表態過不想見她。喪禮上她的態度是一例。女兒出生後她抱著女嬰去過次長沙，看見度假屋已結業多時，大門用大鐵鏈鎖上，只有門前的沙梨樹依舊蕭蕭。及至她終於在鳩叔的棋友家找到鳩叔，他態度也淡淡的，告知于太太這陣子在羌山的觀音寺聽經唸佛，不下山也不見人，鳩叔愁著臉又說：「她心情不好，也許暫時不要打攪她比較好。」

寶鑽一聽便知是于太太不想見她。但她固執地認為老人家要是知道孫女兒來了就不會那麼絕情了，於是不聽鳩叔的勸阻逕直找到觀音寺，辦公處等了半刻鐘，有個穿深棕色居士服的少婦拿著個紅封包來見她，自稱是于太太的「師妹」，對她說：「師姐請你先回，這是給小孩的利是。」將紅封包塞進嬰兒的衣兜裡。

寶鑽這才死心，于太太是真的鐵了心連孫女兒也不想見一面了。儘管有心理準備仍是個打擊，這一來也證實了這兩年來的心理糾結不是自己多心。婚後一平就向她暗示過，于太太不體諒他為甚麼那麼賢淑能幹的太太不要，而另娶她這個孤僻古怪的女孩，且是跟他有血緣關係的表妹。他不曾明說但寶鑽猜得到，于太太懷疑她是用懷孕手段得到一平。儘管後來人前人後是接受了她這位兒媳，始終無法和她建立起從前她和金鑽有過的良好關係。是這樣她知道，誰是誰非不重要。縱使她告訴于太太用懷孕手段獲得一平的人是金鑽，于太太也不會相信她而只會認為她惡意中傷；就是相信了，也多半會恨她嘵舌，有心破壞她和金鑽的感情。坐船離開大嶼山的時候她知道她不會再來，只希望金鑽忙事業之餘會記得來探望老人家。

非去登機不可了。典朗從口袋摸出個物件，有點靦腆遞給她說是生日禮物。「提前一個月不算太早吧。」他說。「不是甚麼名貴東西，不好找就是了。」

是頸鍊。鍊墜是個玻璃質藍眼睛，一圈白一圈藍代表眼白跟眼珠，核心處的黑點代表瞳孔。

「邪惡眼！」她開心嚷。

他給她戴上。「保佑你們母女平安。」

「照個相。」她即興取出傻瓜機調鏡頭，孩子交他抱。典朗手長些就相機也讓他拿，伸直手臂拍了張兩個大人與嬰孩臉貼臉的特寫照。這一折騰小孩醒了，眼睛骨碌圓睜打量典朗。

「讓她將來認得你。」寶鑽放好相機取出登機證。

二人一個提嬰兒車一個抱小孩走向離境閘口，他抓緊時間叮囑打電話寫信之類。檢查員驗過登機證跟護照，他把小孩交還她，她接受他紳士式的吻頰擁別，說聲拜拜揮揮手，便入閘了，走進圍板圈成的過道，高過人頭的圍板遮斷視線，回頭都沒有用，像走進鬼門關就此生死相隔，一個不好遇空難，便名副其實。

她最後一個登機。瑞航派地勤員到海關催，替她推嬰兒車。她抱著孩子急步趕在高跟鞋得得的地勤小姐後面，眼睛在揮發水份，而因為人是向前疾走，便覺得那水份是向著四周飛濺的。

商務艙裡，乘客大部分都手裡有杯某類型酒精，她看見母親較靈便的那隻手裡也有一杯，像小孩偷吃給捉贓似的瞄瞄女兒，目光流動注意了一下女兒衣領裡的藍眼睛頸鍊。

寶鑽沒空理她，從皮包取出配好的奶瓶，請空服員往瓶裡對溫開水。

餵完奶，她從腳前的行李袋外格取出信。一拆開她聞到檀香味，簿箋上幾行端秀字體，退還的支票也夾在裡面。

「舅母給我的信。」她告訴于珍。

信不長，她唸給母親聽：

「寶，抱歉喪禮後疏於聯繫，實在是有所不能。支票不能收。那孩子的遺產，該是由他的配偶和他的孩子繼承。你的好意我心領，謝謝那位專程前來的姓施的青年。你以後的路還長，好好走，希望不要帶著痛苦走，不要放棄追求幸福。我年歲大了，餘生匆暫，勿以為念。不必強求再見面。祝福。芳」

寶鑽折起信，連同支票收入信封內，乍然聚在眼眶裡的淚水掉下來。

于珍輕拍女兒手背，動著中風後的僵硬舌頭說：「有媽媽在。」

機艙一震，艙外的夜景也一震。飛機動起來，沿著平直的混凝土跑道滑行。母女倆不約而同向窗外望，于珍那麼全神貫注，以致有一刻寶鑽覺得是透過母親的眼睛在看著那些正緩緩後退的景物，九龍灣畔的街道和岸上人家和岸邊倒影，而她知道那裡面有母親的童年。

機輪加速前奔，寶鑽閉目等待機體騰空一躍的一刻、那心臟與身體分離的身體異變，永恆的一幅畫面飄過心底：平張雙翼的客機自民居中間斜斜起飛，越過高樓大廈越過重山，尾部拖著九龍半島的萬家燈火。再睜眼時，窗外黑糊糊一片，香港落在機尾那頭的雲裡霧裡了。她心赤赤痛，她原以為她會和一平和女兒在那片土地上快樂生活的。

前面是無盡的暗夜航行，沿著一條看不見的路穿越海洋和陸地上空的層雲。想起此刻該是正駕著他那隕石銀奧斯頓馬丁在回家路上的施典朗，她心裡對他說聲對不起，因為她向他撒了謊。

她的最終目的地不是瑞士。登上瑞航客機、多忍受十二小時三十五分鐘的飛行不過是為了讓所有人都以為她去了瑞士。她只會在蘇黎世逗留一晚。

從蘇黎世她會飛去紐約，飛行時間八小時四十五分鐘。

在紐約她會停留數天，已定居多倫多的柳蔭棠柳伯會開車越過美加邊境來與她相會，將一本手稿交給她。是父親退休前即已開筆寫的回憶錄，詳細記下了一生事蹟，包括上海租界度過的童年與少年、如何繼承黃氏珠寶、經營公司的種種成敗、與元配夫人林丹丹的結織與婚姻、與元配娘家林氏家族的恩怨，與于珍的結織與婚姻，與翁玉恆的一段淵源、與原清浩的結交經過、與原清浩夫婦的恩怨、原家的歷史、原靜堯在黃氏珠寶任職時期的行事與交遊等。

是柳伯主動接觸她告知有這麼一部手稿的，說是黃景嶽每寫一章便寄一章給他，表面上是請他幫忙校對修訂，實際上是放在家裡有顧慮，找個理由交給他保管，截至去世共寫了十章。生前說過若決定出版會授權女婿于一平辦理，因此柳伯覺得交給身為一平遺孀的寶鑽最為妥當，寶鑽也這才明白父親的遺囑裡寫明書籍文獻歸一平的真正用意。想是遺囑更新時他已有意寫回憶錄，事先作了此安排。這麼說該是有一部分手稿是他出事時正在寫、而未及寄出的。她從未聽說有誰找到。若是有人找到了，那個人沒有聲張。也幸好關於原家與原靜堯的部分已經完成，交到了柳伯手上。對她來說是最重要的一章。她要知道關於原家的一切，關於原靜堯的一切。

從紐約她會飛去洛杉磯，飛行時間五個半小時。

從洛杉磯她會飛去行程的最後一站巴西里約熱內盧，飛行時間十三小時。

合共約四十小時的飛行時間，跨越大海洋大陸地，抵達地球另一端那個名字意譯為「一月河流」的城市。

那城市正值炎熱多雨的盛夏，嘉年華正密鑼緊鼓。

一切是從她打開母親的保險箱開始。于珍中風後躺在醫院病房、以為自己垂危時曾將保險箱鑰匙交她保管並留遺言說若她不治、裡面的東西全歸她所有。她打開保險箱發現那是個寶庫，存放著為數不少的現金、金器玉器、珠寶首飾。然而引起她興趣的是一個木雕盒，裡面端正放著一本綠色護照。

是于珍的巴西護照。簇新未用，看日期還有兩年才失效。護照裡夾著張照片，比一般名信片略小的褪色舊照。她立刻愛上照片裡的小樓房，座落窄窄的小街上，一列都是差不多樣式的葡式民居。平頂，門窄窗小，二樓突出個小騎樓。騎樓的陽光裡，立著笑意盈盈身懷六甲的于珍。她從來不知母親在巴西有過小孩，拿著照片去問，才知小孩夭折的事。

房子座落華人商店街附近的邊緣小街，于珍告訴她說。當時走得匆忙，就讓給一個江亨利的同鄉住了，說不定還住在那裡。

一個念頭萌生，豌豆莖般向上長，日久成為耿耿一念。

未來是條看不見的河流蜿蜒不盡，是條彩虹帶伸向前方。

于珍長期以來鮮少提及巴西，她讀了日記之後才知母親為何避談。一個計畫在她心裡逐日滋長，而靜堯的來訪讓她更堅定了要走的路。

唯一讓她顧慮的，是重訪舊地會否引起母親舊傷復發？母親會否再度墜入抑鬱？可是當她將心中所想告知母親，尚是中風後失語狀態的于珍眼底閃過心事複雜卻不無興奮的暗芒，顫抖著手指劃了劃護照的有效期，彷彿是說看啊我從未忘記將護照續期，就是因為從未排除有朝一日也許回巴西。

自從讀過日記知道了母親做過的事，她經歷過種種情緒階段包括驚駭不信、鄙夷、不原恕不同情、不想認她做母親，可是當她為一平的死傷痛欲絕茶飯不進、而母親陪伴左右手忙腳亂想給予她照料和愛時，全部這些都溶化掉。她想她永遠不會了解母親為甚麼做那樣的事，就像母親永遠不會了解為甚麼她想去巴西。在于珍中風後，常常當她看著輪椅上母親的殘缺身體，她覺得那殘缺也是她自己的，那罪孽那過往，也是她的罪孽她的過往，她們是一條繩子上的兩隻螞蚱像那句父親曾對母親說的話。如今母親是她唯一的盟友，至少一直到女兒長大到可以與她分憂時。

是的有甚麼好怕的？自于珍離開巴西，那國家都革命過了政權都八次更替了，國家領袖都換過十三個了（倘將未就總統職即病逝的內維斯包括在內）。誰會去追究軍政府時代一樁死者是當地華人的陳年劫殺案？縱或還有人記得那事或認得于珍，也只會當作故人遺孀帶著長大成人的女兒來舊地憑弔。

她開始留意巴西的新聞，看各種關於巴西的書。歷史、風俗、文化、政治。所有她讀到碰到的信息無一不令她振奮。無巧不巧，那國家正在面臨大改革正要踏入新紀元——新貨幣、新總統、新政策。去年七月一日，以「雷爾亞」為通行貨幣的、為解救嚴重通脹而研發的價格穩定機制全國推行；今年一月一日，基於一九八八年憲法與民選制產生的第二代民選總統卡多左宣誓就職。鑑於第一代民選總統貪污下台，一系列肅貪倡廉政策將於未來陸續實施。

世界盃球賽夜，電視直播巴西對荷蘭，當六號球衣的巴西隊左後衛白蘭高以左腳踢出任意球射入龍門淘汰了荷蘭的那刻，臂裡抱著剛滿月嬰兒的她禁不住揮臂喝采，對她來說是個好兆頭。

新朝代新政府，她都剛好趕上了。

二月二十四日開幕的嘉年華，她也剛好趕得上。

那國家還有許多優勝處。幣值低，華人多，不排華；商貿發達，風景佳，人民熱情。除了季節是按照南半球規律，里約市那暖濕高溫多季候風的熱帶海洋性氣候跟香港有幾分像。貧民窟與高罪案率並不困擾她。對她來說最重要的，那地方無人認識她，無人知道她過往。她可以成為無人識、無過往的隱形人。起碼據她所知，南美洲的那片土地至今為止尚是落在四海金曦與浩天國際的商業版圖之外的，她有個喘息空間可以重新部署養精蓄銳。

她像是死過了一次，如今又活了。

她有許多要學的。學葡語，學做生意，學理財。她要學社會的事，人際的事，江湖的事，學會口是心非皮裡陽秋。

也許她開家小店，甚麼生意都好。手工藝品、糕餅點心，都可以。只要能維持生活，讓她建立身分，落地生根。有必要時，找個人假結婚辦個居民權。又或者老老實實等大赦，聽說巴西十年一大赦的。可以的話，改名換姓，更徹底地消失在香港熟人的雷達探測圈外，連施典朗都不讓他知道她的下落。

她的孩子將操葡語長大，在那國家上學、交友、開展人生。等她長到夠大，她會源源本本告知她關於她父親的事，告知她他是怎樣一個人，有過怎樣的人生。她會告知她自己的計畫，讓孩子自由抉擇去留。

香港九七交接那年她滿二十五歲，正是父親遺囑中指定她繼承遺產的年齡。這些遺產便是她的資本。她要善用這些資本，將它變成更多的財富。她希望那時候已有足夠的知識和思考力來運用這些財富，有能力做一些好決定——她相信父親指定這個年齡便是基於這原因，免得她涉世未深讓居心不良的人有機可乘。那國家正走向經濟開放，資源豐富人口稠密不愁無商機。也許她先成立一間公司，小心挑選投資項目。只要把握住一個機會就可以了。有過一次成功，就有了第一塊踏腳石。有了第一塊就有第二塊，小公司會成為大公司，再成為企業。從跨境，到跨國，到跨洲。她要建立一個屬於自己的王國，她要這個王國茁壯強大。

原本替自己的人生立了墓碑的她如今以這塊墓碑為界石。過了這界石是前方。如果前頭是黑暗的深谷就讓她走向那深谷，如果是險峻的山峰就讓她走上那山峰。不管那未來是個怎樣的未來，通過時光隧道從未來那一端的出口走出來的，將是完全不同的一個黃寶鑽。她要變得堅強，她要變得富有。

她不是不知她所計畫夢想的一切可能只是不可能的夢想，是過去一年太多獨處時間的幽閉生活的產物，是一個悲痛過度拒絕接受現實的女人的妄想，但她拒絕相信完全是這樣。這是她的一線生機，她要試試看。而就像世上其它任何乍聽不可思議的夢想一樣，在它未經試驗未曾徹底失敗之前，無人能判定它到底有多不可能有多瘋狂。

如此她踏上旅程，身在一架瑞航空中巴士上一路向西越過長空，飛向里約熱內爐的綠色海岸，飛向南回歸線緯度的炎陽，飛向她父親母親相識的地方。

香港時間接近子夜，或曰協調世界時[2]十六點鐘，艙燈熄滅之後的乘客陸續安歇的肅靜裡，她聆聽著懷中沉睡嬰孩的細細呼吸彷彿聽著首催眠曲，心底一片空白茫茫，在這茫茫深處是她的許諾。一週年忌日她在亡夫墓前暗許的許諾：我不忘記，這仇恨我不忘記；有天我會回來，不知何年何月但我會回來。

我要報仇。

註釋

1 面左左，面帶慍色的意思。

2 Coordinated Universal Time，世界標準時間。

後記

傳奇不再

這小說，我寫了兩次。

第一次，寫作時間是一九九一－一九九五，在香港動筆，在澳洲完成。一九九六年在台港兩地，分別由麥田出版社和天地圖書公司出版，那時它名叫《遺恨傳奇》。

第二次，寫作時間是二〇一四－二〇一七，我在美國生活。這一次，它名叫《遺恨》。

本來只想花個一年，做小幅度的改寫；結果花了三年，做了大幅度的重寫。從舊版保留下來的，是人物、結構、基本情節。文字只保留了少量句子。

兩次寫作，相隔近二十年。這二十年間，我的人生去到了低谷。比我小八歲和我情同摯友的妹妹因癌去世，我一度離開寫作又重返寫作，我從一個滿腦子小說大計、雄心勃勃的作者，成為一個一再重出舊作、創作力薄弱的作者。世界在我眼中從姹紫嫣紅變成了一片灰色。若有傳奇，也是屬於別人，與我無關。

不寫新作而寫舊作，令我多少有點心虛。寫作期間反覆自問，我在做任性的事嗎？我在做徒勞的事嗎？一邊這樣自問一邊寫了下去。現在我心願已了，至於是否做了一件任性、徒勞的事，要由讀者來說了。

鍾曉陽

二〇一八年五月十二日

文學森林 LF0093

遺恨

作者

鍾曉陽

一九六二年十二月，出生於廣州，旋即隨父母移居香港。美國安雅堡（Ann Arbor）密西根大學畢業，主修電影與電視欣賞。十五歲開始寫作，以小說〈病〉獲香港第五屆青年文學獎小說初級組推薦獎。十七歲那年暑假跟母親回瀋陽，不久開始寫小說〈妾住長城外〉，之後與〈停車暫借問〉、〈卻遺枕函淚〉結集為「趙寧靜的傳奇」三部曲《停車暫借問》，出版後轟動文壇，讓整個華文世界為之驚豔，被視為「張愛玲的繼承者」。

九七之後停筆十年，二〇〇七年重新在香港《明報》發表散文。二〇一四年推出全新作品《哀傷紀》，續寫了十八年前，二十四歲時出手的神樣作《哀歌》。二〇一八年，翻新修改推出二十二年前唯一長篇作品，以九七後的心情重新再凝望一次九七前夕的香港。把一則都市寓言傳奇，脫胎而成給上個世紀末的情書《遺恨》。

作品另有：短篇小說集《流年》（1983）、《愛妻》（1986）、《哀歌》（1986）、《燃燒之後》（1992）。

散文與新詩合集《細說》（1983），長篇小說《遺恨傳奇》（1996），詩集《槁木死灰集》（1997）。

封面設計　蔡南昇
編輯協力　陳柏昌、詹修蘋
行銷企劃　劉容娟、王琦柔
版權負責　陳柏昌
副總編輯　梁心愉

初版一刷　二〇一八年六月十一日
定價　新台幣四五〇元

ThinKingDom 新經典文化
發行人　葉美瑤
出版　新經典圖文傳播有限公司
地址　臺北市中正區重慶南路一段五七號十一樓之四
電話　02-2331-1830　傳真　02-2331-1831
讀者服務信箱　thinkingdomtw@gmail.com

總經銷　高寶書版集團
地址　臺北市內湖區洲子街八八號三樓
電話　02-2799-2788　傳真　02-2799-0909
海外總經銷　時報文化出版企業股份有限公司
地址　桃園市龜山區萬壽路二段三五一號
電話　02-2306-6842　傳真　02-2304-9301

遺恨 / 鍾曉陽著. -- 初版. -- 臺北市 : 新經典圖文傳播, 2018.06
428面 ; 14.8X21公分. -- (文學森林 ; LF0093)
ISBN 978-986-96414-1-8 (平裝)

857.7　　107006796